Nina Blazon

BANSHEE BLUES

NINA BLAZON

BANSHEE BLUES

DER FLUCH DER TODESFEEN

cbj

Bei diesem Buch wurden die durch das verwendete Material und die Produktion entstandenen CO_2-Emissionen ausgeglichen, indem der cbj Verlag ein Projekt zur Aufforstung in Brasilien unterstützt.
Weitere Informationen zu dem Projekt unter:
www.ClimatePartner.com/14044-1912-1001

Penguin Random House Verlagsgruppe
FSC® N001967

1. Auflage 2022

Lektorat: Petra Deistler-Kaufmann
Umschlaggestaltung: Carolin Liepins, München
Umschlagillustration: © Shutterstock.com (Taigi, MillaF, Peddalanka Ramesh Babu, solarseven)
MI · Herstellung: UK
Satz: GGP Media GmbH, Pößneck
Druck: CPI books GmbH, Leck
ISBN 978-3-570-16525-6
Printed in the EU

www.cbj-verlag.de

This was a song that wanted to be sung
by anyone who found their own voice within it.
(Wyndreth Berginsdóttir über ihren Song
»Savage Daughter«)

TEIL EINS

Sie weiß noch nicht, dass ihre Tage gezählt sind. Manchmal scheint sie zu spüren, dass ich ihr durch die Straßen folge. Sie zögert beim Gehen und gibt vor, ihr Handy hervorzuziehen oder eine Anzeigentafel zu betrachten, während sie in Wirklichkeit verstohlen prüft, ob jemand hinter ihr ist. Ich könnte ohne Weiteres aus dem Schatten treten und mich zu erkennen geben, sie würde mich nicht als die Gefahr ansehen, die ich bin. Nichts verrät, was hinter dem Lächeln lebt, dem sie bereits vertraut. Von all den Mädchen, die mich liebten, ist sie etwas Besonderes. Eigentümlich und auf ihre ernste Weise schön. Sie mag das Meer, weil ihre Tränen dort auch Gischt sein könnten. Der Sturm hat sie gebogen, aber nicht gebrochen. Inzwischen fürchtet sie sich nicht mehr davor, alleine zu sein. Sie liebt die Musik, aber noch ist ihr Herz verschlossen wie eine Muschel. Nichts ahnend begegnet sie mir Tag für Tag. Inzwischen kenne ich ihre Wege, verstohlen beobachte ich sie aus dem Augenwinkel oder im Spiegel von Fensterscheiben. Unter dem Vorwand, meine Nachrichten abzurufen, werde ich zum Dieb und stehle Fotos von ihrem zarten, ernsten Ich. Manchmal lese ich sogar die Bücher, die sie in der Bibliothek aus dem Regal nimmt und millimetergenau in ihre Staubschablonen zurückstellt. Und auch wenn sie es noch nicht weiß, sie ist längst dabei, ihr wundes Herz für mich zu öffnen. Bald wird sie mich lieben, genau wie die anderen. Die Mädchen lieben mich immer – früher oder später.

Und dann bis zu ihrem letzten Atemzug.

NORTHERN TIDES

Immer wenn Madlen mein Lied singt, würde ich am liebsten schreien, was in meinem Fall natürlich keine gute Idee wäre. Niemand fände es toll, wenn die Sängerin von *Northern Tides* im Aufnahmestudio tot umfällt. Und abgesehen davon, dass ich lieber selbst tot umfallen würde, als jemanden umzubringen, kann ich gut darauf verzichten, ausgerechnet Madlen für den Rest meines Lebens in meiner Nähe zu haben. Denn auch wenn ich die Geister, die mir folgen, zum Glück nicht hören kann, bin ich sicher, Madlen würde einen Weg finden, mir als Rache bis in alle Ewigkeit direkt ins Ohr zu schreien.

»Sag mir jetzt bitte nicht, dass du immer noch nicht zufrieden bist«, murrt Gizmo. Ich habe zwar keine Miene verzogen, aber mein Chef kennt mich lange genug. Seit Stunden sitzen wir beide hinter der schalldichten Scheibe seines Kellerstudios. Außer mir weiß vermutlich niemand, dass Gizmo in Wirklichkeit Oli heißt. In seiner Jugend hatte er noch hüftlanges Headbanger-Haar. Inzwischen ist sein Haar Vergangenheit. Lediglich seine verblassten Tattoos und seine mit Nieten bepinnte Lederjacke erinnern noch daran, dass sein Herz der Rockszene der späten Achtziger gehört. Damals – und das heißt locker zwanzig Jahre vor meiner Zeit – war er Bassist einer Band, die immerhin zweimal an den Charts gekratzt hat. Heute verdient er sein Geld als Produzent und Scout. Er zieht junge Indie-Bands, die noch unter der Wahrnehmungsschwelle der Plattenriesen dümpeln, ins Rampenlicht. Manche schaffen so den Sprung aufs nächste Level. Und ich für meinen Teil hoffe, dass *Northern Tides* der Newcomer ist, für den bald die erste richtig große Welle kommen wird.

»Komm schon, Dee«, sagt Gizmo genervt. »Es ist bald Mitternacht, ich sitze nur noch dir zuliebe hier.«

»Es ist kurz vor zehn«, erwidere ich. »Und ich würde ja gern Schluss machen, aber Madlen trifft den richtigen Ton für diesen Song einfach nicht.«

Gizmo haut gegen den Regler der Gegensprechanlage und beugt sich vor. »Fünf Minuten Pause«, raunzt er ins Mikro.

Ich bin immer wieder fasziniert, wie die Einheit einer Band von einer Sekunde zur anderen in einzelne Menschen zerfallen kann. Es ist, als würde die Seele ihrer Musik verlöschen wie die letzten Funken eines Feuerwerks. Madlen nimmt die Kopfhörer ab und kämmt sich das blauschwarz gefärbte Haar mit ihren manikürten Fingern zurecht. Lisa parkt die Drumsticks und widmet sich ihrem sicher schon zehnten Kaffee an diesem Tag und Matti verschwindet nach draußen, um eine zu rauchen. Unser Neuzugang, ein Amerikaner namens Rick Cavell, löst das Kinn von der E-Geige, lockert seinen Nacken und zückt dann sein Handy, das er eigentlich gar nicht in den Aufnahmeraum mitnehmen sollte. Und Arvo?

Arvo stellt ohne Eile seine Bassgitarre ab und blitzt mir dabei ein Lächeln zu, das absolut jede Stunde in diesem Bunker wettmacht.

Gizmo hackt auf seine Tastatur ein und startet die Wiedergabe. Im Regieraum erklingt, nur für Gizmo und mich hörbar, zum x-ten Mal an diesem Tag Madlens Part. Ohne Verstärker und Instrumente wirkt ihre klare, kraftvolle Stimme nackt und ein wenig verloren.

»Hörst du es?«, sage ich. »In der letzten Strophe, genau bei der Zeile *A broken heart have I ...*.«

»Weiß nicht, was du meinst«, murrt Gizmo. »Für mich klingt das genau so, wie es klingen soll.«

»Nein, abgesehen davon, dass sie die Blue Notes nicht sauber singt, liegt sie auch in der Emotionalität daneben! Zwar nur noch eine Nuance, aber trotzdem verfälscht es die Seele des Liedes völlig.«

»Seele«, wiederholt Gizmo mit einem Augenrollen. Er schüttelt den Kopf und deutet auf die Tonspur am Monitor, die aussieht wie die Aufzeichnung eines unregelmäßigen Herzschlags. »Technik lügt nicht«, erklärt er. »Und was deine Blue Notes betrifft: Maddie schneidet das Strophen-Intro nun mal gerne auf ihre eigene Art an, sie interpretiert. Das ist ihr Stil. Den musst du ihr schon lassen.«

»Aber ...«

»Nichts aber, Dee«, weist mich mein Meister zurecht. »Ja, du könntest sogar hören, ob eine Hundepfeife verstimmt ist. Aber weißt du noch, was ich dir über das Songschreiben gesagt habe? Sobald du ein Lied in die Welt entlässt, gehört es dir nicht mehr. Dein Lied ist jetzt Maddies Song. Und das hier ist ihre Version von *Willow*. Also: Ende der Vorstellung.« Damit lehnt er seinen Kopfhörer ans Reglerboard und steht auf.

»Komm schon, Giz, nur noch einen Versuch! Vielleicht kriegt sie es ja noch hin.«

»Sie *kriegt es hin*?« Er lacht fassungslos auf. »Wow! Hör zu, Dee: Maddie weiß genau, was sie mit ihrer Stimme macht, und sie beherrscht den schrägen Sirenenblues, den das Stück braucht. Die Leute werden es lieben. Ich kann das beurteilen, schließlich bin ich dreißig Jahre länger im Geschäft als du.«

»Das weiß ich«, erwidere ich ungeduldig. »Aber das, was für dich Sirenenblues ist, klingt für mich nun mal, als würde sie blind nach dem richtigen Ton stochern, ohne ihn jemals zu treffen!«

»Hey!«, klingt plötzlich Madlens zornige Stimme aus dem Lautsprecher. »Falls du es noch nicht gemerkt haben solltest, Dee, ich kann hier drin jedes Wort hören!«

Oh, verdammt.

»Shit!«, murmelt auch Gizmo. »Hast du den Lautsprecher wieder hochgedreht?«

»Was? Nein!«

»Bada-Boum!«, hören wir Lisa in ihrer trockenen Art sagen. »Das war es dann wohl für heute.«

»Entschuldige bitte, dass ich nie gut genug für dich bin«, faucht Madlen mich hinter der Scheibe der Sprecherkabine an. »Aber weißt du was, Dee? Wenn du so verdammt genial bist, wie du immer tust, warum kommst du nicht hier rein und stellst dich selbst ans Mikro? Ach ja, richtig, jetzt fällt es mir wieder ein: Du darfst ja gar nicht singen. Schon praktisch, wenn man eine Ausrede hat und nie beweisen muss …«

»Maddie, hör auf!«, unterbricht Arvo sie. »Das ist nicht fair.«

»Ist schon in Ordnung, Arvo«, sage ich hastig ins Mikro. »Madlen, entschuldige, ich meinte es nicht …«

»Ach, erzähl doch keinen Mist!« Madlens Stimme, die überlaut aus der Gegensprechanlage gellt, überschlägt sich. »Du meinst jedes Wort von dem, was du sagst! Und du hackst nur deshalb auf mir herum, weil du es nicht ertragen kannst, dass jemand anders deinen Scheißsong singen kann – und sicher besser, als du es je hinkriegen würdest. Falls du überhaupt jemals singen konntest und nicht nur behauptest, dass du …«

Giz langt blitzschnell zum Board und stellt das Studio auf stumm. Madlens Ausbruch wird zu einer Pantomime, ihr Mund bewegt sich stumm hinter der Scheibe. Aber man braucht nicht viel Fantasie, um trotzdem jedes Wort zu verstehen. Mein Gesicht glüht und mein Herz schlägt bis zum Hals, während ich den Meltdown hinter Glas verfolge. Rick, der als Einziger von uns kein Finnisch spricht, schaut nur ratlos drein. Lisa schnappt sich ihren Kaffee und verschwindet eilig aus der Schusslinie. Arvo und Matti versuchen zu retten, was zu retten ist, und reden auf Madlen ein. Doch sie kanzelt beide zornig ab und stürmt schließlich aus dem Studio. Arvo folgt ihr, ohne zu zögern. Von draußen hören wir schnelle Schritte auf der Treppe und Arvos Ruf, dass Madlen warten soll. Gleich darauf fällt oben die Tür zum Hinterhof donnernd ins Schloss.

»Dein Glück, dass eine bruchsichere Scheibe zwischen euch war«, bemerkt Gizmo. »War mein Fehler. Ich muss mit dem Kopfhörer aus Versehen an den Regler gekommen sein. Sorry.«

»Schon gut«, murmle ich. Es ist ja nicht so, dass zwischen Madlen und mir nicht öfter die Luft brennen würde. Und ich weiß, dass Gizmo recht hat, was meinen Song betrifft. Er gehört mir nicht mehr allein. In Momenten wie diesen wünschte ich, ich könnte wirklich aus meiner Haut.

»Wir nehmen den letzten Take«, bestimmt Gizmo. »Schluss, Aus, Ende.« Damit greift er zu seiner Jacke und steht auf.

»Du gehst jetzt einfach?«

»Tja, ich habe es zwar mit dem Lautsprecher verbockt, aber du bist es, die bei Maddie zu Kreuze kriechen und sich entschuldigen muss.« Er verzieht den Mund zu einem mitleidigen Grinsen und gibt mir zum Abschied einen gönnerhaften Klaps auf die Schulter. »Auch das gehört zum Business. Bring Maddie irgendwie wieder runter. Und vergiss nicht, auch den B-Verstärker vom Netz zu nehmen, wenn du gehst. Heute Morgen war er nämlich noch an.«

Das Leder seiner Jacke knarzt, Schlüssel rasseln, dann geht das Hauptlicht im Regieraum aus, die Tür klappt hinter mir zu und ich bleibe im Schein der Stehlampe zurück, zittrig, mit schlechtem Gewissen und flatternden Nerven. Immer noch gellt Madlens Stimme in meinem Kopf. Und aus der Scheibe vor mir schaut mich meine eigene Spiegelung an wie ein Geist – halb durchsichtig, mit müden Augen, das schulterlange, weißblonde Haar in wirren Wellen. *Als wäre ich gar nicht richtig hier*, denke ich. *Ein Gespenst ohne Stimme.*

Eine Bewegung im Studio schreckt mich aus meiner Spiegeltrance. Rick ist als Einziger nicht gegangen. Die langen Beine lässig ausgestreckt, sitzt er immer noch an seinem Platz im Aufnahmeraum und sieht mich stirnrunzelnd an. *Alles okay?*, formen seine Lippen.

Ich nicke und ziehe das Mikro wieder auf. »Ja, danke, Rick«, antworte ich auf Englisch. »Wir sehen uns morgen beim Konzert im *Loose*. Schönen Abend.«

Er rührt sich nicht, sondern schaut mich durch die schalldichte Glasscheibe nur weiter irritierend intensiv an. Rick ist erst seit gut einer Woche dabei, als »Springer« und Ersatzmann für Joey, der sich den Arm gebrochen hat. Es war reines Glück, dass wir so kurz vor unserem wichtigsten Auftritt noch jemanden bekommen haben, der Joeys Part übernehmen kann. Lisa hatte Rick zufällig in einer Bar kennengelernt. Bisher mag ich ihn ganz gern. Er spielt wirklich gut Geige, führt sich nicht als Künstlerdiva auf und spricht nicht viel, und mir fällt auf, dass ich ihn zwar ständig bei den Proben sehe, aber noch nie richtig wahrgenommen habe. Zum Beispiel hätte ich bis eben nicht sagen können, welche Farbe seine Augen haben. Sie sind braun, aber in dem künstlichen Licht wirken sie fast schwarz.

»Ist noch was?«, frage ich freundlich.

»Nein.« Er schüttelt lächelnd den Kopf und beginnt seine Geige einzupacken.

Lisa und Matti drücken sich an der Treppe herum, beide in eine Aura von Zigarettendunst eingehüllt. »Schön, dich gekannt zu haben, Dee«, sagt Matti.

»Sehr witzig«, murmle ich.

Lisa gibt ihrem Freund einen Ellenbogenstoß in die Rippen. »Du kennst doch Maddie«, sagt sie und grinst mir aufmunternd zu. »Sie explodiert verdammt schnell, aber spätestens beim Auftritt morgen ist alles wieder vergessen.« Ich weiß nicht, woran es liegt, aber wenn Lisa so etwas sagt, glaube ich ihr jedes Mal.

Im Hinterhof wirbelt mir der schneidende Ostseewind Schneeflocken entgegen. Selbst für finnische Verhältnisse ist der Mai in diesem Jahr noch extrem kalt. Arvo und Madlen stehen vorne am Durchgang zur Straße und diskutieren. Madlens glattes, hüftlanges Haar bauscht sich im Wind wie schwarze Seide. Als sie mich quer über den Hof kommen sieht, verschränkt sie die Arme und hebt das Kinn. Nicht, dass sie das müsste, um auf mich herabzuschauen. Schon ohne ihre hohen Schuhe ist sie einen Kopf größer als ich. Und auch sonst sind wir in jeder Hinsicht Gegensätze. Schneeweißchen und Rosenrot, wie Lisa uns gerne nennt. Ich finde, Feuer und Wasser trifft es besser. Madlen ist ganz und gar Temperament und sticht in jeder Hinsicht aus der Menge hervor – von ihrer schillernden Art, sich zu kleiden, bis hin zu ihrem lauten, mitreißenden Lachen. Mich dagegen kennt man nur als stilles Wasser, das sich im Hintergrund hält.

»Hey, Madlen«, sage ich leise. »Können wir reden?«

»Wenn du es erträgst, dabei meine Stimme zu hören?«, gibt sie spitz zurück.

»Ich hole schon mal deinen Mantel, Maddie«, sagt Arvo. Er wirft mir einen wohltuend langen Blick zu und geht zurück in den Keller. Madlen und ich bleiben im fahlen Licht der Parkplatzbeleuchtung stehen.

»Es tut mir aufrichtig leid, Madlen«, beginne ich ohne Umschweife. Ich meine es wirklich so. Es stimmt, was Gizmo sagt: Maddie ist eine fantastische Sängerin. Es liegt nicht an ihr, dass ich ihre Art zu singen kaum ertrage. Es liegt an mir. Und an Tagen wie diesen wünschte ich, ich hätte kein Gehör, das wie ein Seismograph Erschütterungen wahrnimmt, die nicht einmal Gizmos Technik aufzeichnet.

»Es sollte dir auch leidtun!«, fährt sie mich an. »Ich habe verdammt noch mal keine erstklassige Gesangsausbildung gemacht, um da unten stundenlang nach deiner Pfeife zu tanzen und mir dann noch anzuhören, dass ich nicht gut genug bin. Und Gizmo hat völlig recht – es ist nicht mehr *dein* Song!«

Es kostet mich einiges, ruhig zu antworten. »In Ordnung. Ab jetzt halte ich mich raus. Versprochen. Dein Song, deine Interpretation.«

Madlen bekommt schmale Augen. Sie traut mir nicht und zu einem gewissen Teil liegt sie damit genau richtig. Ich würde einiges dafür geben, jetzt einfach nur gehen zu können. Aber so läuft es zwischen Madlen und mir leider nie. »Es tut mir leid, Madlen«, wiederhole ich mit Nachdruck. »Aufrichtig. Es war ein blöder Spruch von mir.«

»Er war mehr als blöd«, braust Madlen auf. »Ich lasse mir nicht sagen, dass ich die Scheiß-Bluestöne nicht treffe! Und schon gar nicht von einem zwanghaften Kontrollfreak wie dir!« Sie funkelt mich an und für ein paar Sekunden genieße ich es sogar, das Feuer ihres Zorns zu spüren. »Du klebst an jeder verdammten Note und der Interpretation, die du im Kopf hast!«, wettert sie weiter. »Alles andere gilt für dich nicht. Aber wenn du und Gizmo wollt, dass es zwischen uns funktioniert, dann solltest du endlich lernen zu akzeptieren, dass ich hier die Sängerin bin und nicht du!«

Wie sehr du dich irrst, Madlen, denke ich. »Was willst du noch von mir hören, Maddie?«, antworte ich leise. »Dass es stimmt, was du vorhin über mich gesagt hast? Ja, es ist wahr. Ich komme wirklich nicht gut damit klar, dass du den Song singen kannst und ich nicht. Und es war nicht okay, meinen Frust darüber an dir auszulassen.« Zur Abwechslung ist das die reine Wahrheit: Madlen ist all das, was ich nicht sein darf. Und in Momenten wie diesem fühlt es sich mehr denn je wie eine Niederlage an.

Sie hatte bereits Luft geholt, um zum nächsten Angriff überzugehen, aber jetzt beißt sie sich auf die Unterlippe. Und als würde meine Aufrichtigkeit ihren Zorn abkühlen, fröstelt sie in einem Windstoß und reibt sich die Arme. »Verdammt, Dee«, murmelt sie. »Mit dir zu streiten ist so, als würde man gegen offene Türen treten.« Sie seufzt genervt und streicht sich das Haar zurück. »Weißt du, ich verstehe dich ja. Es ist schlimm, seine Stimme zu verlieren. Glaub mir, niemand kann das besser nachfühlen als ich. Aber deine Art kann einen echt zur Weißglut treiben. Ich hasse es, wenn du immer so verdammt beherrscht tust. Ich wünschte, du würdest einfach mal richtig explodieren. Manchmal ist es besser, es knallt, aber dann weiß man wenigstens, woran man bei dir ist.«

Glaub mir, das willst du nicht, denke ich bei mir.

»Du bist hier die Frau für das Feuerwerk und die große Bühne«, gebe ich zurück. »Ich bin die Frau hinter den Kulissen, die eure ›Scheißsongs‹ schreibt. Vielleicht sollten wir uns beide gegenseitig akzeptieren?«

Diesen Seitenhieb kann ich mir nicht verkneifen. Madlen sieht mich misstrauisch an, aber dann schluckt sie. »Okay, tut mir auch leid«, sagt sie widerwillig. »Ich bin ebenfalls zu weit gegangen. Und ... es ist alles andere als ein ›Scheißsong‹. Aber das weißt du ja.«

»Schon gut. Dann ... sind wir wieder quitt?«

Madlen zögert. »Von mir aus«, antwortet sie schließlich. »Entschuldigung angenommen.« Wieder reibt sie sich unbehaglich die Arme. Auch mir ist kalt geworden, obwohl gar kein Wind mehr geht. *Vielleicht ist es einfach so, dass es zwischen Madlen und mir nur Feuer oder Eiszeit gibt*, denke ich. Meine Finger pochen, als ich die verkrampften Fäuste in den Taschen meines Hoodies löse. Die Fingernägel haben sich schmerzhaft fest in meine Handflächen gedrückt. So sieht es nämlich wirklich mit meiner »verdammten Beherrschtheit« aus. Es kostet mich viel, das stille Wasser zu sein, das die anderen für mein wirkliches Ich halten.

Bevor die Pause zwischen uns noch angespannter wird, taucht endlich Arvo wieder auf und reicht Madlen ihren roten Mantel. »Maddie und ich gehen noch was trinken«, wendet er sich an mich. »Kommst du später nach?«

Ich schüttle den Kopf. »Heute nicht. Ich habe noch zu tun.«

Madlen wirkt ganz und gar nicht so, als wäre sie unglücklich darüber. »Dann bis morgen, Dee«, sagt sie schon im Gehen. »Ich hole meinen Wagen, Arvo.«

Wir warten, bis sie im Durchgang zur Straße verschwunden ist, dann erst finden sich unsere Hände. Es wäre naiv zu glauben, dass niemand in der Band merkt, was seit einigen Wochen zwischen uns läuft, aber weder Arvo noch ich tragen es nach außen. Ehrlich gesagt liebe ich es, dass unsere Küsse immer noch nach Geheimnis schmecken. Und als er mich nun an sich zieht, fühlt es sich auch heute so an, als müsste ich fürchten, gleich aufzuwachen. *Aber er ist wirklich hier*, denke ich. *Und er gehört mir.* Sein glattes Haar fällt ihm schräg in die Stirn. Schneeflocken haben sich in den schwarzen Strähnen verfangen. Und wie jedes Mal, wenn er mich anlächelt, spüre ich keine Kälte mehr.

»Alles gut?«, fragt er sanft.

»Natürlich.«

»Wirklich?« Er dreht meine Handflächen nach oben. Beim Blick auf die Abdrücke der Nagelmonde in meiner Haut verschwindet sein Lächeln. »So schlimm?«

»War kein guter Tag heute.«

Er streichelt leicht mit den Daumen über meine Hände. Für einen Moment schließe ich die Augen. »Arvo?«, frage ich leise. »Bin ich ein Freak?«

Er lacht. »Du bist *mein* Freak.«

»Ich meine es ernst!«

»Du bist eine Musikerin«, antwortet er, ohne zu zögern. »Die beste, die ich kenne. Und du bist hart und zart und wild und wunderbar.« Es sind Zeilen aus *Poems for Julia*, der erste Song, den Arvo und ich zusammen geschrieben haben – ich die Melodie, er die Lyrics. Ich sage nie »Text«. Das, was Arvo über die Welt, das Dunkel und die Liebe zu sagen hat, ist nichts anderes als Poesie.

»Hast du auch Worte für mich, die du nicht aus unseren Songs stiehlst?«, frage ich.

Arvo öffnet den Reißverschluss seines Parkas. Dann zieht er mich an sich und hüllt mich in die Jacke und seine Wärme ein. Und als er auf mich herunterschaut, fühle ich mich wie eines der

Groupiemädchen, die ihm Liebeserklärungen schicken und alles tun würden, um jetzt an meiner Stelle zu sein. Arvos Augen sind von einem kühlen Blaugrau, das mit Sprenkeln von Bernstein vergoldet ist. Seine feinen Züge mit den hohen Wangenknochen geben seinem Lächeln etwas Sinnliches und Sehnsüchtiges, das seine Fans bis in die Träume verfolgt.

»*Minä rakastan sinua*«, raunt er mir zu. »Sind diese Worte gut genug für dich?«

Genau das ist Arvos Magie. Mit ihm fühlt es sich so an, als gäbe es auf der Welt nur uns zwei. Und aus seinem Mund klingt sogar das finnische *Ich liebe dich* wie ein Satz, den er nur einmal im Leben und nur für mich sagt.

»Im Ernst?«, gebe ich mit zärtlicher Ironie zurück. »Die Worte, die du nur für mich allein findest, sind die Standard-Liebeserklärung aus jedem Schlager?«

Er grinst. »Gib mir sieben Noten für ein Intro, dann schreibe ich einen Song nur für dich. Ein Lied über ein Mädchen mit Haar wie Meerschaum und Augen aus Rauch und Seide. Klingt das besser, *merenneito*?«

Meerjungfrau. So nennt er mich gern, wenn wir alleine sind. Weil ich unergründlich wie das Meer bin, sagt er. Und vielleicht auch, weil er intuitiv spürt, dass ich nicht ganz zu seiner Welt gehöre.

»Manche Meerjungfrauen haben keine Stimme, um ihrem Prinzen zu sagen, dass sie ihn lieben«, flüstere ich.

Arvo wird ernst, doch sein Blick bekommt etwas Weiches. Er streicht mir das Haar aus der Stirn und betrachtet mein Gesicht. »Du hast eine Stimme, Deirdre! Sie klingt in jedem deiner Songs. Und ich höre dich singen – hier drin.«

Er nimmt meine Hand und legt sie auf seine Brust. Sein Herz pocht unter meinen Fingerspitzen. Ich liebe Arvos Gesten, jedes seiner Worte und die Bilder, die darin schwingen. Aber noch mehr liebe ich, dass er mich immer nur Deirdre nennt und niemals Dee, wie es alle anderen tun. Und als er mich nun küsst, vergesse ich um ein Haar sogar all das, was nicht sein darf.

»Du fehlst mir jetzt schon«, raunt er mir zu. »Irgendeine Chance, dass du nachher noch zu mir kommst und … endlich mal übernachtest?«

Es kostet mich viel, ein Kopfschütteln anzudeuten. Denn nichts würde ich lieber tun als einfach nur Ja zu sagen. »Ich … kann nicht, Arvo. Ich habe Shay versprochen, dass wir morgen im Café *Engel* frühstücken. Sie ist dreizehn geworden und wir haben noch nicht mal gefeiert.«

Arvo versucht gar nicht erst zu verbergen, dass er enttäuscht ist. »Tja, gegen dreizehnjährige Cousinen habe ich keine Chance«, sagt er mit einem Augenzwinkern. »Bringst du sie am Abend zum Konzert mit?«

»Ja, das wird ihr Geburtstagsgeschenk. Mit Backstage-Pass für meine beste Band …«

In einer Seitenstraße röhrt ein Automotor auf. Sofort gehen wir auf Abstand. Aber es ist nicht Madlen. Das Auto gibt noch mehr Gas und braust davon. Arvo lacht auf. »Langsam sollten wir wirklich aufhören, uns wie ertappte Klosterschüler zu benehmen.«

»Morgen vielleicht«, erwidere ich. Auch das liebe ich an ihm: dass er die Augen schließt, als ich mir nun einen Kuss stehle. Doch gerade als unsere Lippen sich berühren, streift etwas meinen Nacken. Ich zucke zusammen und sehe mich um.

»Was ist?«, höre ich Arvo sagen.

»Ich weiß nicht.« Mein Blick schweift über den Hof, nach links, nach rechts, doch alles, was ich wahrnehme, sind die Umrisse der Mülltonnen und am Rand meines Blickfelds ein vertrautes weißes Leuchten. Wie ein Mondstrahl, der Form annimmt, betritt mein Wolf den Hinterhof und verharrt zehn Meter von uns entfernt. Er beachtet mich nicht, sondern starrt zu dem Studiogebäude. Seine Augen reflektieren das Licht wie zwei silberne Spiegel. Sein weißes Fell ist im Nacken gesträubt. Ich folge seinem Blick und spähe ebenfalls zu den Fenstern. *Da ist nichts*, beruhige ich mich. *Es war nur der kalte Wind, der mich gestreift hat.* Aber immer noch habe ich Gänsehaut von der Berührung. Sie war kühl und flüchtig und doch so real wie fremde Fingerspitzen.

»Deirdre?«, fragt Arvo. »Alles okay?«

»Ja. Ich … dachte nur, ich hätte da hinten etwas gehört. Wahrscheinlich nur eine Katze bei den Mülltonnen.«

Ich fasse ihn am Arm und ziehe ihn beiläufig aus dem Licht in den Schatten neben der Durchfahrt. Arvo legt mir den Arm um die Schultern. »He, du zitterst ja!«

»Es ist kalt hier draußen. Ich sollte reingehen. Madlen wartet sicher schon auf dich.«

Wie auf ein Stichwort hin ertönt von der Straße ein ungeduldiges Hupen. Doch Arvo lässt mich nicht los. »Soll ich lieber hierbleiben?«

»Nein!«, antworte ich etwas zu harsch.

Sogar im Schatten, der nun auf sein Gesicht fällt, nehme ich wahr, wie er die Brauen zusammenzieht. »Sicher?«

»Sehe ich aus, als hätte ich plötzlich Angst, nachts im Studio zu arbeiten? Außerdem weißt du genau, dass ich beim Songschreiben für mich allein sein muss.« Ein zweites ungeduldiges Hupen erklingt. »Besser, du gehst jetzt«, sage ich. »Es reicht, wenn Madlen auf einen von uns beiden sauer ist.«

Arvo zögert, aber als ich mich von ihm löse und die Schlüssel hervorziehe, seufzt er und gibt nach. »Ruf mich nachher noch an, okay? Und nimm dir ein Taxi für den Heimweg.«

»Das mache ich doch immer.« *Und zwar nicht zu meiner eigenen Sicherheit*, setze ich in Gedanken hinzu. Während Madlen ein drittes Mal hupt, küsst Arvo mich zum Abschied und eilt davon, ohne zu bemerken, wie er dabei so knapp an einem Polarwolf vorbeiläuft, dass er den Atem des Tieres an der Hand spüren könnte – wenn dieser weiße Wolf noch atmen würde.

Ich lausche auf das Zuschlagen der Autotür und warte, bis das Motorengeräusch in der Ferne verklungen ist, erst dann wende ich mich langsam dem Gebäude zu. Wie ein leiser Taktgeber klicken Krallen auf dem Asphalt, dann ist der Wolf an meiner Seite. Ich weiß nicht, warum ich seine Schritte hören kann. Normalerweise sind Geister stumm wie Schattenspieler aus einer anderen Welt. Ich spüre sein Fell nicht, unter meinen Fingerspitzen erahne ich nur eine Kühle wie von frischem, fedrigem Schnee. »Ich habe dich vermisst, Lumi«, flüstere ich. »Wo warst du heute den ganzen Tag?« *Lumi* ist das finnische Wort für *Schnee*. So nenne ich die Wolfsseele, die mir folgt, der Himmel mag wissen, warum. Als Antwort schüttelt Lumi nur sein Mondfell, dann spitzt er die Ohren und starrt wieder zum Haus. Ich kneife die Augen zusammen und suche die Fenster der Büros im ersten und zweiten Stock ab. Sie sind dunkel. Und natürlich ist dort niemand. Aber warum fühle ich mich dann trotzdem beobachtet?

WILLOW

Wie immer, wenn ich alleine im Studio bleibe, vergewissere ich mich zweimal, ob ich die Hintertür auch wirklich fest verriegelt habe. Überlaut klirren die Schlüssel im Takt, während ich die Treppe hinunterspringe. Der Zigarettendunst von Matti und Lisa hängt immer noch in der Luft, aber ihre Sachen sind weg. Das heißt, sie haben das Gebäude durch das Haupttor verlassen. Ich kann nur hoffen, dass sie die Vordertür diesmal ausnahmsweise richtig zugemacht haben. Gerade will ich hinaufgehen und es überprüfen, als ich es wieder wahrnehme: die Berührung von etwas, das anders ist als ein gewöhnlicher Luftzug. Dichter, kälter – und spürbar wie das Knistern von aufgeladener Luft, das mir Schauer über den Rücken jagt. Ich schließe die Hand so fest um die Schlüssel, bis das Eisen in meiner Handfläche mit meinem Herzschlag pulsiert. Vorsichtig schaue ich mich um und atme erleichtert auf, als ich hinter mir nur die leere Treppe sehe. »Hör auf herumzuspinnen«, ermahne ich mich leise. »Du weißt, dass es nicht sein kann.« Doch als ein Schleifen und Rascheln ertönt, als würde jemand eine Zeitung umblättern, rast mein Herz noch schneller. »Lumi?«, flüstere ich. Aber mein Wolf ist nirgendwo zu sehen. Da ist nur der leere Flur. Neben dem Stehtisch, der vor abgelaufenen Flyern und Tourprogrammen überquillt, liegt Gizmos zerfledderte Boulevardzeitung. Offenbar ist sie vom Tisch gerutscht– und zwar Blatt für Blatt, als hätte ein Windstoß sie sacht heruntergeweht. Nur, dass es hier unten definitiv nicht zieht. Die Schlagzeile des Tages springt mir in reißerisch roten Lettern entgegen: *Wann schlägt Romeo wieder zu?* Darunter steht: *Genanalyse bestätigt: Tote von Lajasaalo ist die vermisste Studentin.* Garniert ist der Artikel mit einem unscharfen Porträt, das vielleicht aus einem Jahrbuch abfotografiert wurde. *Laura B. wurde nur 19 Jahre alt* steht darunter.

»Soll das etwa eine Warnung sein, Lumi?«, flüstere ich in die Leere. »Sei bitte nicht albern.«

»Führst du Selbstgespräche?«

Ich fahre herum – und stehe Auge in Auge mit Rick. Er lehnt an der offenen Tür zum Aufnahmeraum, die Hände tief in den Taschen seines langen Mantels vergraben.

»Nur, wenn ich alleine bin«, gebe ich zurück. »Und du? Schleichst du dich immer so an?«

»Oh, habe ich dich erschreckt? Tut mir leid.« Er versucht sich an einem entschuldigenden Lächeln, das ihm nicht so recht gelingt. Ehrlich gesagt wirkt er ziemlich nervös. »Sorry, ich wollte nicht lauschen – ich verstehe sowieso kein Finnisch, wie du weißt. Oder … welche Sprache du da immer gesprochen hast.« Bei den letzten Worten hebt er fragend die Brauen.

»Was machst du noch hier?«, entgegne ich, anstatt zu antworten.

»Ich musste noch telefonieren. Aber gerade wollte ich zusammenpacken und gehen.« Er grinst verlegen und verschwindet im

Aufnahmeraum. Eine Minute später ist er mit seinem Geigenkoffer zurück. Doch in der Tür bleibt er wieder stehen und beißt sich auf die Unterlippe, als würde ihm noch etwas auf der Seele liegen. »Ich … habe es auch gehört«, sagt er plötzlich.

»Was gehört?«

»Den falschen Ton, den Maddie reinbringt. Du hast völlig recht. Sie verhaut den Refrain mit ihrer Art, die Blue Notes zu singen. Und bei den Worten *broken heart* liegt sie sogar leicht neben der Melodie.«

»Wirklich?«, sage ich nur. Denn um den Missklang in Madlens Gesang wahrzunehmen, müsste er schon jemand wie ich sein.

Rick nickt und erklärt mit lässigem Stolz: »Ich wäre ein schlechter Jazz-Musiker, wenn ich so was nicht heraushören würde. Und es ist schön, zur Abwechslung mal mit jemandem wie dir zu arbeiten.«

»Gizmo und ich sind froh, dass du dabei bist. Dein Stil passt gut zur Band. Brauchst du noch etwas aus dem Studio? Wenn nicht, bringe ich dich noch zum Vordereingang. Ich muss abschließen.«

Wie ich schon sagte: Ich mag Rick ganz gern. Aber erstens bin ich kein Fan von Smalltalk und zweitens will ich endlich, endlich die Tür zusperren und nach diesem Tag mit mir alleine sein. Oder zumindest so alleine, wie es in meinem Fall möglich ist.

»Oh, klar«, sagt Rick. »Ist wirklich spät geworden heute.« Er schließt die Tür zum Aufnahmeraum und zieht sich seine Handschuhe an. »Du … schreibst übrigens echt gute Songs, Dee. *Willow* ist großartig! Auf den ersten Blick einfach, aber in Wirklichkeit tiefgründig und komplex, voller Seele. Das könnte für die Band der Durchbruch werden.«

»Danke!«, antworte ich überrascht. Ich erwidere sein Lächeln. Denn ehrlich gesagt tut es gut, diese Worte zu hören. Und trotzdem ist da wie immer dieser schmerzhafte Stich, weil niemand *Willow* jemals so hören wird, wie ich das Lied wirklich gemeint habe.

»Schreibst du alle Lieder für *Northern Tides*?«

»Nein. Ich bin für die Tontechnik zuständig, da bleibt zum Komponieren kaum Zeit.«

»Nimm es mir nicht krumm, wenn ich das sage, aber anfangs hätte ich dir beide Jobs nicht zugetraut. Auf den ersten Blick dachte ich, du seist die Praktikantin. Du hältst dich immer im Hintergrund. Und du wirkst … sehr jung …«

»Zwanzig ist in unserer Branche nicht besonders jung.«

Ricks Lächeln wird ein wenig starr, verliert seine Wärme. Ich frage mich, ob ich etwas Falsches gesagt habe. Doch dann nickt er. »Stimmt. Entweder man schafft es, bis man siebenundzwanzig ist, oder gar nicht. *The famous die young*, nicht wahr?«

»Was du auch tust, stirb bitte nicht vor dem Konzert morgen, klar?«

Arvo hätte jetzt gelacht. Aber Rick schaut mich nur irritiert an. »Finnische Redewendung«, lege ich schnell nach. »Vergiss es. Hier entlang!«

Die Neonbeleuchtung springt per Bewegungsmelder an, während wir durch abgeschabte Flure und über nackte Betontreppen nach oben gehen. »Parkhaus-Barock«, wie Lisa es nennt.

»Deirdre Faye«, sagt Rick nach einer Weile im Gehen. »Ist das … ein Künstlername?«

»Auch, wenn er sich so anhört: Nein.«

»Der Name klingt irisch. Hast du familiäre Wurzeln dort?«

Und was für welche!, denke ich. »Ja. Ich komme aus Dublin.«

»Sogar eine gebürtige Irin also! Aber die Sprache, die ich vorhin mitbekommen habe, klang nicht nach Akzent. Es klang nicht mal ansatzweise englisch.«

»Das war Gälisch. Meine Muttersprache.«

»Wow, ungewöhnlich.« Rick wirkt ehrlich beeindruckt.

Ich stelle mir vor, was er wohl sagen würde, wenn er wüsste, dass ich zwar irischer als Guinness-Bier bin, aber in einer verschneiten Hütte in dem Teil von Lappland auf die Welt kam, wo im Winter die Sonne nicht scheint und sich nur noch ein paar einsame Polarfüchse und Rentiere Gute Nacht sagen.

»Und was hat dich ausgerechnet nach Helsinki verschlagen?«, will Rick wissen.

»Was verschlägt einen Amerikaner wie dich ausgerechnet hierher?«, kontere ich.

Aus dem Augenwinkel nehme ich sein Schulterzucken wahr. »Das Übliche. Der Job. Als freier Musiker bin ich selten länger als sechs Monate an einem Ort. Sogar hier in Helsinki war ich schon mal, allerdings ist das eine Weile her. Letztes Jahr war ich um diese Zeit in Frankreich. Das war eine Glanztour: Free Jazz. Liegt mir mehr als der vorgestanzte Elektro-Rock, für den ich sonst angefragt werde. Tja, der Fluch der Vielseitigkeit.« Er wirft mir einen prüfenden Blick zu, ganz so, als wollte er sehen, ob mir sein Talent und sein Künstler-Vagabundenleben imponieren.

»Dann sind wir also aus demselben Grund in Helsinki gelandet«, sage ich nur. »Der Job.«

Ich spüre, wie er mich von der Seite mustert. Und ich weiß nicht, woran es liegt, aber irgendetwas beunruhigt mich, ohne dass ich sagen könnte, was. Verstohlen schaue ich mich nach Lumi um, aber mein Wolf ist uns nicht gefolgt.

»Weißt du, seit ich bei euch eingesprungen bin, frage ich mich, was dich zu *Willow* inspiriert hat«, fährt Rick fort. »Ein so düsteres Lied über Schmerz und Verlust …«

Ich ahne, was für ein Bild er sich gerade von mir macht. Das zarte, zerbrechliche Mädchen, das sich seinen Liebeskummer von der Seele schreibt. Tja, stille Wasser laden dazu ein, die Spiegelungen auf der Oberfläche für die Wirklichkeit zu halten.

»Es ist nicht autobiografisch, falls du das vermutest. Der Text stammt aus einer irischen Ballade aus dem Spätmittelalter. Ich habe das Ganze lediglich vertont.«

Aber dann überrascht Rick mich doch noch. »Den Text meinte ich auch nicht«, sagt er leise. »Sondern die Melodie. Der Schmerz darin ist echt, nicht wahr? Du hast ihn wirklich gefühlt.«

Ich bleibe stehen und wende mich ihm zu. Er ist so groß, dass ich den Kopf in den Nacken legen muss, um ihm in die Augen zu sehen. »Was soll das hier werden, Rick? Die Psycho-Sprechstunde?«

So, wie ich ihn bisher kennengelernt habe, hätte ich erwartet, dass er meinem Blick ausweicht oder verlegen lacht. Aber diesmal ist es anders. Er sieht mich nur schweigend und so intensiv an, als versuchte er in meinem Gesicht zu lesen. Und zum ersten Mal fällt mir auf, dass er trotz seiner Brille, seiner lockeren Art und dem jungenhaft zerzausten Haar gar nicht so jung ist, wie er wirkt. Bisher hätte ich ihn auf höchstens Mitte zwanzig geschätzt, aber hier, im harten Neonlicht, erkenne ich, dass er sicher schon über dreißig ist.

»Es hat mich einfach interessiert«, antwortet er. »Als ich Lisa vorhin fragte, was Maddie zu dir gesagt hat, habe ich erfahren, warum du nie selbst singst. Ich konnte dir ansehen, wie viel dir Maddies Worte ausgemacht haben.«

Es kommt selten vor, dass mir keine schlagfertige Antwort einfällt. Aber gerade weiß ich nur, dass mir kalt ist und dass sich das hier ganz und gar nicht gut anfühlt. »Und du glaubst, weil ich seit einer verpfuschten Stimmband-OP gesangsbehindert bin, schreibe ich tragische Songs? Hör zu, Rick. Für Gespräche dieser Art kennen wir uns wohl kaum gut genug. Abgesehen davon wäre ich eine schlechte Songwriterin, wenn ich nicht jedes Gefühl in Noten fassen könnte – egal, ob es mein eigenes ist oder nicht.« Und dann kann ich mir einfach nicht verkneifen, noch hinzuzufügen: »Gerade ein Jazz-Musiker sollte das wissen.«

Treffer, versenkt. Rick zieht die Brauen zusammen.

»Entschuldige, ich wollte nicht unhöflich sein«, murmelt er. »Und du hast recht. Wir kennen uns kaum. Aber … das lässt sich ja ändern. Hast du Lust, etwas essen zu gehen?«

Endlich wird mir klar, warum er sich so viel Mühe gibt, mich auszufragen und sich als Jazz-Genie zu präsentieren. Er hat vorhin nicht telefoniert, sondern gewartet, bis er alleine mit mir sprechen konnte. Doch selbst wenn ich Arvo nicht hätte und auf der Suche nach einem Date wäre, stünde Rick so ziemlich als letzter Kandidat auf der Liste. Er sieht zwar ganz gut aus, aber ich verliebe mich nicht in schlaksige, große Kerle, die Nerdbrillen tragen und zu langes, wirres Haar haben.

»Nein, danke«, erwidere ich freundlich, aber bestimmt. »Ich habe keinen Hunger.«

»Dann lass mich dich wenigstens nach Hause fahren. Du wohnst doch in Merihaka, das liegt genau auf meinem Weg.«

Ich stutze. »Woher weißt du, wo ich wohne?«

»Ich … habe es aufgeschnappt. Irgendjemand von der Band hat es erwähnt.«

Wirklich?

»Mein Auto steht nur zwei Straßen weiter«, fügt er hinzu. »Also?«

»Danke für das Angebot, Rick. Aber ich habe hier noch zu tun.«

»Hier? Ich meine … ganz allein in diesem Bunker? Mitten im Industriegebiet?«

Die Band ist ihm gegenüber wohl doch nicht so gesprächig, wie er eben behauptet hat. Jeder weiß, dass ich immer die Letzte bin, die geht. Und die Tatsache, dass ich den Schlüssel zum Studio habe, ist der eigentliche Grund, warum ich für Gizmo arbeite.

»Hast du keine Angst?«, setzt Rick hinzu.

»Ich fürchte mich nicht vor Gespenstern.«

Er schaut mich an, als würde er überlegen, ob ich einen Scherz mache. »Ich rede auch nicht von Gespenstern«, sagt er mit Nachdruck. »Sondern davon, dass Mädchen wie du zur Zeit nachts besser nicht alleine unterwegs sein sollten.«

»Mädchen wie ich?«

»Du weißt, was ich meine.«

Ja, ich weiß es. Romeo steht auf stille Schneeweißchen, nicht auf schillernde Sirenen wie Madlen. »Selbst wenn die Vermutungen stimmen, wäre dieser Mörder wohl ziemlich dumm, ausgerechnet in einer der verlassensten Gegenden Helsinkis nach einem neuen Opfer zu suchen, statt durch die vollen Clubs zu ziehen.«

»Darüber reißt man keine Witze, Dee!«, sagt Rick verärgert. »Und ich will dir wirklich keine Angst machen, aber hier draußen hört dich niemand, wenn du in Schwierigkeiten bist! Wenn ich dein Freund wäre, würde ich dich hier jedenfalls nicht alleine lassen.«

»Du bist aber nicht mein Freund«, kontere ich. »Ich brauche niemanden, der mich beschützt oder vor Serienkillern rettet, okay?«

Ich wende mich ab und will in den Gang zum Foyer einbiegen. Aber Rick fasst mich allen Ernstes am Arm und hält mich zurück. »Dee, warte …«

»Hey!«, sage ich leise, aber so scharf, dass er mich sofort loslässt. Doch immer noch ist er viel zu nah – in mehr als einer Hinsicht. Und mit einem Mal weiß ich, was mich schon die ganze Zeit irritiert: Von Rick strahlt etwas Kühles ab, als würde ihn ein Kokon von kalter Luft umgeben. So, als wäre er gerade eben noch draußen durch den Schneewind gewandert. Unwillkürlich weiche ich zurück.

»Weißt du was? Ich gebe dir einfach meine Nummer«, fährt er resolut fort. »Ich wohne hier ganz in der Nähe. Ruf mich an, wenn du fertig bist, ich hole dich ab ...«

»Rick, die Antwort ist Nein! Ich gehe nicht mit dir aus. Ich rufe dich nicht an. Und ich suche auch kein Date.«

Ein Schatten fällt über seine Miene. Zum ersten Mal sehe ich in seinen Augen Ärger aufblitzen. »Verstehe«, sagt er sehr langsam. »Dann habe ich deine Signale wohl falsch gedeutet?«

»Ich wüsste nicht, welche Signale das sein sollten.«

Er schnaubt. »Komm schon, Dee! Ich habe dich beobachtet. Matti und Arvo würdigst du kaum eines Blickes, aber mir hast du zugelächelt. Und nicht nur einmal. Ich dachte, es hätte etwas zu bedeuten.«

Okay, das wird jetzt wirklich schräg. »Umso besser, dass wir dieses Missverständnis nun geklärt haben«, sage ich betont sachlich. Damit lasse ich ihn endgültig stehen und gehe voraus Richtung Foyer. Doch erst am Ende des Flurs höre ich an den Schritten, dass er mir zum Vordereingang folgt. Genau wie das gesamte Gebäude, hat auch die zerkratzte Tür aus Stahl und Panzerglas schon bessere Zeiten gesehen. Das metallene Quietschen der Angel hallt in der leeren Straße.

»Tja dann«, murmelt Rick. »Ich hoffe für dich, dass du wenigstens klug genug bist, dir für den Nachhauseweg ein Taxi zu nehmen. Wobei ... selbst das ist keine Garantie. Von Romeo gibt es ja nicht mal ein Phantombild – so gesehen könnte es jeder sein. Sogar der nette Uber-Driver von nebenan.«

Es gibt diese Männer, die pampig werden, wenn man kein Interesse an ihnen hat. Ich hatte allerdings nicht gedacht, dass Rick einer von denen ist. Und bin selbst überrascht, wie sehr mich das enttäuscht.

»Wirklich, Rick?«, gebe ich mit müdem Spott zurück.

Er presst die Zähne so fest aufeinander, dass seine Züge härter wirken. Spätestens jetzt kann er nicht mehr verbergen, dass er gar nicht so nett ist, wie er sich gibt. »Ich wollte einfach nur freundlich sein. Es war keine Anmache, wenn du das denkst. Du hast nur so einsam gewirkt und ich dachte, du wirst ja sicher nicht so oft angesprochen.«

Ja, stille Wasser sind Spiegel. Und manche werfen Steine in sie hinein, weil sie ihr eigenes Spiegelbild nicht ertragen.

»Bis morgen im *Loose*«, sage ich kühl. »Neunzehn Uhr ist Soundcheck. Sei pünktlich.«

Rick schnaubt, aber endlich geht er. Ich schaue ihm noch eine ganze Weile nach, wie er die Straße entlangläuft, eine große, hagere Gestalt mit hochgezogenen Schultern, den Geigenkasten unter den Arm geklemmt. Und ich weiß nicht, warum, aber ich atme tatsächlich auf, als er in den Schatten verschwunden ist. Diese seltsame Kühle scheint immer noch den Raum zu füllen. Aber wahrscheinlich ist es nur die ungewöhnlich kalte Mailuft, die durch den Türspalt ins Gebäude dringt. Ich drücke die Tür ins Schloss, drehe den Schlüssel zweimal um und lasse ihn von innen stecken. Das Risiko, dass Gizmo vielleicht etwas vergessen hat und plötzlich unangemeldet im Studio steht, darf ich nicht eingehen.

Und dann streife ich diesen missglückten Tag endgültig von mir ab und gehe zurück ins Studio. Im Regieraum stelle ich die Kabine auf stumm und hole meine eigene Gitarre, die immer neben dem Pult wartet. Noch einmal prüfe ich, ob wirklich alle

Regler auf schalldicht stehen. Zur Sicherheit stelle ich auch noch die Stehlampe vor die abgeschlossene Tür. Selbst wenn sie sich allen Gesetzen zum Trotz öffnen sollte, sehe ich in der Kabine sofort, wenn draußen die Lampe umfällt, und kann rechtzeitig verstummen.

So ist das nämlich, wenn man von den irischen Banshees abstammt. Ja, genau, die Todesfeen, die nachts klagend und herzzerreißend schreiend um die Häuser streichen und damit ankündigen, dass bald jemand sterben wird. Manche sagen, sie waschen beim Jammern und Klagen blutige Kleidung, andere Überlieferungen beschreiben sie als weiß gewandete Frauen mit langem Geisterhaar. Ich trage am liebsten schwarze Jeans und falle auch sonst nicht durch blutige Accessoires auf. Aber Schreien, Rufen und leider auch Singen ist für mich tabu, wenn ich nicht will, dass Menschen durch meine Stimme sterben.

Die Sprecherkabine zu betreten, ist ein Schritt über die Schwelle in mein eigentliches Sein. Schon bevor ich die letzte Tür hinter mir schließe, spüre ich die Vorfreude wie Gänsehaut auf meiner Seele.

Ich beginne immer auf dieselbe Weise: Erst stecke ich meine Gitarre ein und wecke sie mit Strom und ein paar zarten Strichen über die E-Strings. Ironischerweise ist es eine E-Gitarre der Marke *Banshee*. Ich habe sie allerdings nicht wegen des Namens ausgesucht, sondern weil meine Stimme ihre Saiten auf eine Art mitschwingen lässt, die meinen Songs den perfekten Klangteppich bietet. Mit einem harten Fingerschlag bringe ich die Saiten wieder zum Schweigen, atme bis zum tiefsten Punkt aus und verharre. Hier, am Scheitelpunkt der Stille, löse ich die Fessel. Langsam lasse ich die Luft in meine Lunge strömen, bis die Sehnsucht mich völlig ausfüllt. Ich sammle die Spannung in meinem Zwerchfell. Und aus dem tiefsten Grund meines Sehnens lasse ich aus dem Bauch den ersten Ton aufsteigen. Ich schließe die Augen und gebe ihn frei. Die ersten Noten kommen noch leise, vorsichtig, als würde das Gitarrenspiel sie nur langsam aus ihrem Versteck locken. Doch mit jedem neuen Atemzug entfessle ich meine Stimme mehr, bis mein ganzer Körper schwingt und … ich singe! Ich genieße das Vibrieren in meiner Kehle, die ganze Kraft meines Atems und meines Herzens. Und dann kommt der Moment, wenn ich nicht mehr Deirdre bin – ich bin nur noch Musik. Ich bin *Willow* und *Poems for Julia* und all die anderen Lieder, die sich in mir entfalten. Blind fliegen meine Finger über den Steg und die Saiten. Die Stimme meiner Gitarre ist schneidend und hoch, meine eigene dagegen kraftvoll, klar und rau zugleich. Eine gute Sängerin hat einen Stimmumfang von zweieinhalb Oktaven. Ich beherrsche mühelos dreieinhalb. Doch der Klang, der meine Seele füllt, ist der Refrain von *Willow* – tief, herzzerreißend und klagend wie ein melodisches Wolfsheulen. Es hat nichts gemein mit Madlens zahmer Interpretation. Das hier ist echt. Es ist Wildheit, Abgrund und Tod. Ich singe, so laut ich kann, mit all dem Feuer und aller Leidenschaft, die in mir sind, und genau auf die Art, wie ich den Song meine und fühle. Die letzte Note verklingt und lässt mich leer, aber unendlich glücklich zurück.

Als ich die Augen öffne, liegt Lumi zu meinen Füßen. Hinter der Scheibe sehe ich meine anderen Geister in der Regiekabine. Die alte Frau hat ihre Lesebrille bis zur Nasenspitze geschoben und strickt. Ich weiß nicht, wie sie in Wirklichkeit heißt – beziehungsweise *hieß*, als sie noch lebte. Ich nenne sie Áila, weil es ein samischer Name ist. Áila gehört zum Volk der Samen. Bis ich sie aus dem Leben riss, lebte sie im nördlichsten Teil von Lappland. Als sie starb, war sie wohl gerade dabei, eine Mütze zu stricken. Der Größe nach zu urteilen, ist es die Mütze für ein Kind, vielleicht für einen Enkel. Immer noch arbeitet sie daran, ohne jemals auch nur eine Masche mehr hinzuzufügen. Ich frage mich, ob es ihr bewusst ist oder etwas ausmacht, dass die Mütze immer halb fertig ist. Und ob Áila weiß, dass ihr Enkelkind von damals inzwischen schon erwachsen ist. Als hätte sie meinen Blick gespürt, schaut sie kurz auf und schenkt mir ein flüchtiges Lächeln, dann arbeitet sie weiter. Es gibt Geister, die grollen, aber Áila gehört nicht dazu. Sie verfolgt mich nicht, sie ist einfach nur da, sobald ich alleine bin. Und auf eine Weise werde ich sie wahrscheinlich vermissen, wenn sie eines Tages verblasst und schließlich verschwinden wird wie die anderen. Zwei dieser schwindenden Geister erahne ich ebenfalls hinter der Scheibe – zwei Männer in Outdoorkleidung, die sich heute nur als Schattenrisse zeigen. Touristen, die zufällig zur falschen Zeit am falschen Ort waren. Ich nenne sie nur die Wanderer. Sie starren mich feindselig an, aber ihre zornige Aura, die mir als Kind vor Angst den Schlaf raubte, ist im Lauf der Jahre zu einem fahlen Leuchten verblasst.

Mag der Himmel wissen, wo Menschen nach ihrem Tod normalerweise hingehen und was sie dort tun. Alle, die von einer Banshee rechtmäßig ins Grab geschrien wurden, bleiben dort auch. Schließlich sind unsere Ahninnen für diese Menschen nur die Erfüllerinnen eines Schicksals, das ihnen ohnehin blühte. Banshees bringen nicht den Tod, sie kündigen ihn nur an. Für diese Menschen tickte die Uhr, ihre Zeit lief ab. Das Problem sind diejenigen, die uns »Bansheenys« zum Opfer fallen. So nennen uns unsere irischen Ahninnen. Es klingt nett – so, als wären wir die niedliche Pfadfinder-Ausgabe echter Todesfeen. Aber so freundlich ist es nicht gemeint. »Sheeny« bedeutet zwar glänzend oder silbrig. Und in den Zeitdekaden der Todesfeen sind wir auch noch glänzend und neu wie frisch geprägte Centmünzen.

Aber »sheeny« hat auch eine andere, gar nicht so nette Bedeutung: Für unsere Ahninnen sind wir diejenigen, die nicht dazugehören, die in ihren Augen minderwertig sind, halbseiden, zwielichtig, auf jeden Fall verdächtig. Uns ist nicht zu trauen, denn wir sind etwas, was es nach den Gesetzen der Magie nicht geben dürfte: Nachkommen einer Todesfee und eines Menschen. Anders als unsere Ahninnen sind wir nicht Teil des Schicksalsrades, das über Tod, Leben und Vergeltung entscheidet. Man könnte sagen, wir sind die magische Mutation, die niemand haben will.

Das Tolle daran, eine Bansheeny zu sein, ist unsere Fähigkeit, im Notfall jeden Serienkiller, der uns auf den Fersen ist, mit einem Schrei aus dem Weg räumen zu können. Selbst wenn mir um zwei Uhr morgens Romeo persönlich auflauern würde – bevor er überhaupt begreifen würde, dass er sich die Falsche ausgesucht hat, könnte ich ihn mit einem einzigen Ton ins Grab befördern. Nicht, dass ich so etwas tun möchte. Und nicht, dass ich morgens um zwei Uhr je allein in finsteren Ecken unterwegs wäre. Eigentlich ziehe ich nicht einmal freiwillig über Partymeilen oder durch Clubs. Ich will auf keinen Fall in Gefahr geraten, zu schreien oder auch nur zu laut zu rufen. Gelegenheit macht Gräber, würde meine Mutter sagen. Richtiger müsste es allerdings heißen: Gelegenheit macht Geister. Jede aus meiner Familie hat solche Groupies, die nie vergessen, uns daran zu erinnern, dass wir der Grund für ihre Existenz ohne Herzschlag sind.

Und das ist das absolut Blöde daran, eine Bansheeny zu sein.

SHAYLEE

Es ist schon nach Mitternacht, als ich aus dem Taxi steige. Manche sagen, Merihaka sei das hässlichste Wohngebiet in Helsinki. Dabei gibt es keinen schöneren Ort, um direkt am Meer zu wohnen. Die Luft riecht nach Salz und Wolken und auf der schwarzen Haut der Ostsee spiegeln sich die Lichtreflexe vereinzelter Hochhausfenster. Früher am Abend ist es immer »ein Meer aus Feenlichtern«, wie Shaylee es andächtig ausdrückt. Das ist Shay: Sogar an einem schmucklosen Ort voller grauer Plattenbauten findet sie Poesie. Im obersten Stockwerk des Hochhauses, in dem wir wohnen, flackert das bläuliche Leuchten des Fernsehers. Vielleicht ist meine Mutter noch wach. Wahrscheinlicher ist aber, dass Shay sich aus ihrem Zimmer geschlichen hat und heimlich eine ihrer geliebten Romance-Serien schaut.

Mit einem metallenen Zähneknirschen setzt sich der Fahrstuhl in Bewegung. Und mit jedem Meter, den er sich ächzend nach oben schiebt, fühle ich mich, als würde das Gewicht des Tages Schicht um Schicht von meinen Schultern gleiten.

Wie ich vermutet habe, ist es Shaylee, die im Pyjama auf dem Sofa vor dem Fernseher lümmelt. Sie hat sich meinen besten Kopfhörer aus meinem Zimmer geholt und sich unter einem Berg von Decken eingekuschelt. Das Sofa ist übersät mit Süßigkeitenpapierchen, Chipskrümeln und Modezeitschriften. »Dee«, ruft sie mir flüsternd entgegen und nimmt die Kopfhörer ab. »Ich bin extra aufgeblieben und habe auf dich gewartet.«

»Und du hast *extra* den Fernseher eingeschaltet, um dir bis zu meiner Rückkehr die Zeit zu vertreiben?«, antworte ich mit einem Lächeln. »Dieses Opfer weiß ich wirklich zu schätzen.«

Shay wird rot und kichert. Wie zwei Verschwörerinnen schauen wir beide zum Durchgang, der in den langen Flur führt. Ganz am Ende befindet sich das Schlafzimmer meiner Mutter.

»Sie ist heute früh schlafen gegangen«, wispert Shay. »Weil sie Kopfschmerzen hatte. In der Küche hat sie dir einen Zettel hingelegt. Sie hat gesagt, ich darf ihn nicht lesen. Hat bestimmt was mit meinem Geburtstagsfrühstück zu tun.«

Das ist typisch meine Mutter. Warum ein Handy benutzen, wenn man Nachrichten auch mit einem Füller auf Papier schreiben kann? »Schon möglich«, erwidere ich ausweichend und ziehe meine Jacke aus. »Wie war es heute in der Schule?«

Shays Strahlen verlischt so abrupt, als hätte der Wind eine Kerzenflamme ausgeblasen. »Im Volleyball bin ich schon wieder als Letzte in die Mannschaft gewählt worden«, antwortet sie bekümmert. »Dabei bin ich im Fangen echt gut! Und in den Pausen stand ich mal wieder ganz alleine herum. Irgendwie will niemand so richtig mit mir sprechen.« Sie seufzt und verzieht den Mund zu einer unglücklichen Grimasse.

»Kopf hoch, Kleine«, sage ich sanft. »Das ging uns anfangs allen so. So ist es eben, wenn man erst mit zwölf oder dreizehn in eine neue Klasse kommt. Die anderen kennen sich oft schon seit dem Kindergarten. Aber bald werden sie sehen, dass du jemand bist, den man unbedingt in jeder Mannschaft haben muss.«

Shay versucht zwar noch, betont bekümmert dreinzuschauen, aber in ihren Mundwinkeln zuckt bereits ein Lächeln. »Hast du mir MakuLaku mitgebracht?«

So heißen die gefüllten Lakritzdrops, die Shay liebt. Mich und meine Mutter kann man mit dem seltsamen Geschmack jagen, aber Shay verschlingt voller Begeisterung sogar das salzige Lakritzeis, das nur die ganz harten Finnen essen. Doch wahrscheinlich fände sie auch Oktopusgelee mit Kirscheis köstlich, wenn es zum Leben in der großen, verheißungsvollen Stadt gehören würde. Ich hole die Tüte aus meiner Umhängetasche. »Fang auf, Süßmaul.«

Shay schnappt die Süßigkeiten geschickt aus der Luft und reißt die Tüte sofort auf. Und als sie mich kauend anstrahlt, wallt in mir die ganze Zärtlichkeit auf, die ich für sie empfinde. Shay erinnert mich in ihrem Wesen an frisch gefallenen Schnee. Alles hier ist für sie neu und schillernd, eine Expedition in das Leben, von dem sie bisher nur träumen konnte. Auf den ersten Blick würde niemand glauben, dass sie eine von uns ist. Die meisten Nachkommen der Banshees sind hellhäutig, manche sogar totenblass. Üblicherweise haben sie auch auffallend helles Haar und Augen in Farbnuancen von Lichtgrau bis zu einem wasserhellen Blau. Oder seltener – wie bei mir – Augen von einem farblosen, transparenten Braun, das an Rauchglas erinnert. *Die Feen-Gene setzen sich immer durch*, wie meine Mutter sagt. Aber Shaylee schlägt zu neunzig Prozent nach ihrem menschlichen Vater und damit völlig aus der Art. Man könnte sagen, sie ist die Mutation der Mutation. Ihr Haar ist lockig und dick und glänzt in einem satten Kastanienton. Ihre Augen sind dunkelbraun ohne jede Spur von Transparenz und ihr olivfarbener Teint wird im Sommer bronzegolden.

»Was schaust du da?«, will ich wissen. »Die zehnte Staffel von *Broken Love*?«

»Hab ich längst durch«, nuschelt Shay mit vollem Mund. Sie rutscht zur Seite und klopft neben sich aufs Sofa. Meine Schritte sind völlig lautlos, unter dem Teppich liegen Schallschutzmatten und lassen nicht das geringste Geräusch zu den Nachbarn unter uns dringen. Auch die dicken Betonwände zwischen den Wohnungen verschlucken jeden Laut, selbst wenn wir hier drin lachen oder ein wenig lauter reden als draußen unter Menschen. Mit einem Blick vergewissere ich mich, dass die gedämmten Fenster verschlossen sind, dann ziehe ich auch noch den Hoodie aus und lasse mich neben Shay aufs Sofa fallen. Sie lächelt, als sie bemerkt, dass ich unter meinem üblichen Schwarz das pinkfarbene T-Shirt trage, das sie mir geschenkt hat. Darauf prangt ein silberner Porträtdruck von Taylor Swift. Tja, was tut man nicht alles für kleine Cousinen.

»Du riechst gut«, sagt sie und kuschelt sich an mich. »Nach Schnee. Und deine Arme sind ganz kalt.«

»Dafür, dass wir Frühling haben, ist es draußen noch mal ziemlich winterlich geworden.«

»Das nennst du winterlich?« Sie blitzt mir ein Lächeln zu. »In Werhojansk hat es gerade zwanzig Grad minus. Mama hat mir Fotos geschickt. An unserer Hütte hängen meterlange Eiszapfen. Und auf der Jagd hat sie heute ein Rudel Wölfe gesehen.« Shay schmiegt sich an mich und erlaubt sich ein kleines Heimweh-Seufzen. Und ich frage mich, ob sie dabei die Augen schließt und sich vorstellt, sich gerade an ihre Mutter Brianna zu kuscheln.

Unhörbar für uns läuft der Fernseher weiter. Eine rothaarige Frau mit ernster Miene erklärt etwas. Wie fernes Radiosurren dringt nur eine Ahnung ihrer Stimme aus den Kopfhörern auf Shays Schoß. »Lydia Berger, Kriminalpsychologin« wird als Banner eingeblendet. Dann erscheint ein schwarz-weißes Tatortfoto. Es zeigt eine Wiese und ein helles Tuch, unter dem man die Umrisse eines liegenden Körpers erahnen kann. Nummerierte Tatortmarkierungen der Polizei stecken ringsherum im Gras.

»Du bist von Liebesgeschichten auf True Crime umgestiegen?«

Ich spüre Shays Nicken an meiner Schulter. »Ist spannend. Und ziemlich gruselig.«

»Du meinst, noch gruseliger als das Make-up dieser Highschool-Barbie aus *Broken Love*?«

Shay fährt hoch und knufft mich empört in die Seite. »Über Ariana Starling darf nur ich lästern, klar?«

Wie immer, bringt sie mich mit ihrer Art zum Lachen. Aber dann stutze ich. Bei Shays abrupter Bewegung ist ein Notizbuch vom Sofa gerutscht und liegt nun aufgeklappt auf dem Boden. *Fundort: Lajasaalo* hat Shay in ihrer runden Mädchenschrift notiert und mit Glitzermarker unterstrichen. Darunter hat sie die Schlagzeilen aufgeschrieben, die heute in jeder Zeitung zu finden waren.

»Was machst du da, Shay?«

Sie hebt das Buch auf und schlägt es hastig zu. »Nichts.«

»Aber das sind Infos zum Romeo-Fall. Warum schreibst du dir das auf?«

Shay wirft einen schnellen Blick zum Flur, dann senkt sie die Stimme noch mehr. »In der Schule haben heute alle darüber geredet. Hast du es auch mitbekommen?«

»Nur ein paar Schlagzeilen aufgeschnappt. Warum?«

In Shays Augen entzündet sich ein Leuchten, das meiner Mutter vermutlich sofort Sorgen machen würde. »Sie haben das vermisste Mädchen gefunden«, wispert sie aufgeregt. »Zwei Jahre lang lag sie am Rand eines Wohngebiets, unter Geröll und Steinen. Kannst du dir vorstellen, wie viele Leute in dieser Zeit ahnungslos an ihrem Grab vorbeigegangen sind? Und gefunden hat man sie jetzt nur, weil immer wieder ein Mann beobachtet wurde, der nachts dort auftauchte. Einmal lag an der Stelle eine Rose. Als ein Spaziergänger die Blume aufgehoben hat, fiel ihm eine Haarsträhne auf, die zwischen dem Geröll hervorschaute.«

»Hört sich ja makaber an.«

»Ja, nicht wahr?« Shay hebt vielsagend die Brauen. »Das war Romeo! Es war eine gelbe Rose, die er hingelegt hat – Lauras Lieblingsblume. Und niemand sonst konnte wissen, dass sie genau dort vergraben ist. Viele Täter kommen zum Ort ihres Verbrechens zurück, weißt du?«

»Und dann legen sie Rosen ab, damit man ihre Opfer auch garantiert findet? Wenn du mich fragst, hört sich das eher nach erfundener Sensationsstory an.«

»Aber es wurde wirklich ein Mann beobachtet, der nachts immer wieder dort war!«

»Und das heißt sofort, dass dieser Mörder wieder aufgetaucht ist?« Ich schüttle den Kopf.

Shay rückt ein wenig von mir ab und zieht die Beine an den Körper, schlingt ihre starken Arme um die Knie. »Mit Laura hat er insgesamt vier Mädchen auf dem Gewissen!«, sagt sie mit Nachdruck. »Und wenn er jetzt zwei Jahre nichts getan hat, dann liegt es nur daran, dass ihn jemand daran gehindert hat.« Sie deutet zum Fernseher. »Lydia Berger sagt, wenn ein Serienmörder plötzlich aufhört zu morden, dann gibt es meist drei Möglichkeiten. Erstens: Der Kerl ist tot. Zweitens: Er ist in ein anderes Land ausgewandert und taucht in der Kriminalstatistik seines üblichen Umfelds nicht mehr auf. Oder drittens: Er sitzt wegen eines anderen Vergehens gerade im Gefängnis.«

Unter anderen Umständen hätte ich darüber gelächelt, wie eifrig meine kleine Cousine Fakten aufzählt, als hätte sie sie für die Schule auswendig gelernt. Aber Shay meint es offenbar ernst, sehr ernst. Und es ist nicht schwierig zu erraten, was ihr im Kopf herumspukt. »Und weil jedes Boulevardmagazin gerade die Angst schürt, dass Romeo wieder aufgetaucht sein könnte, denkst du nun darüber nach, ob nicht eine Bansheeny ihm das Handwerk legen könnte?«, frage ich ganz direkt.

Sie zuckt zusammen und schaut mich unsicher von der Seite an, sichtlich überrascht, dass ich ihre Gedanken erahnt habe. Dann wagt sie ein zaghaftes Nicken. »Die Polizei hat ihn damals nicht gefunden. Und wenn er wirklich wieder in Helsinki ist und … einer von uns über den Weg laufen würde, dann … könnte es endgültig ein Ende haben.«

»Rein technisch gesehen stimmt das. Nur, dass es dann dummerweise auch dein Ende wäre. Du weißt, was einer Bansheeny blüht, wenn sie einen Menschen absichtlich ins Grab bringt?«

Shay beißt sich auf die Unterlippe. Doch dann schnaubt sie genervt und rollt mit den Augen. Verwandelt sich zurück in den Teenager, der jede Art von Grenze unerträglich findet. »Ja, schon klar«, sagt sie. »Wir dürfen keinem Menschen schaden, bei Todesstrafe verboten, ewige Auslöschung und Verdammnis, blablabla. Und stell dir vor, selbst ohne diese Drohungen käme ich niemals auf die Idee, einem normalen Menschen etwas anzutun. Aber dieser Typ ist ein Mörder!«

»Und du glaubst, Mörder sind keine normalen Menschen?«

»Natürlich nicht!«, erwidert Shay im Brustton der Überzeugung. »Er ist ein Monster! Wir könnten ihn mühelos stoppen und damit Leben retten.«

»Und was wären wir dann? Keine Mörderinnen?«

Shay zieht verärgert die Brauen zusammen. »Jetzt redest du genau wie meine Mutter.«

Ich lache leise auf. »Das liegt vermutlich daran, dass Brianna damit recht hätte.«

In der Art, wie sie mich ansieht, aufgewühlt und mit geröteten Wangen, erinnert Shay mich an mich selbst mit dreizehn. Damals hatte ich ebenfalls alle Antworten auf das Leben, das Universum und den ganzen Rest. Ich glaubte genau zu wissen, wer die Bösen und wer die Guten sind, was richtig und was falsch ist. Aber inzwischen weiß ich nur zu gut, dass es so einfach nicht ist. Auch Mörder sind niemals nur Monster. Sie zahlen Stromrechnungen, pflegen Freundschaften, haben oft sogar Ehepartner und Kinder, die sie lieben. Sie sind im Kegelverein und genießen ein gutes Essen genauso wie jeder andere. Und manchmal schauen wir ihnen morgens beim Zähneputzen im Spiegel sogar in die Augen. Seltsamerweise muss ich an Ricks Worte denken: *»Es könnte jeder sein, der dir begegnet.«*

»Dir ist es also egal, was mit den armen Opfern passiert?«, ruft Shay flüsternd aus. »Was ist, wenn er eine deiner Freundinnen erwischt? Zum Beispiel die Sängerin aus deiner Band?«

Falsches Beispiel, Kleine, denke ich bei mir. *Aber ansonsten ganz gut argumentiert.*

»Würdest du ihn nicht bestrafen und ihren Tod rächen wollen?«, fährt Shay hitzig fort.

»Erstens: Rache ist nicht dasselbe wie Strafe«, halte ich dagegen. »Und zweitens: Nein. Dann wäre ich nämlich keinen Deut anders als Romeo. Abgesehen davon: Weder zu rächen noch zu strafen steht uns zu.«

Ich kann meiner aufgewühlten kleinen Cousine nicht vorwerfen, dass sie nun wieder mit den Augen rollt. »Aber hast du noch nie über so etwas nachgedacht, Deirdre? Niemals?« Selten habe ich sie so ernsthaft und konzentriert erlebt wie jetzt. Und es ist kein schönes Gefühl, dass mich ihr klarer, fragender Blick an das Foto des ermordeten Mädchens erinnert.

»Natürlich«, gebe ich zu. »Als Kind habe ich stundenlang über solche Fragen nachgegrübelt. Ich glaube, jede Bansheeny hat dieses ›Was wäre, wenn?‹ schon einmal durchgespielt.«

Shays Mundwinkel zucken sofort hoffnungsvoll nach oben. Vor Aufregung wird sie ganz hibbelig. Jetzt bin ich es, die sich ein Seufzen nicht verkneifen kann. »Also schön: Was hast du dir überlegt?«

Sie schnappt ihren Block und blättert die Notizen auf. »Ich habe eine Liste von allen vier Mordfällen gemacht«, raunt sie mir zu. »Alle Mädchen wohnten im Umkreis von Helsinki und waren keine Zufallsopfer, sondern müssen ihren Mörder gekannt haben. Das Mädchen aus Espoo hatte ihrer Mitbewohnerin sogar erzählt, dass sie einen Freund hat und mit ihm nach England reist. Sie erklärte, sie dürfe noch nicht verraten, wer es ist, weil er eine wichtige Person sei und es noch geheim bleiben müsse. Er muss alles genau im Voraus geplant haben.« In ihrem Feuereifer sieht Shay noch mehr aus wie ein ganz normaler Teenager. Einzig die schneeweißen Banshee-Wimpern verraten sie. Morgens, wenn sie in die Schule geht, sind sie schwarz getuscht – genau wie meine und wie die meiner Mutter. »Und … wenn Mörder tatsächlich immer wieder zu den Schauplätzen ihrer Taten zurückkehren«, fährt sie flüsternd fort, »müssten wir diese Orte also nur observieren, um ihn zu schnappen.«

»Interessante Idee, Sherlock Holmes. Ich fürchte nur, dass du keine Zeit hast, dich an den Tatorten auf die Lauer zu legen, weil du nämlich in die Schule gehst.«

»Mach dich nicht über mich lustig«, sagt Shay gekränkt.

Ich lächle und wuschle ihr zärtlich durch die störrischen Locken. »Das ist doch nicht böse gemeint. Ich warne dich nur: Du weißt schon, wie lange du noch bei uns in der Stadt leben dürftest, wenn deine Mutter herausfände, dass du die Schule schwänzt, um Mörder zu jagen?«

Shay seufzt und schweigt und ein wenig tut es mir leid, dass ich sie aufgezogen habe. »Mach nicht so ein Gesicht, Shay-little!«, füge ich sanft hinzu. »Ich kann gut verstehen, dass dir diese Geschichte so nahe geht. Es ist schwer zu ertragen, dass schlimme Dinge passieren. Aber es ist Aufgabe der Polizei, solche Fälle aufzuklären.«

»Dann werde ich eben Polizistin!«

»Und du flüsterst flüchtenden Verbrechern hinterher, dass sie stehen bleiben sollen?«

Shay macht so eine überrumpelte Miene, dass es fast zum Lachen ist. Aber ich werde mich hüten, sie noch mehr zu kränken.

»Oh«, murmelt sie ehrlich bestürzt. »Stimmt. Das geht ja gar nicht.«

In solchen Momenten merkt man ihr wirklich an, dass sie bisher nur gut behütet im Nirgendwo der sibirischen Steppe und im schottischen Outback bei den Füchsen und Hasen gelebt hat.

»Du könntest Psychologin werden«, schlage ich vor. »So wie diese Lydia Berger. Dann kannst du ganz legal nach Verbrechern suchen, ohne jemanden mit deiner Stimme in Gefahr zu bringen.«

Shay starrt nachdenklich die rothaarige Kriminalistin im Fernsehen an. Doch als ein Gehirnscan – vermutlich der eines Verbrechers – eingeblendet wird, schüttelt sie den Kopf und wendet sich mir erneut zu. »Bis dahin ist es aber zu spät für Romeos nächstes Opfer«, sagt sie bekümmert. »Er wird wieder anfangen zu morden! Man muss doch jetzt etwas tun, um ihn zu stoppen.« Und mit einem Mal hellt sich ihre Miene auf. »Wir könnten uns zusammentun. Wir leben ja überall und haben ein eigenes Online-Netzwerk, das wir nur für den ganzen langweiligen Familienkram und zum Unterrichten oder als Foto-Friedhof nutzen. Dabei könnten wir uns sinnvoll vernetzen – mit Landkarten und Tatortfotos und einer Datenbank für Hinweise und Beobachtungen …«

»Du meinst so was wie *CSI Bansheeny*?«

Sie strahlt und nickt. »Ja, genau! Aber wir wären natürlich eine Geheimorganisation. So könnten wir undercover Verbrecher aufspüren, die die Polizei noch nicht gefasst hat.«

»Und wie sähe das aus? Schleichen wir dann nachts wie Ninjas durch die Stadt, fangen die Verbrecher ein und legen sie anschließend gefesselt vor der Polizeiwache ab? Dann müssten wir aber auch alle Beweise mitliefern.«

Shay ist plötzlich ernst geworden. Erst denke ich, sie ist erneut gekränkt, aber sie kaut nur wieder nervös auf ihrer Unterlippe und zögert, als würde sie überlegen, ob sie ihre Gedanken wirklich mit mir teilen soll. Doch schließlich beugt sie sich näher zu mir und haucht: »Wenn wir zusammen herausfinden würden, wer Romeo ist, dann … könnten wir ihn in die Falle locken. Eine von uns lernt ihn ›zufällig‹ kennen, als Köder, verstehst du? Und wenn er glaubt, er hat ein neues Opfer gefunden, und versucht, ihr etwas anzutun, dann …«, sie hebt vielsagend die Brauen, »verteidigt sie sich.«

Ich muss sie ziemlich perplex ansehen, denn Shay wird wieder rot bis hinter die Ohren.

»Ich meine … wenn es Notwehr ist, dann werden wir doch von den Ahninnen nicht bestraft«, fügt sie vorsichtig hinzu. »Unser eigenes Leben dürfen wir retten, wenn es keine andere Möglichkeit gibt, ist doch so, oder nicht?«

Wow. Dafür, dass sie Glitzerstifte und romantische Soaps mag, hat meine Cousine ganz schön viel kriminelle Energie. Ich muss mich räuspern, denn ehrlich gesagt hat es mir nun doch die Sprache verschlagen. »Also … abgesehen davon, dass es nur vorgetäuschte Notwehr wäre: Damit würdest du nicht durchkommen. Notwehr *kann* zwar ein Grund sein, uns zu verschonen. Doch darüber entscheidet allein das Gericht der Ahninnen. Und auf deren Wohlwollen würde ich mich nun wirklich nicht verlassen.«

»Immer diese blöden Ahninnen!« Shaylee schnaubt missmutig. »Wozu haben wir unsere Stimmen überhaupt, wenn wir sie nicht einmal dafür einsetzen dürfen, das Böse zu bekämpfen?«

»Shaylee Faye! Schluss damit!«

Es ist nur ein Flüstern, aber sogar ich zucke zusammen. Meine Mutter steht mit verschränkten Armen am Durchgang zum Flur. Sie ist barfuß und hat sich ihren Morgenmantel über das Nachthemd gezogen. Ihr hüftlanges Haar ist offen und lässt sie jünger und mädchenhafter wirken, als sie ist. Daran ändert auch der silbrighelle Ansatz nichts, der an ihrem Scheitel nachwächst. Der Rest des Haares glänzt in dem Haselnussbraun, mit dem sie ihr auffälliges Banshee-Weiß überfärbt.

»So etwas will ich nie wieder von dir hören!«, fährt sie leise, aber scharf fort. »Du bist hier, um zu lernen, wie du unter Menschen leben kannst, ohne sie in Gefahr zu bringen. Nicht, damit du Mordpläne ausheckst.«

Shay starrt meine Mutter entsetzt an. »Entschuldige, Tante Morrigan«, wispert sie. »Ich … ich … wollte doch gar nicht … Es war nur ein Gedankenspiel …«

»Ein Spiel, ja?« Meine Mutter ist die einzige Frau, die auf diese Art flüstern kann. Es liegt Donner darin und alle Winterstürme Lapplands. Mit vier großen Schritten ist sie beim Sofa, schnappt sich die Fernbedienung und schaltet den Fernseher aus. »Dann spiel es auch bis zum Ende durch: Was, glaubst du, passiert mit dir, wenn die Ahninnen nicht ganz so dumm sind, wie du offenbar glaubst?«

»Mama …«, sage ich noch mahnend. Aber meine Mutter hebt die schmale Hand, ohne den Blick von Shay zu lassen. »Eingekreist vom Rat der Zwölf wirst du mutterseelenallein in den irischen Bergen stehen und ihr Urteil erwarten. Und wenn die Ahninnen auch nur den Hauch eines Zweifels haben, werden sie dir näher kommen. So nah, bis du ihre Kälte spürst. Und dann … werden sie schreien. Das wird kein schönes Ende sein! Bei vollem Bewusstsein wirst du altern, vergehen und zu Knochen und Staub zerfallen. Und alles, was von dir übrig bleibt, wird der Wind über die Mourne Mountains zum Meer tragen.«

Ja, meine Mutter war schon immer eine großartige Geschichtenerzählerin. Ich werfe ihr einen scharfen, verärgerten Blick zu, aber Morrigan Faye denkt gar nicht daran, einen Gang zurückzuschalten.

»Und wenn die Ahninnen mit dir fertig sind«, skizziert sie das Finale, »werden sie deinen Clan auslöschen, eine nach der anderen, genauso, wie sie es einst mit dem Phönixclan gemacht haben. Hört sich das für dich immer noch nach einem Spiel an?«

Na prima!, denke ich. »Das war jetzt wirklich hilfreich«, murmle ich.

Shay ist kleidebleich geworden und bringt kein Wort heraus. Wie immer, wenn sie erschrickt oder Angst bekommt, verstummt sie und erstarrt, als hätte man sie schockgefrostet. Meine Mutter lässt die Fernbedienung in die Tasche ihres Morgenmantels gleiten. »Die nächsten zwei Wochen hast du Fernsehverbot, Shaylee. Und wenn ich dich jemals wieder dabei erwische, wie du Sendungen über Mörder schaust, über solche Dinge sprichst oder auch nur nachdenkst, arbeitest du den Rest des Jahres auf Tante Bébhinns Schaffarm im Stall. Verstanden?«

Shaylee macht ein Gesicht, als hätte man ihr angedroht, sie lebenslang auf einer Galeere ans Ruder zu ketten. Sie versucht etwas zu sagen, doch das Einzige, was sie schafft, ist, in Tränen auszubrechen.

»War das nötig?«, zische ich meiner Mutter zu.

»Eine von uns beiden muss schließlich auf sie aufpassen, Deirdre«, erwidert sie kühl. »Und du bist es ja offenbar nicht.«

Damit dreht sie sich um und geht in ihr Schlafzimmer zurück. Das Zuknallen der Tür ist das lauteste Geräusch, das diese Wohnung seit Langem gehört hat.

Shay hat sich zusammengekrümmt und weint lautlos in das Sofakissen.

Ich lege ihr sacht die Hand auf den bebenden Rücken. Und als ich tröstend »Hey, Kleine!« sage, reißt sie sich vom Kissen los und fließt in meine Arme. Sie zittert am ganzen Körper. Ich liebe meine Mutter wirklich über alles, aber in diesem Moment könnte ich sie schlagen.

»Ich würde doch nie jemandem etwas tun!«, stammelt Shay. »Es war doch nur ... ich habe nur ... wegen der armen Mädchen ...«

»Das weiß ich doch, Shay-little!« Ich streiche ihr die Haare aus dem tränennassen Gesicht und schaue ihr in die Augen. »Hör zu: Du brauchst keine Angst zu haben. Du hast nichts Falsches getan und auch nichts, wofür die Ahninnen dich bestrafen könnten. Deine Gedanken gehören dir ganz allein.«

Shay schnieft und schluckt. »Ich will aber nicht in die Einöde verbannt werden«, bringt sie mit erstickter Stimme hervor. »Und schon gar nicht zu der grässlichen Bébhinn. Sie ist mindestens hundert Jahre alt und hat nicht mal Internet!«

Ich verkneife mir ein Lächeln. Die »grässliche« Bébhinn, die zu unserem Teil des Clans gehört, ist gerade mal fünfzig und eine der nettesten Frauen, die ich kenne. Aber es stimmt, sie lebt auf Island in einer verlassenen Gegend der Westfjordinseln ohne Netz und oft auch ohne Strom. Das Äußerste an Social Media dort ist ein Festnetztelefon, das vermutlich noch per Handkurbel betrieben wird. Und jedes Neujahr landet ein mit Hand geschriebener Brief von ihr in unserem Briefkasten.

»Niemand wird dich in die Verbannung schicken, versprochen!«, beruhige ich Shay. »Geh schlafen und versuche nicht von Tante Bébhinns Schafen zu träumen. Und morgen feiern wir deinen Geburtstag nach. Ich habe eine Überraschung für dich!«

Ich hatte gehofft, diese Aussicht würde ihr ein Lächeln entlocken, aber Shay schleicht nur niedergeschlagen in ihr Zimmer. Obwohl sie sportlich und kräftig ist, wirkt sie dabei so zerbrechlich, als würde ein Windstoß genügen, um sie umzuwerfen – ganz zu schweigen von einem Donnerwetter wie eben, auch wenn es nur zwanzig Dezibel hatte.

SCHATTEN

Ich muss mich zusammenreißen, um einigermaßen gesittet an ihre Tür zu klopfen und nicht einfach dagegenzuhämmern. »Komm rein, Deirdre«, höre ich meine Mutter sagen.

Für eine Zeitreise wäre man im Zimmer von Morrigan Faye genau an der richtigen Adresse. Mit dem Schritt über die Schwelle steht man im Jahr 1900. Einziger Anachronismus ist das Laptop, das aufgeklappt auf dem schmalen Vintage-Bett liegt. Der Bildschirmschoner zeigt geometrische Figuren, die sich in langsamen Schleifen drehen. Ansonsten reihen sich hier nur mit Schnitzereien versehene Bücherregale voller antiquarischer Bände bis unter die Decke. Viele der Bücher und Folianten sind so alt, dass das Zimmer inzwischen wie eine Bibliothek riecht – nach Papier, Ledereinbänden und längst vergangenen Abenteuern, Entdeckungen und Expeditionen. Meine Mutter sitzt an ihrem zierlichen Schminktisch und dreht sich nicht zu mir um. Im Spiegel treffen sich unsere Blicke.

»Großes Kino, Mama«, bemerke ich. »Wenn das Stadttheater

mal eine Rolle für eine Furie zu besetzen hat, solltest du dich bewerben.«

»Spar dir deinen Sarkasmus«, antwortet sie unwillig. »Ich trage nun mal die Verantwortung für Shaylee – und damit auch für die Menschen, denen sie begegnet.«

»Das tun wir beide! Und trotzdem ist das kein Grund, die Kleine so einzuschüchtern. Du weißt, wie empfindsam sie ist.«

Statt einer Antwort atmet meine Mutter nur betont tief aus. *Und da sind wir wieder*, denke ich. *Fifty Shades of Schweigen*. Morrigan Faye ist Bibliothekarin und arbeitet zurzeit in einem Antiquariat. Und wenn sie nicht mal eben so ausflippt wie vorhin, könnte man sie auch ohne Weiteres als Vollzeit-Buddhistin in einem Schweigekloster anstellen. Doch hinter dieser beherrschten Fassade ist sie ein gefangener Blitz. Viel Feuer, viel Temperament, das sich keinen Weg bahnen darf. Und ich kenne sie so gut, dass ich sogar an der angespannten Haltung ihrer Schultern ablesen kann, was sie denkt.

»Es ist doch gut, wenn Shay mir auch solche Gedanken offen anvertraut«, breche ich die aufgeladene Stille. »Sie muss über alles mit uns reden dürfen. Wie soll sie sonst je …«

»Ich bitte dich bloß darum, sie nicht auch noch zu bestärken«, schneidet mir meine Mutter mit einem scharfen Wispern das Wort ab. »Sie bewundert dich und hört auf dich, also nutze diesen Einfluss, um ihr die Regeln beizubringen, statt mit ihr Mordszenarien durchzuspielen. Es ist unsere Aufgabe, solche gefährlichen Gedanken bereits im Keim zu ersticken!«

»Ich kann Shay aber nicht das Denken verbieten. Und ich will es auch gar nicht! Außerdem sind Vertrauen und Offenheit besser als Angst und Drohungen, meinst du nicht?« Inzwischen flüstere ich nur noch. Je hitziger ein Streit wird, desto leiser werden wir. »Und was sollte diese Schauergeschichte mit dem Phönixclan?«, setze ich wispernd hinzu. »Das ist über vierhundert Jahre her. Ganz abgesehen davon, dass seit mindestens hundert Jahren keine einzige Bansheeny mehr ausgelöscht wurde …«

»… was lediglich heißt, dass es rein statistisch gesehen mal wieder an der Zeit wäre«, unterbricht mich Morrigan abermals. »Wir dürfen uns nie zu sicher sein. Niemals!«

Meine Damen und Herren, darf ich vorstellen: Meine optimistische Mutter!

»Sieh mich nicht so an, Deirdre!«, setzt sie verärgert hinzu. »Du kannst so viel mit den Augen rollen, wie du willst, unterschätze die Ahninnen nicht. Sie sind Vipern. Du weißt nie, wann sie zubeißen. Aber wenn sie es tun, gibt es keine Rettung mehr.«

Wie ich schon sagte: Morrigan könnte sich am Theater bewerben. Natürlich hat sie recht. Im Prinzip. »Was aber nichts an der Tatsache ändert, dass es nur Gedanken und Worte waren«, gebe ich zurück. »Shaylee hat nichts Unrechtes getan.«

»Trotzdem! Vielleicht wäre es wirklich besser, sie verbringt das Jahr bei Bébhinn.«

»Was? Wie kommst du denn darauf?«

Meine Mutter wirft sich selbst einen Blick im Spiegel zu, den ich schwer deuten kann. Dann schluckt sie und schaut auf ihre Hände. Und mit einem Mal fällt mir auf, wie müde und ratlos sie wirkt. Mit tiefen Augenringen, als hätte sie die Nacht kaum geschlafen, und mit dem harten Zug um den Mund, den ich schon lange nicht mehr an ihr gesehen habe. »Sieh dir die Kleine doch an, Deirdre«, murmelt sie. »Sie wirkt zwar reif und vernünftig, aber im Grunde ist sie noch viel zu kindlich für ihr Alter. Nein, sie ist längst nicht so weit, in einer Stadt unter Menschen zu leben.«

»Was, bitte schön, erwartest du denn von ihr?«, entfährt es mir. »Die ersten zehn Jahre ihres Lebens hat sie allein mit Brianna verbracht. Alles, was Shay über das Leben unter Menschen weiß, hat sie aus Liebesromanen, Comics und wirren Träumen von der großen Welt, die sie in der sibirischen Einöde geträumt hat. Und die zwei Jahre in der schottischen Pampa haben ihr auch nicht gerade weitergeholfen. Ja, vielleicht ist sie naiver als die Stadtmädchen in ihrem Alter, aber das wird sich schnell ändern. Sie ist gutherzig und klug und von Natur aus ruhig und still. Nicht umsonst ist sie die Einzige von uns, die keine Geister hat.«

»Eben, Deirdre!« Meine Mutter wirbelt zu mir herum. »Shaylee hat keine Ahnung, was es bedeutet, Leben zu nehmen.«

Bei diesen Worten zuckt ihr Blick kurz an mir vorbei zur Tür. Im Zimmer ist es kühler geworden. Das und die Härchen, die sich in meinem Nacken aufstellen, zeigen mir, dass wir nicht mehr allein sind. Aber niemals würde ich meine Mutter nach ihren Geistern fragen. Wie alles, worauf man seine Aufmerksamkeit richtet, nähren sich auch unsere Geister von unserer Beachtung. Und bei Morrigan habe ich den Verdacht, dass ihre Toten nicht so freundlich sind wie Áila.

Ich löse meine Fäuste und atme tief durch. »Du liebst Shay doch genauso wie ich und willst sie nicht wegschicken, Mama. Sie möchte so gern hier bei uns in der Stadt sein! Sonst hätte sie wohl kaum das Opfer gebracht, Brianna für ein ganzes Jahr zu verlassen und ihre kleine Schwester nicht vom ersten Tag an zu sehen.«

Meine Mutter wendet sich ab und betrachtet sich wieder im Spiegel. Oder vielmehr: Sie schaut durch sich selbst hindurch. Und diesmal habe ich ausnahmsweise keine Ahnung, was sie denkt. Ich trete zu ihr und lege von hinten die Arme um sie. Ihr Haar an meiner Wange ist weich wie Nebel und viel glatter und seidiger als meine wirren Wellen.

»Mhámai?«, frage ich sanft. »Was ist denn heute los mit dir?«

Wir reden zu Hause nur Irisch, genau genommen die irische Version des Gälischen, aber Mhámai ist das schottisch-gälische

Wort für Mutter. Als Kind habe ich sie so genannt. Und auch heute versetzt mich der Klang dieses Wortes in die Zeit, als wir beide ganz allein waren und ich noch dachte, dass die Welt nur aus Schleiern von Polarlicht über norwegischen Weiten besteht.

»Ich … hatte heute einfach keinen guten Tag«, murmelt meine Mutter.

Willkommen im Club, denke ich bei mir. »Das tut mir leid. Aber zumindest um Shay brauchst du dir keine Sorgen zu machen. Wenn sie nicht die ideale Stadt-Bansheeny ist, wer soll es sonst sein? Selbst wenn wir unter uns sind, lacht sie niemals laut. Wenn sie erschrickt, schreit sie nicht auf, sondern verstummt und erstarrt zur Salzsäule. Sie ist hundertmal ruhiger, als ich es früher war, meinst du nicht?«

Immerhin entlockt meine letzte Frage Morrigan ein blasses Lächeln. »Kunststück! Du warst ja auch wie ein wilder Fuchs. Weißt du noch, wie du nach unserem Streit mitten in der Nacht aus dem Fenster geklettert und weggelaufen bist? Aus lauter Wut auf mich wolltest du dich den Wölfen anschließen. Und ich kann mich kaum noch erinnern, wie oft ich dich bestraft habe, weil du trotz aller Verbote deine Stimme erprobt hast.«

»Dennoch bist du mit mir in eine Stadt gezogen«, gebe ich zu bedenken. »Und sogar ich habe gelernt, niemanden mehr in Gefahr zu bringen. Also lass uns Shay nicht unglücklich machen. Denn das wäre sie bei Bébhinn!«

»Und du glaubst, in Helsinki wird sie glücklich?«

»Ich glaube, wir sind dort am glücklichsten, wo wir einfach wir selbst sein dürfen. So wie du, wenn du Literatur, Theater und Großstadtleben um dich hast. Shay liebt Menschen. Sie sehnt sich nach Trubel, nach Neuem und nach Lebendigkeit. Nach Freundinnen und einem ganz normalen Teenagerleben.«

»Und du, Deirdre? Bist du hier glücklich?«

Ich stutze. Noch nie hat mich meine Mutter das gefragt. »Ich … darf Songs schreiben. Also: Ja, natürlich.«

Prüfend mustert sie mich im Spiegel. »Dabei dachte ich immer, dass niemand die Einsamkeit so vermissen würde wie du.«

Natürlich ist ihr nicht entgangen, dass mein Blick eben zu dem Buchregal neben dem Fenster schweifte. Dort, wo Inuit-Märchen und Sachbücher über Polarexpeditionen früherer Jahrhunderte aufgereiht sind, stehen auch die kleinen Tierfiguren, die Morrigan und ich in langen Polarwintern aus Rentierhorn und Fuchsknochen geschnitzt haben – im Schein des Feuers, während sie mir irische und nordische Märchen erzählte oder aus den wenigen Büchern vorlas, die sie in die Hütte mitnehmen konnte. Und im Gegensatz zu Shaylee sehne ich mich tatsächlich bis heute nach dem Flüstern des Schnees zurück, nach dem Duft von Rauch und nach den Sommerstürmen, die ich um ihr Brüllen beneidete, während ich lernen musste, meine Stimme zu zähmen.

»Jedenfalls kam Shay mit der Einsamkeit nie so gut klar wie ich«, beeile ich mich zu sagen. »Also tu mir den Gefallen und drohe der Kleinen nicht mehr mit Schafen und Phönixclan-Splatter, okay?«

Und endlich lacht meine Mutter ihr tonloses Lachen und gibt sich geschlagen. »Na gut. Keine Schafe und keine Schauergeschichten mehr. Aber vor dem Fernsehverbot wirst auch du deine Cousine nicht retten.«

Ich liebe es, Morrigan lachen zu sehen. Dann wirkt sie unbeschwert und jung. Aus alter Gewohnheit greife ich nach dem Kamm auf dem Schminktisch und fange an, ihr langes Haar zu glätten und zu flechten. Genau wie früher, nur dass ihr Haar damals silberweiß war und ich dachte, dass meine Mhámai in Wahrheit die Schwester der Schneekönigin ist. Manchmal flocht ich ihr Eulenfedern ins Haar oder machte ihr eine Krone aus graublauen Baumflechten, die ich mit Haarspangen befestigte.

Ihr Lächeln zeigt mir, dass wir diese Erinnerung teilen. Doch dann überrascht sie mich erneut. »Dieser Musiker aus deiner Band«, fragt sie plötzlich. »Arvo. Bist du … immer noch verliebt in ihn?«

Ich wünschte, der Spiegel würde ihr nicht verraten, wie rot ich werde. »Mehr denn je«, gebe ich zu.

Ihre Miene wird weicher und lässt sie noch jünger wirken, noch leuchtender. »Das ist schön«, sagt sie aus vollem Herzen. »Dann ist er der einzige Grund, warum du nachts so lange im Studio bleibst?«

Wir kennen einander zu gut. Natürlich ahnt sie, dass ich in den Stunden, die ich spät nachts im Studio verbringe, nicht nur schweigend Noten niederschreibe. Aber jede von uns hat ihre unausgesprochenen Geheimnisse, also schweige ich.

»Weiß Shaylee von ihm?«, fragt sie weiter.

»Noch nicht, aber sie wird ihn morgen beim Konzert kennenlernen.«

Offenbar war das der falsche Satz. Meine Mutter springt auf und wendet sich abrupt zu mir um. »Du willst Shay mitnehmen?«

»Ja. Das ist mein Geschenk für sie.«

»Bist du von Sinnen, Deirdre? Es werden mehr als hundert Leute da sein – feiernd und tanzend auf engstem Raum!«

»Deshalb wird sie ja auch schön brav bei mir hinter dem Tonpult sitzen.« Ich könnte mich dafür ohrfeigen, dass ich das Konzert überhaupt erwähnt habe. Denn Morrigan strafft ihre Schultern und schüttelt entschieden den Kopf. »Nein, Deirdre. Das kann und werde ich nicht erlauben!«

»Dann müsstest du auch verbieten, dass sie in der Schulkantine zu Mittag isst. Dort drängen sich ebenfalls Hunderte von

Leuten. Und auch in der Straßenbahn ist sie jeden Tag unterwegs …«

»Das ist etwas ganz anderes!«

Ist es nicht, das weiß meine Mutter genauso gut wie ich. Doch bevor ich einhaken kann, meldet das Laptop mit einem Pling die Ankunft einer Mail. Und als ich über die Schulter schaue, begreife ich, warum sie heute so reizbar ist und so traurige Augen hat. Mit der aufpoppenden Nachricht ist der Bildschirmschoner verschwunden und enthüllt den Facebook-Account meines Vaters. Sogar aus der Entfernung erkenne ich auf dem neuesten Foto die ganz in Weiß gekleidete Frau neben ihm. Sie hat die Arme um seinen Hals gelegt. Er trägt einen schwarzen Anzug und lacht in die Kamera. »Er … hat Ines geheiratet?«, rutscht es mir heraus.

Morrigan schluckt schwer. Aber das ist auch die einzige Regung, die sie sich anmerken lässt. »Natürlich«, erwidert sie betont sachlich. »Er war schließlich lange genug allein. Und mit dieser Frau ist er jetzt schon seit zwei Jahren fest zusammen.«

Sie hat recht, ich sollte nicht so erstaunt sein. Im Grunde hat das alles ja nichts mit uns zu tun. Der Mann auf dem Bildschirm ist Teil unseres Lebens, aber wir sind kein Teil von ihm. Er weiß nicht einmal, dass es mich gibt. Meine Mutter war im dritten Monat schwanger, als sie ihn verlassen hat. Sie geht zum Bett und klappt resolut den Laptop zu. »Tut mir leid wegen des Konzerts«, wechselt sie das Thema. »Was Shaylee betrifft, kann ich einfach nicht aus meiner Haut. Nimm sie ein andermal mit, ja?«

Ich kann mich mit einer Mutter anlegen, die mich niederschweigt oder vor Zorn Blitze sprüht. Doch bei einer Mutter, in deren Herz eine alte Wunde schmerzt, bin ich raus. »Na schön«, lenke ich ein. »Aber dir ist schon klar, dass ich jetzt für morgen ein neues Geschenk brauche?«

»Wie wäre es mit einer Jahreskarte für den Korkeasaari-Zoo?«

»Als hätte Shay in Sibirien noch nicht genug Bären und Rentiere in freier Wildbahn gesehen?«, kontere ich spöttisch. »Außerdem ist sie dreizehn, nicht sechs.«

»Dann kauf ihr eben Glitzernagellack oder eine neue Handyhülle. Das wird sie garantiert mehr begeistern als das Buch, das sie von mir bekommt.« Morrigan schüttelt den Kopf, als wäre Shay ein hoffnungsloser Fall. Dabei schweift ihr Blick zu dem Foto im silbernen Rahmen, das auf dem Regal mit ihren alten Tagebüchern steht. Auf diesem Bild ist mein Vater zwanzig Jahre jünger und hat noch schwarzes Haar statt grauer Schläfen. Mit einem Backpacker-Rucksack neben sich und einer Gitarre auf den Knien sitzt er auf einer Treppe in Rom.

»Das Lächeln hast du von ihm«, sagt meine Mutter leise.

»Mhámai …«

»Nein!« Sie hebt die Hand. »Es ist in Ordnung, Deirdre, wirklich. Ich bin froh, dass er glücklich ist.« Doch das Räuspern verrät sie und auch das Zittern ihrer Stimme, als sie hinzufügt: »So ist es nun mal. Wir zahlen alle diesen Preis für die Liebe.«

Áila hat es sich in Morrigans Lesesessel gemütlich gemacht und schaut kaum auf, als ich ins dunkle Wohnzimmer komme. Die Wanderer streifen an mir vorbei. Ihre Schatten manifestieren sich auf dem Glas der Balkontür. Blass glühen ihre Augen auf, als ich die Tür öffne, dann verlöschen sie. Aber ihre Gegenwart spüre ich so deutlich wie selten. Sie drängen sich um mich, zerren an meinen Gedanken, meiner Seele, an dem Gefühl, dass die Welt ein sicherer Ort ist. Geister spüren genau, wenn man schwach und verwundbar ist. Denn auch wenn ich es nicht zugeben will, die Worte meiner Mutter haben mich kalt erwischt.

Ja, wir verlassen Beziehungen, sobald es zu gefährlich für diejenigen wird, die wir lieben, bevor der erste Schrei unseres Kindes verheerend wirken kann. Und selbst wenn wir keine Kinder haben, gehen wir früher oder später, weil man nicht mit jemandem zusammenleben kann, ohne irgendwann doch eine Sekunde lang man selbst zu sein. Natürlich gab es Bansheenys, die glaubten, sie hätten es im Griff (Spoiler: Nein, ihre Männer oder Frauen lebten nicht glücklich bis in alle Ewigkeit). So oder so: Bei uns gibt es keine Fotoalben von Hochzeiten oder Familienbilder glücklicher Elternpaare, die ihr Neugeborenes stolz in die Kamera halten. Und die wenigen Fotos aus meiner Kindheit gleichen so sehr denen aller anderen Bansheenys, als wären wir alle zusammen aufgewachsen. Bis wir gelernt haben, unsere Stimme zu beherrschen, leben unsere Mütter mit uns so weit weg von anderen Menschen wie nur möglich. Manche ziehen in die Steppen des Urals und bringen ihre Töchter dort in Jurten zur Welt. Andere bewohnen Hütten in unzugänglichen Berggegenden Kanadas oder anderswo in der Einöde. Shay war zehn, als sie das Leben unter Menschen kennenlernte, was in ihrem Fall hieß, in ein winziges schottisches Dorf zu ziehen. Weiß der Himmel, wie Brianna es schaffte, sich dort wieder so leidenschaftlich zu verlieben, dass sie vor sechs Monaten ein zweites Mal schwanger wurde. Und obwohl Brianna Tausende von Kilometern entfernt wieder im sibirischen Exil ist, glaube ich den Trennungsschmerz zu spüren, den sie gerade wegen ihres Liebsten durchleidet.

»Ich zahle diesen Preis nicht!«, flüstere ich mir selbst zu.

Ich kann das höhnische Grinsen meiner Geister fühlen. Sie rücken noch dichter auf und verwandeln meinen Atem in Eisnebel. Selten habe ich mir so sehr gewünscht, dass mein Wolf bei mir wäre. Aber Lumi streift auf der felsigen Zoo-Insel herum, wo er den Schlaf der Leoparden und Bären stört. Diese Stadtinsel, die im Grunde nur ein aus der Ostsee ragender zerklüfteter Felsen ist, liegt so nahe bei Merihaka, dass ich von hier aus sogar Lumis Mondleuchten als wandernden hellen Fleck wahrnehmen kann. Und als er am höchsten Punkt der Insel innehält und zu heulen beginnt, ist es ein Laut von solcher Verlorenheit, dass es mir das Herz zusammenzieht. In Nächten wie diesen beneide ich ihn besonders darum, dass er sich die Seele aus dem Leib heulen darf, wann und wo er will. Die Löwen im Zoo nehmen den Geisterwolf wahr. Sie fangen zu brüllen an, ein seltsamer Chor in einer nordischen Stadt. Eine Weile lausche ich den Stimmen der Raubtiere, dann zücke ich mein Handy. Doch gerade als ich Arvos Kontakt angetippt habe, irritiert mich eine Bewegung.

In der Nacht hat Helsinki einen Heiligenschein aus Stadtlichtern, der sich im schwarzen Wasser spiegelt. Die Segelboote, die im Hafen von Merihaka liegen, leuchten in dieser Ahnung von Licht wie schlafende Wale. Und auf einem der Ausleger zeichnet sich zwischen den hellen Booten der Schattenriss einer Gestalt ab. Unwillkürlich senke ich das Handy, damit das Licht des Displays nicht mein Gesicht erhellt. *Ist das Rick?*, schießt es mir durch den Kopf. Obwohl ich nur die Silhouette erkenne, ist da tatsächlich eine Ähnlichkeit. Es ist ein hochgewachsener Mann mit wirrem Haar. Und genau wie unser Musiker trägt er einen langen Mantel, der leicht im Nachtwind weht. *Er ist es nicht*, rede ich mir ein. *Warum sollte Rick auch mitten in der Nacht auf einem Bootssteg in Merihaka herumlungern?* Der Mann wirft etwas auf den Steg und tritt darauf. Vielleicht hat er geraucht und nun seine Zigarette ausgetreten. Und als er wieder aufblickt, weiche ich hastig zur Balkontür zurück. Denn diesmal gibt es keinen Zweifel: Wer auch immer der Kerl da unten ist, er schaut genau zu mir hoch.

TANGO HELSINKI

Als wäre der Schnee gestern nur der letzte Abschiedskuss des Winters gewesen, erstrahlt die Stadt heute in nordischer Frühlingssonne. Sie bringt Häuser und Straßen zum Gleißen und lockt die Menschen auf den großen Senatsplatz. Wir haben im Café *Engel* einen der begehrten Fensterplätze ergattert. Von hier aus schaut man direkt auf das Wahrzeichen der Stadt: den weißen Kuppeldom mit den griechischen Säulen, der über Helsinki thront. Gruppen von Touristen quälen sich die steilen Terrassen und Stufen zum Dom hinauf. Zwischen seinen Säulen hat man den schönsten Ausblick über die Dächer der Stadt. Manchmal sieht man von dort aus eines der riesigen Schiffe der *Viking Line*, das aus dieser Perspektive direkt durch das Häusermeer zu fahren scheint. Sicher hat der hochgewachsene Mann, der jetzt die Treppen herunterkommt, auch nur dieses besondere Panorama bewundert. Aber als er den Platz überquert und den Fotoapparat nun direkt auf unser Café richtet, werde ich nervös.

»Isst du das Croissant noch?«, höre ich Shay fragen.

Ich reiße meinen Blick von dem Mann los. »Nein. Bedien dich!«

Das lässt sich Shay nicht zweimal sagen und angelt sich das Gebäck mitsamt der unberührten Butter von meinem Teller.

»Warum spähst du denn dauernd nach draußen, Deirdre?«, will meine Mutter wissen. »Erwarten wir noch einen Überraschungsgast?«

»Nein, ich dachte nur, ich hätte jemanden gesehen, den ich kenne.« Ich lächle munter und nehme den letzten Schluck Kaffee. Niemals würde ich zugeben, dass dieser Morgen anders ist als sonst. Zum Beispiel macht mich normalerweise der Anblick von hageren Männern in langen Mänteln nicht nervös. Bis heute ist mir nicht einmal aufgefallen, dass so viele von ihnen in der Stadt herumlaufen. Doch nun beginnt bei jedem Passanten, der auch nur eine zu lange Jacke trägt, mein Herz schneller zu schlagen. Immer noch versuche ich mir einen Reim darauf zu machen, ob es Rick war, der mich gestern Nacht beobachtet hat, oder doch ein völlig Fremder, der nur zufällig auf dem Bootssteg stand und ebenso zufällig nach oben schaute. Ich würde einiges für Version zwei geben. Mit einem verstohlenen Seitenblick prüfe ich, ob der Typ mit dem Fotoapparat noch da ist, und bin beruhigt, als ich ihn nicht mehr entdecke. Dann wende ich mich wieder Shays Geburtstagstisch zu. Zwischen goldgerahmten Tellern und Tassen liegt rosa Seidenband und buntes Geschenkpapier. Und auch sonst haben wir uns Mühe gegeben, das Frühstück zu einem Fest zu machen. Das Altstadtcafé *Engel* ist zwar ein Touristenmagnet, aber mit seinen warmen Holztönen, den Jugendstillampen und den frischen Blumen auf den Tischen ein heimeliger, nostalgischer Ort. Wir haben Teelichte in bunten Gläschen mitgebracht. Meine Mutter hat sich die Haare hochgesteckt und ihre beste blaue Seidenbluse ausgewählt und ich habe mich zur Feier des Tages in mein silbergraues Strickkleid geworfen. Shay trägt stolz den Pfirsich-Lipgloss, den ich ihr zusammen mit meinem Gutschein für eine Shoppingtour geschenkt habe.

»Willst du wirklich nicht mit in die Stadt kommen, Tante Morrigan?«, fragt sie.

Meine Mutter seufzt. »Süße, ich würde gerne. Aber ich kann heute nur einen halben Tag freinehmen und es ist schon gleich zwölf. Mach dir mit Deirdre einen schönen Nachmittag.« Shay schaut enttäuscht drein und meine Mutter legt den Arm um sie und küsst sie auf die Schläfe. »Das nächste Mal bin ich dabei, versprochen!«

Es wärmt mir das Herz, die beiden so zu sehen. Jeder Missklang von gestern Abend ist verschwunden. Ich vermute, dass Morrigan sich heute früh bei Shay für ihre harten Worte entschuldigt hat. Und Shay hat sich überschwänglich für den Roman von Jules Verne bedankt, den sie ihr geschenkt hat. In der goldgelben Lichtstimmung des Cafés sehen die beiden aus wie ein Werbemotiv für glückliches Leben in der Großstadt. *Shay passt wirklich hierher*, denke ich. Und obwohl ich weiß, dass meine Mutter es nicht mag, fotografiert zu werden, kann ich nicht widerstehen. »Kommt, ich mache ein Bild für Brianna.«

Shay ist sofort Feuer und Flamme und meine Mutter gibt ausnahmsweise nach und rückt noch näher an sie heran. Shay legt den Kopf schief und posiert so gekonnt, als hätte sie ihr ganzes Leben schon gemodelt. »Zeig her!«, drängt sie dann. Ich habe eine Serie geschossen und Shay entscheidet sich für das Bild, auf dem sie mir eine Kusshand zuwirft. Ich nehme das Handy wieder an mich und rufe unser Netzwerk auf. Nicht besonders kreativ, es »Fayenet« zu nennen, aber naheliegend. Shay nennt es scherzhaft nur »Fayebook«. Alle Bansheenys sind Mitglieder, dreihundert Frauen, verteilt auf vierzig Länder. Die Welt ist ein Dorf.

Kurz überlege ich, bei welchem Clan ich das Bild einstellen soll. Meine Mutter und ich gehören zum Wolfsclan, Brianna und Shay dagegen zum Clan mit dem Singschwan-Siegel. Brianna und Morrigan sind nicht blutsverwandt, zumindest nicht nach menschlichen Maßstäben. Doch als Bansheenys sind wir alle Schwestern und Cousinen. Schließlich poste ich das Foto unter dem Wolfssiegel und meinem Namen: DF_Helsinki. Bei uns gibt es keine Profilfotos, nur die Clanzuteilung und ein Namenskürzel plus Stadt. Wieder mal frage ich mich, warum das »F« überhaupt im Kürzel stehen muss, wenn wir doch ohnehin alle mit Nachnamen Faye heißen. Schon Sekunden später poppen Geburtstagswünsche aus den verschiedensten Ländern auf: BF_Wien (Bedelia Faye, die diese Plattform programmiert hat und hostet), KF_Yokohama (Kayleigh Faye, die als Gebärdendolmetscherin arbeitet), SF_NewYork (Saoirse Faye, sie veranstaltet Schweige-Retreats für gestresste Stadtbewohner) und viele andere, die Shay virtuell umarmen.

»Hier, du kannst selbst antworten.« Ich will Shay gerade mein Handy reichen, als ein Schatten rechts von mir mich zurückzucken lässt. Und als ich zum Fenster schaue, hätte ich fast das Handy fallen lassen. Doch der Mann, der im Gegenlicht und nur durch die Glasscheibe getrennt direkt neben mir steht, ist nicht das Phantom mit dem Mantel. Es ist Arvo. Er lächelt mir zu und hebt entschuldigend die Hände. Hastig gebe ich das Phone an Shay weiter und stehe auf. »Bin sofort wieder da!«

»Wer ist das?«, will sie sofort wissen.

»Deirdres Freund«, höre ich meine Mutter noch sagen. Ein Strom neuer Gäste flutet gerade den Engpass vor der Kuchentheke. Und als ich mich an ihnen vorbeigedrängt habe, stoße ich an der Schwelle der Eingangstür fast mit Arvo zusammen.

»Sorry«, sagt er statt einer Begrüßung. »Ich wollte dich eben nicht so erschrecken, tut mir leid!«

»Raus oder rein?«, fährt uns ein Mann an, der eine Touristengruppe anführt. Arvo und ich machen Platz und treten nach draußen. Die Leute schieben sich ins Warme und schließen die Tür vor unserer Nase.

»Was machst du hier?« Trotz Frühlingssonne bauscht sich mein Atem in der kalten Luft.

»Ich bin auf dem Weg zu dem neuen Plattenladen. Und da du gesagt hattest, dass ihr im *Engel* feiert, dachte ich, ich schaue mal spontan vorbei. Oder … klingt das jetzt nach irrem Stalker? Ich hätte anrufen sollen.«

Fast hätte ich gelacht. Wenn ein Mensch auf dieser Welt kein Stalker ist, dann Arvo. Ein kühler Wind fegt über den Senatsplatz und lässt mich in meinem Kleid frösteln. Und als Arvo mich an sich zieht und meine Oberarme reibt, sehe ich über meine Schulter, wie Shay am Fenster große Augen macht. Meine Mutter hat schon nach ihrem Mantel gegriffen und winkt uns, ins Café zu kommen.

»Möchtest du meine Familie kennenlernen?«, wende ich mich an Arvo.

Er grinst. »Ich dachte schon, du fragst nie.«

Dafür liebe ich meine Mutter wirklich: Sooft zwischen uns auch die Luft brennt, jeden Menschen, der mir etwas bedeutet, akzeptiert sie ohne Wenn und Aber. Sie begrüßt Arvo so warmherzig, als würde sie ihn schon lange kennen. »Nimm meinen Stuhl, ich bin ohnehin auf dem Sprung zur Arbeit«, sagt sie, während sie den Mantel anzieht. »Und bestell dir, was immer du möchtest, das Geburtstagsessen geht auf mich.«

»Danke, sehr freundlich«, erwidert Arvo. »Und du bist also Shay.«

Ich hatte erwartet, dass meine kleine Cousine sich freut. Umso überraschter bin ich, als sie stattdessen erstarrt wie ein Reh im Scheinwerferlicht. Arvo lässt sich nicht irritieren. Er schenkt ihr sein bestes Rockstar-Lächeln und fügt hinzu: »*Paljon onnea päivänäsi!*«

Natürlich hat Shay kein Problem damit, Finnisch zu verstehen. Einer der Vorteile, Geistergene zu haben, ist die Tatsache, dass es für uns keine Fremdsprachen gibt. Aber Shay blinzelt und schaut mich so erschreckt und ratlos an, als hätte sie tatsächlich kein Wort verstanden. »Er wünscht dir alles Glück der Welt zum Geburtstag«, raune ich ihr zu. Sie schluckt und bedankt sich mit einem geflüsterten finnischen Danke: »*Kiitos.*«

»War schön, dich zu treffen, Arvo!«, bricht meine Mutter die seltsame Stimmung. »Ich hoffe, wir sehen uns bald mal wieder. Und ihr zwei Hübschen macht euch einen gemütlichen Tag.«

Sie schenkt Arvo ihr wunderbares Lächeln und zwinkert mir zum Abschied verstohlen zu. Von draußen winkt sie noch einmal, bevor sie mit energischen Schritten und wehendem Mantel zur Straßenbahnhaltestelle geht. Shay schaut ihr nach, dann starrt sie so konzentriert in ihre Kakaotasse, als würde sie hoffen, darin eine Formel für Unsichtbarkeit zu entdecken.

Wenn Arvo von Shays Reaktion enttäuscht ist, überspielt er es gut. »Wow, Jules Verne«, fährt er mit einem Blick auf ihr Geburtstagsgeschenk fort. »Seine Abenteuerromane habe ich früher auch gelesen. Und Deirdre hat mir schon erzählt, dass du heute Abend zu unserem Konzert kommst …«

»Nicht heute«, falle ich ihm hastig ins Wort. »Ein andermal.«

Arvo ist etwas verdutzt, aber er begreift und steigt sofort ein. »Jedenfalls bekommst du dann einen Ehrenplatz«, wendet er sich an Shay. »Und Karten für die Backstage-Party gibt es natürlich auch.«

Shay ringt sich immerhin ein kurzes Lächeln ab, murmelt ein höfliches »Super« und schnappt sich das Phone, um Nachrichten zu beantworten.

Ich deute ein entschuldigendes Schulterzucken an, aber Arvo ist zum Glück nicht gekränkt. »Was habt ihr heute noch vor?«, fragt er nur.

»Wir machen einen Einkaufsbummel«, antworte ich. »Erst durch die Läden an der *Esplanad* und danach gehen wir ins Kaufhaus Stockmann.«

»Cool«, sagt Arvo. »Ich muss in dieselbe Richtung.« Und obwohl Shay die Stirn runzelt, fügt er völlig unbekümmert hinzu: »Wenn es okay ist, begleite ich euch bis zum Park.«

Möwenschreie hallen durch die Altstadtgassen, als wir zum Esplanad-Park am Südhafen schlendern. Direkt am Wasser hat der Wochenmarkt dort seine Zelte aufgeschlagen. Akkordeonklänge wehen zu uns herüber. Vor einem Marktstand spielt jemand einen finnischen Tango in Moll. Die Melodie vermischt sich mit dem hellen Klingeln der Straßenbahnen und dem wüsten Gezeter der Dohlen, die sich an einer Imbissbude um Wurstabfälle streiten. Vor dem Hafen ziehen die Straßenbahnen ihre Schleifen um einen Granitbrunnen. Vier lebensgroße Bronze-Seelöwen, aus deren Mäulern in scharfen Bögen Wasserstrahlen sprudeln, zieren den Brunnenrand. Und im Zentrum erhebt sich die Skulptur der schönen Havis Amanda, die der Sage nach ihre Heimat verließ, um an Land zu leben. Ein letztes Mal blickt die Meerfrau über ihre Schulter zur Ostsee zurück. Das liebe ich an meiner Stadt besonders: Helsinki hat eine wilde, mythische Seele. Einhörner und Meerjungfrauen finden sich als Verzierungen an Straßenschildern und Türen von Kaffeehäusern. Skulpturen von Meerestieren, Wölfen und Bären sieht man überall, aber auch Fratzen von Trollen und Riesen starren von den Fassaden der Häuser auf die Passanten herab.

Wie ein weißer Nebelstreif erscheint Lumi direkt neben mir, schüttelt sein Fell und trottet mit uns weiter. Mir wird warm ums Herz, als ich verstohlen seine Kühle unter meinen Fingern zause. *In dieser Stadt darf alles existieren*, denke ich. *Auch Wesen wie wir, die zwischen den Welten stehen*. Ja, ich bin hier glücklich – wie sollte ich es nicht sein, mit meinem Wolf an der Seite und Arvos Hand in der meinen?

Inzwischen sind wir auf der Flaniermeile der Stadt angekommen, die am Esplanad-Park entlangführt. Arvo tut immer noch sein Bestes, um Shay in ein Gespräch zu verwickeln, aber sie antwortet nur sehr verhalten. Als ihr Handy klingelt, scheint sie regelrecht erleichtert zu sein. »Mama ist dran«, sagt sie zu mir und geht schnell ein paar Schritte weiter zum Telefonieren. Lumi trabt über die Straße auf die Parkseite und schnuppert unter den Bäumen.

»Sie ist wohl nicht sehr gesprächig?«, raunt Arvo mir zu. »Ist sie immer so oder liegt es an mir?«

»Mach dir nichts daraus. Wahrscheinlich ist sie nur schüchtern.«

»Wenigstens scheint deine Mutter nichts gegen mich zu haben.« Arvo verzieht den Mund zu einem schiefen Lächeln. »Dann gehe ich mal, bevor ich deiner Cousine noch den Geburtstag verderbe. Kommst du heute vor dem Auftritt noch zu mir?«

Statt einer Antwort schlinge ich die Arme um seinen Hals und küsse ihn stürmisch. »Bis nachher«, flüstere ich ihm zu. Dann hole ich zu Shay auf. Sie hat sich ein ganzes Stück entfernt und steckt gerade das Handy wieder ein. Als sie sieht, dass ich alleine bin, reckt sie den Hals und späht nach Arvo. Er holt gerade seine

In-Ear-Kopfhörer aus der Jackentasche. Als er uns noch einmal zuwinkt, hebt Shay nicht einmal die Hand.

»Was ist denn los?«, frage ich sie. »Man könnte meinen, du kannst ihn nicht leiden.«

»Ich weiß nicht«, erwidert sie, ohne den Blick von ihm zu wenden. »Seid ihr schon lange zusammen?«

»Zwei Monate. Oh, bist du etwa enttäuscht, weil ich dir noch nicht von ihm erzählt habe? Es ist noch nicht offiziell, außer Morrigan bist du jetzt die Einzige, die davon weiß.«

»Nein, das ist es nicht«, murmelt Shay. »Er ist nur … gefährlich.«

Das bringt mich nun doch etwas aus der Fassung. Arvo ist vor einem Restaurant stehen geblieben und sucht auf seinem Handy offenbar nach einem Song. Und für einen Moment versuche ich ihn mit Shays Augen zu betrachten. Die Straße am Park ist die edle Flaniermeile der Stadt. Vor dem Restaurant sitzen fast nur gestylte Businessleute bei einem Kaffee in der Sonne. Im Vergleich zu ihnen wirkt Arvo in seiner abgeschabten Lederjacke wie ein wilder schwarzer Wolf neben einer Horde frisierter Pudel. *Bei* Broken Love *würde er den Bad Boy spielen*, denke ich. *Und zwar einen von der Sorte, die irgendwann von der Polizei abgeführt werden.*

»So sehen Rockstars eben aus«, sage ich zu Shay. »Aber er ist wirklich nett.«

»Nein!«, beharrt sie erstaunlich ruppig. »Er hat … etwas Dunkles um sich. Und er ist sehr wütend auf dich!«

»Arvo? Auf mich?« Ich muss mich beherrschen, um jetzt nicht doch etwas Falsches zu sagen. Langsam reicht es mir nämlich. »Shay-little, das ist jetzt aber wirklich Unsinn …«, beginne ich und stutze mitten im Satz. Die Bewegung ist lediglich eine Ahnung in einem Ladenfenster. Und obwohl es nur ein blasser Umriss ist, erkenne ich ihn sofort wieder. Ich spähe zur Straße, um den Mann zu sehen, dessen Spiegelung ich in der Glasfassade des Ladengeschäfts erhascht habe. Doch er ist wohl schon weitergelaufen und vermutlich zwischen den Passanten, die gerade aus der Seitenstraße kommen, abgetaucht.

Ich finde nur Lumi. Er steht am Straßenrand. Sein Fell gesträubt, die Lefzen zurückgezogen. Er fletscht die Zähne und knurrt so laut in Arvos Richtung, dass es den Verkehrslärm übertönt. Dennoch nehme ich gellendes Hupen wahr. Und dann wird mir schlagartig siedend heiß vor Angst. Arvo steht vor dem Zebrastreifen und tippt immer noch auf seinem Handy. Was er nicht sieht: das Auto, das ins Schlingern gekommen ist. Ich denke nicht mehr nach, ich renne schon, während alles um mich herum zu einer Abfolge von Momentaufnahmen zerfällt: eine Frau, die ich fast über den Haufen renne. Zwei Restaurantbesucher, die aufspringen. Ein Tisch mit Tellern, der kippt. Und das Nummernschild des Autos, das direkt auf Arvo zusteuert. Ich darf nicht schreien, aber endlich schreien die Leute und Arvo blickt alarmiert auf – genau in dem Moment, in dem das Auto seitlich auf den Bürgersteig schanzt. Bevor Arvo reagieren kann, erwische ich ihn schon im Sprung und reiße ihn mit voller Wucht um. Wir landen zwischen den Tischen und nehmen einige Stühle mit. Ein ohrenbetäubender metallischer Schlag erklingt. Neben uns hageln Kaffeetassen und Zuckerstreuer auf den Boden. Arvo drückt mich herunter und ich spüre ein Prasseln auf meinem Rücken und in meinem Haar. Und als ich den Kopf hebe, schaue ich auf einen Teppich von kleinen würfelförmigen Scherben aus stumpfem Sicherheitsglas. Die Zeit zerfließt wieder zu einer Abfolge von bewegten Bildern. Eines davon ist ein Mann, der sich über uns beugt und fragt, ob wir verletzt sind. Meine Schulter schmerzt höllisch vom Aufprall, aber ich umklammere Arvo mit aller Kraft, während Autoabgase in meiner Lunge brennen.

Nicht einmal, als Arvo sich aufrichten will, lasse ich locker. Ein paar Leute helfen uns gemeinsam auf die Beine. Meine Knie geben nach, aber Arvo hält mich um die Taille, obwohl er selbst totenbleich und völlig fertig ist. »Geht's dir gut?«, fragt er heiser.

Meine Kehle ist so verkrampft, dass es schmerzt zu schlucken. Also nicke ich nur. Und als ich wieder sicher bin, dass ich nicht im Affekt schreien werde, ist das Erste, was ich herausbringe: »Bist du verrückt, mitten im Straßenverkehr Musik zu hören? Du hättest verdammt noch mal tot sein können!«

»He, ich bin doch nicht auf die Straße gesprungen!«, gibt Arvo verdattert zurück. Er schaut zu dem Auto, das schräg auf dem Bürgersteig steht. Es hätte Arvo vermutlich nicht erwischt, das sehe ich jetzt. Ein Laternenmast stand im Weg. Beim seitlichen Ausweichmanöver ist der Wagen mit dem Heckteil gegen den Mast geknallt und zum Stehen gekommen. Die hintere Seitenscheibe ist eingedrückt und zersplittert. Passanten helfen der Fahrerin aus dem Auto. Sie sieht sich um und wird noch blasser, als sie ohnehin schon ist. »Um Gottes willen«, bricht es aus ihr hervor. »Es tut mir so leid! Ich wollte das nicht, ich bin nur so erschrocken …«

»Und da reißen Sie einfach ohne nachzudenken das Steuer herum?«, herrscht ein Mann im Anzug sie an.

»Hören Sie auf, die arme Frau so anzuschreien!«, weist eine Kellnerin ihn zurecht.

»Ich … ich habe nur versucht, dem Mann auszuweichen!«, stammelt die Fahrerin. »Er ist mitten auf der Straße direkt vor mein Auto gelaufen und …« Der Rest geht im Heulen einer Polizeisirene unter. Die Leute recken die Hälse und diskutieren darüber, ob jemand auf der Straße war oder nicht.

Lumi ist nirgendwo zu sehen. Aber Shay steht immer noch wie festgefroren ein Stück weit entfernt auf dem Bürgersteig, beide Hände auf den Mund gepresst. Ich lasse Arvo los, dränge mich durch die Menge und laufe mit weichen Knien zu ihr. Sie zittert kein bisschen, als ich sie in die Arme nehme. Ich bin es, die zittert. »Nichts passiert«, bringe ich mühsam hervor. »Alles ist gut.« Und das sage ich ernsthaft, während mir Glassplitter aus dem Haar rieseln. Ich wünschte, ich könnte mir selbst glauben. Doch mir ist schlecht und schwindelig und mein Herz stolpert vor Panik. Über Shays Kopf hinweg spähe ich zur Straße. Aber wer auch immer das Auto aus der Spur gebracht hat, hat sich davongemacht.

SCHERBEN

Und du willst jetzt wirklich zu diesem Konzert gehen?«, fragt Morrigan schon zum dritten Mal. Besorgt schaut sie zu, wie ich meine enge Jacke vorsichtig über meine geprellte Schulter ziehe.

»Es ist meine wichtigste Band, Mama. Und der heutige Abend ist eine große Chance. Die Presse wird da sein und Gizmo hat monatelang darauf hingearbeitet, dass wir endlich im *Loose* auftreten dürfen.«

»Gizmo wäre aber heute nicht fast gestorben!«

»Niemand ist gestorben!«, entfährt es mir. »Und früher haben wir beide weitaus Gefährlicheres überstanden. Erinnerst du dich an den Elch, der mich auf die Schaufeln genommen hatte? Du hast mich trotzdem danach zum Holzhacken geschickt, schon vergessen?«

»Das kann man nicht vergleichen«, entgegnet sie ernst. »Wir hatten in Lappland ein anderes Leben und das weißt du auch genau.«

Ich erwidere nichts und nach einer Weile seufzt sie und gibt endlich auf. »Du bist jedenfalls noch genauso sturköpfig wie damals!«, murmelt sie und geht zurück in die Küche. Schubladen werden aufgezogen und knallen mit solcher Wucht wieder zu, dass das Besteck ohrenbetäubend laut rasselt. *Vulkan in Aktion*, denke ich. Ich schnappe mir meine Schlüssel und klopfe an Shays Zimmertür. Sie ist nur angelehnt und schwingt sofort auf. Shay lümmelt quer auf ihrem Bett und versucht in ihrem neuen Buch zu lesen. Als sie mich sieht, wirft sie den Roman sofort zur Seite und schießt hoch.

»Oh!«, haucht sie mit ehrlicher Bewunderung. »Du siehst ganz anders aus! Irgendwie so ….«

»… gefährlich?«, ergänze ich mit einem Lächeln. »Das ist der Dresscode für ein Konzert im angesagtesten Szeneclub der Stadt.«

Shay legt den Kopf schief, studiert das Outfit und mein hochgestecktes Haar. Ich hasse es, wenn mir Strähnen ins Gesicht hängen, während ich am Tonpult bin. Wie meistens trage ich Schwarz, aber heute ist es nicht meine übliche Hoodie-Jeans-Parka-Combo. Stattdessen habe ich mich für die Jacke mit den Silbernieten entschieden. Dazu ein Top mit spitzem Ausschnitt und ein schmaler, kurzer Lederrock zu blickdichten Strümpfen. Meine flachen Schnürstiefel stehen noch draußen. Der einzige Schmuck ist die Kette, die Arvo mir geschenkt hat: ein Lederband mit einem silbernen Notenschlüssel.

»Wird bestimmt ein tolles Konzert heute«, sagt Shay. »Du musst mir alles erzählen, ja?«

Ich setze mich zu ihr aufs Bett und streiche ihr eine Locke hinters Ohr. »Ein schöner Geburtstag, hm?«, frage ich bedauernd. »Erst der Schreck. Und dann stundenlang bei der Polizei herumsitzen und warten, bis alle Protokolle geschrieben sind.«

»Nicht schlimm«, antwortet Shay leichthin. »Dafür war mal richtig was los und ich habe in der Schule jede Menge Erzählstoff.« Sie blitzt mir ein koboldhaftes Lächeln zu. Shay macht mich manchmal wirklich sprachlos. Und in Momenten wie diesen habe ich den Verdacht, dass sie weitaus cooler und nervenstärker ist als Morrigan und ich zusammen.

»Du schminkst dich aber schon noch, oder?«, will sie wissen.

»Ja, ich brauche noch Wimperntusche.«

»Das meine ich nicht. Ich meine richtiges Make-up! So wie die großen Stars. Soll ich dir wenigstens meinen Lipgloss leihen?«

Trotz allem muss ich nun lachen. »Nein danke. Ich stehe im Hintergrund am Technikpult, da muss ich keine Lady Gaga sein.« *Und auch keine Madlen.*

»Schade!« Shay grinst und streckt sich gähnend. Vielleicht ist es ihre unbekümmerte Art, die mich dazu bringt, sie doch noch das zu fragen, was mich schon die ganze Zeit beschäftigt. »Sag mal … ist dir vielleicht jemand aufgefallen, der vor das Auto gelaufen ist?«

Shay runzelt die Stirn. »Nein, wieso?«

»Weil die Fahrerin schwört, dass dort ein Mann war, dem sie ausweichen musste. Vielleicht ist er danach von der Straße weggelaufen und im Park untergetaucht?«

»Keine Ahnung. Ich habe nur das Auto gesehen.«

»Natürlich«, sage ich. »War nur eine Frage. Und … wir holen unsere Shoppingtour nach, Ehrenwort!«

»Klar tun wir das!« Shay strahlt mich an, dann seufzt sie übertrieben theatralisch und greift tapfer wieder zu dem Buch, das sie allein Morrigan zuliebe liest.

Áila hebt nur kurz den Blick von ihrem Strickzeug, als ich in mein Zimmer komme. Sie sitzt auf der Seemannstruhe, die an meinem Bett steht. Wobei Bett wohl etwas zu viel gesagt ist. Es ist eine Matratze in einem groben Holzrahmen, den ich selbst zusammengenagelt und mit Kiefernöl eingelassen habe. Ich liebe den Duft nach harzigem Nadelwald, der mein Zimmer erfüllt. Und auch Áila dürfte es hier gefallen. Die Wände zieren Tücher mit den rot-blau-gelben Streifenmustern, wie die Samen sie für ihre Trachten verwenden. Das Rentierfell auf meinem Bett stammt noch aus der Zeit in Lappland. Lumi hat es sich darauf gemütlich gemacht und schläft, die buschige Wolfsrute über die Nase gelegt, als läge er im Schnee.

»Keine Lust auf laute Musik heute, hm?«, necke ich ihn und setze mich. Handspiegel und Wimperntusche liegen immer griffbereit neben meinem Bett. Die beiden Wanderer versuchen mir mit ihren Schatten das Licht zu nehmen, aber ich könnte meine Tarnung auch mühelos im Dunkeln auftragen. Strich für Strich färbe ich den eisweißen Kranz um meine Augen schwarz, kaschiere damit das Geisterhafte in meinem Blick und verwandle mich in eine junge Frau mit geheimnisvoll umschatteten Augen in der Farbe von graubraunem Rauch.

Es ist zu früh, als ich bei Arvo klingle, aber ich konnte nicht länger warten. Und das Lächeln, das über sein Gesicht huscht, als er die Tür öffnet, lässt mich aufatmen. Ich weiß nicht, warum, aber aus irgendeinem Grund hatte ich Angst um ihn. »Meine irische Prinzessin«, sagt er und zieht mich in seine Arme. Sein Haar ist noch feucht vom Duschen und seine Haut duftet so gut, dass ich nicht anders kann, als meine Nase an seiner Brust zu vergraben. Ich spüre seinen Kuss auf meinem Haar und schließe die Augen. So stehen wir eine Weile nur da. »Komischer Tag heute, hm?«, murmelt er. Ich nicke und schmiege mich noch fester in seine Umarmung. Es ist mir völlig egal, dass dabei meine Schulter

schmerzt. Ich denke nur an das zerbrochene Glas auf der Straße.
»Tja, nun ist es offiziell«, sagt Arvo. »Du hast mich gerettet, also gehöre ich jetzt dir.«

Diese Worte bringen mich zum Lachen. »Da muss ich dich wohl mit dem Laternenmast teilen. Er hat das Auto gestoppt.«

»Aber das wusstest du nicht, als du losgesprintet bist.« Er hebt sacht mein Kinn an und schaut mir in die Augen. »Danke«, sagt er sehr ernst. Ich schlucke schwer und wieder wird mir ganz anders zumute bei der Vorstellung, ihn jemals zu verlieren. »Versprichst du mir etwas, *merenneito*?«, fügt er hinzu.

»Kommt darauf an, was.«

»Bring dich nie wieder für mich in Gefahr, okay?«

»Das kann ich nicht versprechen. Ich werde nie zulassen, dass dir etwas passiert.«

Arvo blinzelt etwas irritiert. Und ich könnte mir auf die Zunge beißen. Ich kann mir vorstellen, wie seltsam das klingen muss. »Du hast es ja eben selbst gesagt«, füge ich schnell hinzu. »Du gehörst jetzt mir. Und was mir gehört, beschütze ich.« Ich zwinkere ihm zu, als wäre das nur meine übliche Ironie, und er lacht auf und zieht mich in die Wohnung.

Ich bin gewohnt, dass es hier chaotisch und unaufgeräumt ist, aber heute ist der Flur auch noch mit Kartons zugebaut. »Was ist los? Ziehst du aus?«

»Nicht ich, sondern mein Mitbewohner«, gibt Arvo über die Schulter zurück. »Willst du einen Kaffee?«

Ich nicke und bahne mir den Weg in Arvos Zimmer, das eine Mischung aus Bärenhöhle und Studio ist. Die Kleidung stapelt sich provisorisch auf Transportkisten für Verstärker. Und auf dem Bett türmen sich Decken und Kissen zu einem gemütlichen Wall. Die andere Hälfte des Raumes nehmen Gitarrenständer mit Instrumenten ein, dazu ein Mikro auf einem Ständer und natürlich Arvos ganzer Stolz: ein Plattenspieler anno 1962, der wegen seiner Acryl-Abdeckung »Schneewittchensarg« heißt. Arvo liebt den Klang alter Vinyl-Schallplatten. Über seinem Bett hängt ein Holzregal mit einem Teil seiner Sammlung.

Arvo kommt mit zwei Tassen ins Zimmer. Er reicht mir meine und lässt sich neben mich auf die Matratze fallen. Lose Papiere rutschen vom Bett und flattern zu Boden. Skizzen von Liedtexten, an denen er arbeitet.

»*Mermaid's voice?*«, lese ich von einem der Blätter ab. »Wird das etwa mein Song?«

»Hey, man liest keine Lyrics, bevor sie fertig sind!« Arvo schnappt sich das Blatt und legt es zur Seite. Dann prostet er mir feierlich mit seiner Tasse zu. »Auf das Glück, das wir heute hatten!«

»Auf das Glück«, erwidere ich aus vollem Herzen.

»Und auf uns«, setzt Arvo hinzu. Ich nehme einen Schluck, um mein Lächeln zu verbergen.

»Du hattest deiner Mutter schon erzählt, dass wir zusammen sind«, stellt er dann fest.

»Natürlich.«

»Und? Wie findet sie mich?«

»Hast du Angst, du bestehst den Test nicht?«

Arvo grinst. »Jedenfalls hat sie meinen bestanden. Sie ist großartig.«

»Das ist sie. Und sie liebt dich jetzt schon. Warum zieht Aki eigentlich aus deiner Wohnung aus?«

»Er ist wieder mit seiner Exfreundin zusammen. Nächste Woche holt er seinen restlichen Kram ab, dann … ist ein Zimmer bei mir frei.« Er hebt vielsagend die Brauen. »Wie wär's?«

Ich schlucke. »Du fragst mich jetzt nicht im Ernst, ob ich … bei dir einziehe, oder?«

»Natürlich ist es mein Ernst. Du könntest nachts hier komponieren, statt allein im Bunker zu hocken. Morgens wachen wir zusammen auf. Und ... wir können uns küssen, wann immer wir wollen.«

Ich schließe die Augen, als er den Arm um mich legt und mich an sich zieht. Seine Lippen liegen warm auf meiner Schläfe und sein Duft nach Haut und Verlockung lässt mein Herz schneller schlagen. Aber dann denke ich an die Sekunde, als ich sicher war, dass Arvo gleich sterben würde. Und als würde ich mit dem Gedanken auch meine Geister rufen, friere ich plötzlich. Vorsichtig mache ich mich los. »Das ist keine gute Idee.«

»Wieso nicht?«

»Ich habe ja noch nicht einmal bei dir übernachtet, Arvo.«

»Na und?«, sagt er leichthin. »Die Gelegenheit ist da, also lass uns einfach springen.« Er sucht meinen Blick und schenkt mir das Lächeln, von dem er genau weiß, dass es unwiderstehlich ist.

Es kostet mich unendlich viel, den Kopf zu schütteln. »Ich kann nicht.«

»Warum nicht?«, ruft Arvo aus. »Was gibt es zu verlieren? Wir probieren es aus und schauen, wie es funktioniert. Und wenn es schiefgeht: kein Deal! Dann ziehen wir eben wieder auseinander und machen so weiter wie bisher.«

Wenn es schiefgeht, bist du Teil meiner Geister-WG, denke ich. »Ich ... kann unmöglich ausgerechnet jetzt zu Hause ausziehen«, wende ich leise ein. »Shay ist gerade erst zu uns gezogen und ich muss für sie da sein, bis sie sich hier eingelebt hat.«

Arvo stellt die Tasse auf den Boden, stützt sich mit den Händen auf seinen Knien auf und schaut mich verständnislos von der Seite an. »Wegen Shay?«, fragt er.

»Ich trage die Verantwortung für sie.«

Arvo runzelt zweifelnd die Stirn. »Du kannst dich doch genauso gut um sie kümmern, wenn du deine eigene Wohnung hast. Sie kann herkommen, wann immer sie will. Oder … ist sie gar nicht der eigentliche Grund und du hast einfach nur Angst, Prinzessin?«

»Ja, okay, vielleicht fehlt mir tatsächlich der Mut«, entfährt es mir. »Muss ich mich dafür entschuldigen?« Verärgert stelle ich meine Tasse auf das Plattenregal und will aufstehen. Aber Arvo hält mich zurück und küsst mich so stürmisch, dass ich viel zu überrumpelt bin, um etwas zu entgegnen. Ich sinke durch Schichten von warmen Wellen bis auf den Grund des Ozeans. Und als ich die Augen öffne, liegen wir ineinander verschlungen auf dem Bett und sind völlig atemlos.

»Du bist viel mutiger als ich«, sagt Arvo ernst. »Ich kenne kein Mädchen, das sich zwischen ihren Freund und ein Auto wirft. Tut mir leid, dass ich dich mit der Wohnungssache so überfallen habe. Aber …«, er hebt die Brauen, »vielleicht habe ich ja Chancen, dass du heute nach dem Konzert bei mir übernachtest?« Diesmal kann ich aus vollem Herzen nicken. Möglicherweise hat Shay ja recht und er ist gefährlich. Sein Kuss ist jedenfalls ein Versprechen, das mich alles andere vergessen lässt.

»Ich liebe dich, Deirdre«, raunt er mir zu.

»Was liebst du an mir?« Keine Ahnung, wieso mir diese Frage herausrutscht.

Arvo stutzt, dann verzieht er den Mund zu einem ironischen Grinsen. »Dass du so verantwortungsvoll und immer vernünftig bist. Ich bin der Sturm und du mein Fels in der Brandung. Wir sind das perfekte Paar.«

»Willst du mich ärgern?«

Er lacht und stützt sich auf dem Ellenbogen auf. Das Licht seiner Stehlampe fällt als heller Streifen über seine Augen. Sie scheinen intensiver zu leuchten als sonst, kühles Blau und Bernsteingold. »Ich liebe einfach alles an dir«, sagt er sanft. »Deine besonderen Augen, deinen Mund, von dem ich nachts träume. Ich liebe deine Ruhe und sogar deine Art, ewig über alles nachzudenken. Du bist schweigsam – aber für mich bist du eine Melodie, die man nicht vergessen kann. Außerdem verstehst du mich wie niemand sonst. Wir ergänzen uns wie zwei Teile eines Ganzen, Deirdre.« Er streicht mir das Haar aus der Stirn und fährt mit dem Zeigefinger zart die Linie meiner Wange bis zum Kinnbogen nach. »Und seit heute liebe ich dich außerdem dafür, dass du völlig unberechenbar bist.«

Ich hoffe, er bemerkt nicht, dass ich vage enttäuscht bin. Nicht von den Worten, die er wirklich so meint. Sondern von der Tatsache, dass ich ihm nie zeigen darf, wie ich wirklich bin.

»Wie sagt man *Ich liebe dich* in deiner Sprache?«, setzt er hinzu. »Auf Gälisch?«

Sag es ihm endlich auch, flüstert es in mir. *Er wartet darauf*. Ich weiß nicht, warum ich trotzdem zögere. Wieder einmal. Und auch heute versuche ich Zeit zu gewinnen, indem ich ihn küsse. Doch Arvo dreht den Kopf weg und setzt sich auf. »Du weichst mir schon wieder aus!«

»Nein, ich …«

»Es ist okay«, schneidet er mir das Wort ab. Er fährt sich mit beiden Händen durchs Haar und atmet resigniert aus. »Aber ich … sage es dir dauernd. Es wäre einfach nett gewesen, es zur Abwechslung auch mal von dir zu hören.«

»Tut mir leid«, murmle ich. »Es … ist kompliziert …«

»Toll, jetzt fühle ich mich wie ein Facebook-Status! Wir sind seit zwei Monaten zusammen und es ist zu kompliziert, ein paar einfache Worte auszusprechen …«

Ich bringe ihn dann doch zum Schweigen, indem ich ihn küsse. Mit all dem, was ich fühle und was ich sagen müsste und aus Feigheit nicht auszusprechen wage. Als wir das nächste Mal Atem holen, liegen wir wieder auf dem Bett, mein Haar hat sich gelöst und meine Schulter pocht schmerzhaft von seiner festen Umarmung. »Das ist meine Art, es zu sagen«, flüstere ich ihm zu. »Kannst du damit leben?«

Er schluckt. »Das heißt wohl eher: deine Art, mir zu sagen, dass ich nicht mehr fragen soll.« Es ist ein schwacher Versuch, den ironischen Ton zwischen uns aufrechtzuerhalten, aber der Missklang darin ist so deutlich wie eine falsche Note in einem Akkord. »Manchmal kommst du mir wirklich wie eine Meerfrau vor, weißt du das? Als würden wir aus verschiedenen Elementen stammen. Ich weiß einfach nie, woran ich mit dir bin.«

Und genau das liebst du an mir, denke ich niedergeschlagen. *Das Unergründliche und Geheimnisvolle, das dich zu deinen Texten inspiriert.*

»Siehst du?«, sagt er in die unbehagliche Stille. »Das meine ich. Jetzt schweigst du wieder und lässt mich auflaufen.«

»Ich dachte, du liebst mein Schweigen.«

»Ich liebe es aber nicht, in der Luft hängen gelassen zu werden!«, stößt Arvo hervor. »Und noch weniger, dass du mit deinen Zweifeln alles infrage stellst.«

»Ich stelle gar nichts infrage!«, entfährt es mir. »Du bist es, der offenbar Zweifel hat, sonst müsstest du mich nicht drängen, meine Liebe auf genau die Art zu beweisen, die du haben willst!«

»Ich dränge dich überhaupt nicht!«, bricht es aus Arvo heraus. »Ich versuche nur zu verstehen! In einem Moment riskierst du dein Leben für mich und im nächsten Moment ist das mit uns zu kompliziert für dich.«

»So habe ich es nicht gesagt und nicht gemeint! Also drehe mir nicht die Worte im Mund herum!« Ich muss tief durchatmen. Denn längst pocht das Blut in meinen Schläfen und meine Hände haben sich ganz von selbst zu Fäusten verkrampft, die verhindern, dass ich zu laut werde. »Wollen wir uns jetzt wirklich streiten?«, sage ich leise. »Komm schon, wir können doch vernünftig darüber reden.«

Er schüttelt den Kopf und steht so abrupt auf, dass ich fast das Gleichgewicht verliere. »Lass mich jetzt einfach in Ruhe, Deirdre, okay?«, sagt er verärgert. »Wir müssen ohnehin los. Lisa holt uns gleich mit dem Tourbus ab.«

Damit wendet er sich ab und beginnt seine Sachen zu packen. Es tut weh, dass er mich nicht einmal mehr anschaut, während er seine Tasche holt. Schweigend nimmt er die Bassgitarre aus ihrem Ständer. Die Saiten glänzen wie Spinnfäden auf.

»Und das war's jetzt, Arvo?«, frage ich in die eisige Stille. »Wir gehen jetzt so ins Konzert und schweigen uns den Rest des Abends an?«

Endlich hebt er den Blick. Seine Augen funkeln und seine Lippen sind zu einem zornigen Strich zusammengepresst. Er ist nun ganz und gar die glimmende Glut, die nur auf einen weiteren Funken wartet, um in Flammen aufzugehen. Ich muss daran denken, was Shay sagte: *Er ist wütend auf dich.* Und ich hasse es mehr denn je, mein eigenes Feuer und meine eigene Wut ersticken zu müssen. »Bitte«, sage ich stattdessen tonlos.

Er öffnet den Mund, um etwas zu entgegnen – als ein metallischer Peitschenschlag durch die Luft fetzt. Arvo zuckt mit einem Keuchen zurück und presst eine Hand auf sein rechtes Auge. Mir wird heiß vor Entsetzen, als zwischen seinen Fingern Blut hervorrinnt. »Shit!«, flucht er. *Die Gitarre*, schießt es mir durch den Kopf. *Eine der Saiten ist gerissen und hat Arvo im Gesicht erwischt!* Hektisch springe ich auf, bevor er über den Gitarrenständer stolpern kann. »Lass mich sehen!«, zische ich. Ich wage kaum zu atmen, als er sich am Kopfende des Bettes hinsetzt und seine Hand vom Auge nimmt. Aber dann fällt mir ein Stein vom

Herzen. »Es ist nur ein kleiner Riss an der Stirn. Bleib sitzen, ich hole ein Tuch.«

Gerade will ich zur Küche rennen, als mir ein Geräusch auffällt. Ein knackendes und sandiges Mahlen, als würde die Wand mit den Zähnen knirschen. Aus dem Augenwinkel nehme ich wahr, wie meine Tasse ganz von selbst auf dem Regal ins Rutschen kommt. Ich kann Arvo gerade noch am Handgelenk packen und ihn vom Kopfende des Bettes wegziehen. Im selben Moment bricht das Holzregal herunter. Schallplatten hageln auf Bett und Boden, Kaffee schwappt bis zur Wand. Ich verliere im Schwung das Gleichgewicht und lande neben Arvo auf den Knien. Sprachlos vor Schreck starren wir beide auf das Chaos.

»Was ist das eigentlich für ein Mist heute?«, brüllt Arvo schließlich. Fluchend springt er auf die Beine und stürzt aus dem Zimmer. Kurz darauf höre ich im Bad Wasser rauschen.

Ich sollte ihm folgen, aber stattdessen starre ich die Gitarre an. Die Saiten glänzen nicht mehr. Im Zimmer ist es dunkler geworden, als würde etwas das Licht absorbieren. Kälte strömt in meine Lunge, als ich einatme. Und mit der Kälte kriecht die Angst wie schwerer Rauch in jede Faser meines Körpers. »Seid ihr das?«, hauche ich. Aber selbst wenn die Wanderer hier sein sollten – sie können weder Gitarrensaiten lösen noch Regaldübel lockern. Egal, was Hollywoodfilme zeigen, die Verstorbenen habe keine Macht über Gegenstände. Doch dann erschrecke ich mich fast zu Tode, als eine Schallplatte vom Bett fällt. Die Hülle, aus der sie gerutscht ist, bleibt schräg auf dem Bettrand liegen. Das Albumcover ist mit Kaffeeflecken gesprenkelt. *Nick Cave & The Bad Seeds*, lese ich. *Murder Ballads*.

»Was ist denn hier passiert?« Die Stimme aus dem Nichts verpasst mir Todesschreck Nummer zwei. Aber es ist nur Lisa, die ihren Kopf durch die Zimmertür streckt und beim Anblick der

Verwüstung die Stirn runzelt. »War ja nur eine Frage der Zeit, bis das Regal mal runterkommt«, sagt unsere Drummerin, ohne eine Miene zu verziehen. »Oder hattet ihr eine größere Beziehungsschlacht?«

»Was?«, stammle ich.

Lisa grinst über beide Ohren. »Tu nicht so, Dee! Maddie und die anderen sind vielleicht blind, aber ich kenne Arvo viel zu lange, um nicht zu merken, dass zwischen euch schon eine ganze Weile was läuft.«

Auch das noch, denke ich. »Dann … weiß es die Band also schon?«

»Bin ich wahnsinnig, das rumzutratschen?« Lisa lacht und schüttelt den Kopf. »Nein, das dürft ihr Gizmo und Maddie gerne selbst beibringen. Dir ist hoffentlich klar, dass Miss Drama auch auf unseren Star steht?«

»Lisa!« Arvo tritt neben sie in den Türrahmen. Er hat sich das Blut vom Gesicht gewaschen und den Schnitt über der Braue mit einem Pflaster abgeklebt. »Ich hab dich gar nicht kommen hören. Hast du geklingelt?«

»Musste ich nicht.« Lisa deutet lässig mit dem Daumen über die Schulter. »Deine Wohnungstür stand offen.«

Arvo blinzelt irritiert. Und auch ich könnte schwören, dass die Tür vorhin hinter uns zugefallen ist.

»Hat dich das Regal am Kopf erwischt?«, will Lisa wissen. »Wie oft habe ich dir schon gesagt, dass das Ding dich eines Tages noch im Schlaf erschlagen wird?«

»Das war eine Gitarrensaite«, murrt Arvo.

»Autsch!« Lisa verzieht das Gesicht. »Du hast ja heute wirklich kein Glück, Buddy. Nimm das schlechte Karma bloß nicht mit auf die Bühne. Und jetzt beeilt euch, ich stehe mit dem Wagen in der zweiten Reihe.«

MY GIRL

Das *Loose* ist eine Mischung aus Gothic Diner und Spielhalle. Auf einer Seite befindet sich eine Plattform mit niedriger Decke, die sich Bühne nennt. Die Scheinwerfer sind so alt, dass sie noch aus der Ära von Jimmy Hendrix stammen könnten, und sie hängen so tief, dass man nur den Arm nach oben zu strecken braucht, um sie zu berühren. Wie es sich für einen echten Rockschuppen gehört, gibt es außerdem blinkende Flipperautomaten und eine knallrot gestrichene Wand, die mit gerahmten Porträts von Janis Joplin bis Jonny Cash tapeziert ist.

Gizmo sieht hier drin aus wie ein lebendes Artefakt. Kein Wunder, er hat diese Musiklegenden tatsächlich noch persönlich gekannt. »Wo bleibt der Amerikaner?«, ruft er quer durch die Halle. Lisa zückt genervt ihr Handy und schickt Rick eine Nachricht. An der Bar betupft Madlen Arvos Stirn mit ihrem Concealer, um das Pflaster zu kaschieren. Ich muss mich beherrschen, nicht zu oft zu den beiden hinüberzuschauen.

»Eins, zwei, drei …«, spricht Matti für mich den Mikro-Test. »Passt das jetzt, Dee?«

Ich hebe beide Daumen. Normalerweise liebe ich diese Atmosphäre. Den Countdown vor dem Einlass, die fiebrige Energie, die langsam den noch leeren Raum anfüllt, als würde sich die Luft elektrisch aufladen. Aber heute ist alles anders. Ich weiß nicht, wie oft ich schon zusammengezuckt bin in der Erwartung, dass gleich wieder etwas passiert. Als Arvo auf die Bühne geht und probeweise ein paar Chords anspielt, kann ich kaum zuschauen, wie seine Finger über die Gitarrensaiten fliegen. Am Rand meiner Nerven ziehe ich die Kopfhörer ab. »Gizmo, übernimmst du mal?«

»Wo willst du ausgerechnet jetzt noch hin, Dee?«

»Hab was im Bus vergessen.«

Gizmo murrt genervt vor sich hin, nimmt aber meinen Platz am Technikbord ein. »Falls du Rick siehst, sag ihm, er soll seinen Hintern hier reinbewegen«, ruft er mir nach. »Er ist viel zu spät dran.«

Ich bekomme erst wieder Luft, als ich draußen auf dem Bürgersteig stehe. Hier warten schon die ersten Gruppen von Besuchern und vertreiben sich die Zeit bis zum Einlass. Ich dränge mich zwischen ihnen hindurch und renne zu unserem Transporter, der auf der anderen Straßenseite parkt. Dort lehne ich mich an die kalte Motorhaube und versuche mich zu beruhigen. Doch als ich die Augen schließe, sehe ich sofort wieder Arvos Zimmer vor mir. *Es war nur Pech*, rede ich mir gut zu. *Zufall. Und gespürt habe ich nur die Kälte meiner Geister. Alles andere ist schlichtweg unmöglich.* Aber dann drängt sich der Streit zwischen Arvo und mir wieder in meine Gedanken. *Nicht heulen*, ermahne ich mich. *Nicht jetzt und nicht hier.*

»Deirdre!«

Mein Herz setzt einen Schlag aus, als ich Arvos Stimme erkenne. Er ist mir nach draußen gefolgt und überquert rennend die leere Straße. »Wieso läufst du weg, ohne uns Glück zu wünschen?«, stößt er atemlos hervor. »Wir haben es heute echt nötig.« Bevor ich etwas erwidern kann, hat er mich schon in seine Arme gezogen. Und als er mich küsst, ist der Tag auf einmal gar nicht mehr schlimm. »Tut mir so leid«, fügt Arvo leise hinzu. »Ich wollte mich vorhin nicht wie ein Idiot benehmen. Keine Ahnung, was gerade los ist.«

»Mir tut es leid«, wispere ich. »Viel Glück! Wir rocken das *Loose*!«

Arvo strahlt mich an und sprintet zurück. Ich schaue ihm nach und kann nicht anders, als zu lächeln. Ich gebe ihm ein paar Sekunden Vorsprung, bevor ich ihm folge. Doch als ich loslaufen will, fängt ein Lichtpunkt am Rand meines Blickfeldes meine Aufmerksamkeit. In einer schmalen Einfahrt, die schon im Abendschatten liegt, lehnt eine hochgewachsene Gestalt an der Wand. Wie ein Glühwürmchen leuchtet eine Zigarettenspitze auf.

»Spionierst du mir etwa nach?«, sage ich mit harter Stimme.

Ohne Hast tritt Rick auf den Bürgersteig und atmet langsam Rauch aus. »Ich stehe schon länger hier als du«, gibt er zurück. Und herablassend fügt er hinzu: »Sieh an! Der hübsche Sänger also. Hätte ich mir ja eigentlich denken können.«

»Hast du irgendein Problem?«

Die Glut erhellt seine Züge, dann lässt er die aufgerauchte Zigarette zu Boden fallen und tritt sie aus. »Nein, wieso? Wäre nur nett gewesen, wenn du mir gestern einfach gesagt hättest, dass du einen Freund hast.«

»Hättest du dir deine Stalking-Tour dann gespart?«

Ricks Augen werden schmal. »Keine Ahnung, wovon du redest.«

»Ich habe dich gesehen, Rick! Gestern Nacht warst du in Merihaka – und zwar direkt vor meinem Haus.«

»Weil du so unwiderstehlich bist, dass ich dir folgen musste?« Er lacht spöttisch auf. »Ja sicher! Träum weiter. Aber wenn du es genau wissen willst: Ich war nach der Probe in der Oblomov-Bar. Und nach Hause gegangen bin ich nicht alleine.« Er hebt vielsagend die Brauen. Ich weiß nicht, was mich mehr ärgert. Sein arroganter Tonfall oder die Tatsache, dass ich ihm kein Wort glaube und dennoch plötzlich nicht mehr sicher bin, ob ich ihn vielleicht zu Unrecht verdächtige.

Sein Handy surrt. Er holt es aus der Manteltasche und schaltet es aus, ohne hinzusehen.

»Schätze, das ist Lisa«, sage ich. »An deiner Stelle würde ich mich beeilen. Gizmo ist stinksauer, weil du für den Toncheck zu spät dran bist. Er bezahlt dich schließlich nicht fürs Rumstehen und Rauchen.«

Rick rührt sich nicht, als ich gehe. Und bis ich beim Eingang des Clubs bin, kann ich seinen Blick im Rücken spüren.

Der Laden ist brechend voll, sogar an den Stehplätzen neben der Bar drängen sich Leute. Genau wie es sein soll, haben sich die Hardcore-Fans von *Northern Tides* im vorderen Drittel versammelt. Begeisterung gehorcht den Gesetzen von Wellen: Von ganz vorne läuft sie nach hinten durch und erfasst auch die letzte Zuschauerreihe. Matti, der hinter dem Keyboard dafür zuständig ist, mit dem Fuß die Nebelmaschine zu bedienen, hat schon ganze Arbeit geleistet. Die künstlichen Nebelschwaden wabern vom Bühnenrand auf den Boden. Und als sich die Band im Lichtgewitter wie eine Fata Morgana aus dem Nebel schält, brandet mit Jubel und Applaus die erste Begeisterungswelle auf.

Lisa wirbelt mit den Drumsticks, Matti füllt den Raum mit satten Keyboard-Akkorden und setzt mit seiner honigweichen Stimme das Intro. Ich korrigiere nach und ziehe die Tonhöhen weiter auf. Rick steigt mit der E-Geige ein, begleitet von Madlens Sirenen-Sopran. Noch singt sie den Background, denn der erste Song gehört Arvo. Als er an den Bühnenrand tritt, den Blick zu Boden gesenkt, doch von Kopf bis Fuß Spannung und Energie, ist das Knistern im Raum unerträglich. Arvo kostet jede Intro-Sekunde aus, dann hebt er den Blick und legt mit dem ersten Hardrock-Bassriff mit allem los, was er hat. Seine rauchige, kraftvolle Stimme peitscht die Fans schon beim ersten Refrain auf. »My Girl«, heißt der Opening Song, den wir nicht zufällig ausgewählt haben. Als Arvo sich zu den Mädchen in der vordersten Reihe herunterbeugt und nur für sie singt, bekomme ich Gänsehaut. Bisher war ich immer noch nervös gewesen, doch als jetzt einige der Groupies loskreischen, vergesse ich alles, was heute war. Es ist nicht nur Arvos Feuer, das mir den Atem nimmt. Es ist dieser Moment, in dem alles sich findet: Publikum, Licht, Sound und die Musiker, die zu einem Ganzen verschmelzen. Reine Musik, die jeden Menschen im Raum wie Strom durchfließt. »My girl«, singt die Fanbase den Refrain mit. »She's blue September …« Die erhobenen Arme wogen im Takt.

»Yay!«, schreit Gizmo neben mir und klatscht über seinem Kopf mit. Ich presse die Lippen fest zusammen und gehe schweigend, aber mit jeder Faser meines Körpers im Takt des Songs mit, während das Glück mich flutet wie helles Licht.

Ich sehe nicht mehr Arvo, den ich küsse, sondern den Rockstar, dessen Charisma und Temperament den Raum zum Pulsieren bringt. Ich sehe nicht Madlen, die Diva, sondern eine Sängerin, die völlig in ihrem Background-Part aufgeht. Und in diesen Sekunden ist Rick nicht länger Rick, sondern ein Musiker, der seine Geige virtuos beherrscht. Madlen und er stimmen sich mit einem Blick ab und dann legt Rick perfekt getimt mit einem improvisierten Teufelsgeiger-Solo los, das sogar mich umhaut. Arvo greift den Sound mühelos auf, seine Stimme fegt durch die Herzen. Und obwohl die Scheinwerfer ihn blenden, blickt er ohne zu zwinkern über das Publikum hinweg zum Technikpult, wo ich im Halbdunkel stehe. Bei der Liedzeile »She's red July and she's mine forever …« deutet er über die Köpfe hinweg zu mir und schickt mir ein Lächeln, das nur mir allein gehört. Es ist dieser Moment, in dem ich es weiß: Ich werde springen. Ich werde zu Arvo ziehen und jeden Morgen neben ihm aufwachen. *Weil wir zwei Teile eines Ganzen sind. Egal, was Morrigan und die Ahninnen über die Liebe sagen.* Für eine Sekunde schließe ich die Augen und lasse das Gefühl der Freiheit einfach zu. Lisa jagt mit ihrem Drumsolo meinen Herzschlag hoch. Erst als ein Knistern erklingt, mache ich die Augen wieder auf. Niemand im Raum nimmt es wahr, aber ich höre ganz deutlich, wie das Störgeräusch zu einem elektrischen Brummen wird. Ich reiße mir die Kopfhörer herunter, doch es ist immer noch da.

Arvo hat den Song beendet und empfängt den Applaus mit in die Luft gereckter Faust. Da ertönt ein peitschender Knall. In einer Hitzeexplosion zerbirst die Glasabdeckung eines Bühnenscheinwerfers. Lisa zuckt erschrocken zurück, als der zweite Scheinwerfer durchbrennt und platzt. Neben ihr springt Matti auf und bringt sein Keyboard damit zum Kippen. Mit Getöse stürzt das Instrument auf die Schaltbox der Nebelmaschine, die zischend losfaucht und die Bühne in dichten Nebel hüllt. »Was zum Teufel …«, ruft Gizmo.

Dann bricht im Publikum das Chaos aus. Die Securityleute versuchen Ordnung zu schaffen und die Besucher zum Ausgang zu leiten. Über die Menge hinweg sehe ich Arvo am Bühnenrand – und direkt hinter ihm Ricks Schatten. Seine hagere Gestalt verschwindet halb im Rauch. Trotzdem erkenne ich, wie er seinen Arm hebt. Und als ich erahne, was er in der geballten Faust hält, wird mir eiskalt vor Entsetzen. Ich springe von meinem Podest und kämpfe mit Ellenbogen und Knien gegen den Strom der Menge, die hustend hinaus auf die Straße drängt. Der pudrige Dunst kratzt auch in meiner Lunge. Aus der verkeilten Nebelmaschine faucht weiter weißer Dampf, als wäre die Bühne eine Drachengrube. Dennoch sehe ich, wie Arvo stürzt. *Nein!*, schreit es in meinem Kopf. Aber ich schweige und beiße mir so fest auf die Zähne, dass es schmerzt. Endlich erreiche ich die Bühne und will mich daran hochziehen, als jemand direkt hinter mir »Dee, Vorsicht!« schreit. Eine Hand krallt sich in meine Schulter und reißt mich zurück. Aus dem Augenwinkel sehe ich noch, wie eine Lautsprecherbox kippt und ins Parkett einschlägt – genau an die Stelle, wo sie mich erwischt hätte. »Bist du verrückt geworden?«, ruft eine heisere Stimme mir ins Ohr. Als ich den Kopf wende, traue ich meinen Augen nicht. Es ist Rick, der mich weggezogen hat. Und ich verstehe gar nichts mehr. *Wie kommt Rick plötzlich hierher? Er ist doch auf der Bühne.*

Rick ist totenblass vor Schreck. »Alles okay?«, fragt er besorgt.

»Nein«, bringe ich mit einem Krächzen hervor. »Arvo …«

Rick folgt meinem Blick zur Bühne, dann lässt er mich los und rennt in den Nebel. Als er wieder auftaucht, ist er nicht allein. Arvo verzieht das Gesicht vor Schmerz, während er versucht, mit dem rechten Bein aufzutreten. Rick hält ihn um die Taille gepackt und stützt ihn auf dem Weg zum Ausgang. Ich will zu ihnen rennen, aber ein scharfer, kalter Druck erwischt mich von vorne und hält mich auf. *Feuerlöscher?*, schießt es mir durch den Kopf. Doch da ist weder Feuer noch weißes Löschpulver. Und als ich aufblicke, geben meine Beine fast nach. Vor mir verdichtet sich die Dunkelheit zum Umriss einer Gestalt. Mit dem langen Mantel und den leicht zerzausten Haaren ähnelt sie tatsächlich Rick. Nur, dass es nicht Rick ist, niemals Rick war. Voller Entsetzen wird mir endlich klar, womit ich es schon die ganze Zeit über zu tun hatte.

»*Cé tusa?*«, entfährt es mir auf Gälisch. *Wer bist du?*

Statt einer Antwort tritt der Schatten nur näher heran. Seine Kälte zieht mir alle Kraft aus dem Körper, zwingt mich beinahe in die Knie.

»Lass mich in Ruhe!«, bringe ich mühsam heraus. »Du … gehörst nicht zu mir!«

Ich kann die Gesichtszüge nicht erkennen, der hagere Mann ist nur Schwärze, die an mir zerrt. *Als würde er meine Angst aufsaugen wie Rauch.* Ich will ausweichen, doch er tritt mir so schnell in den Weg, dass ich ein zweites Mal zurückpralle. Augen glühen in einem kalten weißen Licht auf. Für einen Moment starren wir einander an, während mein Herz rast und meine Beine fast nachgeben. *Geister sind nur Schall und Rauch*, rede ich mir zu. *Du darfst ihn nicht fürchten.* Doch ich kann nichts dagegen tun, dass seine Kälte nach mir greift und mir den Atem raubt.

»Wo ist Deirdre?«, höre ich von der Tür her Arvo rufen. Seine Stimme weckt mich schlagartig aus meiner Schocktrance. »Lass mich vorbei!«, zische ich der Gestalt vor mir zu.

Die Schultern des Dunklen verhärten sich, als könnte er seine Wut nur mühsam zähmen. Ein brennender Schmerz versengt die Haut an meinem Brustbein. Mit einem Keuchen greife ich nach dem silbernen Notenschlüssel und reiße ihn samt dem Lederband von meinem Hals. Der Silberschmuck ist so heiß, als hätte er in einer Glut gelegen, und brennt in meiner Hand. Im Reflex schleudere ich den Anhänger weg.

Und als ich wieder aufblicke, bin ich im Nebel allein.

MAYDAY

Es muss schon viel passieren, damit meine Mutter an einem Glas Alkohol auch nur schnuppert. Aber heute ist sie schon bei ihrem zweiten Mooslikör, ein seltsames Getränk, das Bébhinn vor Jahren einmal aus Island geschickt hat und das seither unberührt bei uns im Schrank stand.

»Es kann kein Geist sein«, sagt Morrigan schon zum zehnten Mal. »Es ist absolut unmöglich, dass einer dir folgt, obwohl du nichts mit seinem Tod zu tun hattest. Außerdem können Geister nicht in die materielle Welt eingreifen!«

»Dann hat der Silberanhänger, den Arvo mir geschenkt hat, also eine eingebaute Tauchsiederfunktion?« Ich hebe die Hand und meine Mutter schluckt beim Blick auf die Brandblasen in meiner Handfläche. »Ich weiß, wie ein Totengeist aussieht, Mhámai. Es war einer!«

Shay starrt furchtsam auf die gerötete Stelle über meinem Brustbein. Dort hat mich das heiße Metall nicht so sehr verbrannt wie an meiner Hand. Und obwohl meine Handfläche fies schmerzt, könnte ich mich dafür ohrfeigen, dass ich Arvos Geschenk im Affekt einfach weggeschleudert habe.

Überlaut tickt die Uhr, die über der Küchentür hängt. Wie immer, wenn wir Familienrat halten, sitzen wir an dem kleinen Küchentisch, an den nur zwei Personen passen. Shay kauert in ihrem Pyjama auf einem Hocker vor dem Herd, die Arme um die Knie geschlungen und ganz blass vor Sorge. In meinen Kleidern hängt noch der pudrige, trockene Geruch des künstlichen Bühnennebels, und wenn ich die Augen schließe, sehe ich Arvo, der auf der Sanitätstrage in den Krankenwagen gehoben wird und mir dabei tapfer zulächelt.

»Wer dieser Geist als Lebender auch immer gewesen ist«, sage ich in das angespannte Schweigen hinein, »muss schon vor einer Weile gestorben sein. Er ist nur noch ein gesichtsloser Schatten.«

»Dafür ist dieser Mistkerl aber noch sehr präsent«, entgegnet Morrigan mit bebender Stimme. »Und ziemlich gewalttätig dazu, wenn er sogar einen Menschen ins Krankenhaus bringen kann.«

Shay schaut sich furchtsam in der Küche um. »Er ist jetzt aber nicht bei dir, oder?« Ich schüttle den Kopf. Der Einzige, der mit uns in der Küche sitzt, ist Lumi. Ich kann die luftige Kühle fühlen, dort, wo er seine Schnauze auf meinen Fuß gebettet hat.

»Vielleicht ist er ja das Gefährliche, das ich an Arvo wahrgenommen habe?«, fährt Shay mit zittriger Stimme fort. »Ich meine das Dunkle, das um ihn war, bevor das Auto auf den Bürgersteig fuhr …«

… und die Kälte und Bedrohung, die ich in Ricks Gegenwart gefühlt habe, strahlte vermutlich auch von dem Geist ab, ergänze ich in Gedanken. Wahrscheinlich war er schon gestern im Hof hinter dem Studio in meiner Nähe. Abermals steigt in mir verzweifelte, hilflose Wut auf. »Jedenfalls versucht das Ding offenbar, Arvo umzubringen«, presse ich zwischen zusammengebissenen Zähnen

hervor. »Es hat sich im Nebel sogar mit einem Messer in der Hand gezeigt, als wollte es ihn angreifen.«

Meine Mutter sieht aus, als bräuchte sie dringend noch ein drittes Glas Island-Gebräu. Doch Shays Miene hellt sich plötzlich auf. »Vielleicht richtet sich die Wut dieses Wesens gar nicht gegen Arvo selbst? Möglicherweise … sind die ganzen Aktionen eine Warnung?« Sie wird rot, als wir sie anstarren, als wäre sie hier der Geist. »Könnte doch sein«, beharrt sie leise. »Der Geist wird nur aggressiv, wenn du in Arvos Nähe bist. Er hat sogar dafür gesorgt, dass du die Halskette wegwirfst, die dein Freund dir geschenkt hat. Was, wenn er … eifersüchtig ist und erreichen will, dass du dich von Arvo fernhältst?«

Ich wünschte, meine kleine Cousine würde ihr Faible für Kriminalpsychologie nicht ganz so ernst nehmen. Mir ist mit einem Mal nur noch schlecht. »Na wunderbar«, murmle ich. »Ich verdächtige Rick, weil er blöde Sprüche reißt, und merke nicht, dass mich in Wirklichkeit ein paranormaler Stalker verfolgt?«

»Wenn Shays Vermutung stimmt, hätte Arvo also nichts zu befürchten, solange du nicht in seiner Nähe bist«, stellt Morrigan fest. »Am besten ist, du hältst dich zur Sicherheit von ihm fern, bis wir wissen, womit wir es zu tun haben.«

Shay lächelt mir entschuldigend zu. Und ich weiß natürlich, dass meine Mutter recht hat, aber ich kann nicht verbergen, dass mir nun noch mehr zum Heulen zumute ist. »Das heißt, ich habe die schöne Aufgabe, meinem eigenen Freund zu erklären, dass ich ihn morgen nicht im Krankenhaus besuchen werde?«

»Uns bleibt keine Wahl.« Meine Mutter trinkt den Rest des bitteren Likörs auf Ex und knallt das leere Glas auf den Tisch. »Wir finden eine überzeugende Ausrede, die Arvo akzeptieren kann«, sagt sie dann und steht auf. »Aber erst einmal müssen wir die Zentrale informieren. Ich rufe Mister May an.«

»Wer ist das?«, will Shay wissen.

»Die einzige Möglichkeit, Geister loszuwerden«, murmle ich.

»So etwas wie ein Ghostbuster?« Shays Augen beginnen neugierig zu funkeln. »Arbeitet er mit Geisterfallen und Protonenstrahlern und so?«

Unter anderen Umständen hätte ich über diese Vorstellung gelacht.

»Du meine Güte, Shaylee!«, stößt Morrigan verärgert hervor. »Das hier ist kein Hollywood-Hokuspokus. Mister May ist ein seriöser Anwalt und Mediator.«

... *Beschwichtiger, Schleimer, Banshee-Pleaser*, ergänze ich in Gedanken. Laut sage ich nur: »Mister May arbeitet für das Gericht der Ahninnen.«

Shay hebt erschrocken die Brauen, aber leider kann ich sie ganz und gar nicht beruhigen. Und obwohl mir klar ist, dass kein Weg an Mister May vorbeiführt, würde ich lieber barfuß über Reißnägel laufen, als an seine Bürotür zu klopfen.

»Hol dir ein Pflaster für die Brandblasen«, wendet sich meine Mutter an mich. »Und dann buchst du gleich für morgen früh unsere Flüge nach Dublin.«

»Ich erledige das ohne Begleitung«, stelle ich energisch klar. »Wenn ich Arvo schon zurücklassen muss, dann solltet wenigstens ihr in seiner Nähe bleiben und ein Auge auf ihn haben.«

»Ich lasse dich auf keinen Fall alleine, Deirdre«, begehrt Shay erstaunlich heftig auf. »Ich fliege mit dir!«

»Nein«, sage ich.

»Ja«, antwortet gleichzeitig meine Mutter. Über den Tisch hinweg treffen sich unsere Blicke. »Zwei Flugtickets«, fügt sie mit Nachdruck hinzu. »Es wird ohnehin Zeit, dass Shaylee sich in der Zentrale vorstellt.« Sie klingt ruhig, fast schon zuversichtlich. So, als hätten wir wirklich einen Plan. Doch als Morrigan mir vielsagend zunickt, ist die Furcht in ihren Augen nicht zu übersehen, und ich weiß genau, was sie denkt: Solange wir nicht wissen, wozu dieser Geist noch imstande ist, gibt es für Shay keinen sichereren Ort als das Büro von Mister May.

Wir konnten einen frühen Flug buchen, der uns mit einem Zwischenstopp in Frankfurt nach Irland bringen wird. *Bansheeland*, denke ich mit mulmigem Gefühl. Und dennoch weiß ich, dass das Einzige, was Arvo sicher sein lässt, die Meilen sind, die ich zwischen uns lege. Shay hat genauso wenig geschlafen wie ich und ist stumm vor Aufregung. Ich habe ihr den Fensterplatz überlassen, und gerade schaut sie fasziniert zu, wie das Bordpersonal die Sicherheitsanweisungen abspult. Verstohlen checke ich noch einmal meine Nachrichten. »Guten Flug und mach dir keine Sorgen um mich«, hat Arvo mir vor zehn Minuten geschrieben. »Der Arzt sagt, ich bin in spätestens drei Tagen wieder zu Hause. Und falls dein reicher Onkel dir bis dahin ein Schloss vererbt hat, packen wir unsere Sachen und ziehen beide dorthin. Deal?«

Todesfall in der irischen Verwandtschaft heißt die Erklärung, die meine Mutter sich aus den Fingern gesogen hat. Angeblich bin ich überraschend als Begünstigte im Testament aufgetaucht und muss deshalb sehr kurzfristig persönlich in Dublin erscheinen. Zumindest »Todesfall« und »irische Verwandtschaft« ist nicht gelogen. Trotzdem fühle ich mich mies, als ich Arvo nun antworte. Noch während ich tippe, trifft eine neue Nachricht von ihm ein. »Grüße von Morrigan. Sie ist gerade hier. Danke für die Lakritzdrops!«

Sie reden sich also schon mit Vornamen an. Meine Mutter gibt wirklich alles. Shay bemerkt mein Lächeln und schielt sofort über meine Schulter. »Siehst du, er mag meine Süßigkeiten!«, bemerkt sie zufrieden. »Schreib ihm, dass es meine Lieblingssorte ist.«

»Hör auf, mitzulesen, du neugieriges Wiesel.«

Sie kichert nervös auf und sinkt zurück in den Sitz.

Eine Sekunde später poppt ein Foto von Arvo im Krankenhausbett auf. Vermutlich hat Morrigan es gerade gemacht. Sein Knöchel, den er sich gestern beim Sturz verletzt hat, ist hochgelagert. Aber ich bin unendlich erleichtert, dass er in die Kamera lacht. »Du fehlst mir«, lese ich. »Schick mir auch ein Foto.«

Sofort legt Shay den Kopf an meine Schulter für ein Selfie. Arvo wird sich wundern. Shay und ich sehen beide aus, als würden wir uns in einem ultrakonservativen Mädcheninternat vorstellen. Meine Mutter hat darauf bestanden und mir sogar mein Haar glatt gekämmt und zu einem straffen Knoten zusammengefasst. Außerdem trage ich heute eines ihrer seriösen Bibliotheksoutfits: weiße Bluse plus graublauer Blazer mit passender Hose. *Als müsste ich bereits vor Gericht erscheinen*, denke ich. Shay strahlt auf unserem Foto, mein Lächeln ist dagegen dünn und nervös. Gespenstisch wirken wir allerdings beide. Als Produkttesterinnen für Kameras könnten Bansheenys die Hersteller mühelos zur Verzweiflung treiben. Auf Fotos sind wir manchmal leicht durchsichtig und immer etwas verschwommen und unscharf. Falls eine von uns überhaupt einmal auf Social Media auftaucht, dann nur mit dem Filter, den unsere Fayenet-Programmiererin erfunden hat. Dank Bedelia Faye verwandle ich Shay und mich mit einem kurzen Wischen auf dem Display in gewöhnliche Fluggäste mit klaren Konturen. »Du fehlst mir auch«, schreibe ich unter das Bild. »Unendlich! Pass auf dich auf und vergiss nicht …« Mein Finger schwebt einige Sekunden über dem Tastenfeld. Ich weiß, was ich noch schreiben sollte, schreiben müsste. Aber ich schaffe es einfach nicht. »Und vergiss nicht: ♡«, tippe ich schließlich hastig ein. »Ich melde mich heute, sobald ich kann. 1000 Küsse von deiner *merenneito*.«

TEIL ZWEI

Ich hasse es, wenn sie an den anderen denkt. Ich erkenne es sofort an der Art, wie ihr Blick von einer Sekunde zur nächsten in die Ferne schweift und so unbestimmt wird, als würde ihre Seele in die Stadt reisen, in der sie ihn zurückgelassen hat. Auch heute betrachtet sie wieder die Wolken am Maihimmel, als hätte sie völlig vergessen, dass sie nun mir gehört. Ich versuche meinen Zorn im Zaum zu halten, sie nicht spüren zu lassen, dass ich genau weiß, bei wem sie mit den Gedanken ist. In solchen Momenten weiß ich, wie richtig es war, dafür zu sorgen, dass sie in mein neues Land kommt. Zu mir und zu allem, was nur ich allein für sie sein werde.
In wenigen Tagen wird sie ihn für immer vergessen und endlich begreifen: Es ist nicht die erste Liebe, die zählt. Es ist die letzte, weil sie die Ewigkeit in sich trägt.

PHÖNIXROT

An meinen ersten Besuch in Dublin habe ich keinerlei Erinnerung. Kein Wunder: Damals war ich drei Jahre alt und meine Mutter hatte mir ein Beruhigungspulver gegeben, damit ich die Reise zu Mister May und wieder zurück nach Lappland in einem Zwischending zwischen Wachsein und Traum verdämmerte und keinen Pieps von mir gab. Es war die Tour, die wir wegen Áila machten. Ein Trotzanfall von mir, der in einer sehr ungünstigen Windrichtung zu einem Lagerplatz samischer Rentierzüchter stattfand, hatte die alte Frau das Leben gekostet. (So lautete zumindest Mister Mays Rekonstruktion.) Vielleicht hat Áila mir ihren Tod deshalb nie sehr übel genommen, weil ich nun mal ein kleines Kind war und es schlicht nicht besser wusste.

Bei der nächsten Reise war ich acht und hatte Augenringe wie ein Panda, weil die Wanderer Nacht für Nacht an meinem Bett standen und mich mit ihrer zornigen Präsenz zu Tode ängstigten. Daran war ich allerdings nicht unschuldig. Ich hatte Morrigans Verbot missachtet und mir während eines brüllenden

Sturms meinen Frust und mein Leid von der Seele geschrien – leider befand ich mich dabei, ohne es zu wissen, in der Nähe eines improvisierten Notunterschlupfs aus Tannenzweigen und Totholz, unter dem sich zwei verirrte Outdoor-Touristen verkrochen hatten, um sich vor dem Unwetter zu schützen.

Das Dublin, in das uns nun das Taxi vom Flughafen entlässt, scheint eine völlig andere Stadt zu sein. Mit acht Jahren erschien mir Irlands Hauptstadt wie eine unfassbar große Metropole. Der Lärm föhnte mich damals fast von den Beinen. Das Röhren der Automotoren schmerzte in den Ohren. Ich hatte keine Ahnung gehabt, dass es so viele Menschen auf der Welt und dazu noch so dicht gedrängt an einem einzigen Ort geben könnte. Für diese zweite Reise hatte meine Mutter mir nur Silbermohnpulver gegeben. Es ist nicht ganz ungefährlich, aber es ruft einen geschwollenen Hals und eine besondere Heiserkeit hervor, die unsere Stimme zuverlässig außer Gefecht setzt. Morrigan traute mir nicht und fürchtete, ich könnte vor Schreck doch einen Laut von mir geben. Aber ich war damals viel zu verstört, um ein Wort herauszubringen. Ich wagte ja kaum zu atmen.

Jetzt erscheint mir Dublins Altstadt am Fluss Liffey fast niedlich. Ein Puppenhausviertel mit winzigen, eng stehenden Stadthäuschen aus Backstein, mit Türen, die rot, blau oder grün lackiert sind. Die Pubs haben ebenso farbige Fassaden, viele davon in knalligem Mohnrot. Doch das sind nicht die einzigen Farben, die uns begrüßen. Vom kühlen Helsinki aus sind wir an diesem Maitag mitten in den Frühling geflogen. Der Himmel ist blitzblau und am Straßenrand blühen bereits die Stadtbäume. In den Gassen der Altstadt sitzen die Leute in Hemden und kurzärmeligen Shirts vor den Cafés.

Jede Stadt hat einen eigenen Beat, eine eigene Melodie. Während Helsinki ein Tango in Moll ist, in dem das Rauschen der großen Straßen als Baseline mitläuft, ist Dublin launiger Funk mit den Beatbox-Elementen von Lieferkarren, die über das bucklige Kopfsteinpflaster poltern. Alles hier ist lebendig, laut, von einer lockeren Fröhlichkeit. Man bekommt unwillkürlich Lust, den Takt dieser Stadt mit den Fingern mitzuschnippen.

Shay hat sich bei mir untergehakt und kommt aus dem Staunen nicht heraus. Ich muss sie mitziehen, so oft bleibt sie stehen und saugt mit allen Sinnen die Farben, die Stimmen der vielen Menschen, die Geräusche und Gerüche ein. Auch Lumi lässt sich Zeit. Geduckt schleicht er hinter uns her, die Pfoten so vorsichtig setzend, als würde er sich auf dünnem Eis bewegen, die Rute eingezogen. Einige Hunde bemerken ihn und fangen scheinbar ohne Grund an zu knurren und bellend an den Leinen zu zerren. Niemand sonst sieht den Polarwolf. Doch instinktiv weichen die Passanten ihm aus.

»Müssen wir nicht da lang?«, haucht Shay mir von der Seite zu. »Unser Hotel ist doch irgendwo am Fluss, oder?«

»Ins Hotel gehen wir später. Wir sind nämlich gleich da.« Damit biege ich in die nächste Altstadtgasse ab. An das *Stage Door Café* erinnere ich mich. Morrigan hatte mir damals literweise heißen Kakao bestellt, um mich darüber hinwegzutrösten, dass mein Hals von dem Silbermohnpulver ekelhaft kratzte. Die Schiefertafel am Eingang preist das »beste Frühstück in Dublin« an und drinnen glimmt warmgelbes Licht, ein Lagerfeuer der Heimeligkeit. Doch im Fenster spiegelt sich ein Schatten. Wie von selbst krampfen sich meine Finger um den Riemen meiner Sporttasche. Der Geist, der mir folgt, gibt sich offenbar nicht einmal mehr Mühe, sich vor mir zu verbergen. Und sicher taucht er nicht zufällig direkt unter der Schrift auf, die das Glas der Fassade ziert: *There are no strangers here, only friends you have not yet met*.

Offenbar hast du einen ziemlich kranken Humor, denke ich. *Wer zur Hölle bist du?*

»Frierst du?«, höre ich Shaylee sagen. »Du zitterst ja richtig. Möchtest du meinen Pullover?«

»Nein danke.« Ich muss mich zwingen, meine Wut niederzukämpfen, weiterzugehen, als hätte ich den Schatten nicht bemerkt. Lumi holt zu mir auf und trottet dicht an meiner Seite. Ich nehme sein Angebot dankbar an und konzentriere mich nur noch auf das gleichmäßige Klacken seiner Krallen auf dem Kopfsteinpflaster, als würde ich Lisas Drumsticks lauschen, mit denen sie lässig den Takt für den nächsten Song anschlägt.

»Sieh mal, da hinten stehen Straßenmusiker!«, flüstert Shay mir begeistert zu. »Komm, lass uns mal gucken!«

»Herrje, Shay! Wir sind hier nicht auf einem Urlaubstrip!« Sie schaut mich bestürzt an und ich fühle mich augenblicklich mies. Ich wollte sie nicht so anherrschen. Garantiert hat mein Stalkerschatten das auch bemerkt und freut sich, dass er bereits Macht über meine Stimmung hat. »Entschuldige«, setze ich leise hinzu. »Aber wir haben jetzt wirklich keine Zeit für eine Stadtbesichtigung.«

Doch meine kleine Cousine ist nicht beleidigt. Sie drückt tröstend meinen Arm und wispert: »Weißt du, ich habe auch ein bisschen Angst. Aber es wird bestimmt alles gut.«

Das Büro liegt gut versteckt am Ende einer schmalen Sackgasse hinter der *Essex Street*. Hierher verirren sich keine Touristen. Dafür sorgt, so erklärte es mir damals meine Mutter, eine Magie, die so ähnlich wie eine Tarnkappe funktioniert. Das Gegenteil von Liebeszauber, könnte man sagen: Man übersieht die kleine Gasse einfach oder vergisst sie in dem Moment, in dem man daran vorbeigeht. Dabei ist das Gebäude wirklich malerisch. Es ist ein historisches Backstein-Häuschen mit einer

Außenfassade, die keine fünf Meter breit ist. Jedes Stockwerk schmückt ein großes rundes Bleiglasfenster. In bunten Farben sind darauf die Zeichen der Bansheeny-Clans abgebildet: Wolf (Hochparterre), Singschwan (1. Stock), Harfe (2. Stock). Das Clanzeichen im dritten Stockwerk fehlt. Dort, wo das Wappen des Phönixclans sein sollte, ist das runde Fenster nur in blassem Rot gehalten.

Shay zupft sich nervös den Rock glatt, als wir auf das Haus zugehen. Auf dem angerosteten Metallbriefkasten prangt der Name *G. May* und an der schwarz lackierten Tür gibt es keine Klingel, nur einen Messingklopfer. Er hat die Form eines verzerrten Gesichts, das einer hexenartigen Banshee gehört. Sie sieht aus, als hätte sie einen wirklich schlechten Tag. Anstelle eines Klopfrings hängt aus ihrem weit aufgerissenen Mund eine gebogene Metallzunge.

Shay fasst meinen Arm fester. »Sehen die wirklich so aus?«, haucht sie. »Ich meine … so dämonisch?«

»Keine Ahnung. Manche vielleicht«, antworte ich. »Zum Glück bin ich noch keiner Ahnin begegnet. Aber keine Sorge, in diesem Büro sind nur Mister May und seine Sekretärin Lorraine. Sie ist eine nette alte Lady und wird uns sicher Tee kochen.«

Beherzt packe ich die Hexenzunge und donnere sie gegen die Tür. Nach einer ganzen Weile öffnet sie sich mit einem wehleidigen Knarren. Doch anstelle von Lorraines freundlichem Großmuttergesicht erscheint im Halbschatten das Gesicht eines jungen Mannes. Im ersten Moment denke ich, wir haben uns an das Set von *Broken Love* verirrt. Nur dass sogar die Stars aus Shays RomCom neben diesem Mann zu farblosen Kopien verblassen. Er ist schlank und sein eindeutig maßgeschneiderter grauer Anzug und das weiße Hemd betonen seine athletische Statur. Schwarze Locken umspielen ein markantes, aber fein geschnittenes Gesicht. Und um alle Hollywood-Klischees zu erfüllen, hat er auch noch Augen von einem völlig unwahrscheinlichen luziden Grün.

»Deirdre Faye?«, fragt er freundlich.

»Hi«, sage ich. »Wo ist Lorraine?«

»Sie ist seit Dezember im Ruhestand«, antwortet er. »Ich habe ihre Stelle als Mister Mays Sekretär übernommen: Aidan O'Niall. Von den Uí Néills of Ulster.« *Auch noch ältester irischer Adel,* denke ich bei mir. *Was kommt als Nächstes – eine glänzende Rüstung und ein weißes Pferd?* Aidan wendet sich Shay zu und schenkt ihr ein Lächeln, das sie sichtlich aus der Fassung bringt. »Und mit wem habe ich hier die Ehre?«

»Shaylee Faye«, antworte ich an ihrer Stelle. »Briannas Tochter. Sie lebt für ein Jahr bei uns.«

»Es ist mir eine Freude, Shaylee.« Er deutet allen Ernstes eine galante Verbeugung an. »Nenn mich einfach Aidan, okay?«

Shay nickt nur schüchtern und wird knallrot, was Prinz Charming natürlich nicht entgeht. Er zwinkert mir grinsend zu, dann macht er eine einladende Geste. »*Fáilte* – willkommen!« Shay ist offenbar schockverliebt. Sie rührt sich nicht von der Stelle. Erst als ich ihr einen kleinen Schubs zwischen die Schulterblätter gebe, erwacht sie aus ihrer Starre und tritt ins Haus. Lumi will sich an mir vorbeidrängen, doch zu meiner Überraschung scheucht Aidan ihn mit einem Wink zurück. »Aus!«, sagt er, als würde er mit Nachbars Retriever sprechen. »Wölfe warten draußen.«

Aidan sieht ihn?, denke ich fassungslos. Mein Wolf knurrt zwar drohend, trollt sich dann aber gehorsam. Ich muss Aidan ziemlich perplex anstarren, denn er deutet ein entschuldigendes Schulterzucken an und sagt: »Sorry, aber Mister May duldet keine Wildtiere in der Bibliothek.« Ich klappe meinen Mund wieder zu und folge ihm endlich über die Schwelle.

So eng hatte ich das Haus nicht in Erinnerung. Die frei stehende, hölzerne Wendeltreppe lässt nur Raum für eine Person. Während wir uns im Gänsemarsch die knarrenden Stufen hocharbeiten – vorbei an Wänden voller Bücher, die man nur durch die Streben des Treppengeländers hindurch zu greifen bekommt –, werfe ich einen Blick durch das Wolfsfenster. Genau zwischen den Augen des grauen Wolfes auf dem Fensterglas sitzt Lumi draußen mitten in der Gasse, als würde er Wache halten.

Die Treppe endet an einer Tür mit einer fast kniehohen Schwelle. Aidan streckt Shay die Hand hin und hilft ihr hinüber. Ich zögere, seine Hand zu ergreifen, aber dann gebe ich nach. Mays Büro – Mays Regeln. Ich vermute, dass Shay und ich damit auch gleichzeitig eine magische Grenze übertreten haben, denn von innen ist der Raum, in den wir nun gelangen, um einiges größer, als er rein physikalisch sein kann. Früher war das Lorraines Büro, aber die Vitrine mit ihrer Teeporzellansammlung ist verschwunden und auch ihre uralte mechanische Schreibmaschine steht nicht mehr auf dem wuchtigen Schreibtisch. Stattdessen ist dort ein Laptop aufgeklappt. Shay sieht sich ehrfurchtsvoll um. Das Singschwan-Motiv des Fensters bricht das einfallende Sonnenlicht in bläuliche und weiße Farbflecken, die auf den schweren, polierten Möbeln und dem purpurroten Teppich spielen und die vergoldeten Rankenornamente des Schreibtischstuhls zum Leuchten bringen.

»Oh!«, ist das Erste, was Shay herausbringt. »Das ist ja ein richtiges Königszimmer.«

»Ja, Lorraine mochte es tudoresk«, antwortet Aidan. »Ich werde das Vorzimmer allerdings etwas moderner einrichten.« Er greift zum Kragen seines Jacketts und berührt den Anstecker in Form eines Kleeblatts, der sich nun als knopfgroßes Telefon entpuppt. »Mister May? Miss Faye und Brianna Fayes Tochter sind hier.«

Shay unterdrückt ein Kichern bei dem Wort *Miss*. Aber nach einem mahnenden Seitenblick von mir reißt sie sich zusammen.

Offenbar hat der perfekte Sekretär auch einen Knopfhörer im Ohr, denn eine Antwort hören wir nicht. »Mister May erwartet euch in seinem Büro«, wendet sich Aidan wieder an uns. Und mit einem vielsagenden Lächeln sagt er zu mir: »Soweit ich den Akten entnommen habe, dürftest du den Weg ja noch kennen, Deirdre.«

Wunderbar, jetzt fühle ich mich nicht nur als brave Klosterschülerin verkleidet, sondern auch noch ausgespäht. *Manche Dinge sind noch genauso, wie ich sie in Erinnerung habe*, denke ich und betrete die Treppe. Mister Mays Büro befindet sich im obersten Stockwerk. Es ist der Raum mit dem roten Phönixfenster. Er könnte in zartes rosa Licht getaucht sein, wenn die hässliche Neon-Beleuchtung über Mister Mays Schreibtisch nicht alles in bleiche Kränklichkeit tauchen würde.

Als hätte er die letzten Jahre wie der greise König Artus im Berg geschlafen, sitzt der Anwalt genauso an seinem Schreibtisch, wie Morrigan und ich ihn damals verlassen haben. Er trägt sogar den gleichen Anzug aus braunem Karo-Tweed und dazu eine dunkelblaue Krawatte. Die Feder seines Füllers kratzt überlaut auf dem Papier. In der Erinnerung meiner Kinderzeit ist Mister May älter als die Dinosaurier. In Wirklichkeit ist er einfach ein dünner Mann um die siebzig mit einer Adlernase, hohlen Wangen und einem Mund, der ständiges Missfallen ausdrückt. Seine Halbglatze ist von einem Kranz grauen Resthaars eingefasst und er trägt eine Brille, deren dicke Gläser seine Augen winzig erscheinen lassen. Stirnrunzelnd blickt er von seinen Dokumenten auf und mustert mich lange. *»May ist auch* *nur ein harter Knochen mit weichem Mark«*, sagte Tante Bébhinn vor meinem zweiten Besuch in Dublin zu mir. Doch genau wie damals, als ich acht war, schlägt mir das Herz auch jetzt bis zum Hals.

»Deirdre«, sagt Mister May schließlich kühl. »Schon wieder.«

Ich räuspere mich. »Guten Tag, Mister May.«

Sein strenger Blick schweift zu Shay. »Und das ist also Briannas Tochter«, sagt er – allerdings nicht zu uns, sondern zu seinem Sekretär. »Ausgesprochen faszinierend.« Wir wissen alle, dass er damit ihr untypisches Erscheinungsbild meint, das sie von ihrem algerischen Vater hat. »Hat die Präsenz auch Shaylee bedroht?«, will Mister May dann von mir wissen.

»Nein. Bisher hatte der Geist es nur auf meinen … Freund abgesehen.«

Sogar aus dem Augenwinkel nehme ich wahr, dass Aidan unwillkürlich etwas gerader steht. Ja, Bansheenys mit Beziehungen werden von den Ahninnen nicht gerne gesehen. »Hm«, ist alles, was May dazu sagt. Aber wenn Missbilligungswellen einen Raum aufheizen könnten, dann stünden wir hier in der Wüstenhitze Arizonas. Er macht sich eine Notiz und legt den Füller beiseite.

»Ich vermute, du hast heute noch kein richtiges Frühstück bekommen?«, wendet sich May endlich direkt an Shay. Und ich bin stolz auf meine Kleine, die sich nicht einschüchtern lässt. »Wir haben im Flugzeug ein Brötchen gegessen«, erwidert sie und schenkt ihm ein besonders strahlendes Lächeln. May hebt die linke Augenbraue. »So«, murmelt er mürrisch. »Diese Art Brötchen verfüttert man höchstens an Pferde. Aidan, wären Sie so freundlich, sich darum zu kümmern, dass die junge Miss Faye etwas zu essen bekommt, das nicht aus Pappe besteht?«

»Mit größtem Vergnügen, Sir«, antwortet Aidan.

Braver Lakai, denke ich bei mir. Als hätte er meinen spöttischen Gedanken gehört, wirft Aidan mir einen kurzen Blick zu.

»Aber ich möchte hierbleiben«, rutscht es Shay heraus. Und zu meiner Überraschung setzt sie beherzt hinzu: »Ich muss doch sehen, was Sie mit dem Geist machen.«

Mister May runzelt tadelnd die Stirn und ich verkneife mir ein Grinsen. Wieder springt Aidan eilfertig in die Bresche. »Das geht leider nicht, Shaylee. Aber ich bin sicher, Deirdre wird dir jedes Detail ausführlich berichten.« Er nickt mir zu und ich merke, dass dieser devote Sekretär mich besser durchschaut, als mir lieb ist. »Wie wäre es, wenn wir beide in der Zwischenzeit eine Sightseeing-Tour durch das Viertel machen?«, fährt er an Shay gewandt fort. »Direkt am Fluss gibt es ein Pub, wo wir ein typisch irisches Frühstück bekommen.«

Shay beißt sich auf die Unterlippe und zögert. Doch auf mein leises »Geh ruhig!« folgt sie Aidan zur Treppe. Er lässt sie vorausgehen und schaut sich noch einmal zu mir um. May kann es vom Schreibtisch aus nicht sehen, doch Aidan hebt aufmunternd die Brauen und formt mit den Lippen ein unhörbares »Viel Glück«. Und irgendwie kann ich es gebrauchen.

»Nimm dir einen Stuhl«, sagt Mister May. »Du wirst ihn nötig haben.« Er angelt einen Schlüsselbund aus seiner Jackentasche und öffnet einen Aktenschrank aus Metall. Wie in einem Steuerbüro reihen sich darin alphabetisch sortiert graue Ordner. Jede Akte trägt ein Clanzeichen und einen Namen. Ja, Mister May ist quasi unsere magische Schuldnerberatung. Und ich befürchte, diesmal könnte es für mich ziemlich teuer werden. May wuchtet den Ordner mit meinem Namen auf den Tisch und blättert zur letzten, halb leeren Seite. Ich bin erstaunt darüber, wie dick meine Akte ist. Als Kopie ist darin sogar ein Stadtplan von Helsinki abgeheftet. May zückt den Füller. »Also dann: Wann hast du diese Präsenz zum ersten Mal bemerkt?«

Ich weiß nicht, was ich erwartet habe. Ein Verhör jedenfalls nicht. Mister May stellt Fragen und Rückfragen, sucht nach Widersprüchen, als wären wir vor Gericht und es ginge darum herauszufinden, ob ich wirklich die Wahrheit sage. Penibel notiert er Zeitangaben und Entfernungen und markiert auf dem Stadtplan von Helsinki sogar jede Straße und den genauen Unfallhergang. Und während in mir mit jeder Erinnerung alles wieder hochkocht und meine Stimme beim Gedanken an die Nacht im *Loose* zu beben beginnt, bleibt der Mediator kühl und nüchtern.

»Die Aggression dieser Präsenz ist tatsächlich ungewöhnlich«, stellt er schließlich fest. »Und du bist wirklich sicher, dass du seit dem Vorfall vor zwölf Jahren keinen Menschen mehr mit deiner Stimme getötet hast?«

»Wie oft soll ich es noch sagen?«, gebe ich heftig zurück. »Nein!«

»Du weißt, es könnte ohne Absicht und Wissen geschehen sein. Denk also genau nach: Gab es nicht doch irgendeine Gelegenheit?«

Ich muss mich zusammenreißen, um seinem Blick nicht auszuweichen. *Ich habe nichts Verbotenes getan*, beruhige ich mich. *Gizmos Tonstudio ist absolut schalldicht, es kann nicht sein, dass da etwas schiefgegangen ist.* »Ich habe meine Stimme nie in der Nähe von Menschen gebraucht«, erwidere ich mit Nachdruck. »Niemals!«

»Freut mich zu hören.« Eigentlich müsste es im Büro stauben, so trocken ist Mays Art. Und mit derselben emotionslosen Sachlichkeit klappt er endlich die Akte zu und holt aus der Schreibtischschublade eine Kerze und ein Kästchen aus Perlmutt hervor. »Dann wollen wir mal sehen, wer er ist und wie wir ihn in seine Schranken weisen oder vielleicht sogar bannen können. Bereit?«

»Bereit, wenn Sie es sind, Sir«, gebe ich zurück. Doch ironischer Humor prallt an Mister May ab wie ein Gummigeschoss an Beton. Ich schließe beide Hände fest um die Armlehnen des Stuhls und versuche ruhig zu atmen, als May die Kiste öffnet. Mit spitzen Fingern zieht er eine Silberkette heraus, an der eine geschliffene Kristalllinse in der Form eines Auges hängt.

»Erinnerst du dich noch, was du damit tun sollst?«, fragt May.

»Ja.«

»Gut. Ich werde die Präsenz vielleicht mit Gewalt zwingen müssen, sich hier deutlich zu manifestieren. Deine Aufgabe ist es, die Linse in Bewegung zu halten. Wenn es zu beängstigend wird, schließt du einfach die Augen, verstanden?«

Ich nicke. Meine Hand zittert, als ich die Kette entgegennehme und ihr Ende zwischen Zeigefinger und Daumen halte. Die augenförmige Linse pendle ich so aus, dass sie genau vor der Kerze hängt, die May nun entzündet.

Als ich acht war, umschloss Morrigans Hand die meine und führte mich. Und ich hätte nicht gedacht, dass ich mich ohne meine Mutter je so unsicher fühlen könnte. Auf Mays Nicken hin versetze ich die Kette mit einem Zwirbeln in Rotation. Der Kristall beginnt sich zu drehen und fängt den Schein des Feuers. Nach einer hypnotischen Weile beginnt er zu glühen, erst weiß, dann immer dunkler, bis er schließlich in einem feurigen Phönixrot strahlt. Als würde der Kristall dabei das Tageslicht völlig verschlucken, wird es im Raum nachtdunkel. Ich fröstle und spüre, wie die Grenze zwischen der Anderwelt und uns nach und nach fragiler wird, bis nur noch eine hauchdünne Seifenblasenhaut mich von der Welt der Toten trennt. Lichtflecken gleiten aus dem Kristall. Wie bei einer Kinderlampe, die Schatten und bunte Lichtfiguren an der Zimmerdecke flirren lässt, huschen jetzt immer deutlicher Gestalten über die Wände. Geister tauchen auf und versinken wieder in den schattigen Tiefen ihrer Welt. Hypnotisch rauscht Wispern und Flüstern auf wie ferner Wind, der durch die Krone einer Pappel streicht. Áila tritt zu meinem Stuhl. Und auch die beiden Wanderer sind hier. Gleichsam in Trance drehe ich die Kette weiter zwischen den Fingern. Rotes Licht flackert in Mays Brillengläsern, als würde er ins Feuer blicken. Und als er den Kopf hebt, schwebt hinter seiner linken Schulter die Glut einer Zigarettenspitze.

»Er ist direkt hinter Ihnen!«, flüstere ich.

»Ich weiß«, erwidert der Mediator ruhig.

Der Schatten richtet sich auf, bis er hinter May aufragt. Wind scheint durch sein Haar zu streifen und der lange Mantel weht nach vorne, als stünde der Geist an einem stürmischen Ort. An den Fingerspitzen spüre ich Wärme, so fest presse ich sie zusammen, während ich den Kristall drehe. Wie aus weiter Ferne höre ich May, der diesem Wesen befiehlt, sich zu enthüllen. Seine Stimme wird tiefer, drängender. Der Wind zerrt mit aller Macht an dem Schatten, saugt ihn zu uns. Doch der Mann stemmt sich gegen den Zauber und bleibt eine Silhouette. Mir läuft ein Schauer über den Rücken, so drohend klingt Mays Tonfall inzwischen. Neben mir weichen Áila und die Wanderer hastig zurück und flüchten aus meinem Sichtfeld. Und als Mister May beide Hände auf die Tischplatte legt und aufsteht, verdichtet sich die Luft zu Sirup. Es ist, als würde die Zeit sich verlangsamen und mit ihr mein Herzschlag. Mays Worte, die ich nicht mehr verstehe, dröhnen wie ein verzerrtes Echo in meinem Kopf. Das Zimmer beginnt so sehr zu schwanken, dass ich die Augen schließen muss. Und obwohl es unmöglich ist, höre ich direkt an meinem Ohr die Stimme des Geistes. Es ist nur ein

Flüstern, aber es lässt mich erstarren. »Deirdre …«, raunt er mir zu. Mays befehlende Worte überlagern sein Flüstern, ich höre nur noch Bruchstücke dessen, was der Geist mir sagt. »… musst … mit mir …«

Ich reiße die Augen wieder auf und sehe May. Er hat sich umgewandt und steht dem Geist mit erhobenen Händen direkt gegenüber, als wollte er ihm den Weg zu mir versperren. Sein spärlicher Haarkranz flackert im Wind und seine Krawatte weht ihm über die Schulter. Über May hinweg sind die Augen des Geistes auf mich gerichtet, weißes Glühen im Schatten. *Er hat mich da, wo er mich haben will*, schießt es mir durch den Kopf. *Weit weg von Arvo.* Ich denke an das Blut an Arvos Stirn, an die Splitter der Autoscheibe, an die vernebelte Bühne im *Loose*. Meine Wut zieht sich in meiner Kehle zu einem glühenden Knoten zusammen. Ich würde alles dafür geben, wenn ich den Geist niederbrüllen könnte. Aber ich kann nur die Zähne zusammenbeißen und ihn in Gedanken zur Hölle schicken. »Vergiss es!«, flüstere ich ihm dennoch zu. »Ich lasse nicht zu, dass du Arvo und mich auseinanderbringst!«

Das Licht explodiert so schnell, dass ich nicht einmal zusammenzucken kann. Völlig geblendet nehme ich lediglich wahr, wie der Geisterwind mitten durch den Raum fegt. Und als ich wieder etwas sehen kann, bin ich gefangen wie eine Fliege im Bernstein, versteinert in geronnener Zeit.

Der Kristall steht still, während irgendwo draußen ein Wolf heult. Dann explodiert das Fenster, die Zeit stürzt auf uns zurück und wirft mich zu Boden. Hitze und Rauch füllen das Zimmer. May kann sich gerade noch mit einem Satz über den Schreibtisch retten, bevor sich sein Aktenschrank in ein brennendes Inferno verwandelt, aus dem die Flammen weit in den Raum hineinschlagen. Aber statt zu flüchten, rappelt sich May auf und versucht, die Akten dem Feuer zu entreißen. »Aus dem Fenster damit«, befiehlt er mir und wirft mir einen angesengten Ordner zu. Ich bin viel zu perplex, um zu widersprechen. Schwankend stehe ich auf und gehorche, während der Anwalt sich das Jackett auszieht und damit die Flammen auf einem weiteren Ordner ausschlägt. Dann befördert er ihn auf die Gasse und macht mit den Büchern weiter, die im Regal am Fenster stehen. Flammen schlagen an den Mauern hoch und erfassen die Deckenbalken.

»Hören Sie auf, May!«, flüstere ich gegen die Feuerwand an. »Wir müssen raus!« Und als er nicht hört, packe ich ihn am Arm und zerre ihn mit aller Kraft in Richtung Tür. Gerade noch rechtzeitig, bevor das brennende Regal kippt. Hustend kämpfen wir uns die Wendeltreppe nach unten und stürzen aus dem Gebäude.

Offenbar schlägt Feuer Tarnkappenzauber. An der Straße stehen Trauben von Menschen und schauen mit offenen Mündern zu, wie die Flammen bereits aus dem Dachstuhl hervorbrechen. In der Ferne heulen die Sirenen der Feuerwehr. Und gerade als May einen der zerfledderten Aktenordner vom Kopfsteinpflaster aufhebt, drängt sich Aidan durch die gaffende Menge auf uns zu.

»Was ist passiert?«, ruft er.

»Wir haben eine Anomalie«, antwortet May mit zornig funkelnden Augen.

»Was?«, bringe ich mit zittriger Stimme hervor.

»Dein Geist hat ein brennendes Herz«, erklärt May. »Das sind die schlimmsten. Machen Sie schon, Aidan! Scheuchen Sie die Leute weg und sammeln Sie die Akten ein.«

Der Sekretär reagiert, ohne zu zögern, und übernimmt das Ruder. »Alles in Ordnung!«, ruft er den Gaffern zu. »Niemand ist verletzt. Aber bleiben Sie in sicherer Entfernung und machen

Sie die Einfahrt für die Feuerwehr frei.« Die Menschen gehorchen ihm tatsächlich und weichen zur Seite. Unter ihnen entdecke ich Shay. Sie ist so fassungslos, dass ihr gar nicht auffällt, wie das Softeis in ihrer Hand zu süßer Suppe schmilzt.

»Mister May?« Ich stürze zu ihm und packe ihn an der Schulter. »Was bedeutet das?«

Endlich wendet er sich zu mir um. Er nimmt seine Brille ab und putzt sorgfältig das linke Glas. Das rechte ist zerbrochen. Zum ersten Mal fällt mir auf, wie scharf und klar Mays eisgraue Augen sind. Ein Blick, der schon weit geschaut hat, vielleicht sogar bis zum Grund jeder Seele.

»Es bedeutet, dieser Geist kann noch mit ganzem Herzen und ganzer Seele lieben«, erklärt er ernst. »Und ebenso leidenschaftlich brennend hasst er. Und rate mal, wen.«

DIE GEISTER, DIE ICH RIEF

Mister May hat verfügt, dass Shay und ich heute nicht im Hotel übernachten. Stattdessen fährt Aidan uns nun alle zu Mays Privathaus, das etwa dreißig Kilometer von Dublin entfernt zwischen Bray Head und Cliff Manor liegt. Als der schwarze Rover von der Hauptstraße abbiegt, öffnet sich vor uns ein schmaler Weg, der von niedrigen Natursteinmauern gesäumt ist und direkt zur felsigen Meeresküste führt. Zwischen den grünen Anhöhen der Granitküste erwartet uns ein Tor aus Stahl und das Warnschild »Privatbesitz! Betreten verboten!«. Per Fernbedienung öffnet May das Tor und schließt es, kaum dass der Wagen hindurchgeglitten ist. Ich kann nicht behaupten, dass ich mich nun wohler oder sicherer fühle. »Willkommen in Fort Knox«, flüstert mir Shay prompt zu. Tatsächlich erinnert das Zuhause des Anwalts an eine schmucklose, steingraue Festung. Es ist ein flaches, ebenerdiges Gebäude mit Fenstern aus dunkel getöntem Glas. Aidan parkt direkt neben dem Eingang und lässt uns aussteigen. Während er sich um unser Gepäck kümmert, gehen wir durch eine weitere Stahltür und betreten einen langen Gang mit einer beeindruckenden Gemäldegalerie.

May bedeutet uns mit einem wortlosen Winken, ihm zu folgen. »Kennst du irgendeine von denen?«, fragt mich Shay leise, während sie die Frauen aus verschiedensten Jahrhunderten bestaunt, die aus goldenen Rahmen streng zu uns herunterblicken.

»Nein, aber ich glaube, es sind die Ahnfrauen der schottischen und irischen Adelshäuser zu ihren Lebzeiten«, gebe ich flüsternd zurück. »Siehst du die schottischen Clanstrachten? Erst nach ihrem Tod wurden die Ladys zu den Todeskünderinnen ihrer Familien …«

»Wo bleibt ihr?«, unterbricht mich Mister Mays ungeduldige Stimme. Er wartet, bis wir aufgeholt haben, und eilt dann weiter voraus zu einer Treppe, die nach unten führt. So unscheinbar das Gebäude von der Frontseite wirkt, so prächtig ist das Untergeschoss, das offenbar in den Hang gebaut wurde. Sobald wir die Treppe hinter uns gelassen haben, betreten wir einen Saal mit gewölbten Bohlendecken und Fenstern zur Meeresseite. In der Mitte des Raums steht ein Tisch, umrundet von geschnitzten Lehnstühlen, an dem alle Ritter der Tafelrunde samt ihren Knappen Platz finden könnten. Der Saal ist in warmen Holztönen getäfelt und hat sogar einen mannshohen, altenglischen Kamin, dessen Einfassung mit Steinreliefs von Hirschen und Einhörnern geschmückt ist. Zwei altmodische und schon etwas abgewohnte Ohrensessel stehen davor und vollenden das Herrenhaus-Setting.

Aidan hat sein Jackett ausgezogen und die Hemdsärmel hochgekrempelt, was seine perfekt durchtrainierten Arme zur Geltung bringt, während er mühelos zwei schwere Kisten in den Raum trägt. Neben dem schmächtigen May, der mit seinen angesengten Brauen und dem wirren Haar aussieht, als hätte er in eine Steckdose gegriffen, strahlt der Sekretär wie Ritter Lanzelot. »Das ist der Rest, Sir«, sagt er und wuchtet die Kisten auf den Tisch.

»Danke«, murrt May und beginnt die geretteten Akten auszubreiten. Der Geruch nach verbrannter Pappe und angeschmorten Ledereinbänden steigt mir jäh in die Nase. Einige Ordner sind ziemlich angesengt, andere zerknickt und zerfleddert von ihrem Fall auf das Straßenpflaster. Der Großteil der Bansheeny-Akten inklusive meiner eigenen ist dagegen nur noch vom Löschwasser durchweichte Asche, was für mich bisher das einzig Gute an diesem Tag ist. Wie durch ein Wunder ist nur die Dachetage des Dubliner Büros mit dem Phönixzimmer abgebrannt. Allerdings wird man in den unteren Stockwerken bestimmt noch lange den Geruch nach Lagerfeuer wahrnehmen, wenn man in den durchgeräucherten Büchern der Bibliothek blättert.

»Kann er hier auftauchen?«, meldet sich Shay leise zu Wort. »Der Geist, meine ich.«

»Nicht in meinem Haus«, antwortet May so grimmig, dass die drohende Beschwörung, die er vor wenigen Stunden im Phönixzimmer ausgesprochen hat, mir wieder in den Ohren klingt.

»Keine Sorge«, ergänzt Aidan leichthin. »Dieses Anwesen dürfte wohl der einzige Ort in Irland sein, der garantiert geisterfrei ist.«

Shay atmet erleichtert auf. »Wo ist das Badezimmer?«, will sie dann wissen.

Lanzelot deutet zur Treppe. »Noch ein Stockwerk tiefer, gleich neben eurem Gästezimmer. Komm, ich zeige dir den Weg.« Shays Miene hellt sich sichtlich auf, als sie zu ihrem Ritter aufblickt.

»Kommst du mit, Deirdre?«, fragte sie.

»Nein. Sie hat noch etwas mit mir zu besprechen«, antwortet May an meiner Stelle. »Und nehmen Sie bitte Deirdres Gepäck mit nach unten, Aidan.«

»Natürlich, Sir.« Aidan lächelt mir so aufmunternd zu, als wäre heute ein ganz normaler Tag. Aber wir wissen wohl beide, dass ab jetzt in meinem Leben nichts mehr normal sein wird. Erst recht nicht, wenn die Ahninnen mich dafür verantwortlich machen, dass mein Geist ihre Zentrale gegrillt und die Bansheeny-Akten vernichtet hat.

Ich reiche Aidan meine Sporttasche. Er schultert sie lässig und raunt mir zu: »Kopf hoch, das ist nicht der erste aufdringliche Geist, mit dem wir hier zu tun haben.« Ich ringe mir ein Lächeln ab, denn in all dem Chaos sind seine Worte tatsächlich ein Trost. Shay schickt mir eine Kusshand, dann huscht sie ihm hinterher zur Treppe. Mister May und ich bleiben allein mit den Akten und dem Geruch von magischer Brandrodung zurück.

»Kann ich … ein Fenster aufmachen?«, frage ich in das Schweigen hinein.

»Fühl dich ganz frei«, erwidert May, ohne aufzublicken.

Frei, denke ich niedergeschlagen. *Klar.*

Die Festung ragt wohl ein Stück über die Klippen hinaus. Unter uns ist nichts als Meer und Weite. Ich beuge mich weit aus dem Fenster und sauge die frische Salzluft tief in die Lungen, bis das innere Zittern ein wenig nachlässt und der Nebel in meinem Kopf sich lichtet.

»Sie haben Ihr Haus mit einem Bann geschützt, nicht wahr?«, frage ich über die Schulter. »Deshalb übernachten Shay und ich hier. Weil … der Geist eine echte Bedrohung ist. Nicht nur für Arvo.«

May lässt sich Zeit mit der Antwort. »Setzen wir uns doch an den Kamin«, sagt er schließlich. »Darf ich dir einen guten Tropfen aus meiner schottischen Heimat zum Aufwärmen anbieten?«

Beklommen nehme ich in einem der Sessel Platz, während mein Gastgeber in aller Ruhe zwei schwere Kristallgläser und eine Karaffe mit goldgelbem Inhalt holt. Als er mir einen sparsamen Fingerbreit einschenkt, steigt mir das würzige Aroma von torfigem Whiskey in die Nase.

»Da, wo ich herkomme, gibt es ein Sprichwort«, erklärt May. »Ein Glas Whiskey ist wunderbar. Zwei sind zu viel. Drei sind zu wenig.«

»Und ich schätze, für diesen Geist wird uns auch die ganze Flasche nicht reichen?«

Langsam sollte ich wissen, dass Galgenhumor bei Mister May auf taube Ohren stößt. Er runzelt die Stirn und schüttelt den Kopf. »Dieser Whiskey ist zweihundert Jahre alt und etwas ganz Besonderes«, sagt er tadelnd. »Viel zu kostbar, um sich damit zu betrinken. Sláinte!«, prostet er mir dann auf Gälisch zu und hebt sein Glas. Vorsichtig nippe ich und bin wirklich überrascht. Noch nie habe ich etwas Vergleichbares gekostet. Ich schließe die Augen und schmecke die Luft wilder Moorwiesen und dunkler Geheimnisse. Eine Wärme erfüllt mich, die mir guttut. Als ich die Augen wieder öffne, stelle ich erstaunt fest, dass im Kamin ein Feuer knistert.

Mays Mundwinkel umspielt ein sphinxhaftes, kleines Lächeln, als er meine Verblüffung bemerkt. Und auf einmal wirkt er gar nicht mehr so sehr wie ein verhärmter, humorloser Anwalt. Doch sofort wird er wieder ernst und mürrisch. »Ich will dir nichts vormachen, Deirdre. Du weißt selbst, dass die Lage ernst ist. Wir haben es hier, wie schon gesagt, mit einer Anomalie zu tun.«

»Ist das Ihre nette Umschreibung für Feuerteufel?«

May stutzt. »Ach, du meinst eines dieser Wesen, die man im Mittelalter als gehörnte Ungeheuer dargestellt hat? Nein, nein, das sind keine Teufel, die gibt es gar nicht. Solche Wesen sind Elementar- oder Naturgeister. Für die ist ein anderes Büro zuständig.«

»Gut zu wissen, falls mich mal ein Wendigo verfolgt.« Natürlich prallt meine verzweifelte Ironie auch diesmal an May ab.

»Es gibt verschiedene Arten paranormaler Entitäten«, fährt er fort. »Die meisten haben wir noch gar nicht zur Gänze erforscht. Die Totengeister, mit denen ihr Bansheenys zu tun habt, sind allerdings sehr bekannt. Sie lösen sich irgendwann von selbst auf, um … endgültig auf die andere Seite zu wechseln. Das sind Geister der Kategorie eins. Falls sie Groll gegen euch hegen, gehören sie zur Kategorie zwei. Sie machen euch gerne Angst, was leicht ist, wenn ihr noch Kinder seid, aber materiellen Schaden richten sie nicht an.«

»Meine beiden Wanderer.«

»Exakt. Gewöhnlich besteht meine Arbeit darin, mit euren Geistern zu verhandeln. Ich sorge für Aufklärung und Zuordnung, ich identifiziere die Verstorbenen, vermittle und finde eine Regelung, die eine friedliche Koexistenz ermöglicht. Zum Beispiel, dass die Geister euch nur zu bestimmten Zeiten erscheinen und nur dann, wenn ihr allein seid.«

»Bleibt Kategorie drei«, sage ich. »Mordlustige Stalker, die uns folgen, obwohl wir mit ihrem Tod gar nichts zu tun haben? Wie ist so etwas möglich?«

Das Leder des Sessels knarzt, als May sich zurücksinken lässt. »Eigentlich ist es nicht möglich, dass sich fremde Geister an euch heften. Aber rein theoretisch wäre es denkbar. Ich vermute, dass wir es hier mit jemandem zu tun haben, dem du zu Lebzeiten … jemanden genommen hast.«

»Sie *vermuten* es?«

May nickt, als wäre das wirklich nur eine Frage gewesen. »Immerhin wissen wir jetzt, dass es ein Mann ist«, fügt er hinzu.

»Ja, und offenbar ist er Kettenraucher und trägt einen langen Mantel«, ergänze ich gereizt. »So weit war ich auch schon! Aber das kann doch nicht alles sein! Wer ist der Kerl? Und was will er von Arvo und mir?«

May antwortet nicht, sondern starrt in sein Glas, als würde er hoffen, dass das Whiskey-Orakel ihm Erleuchtung bringt.

»Ist das Ihr Ernst?«, platzt es aus mir heraus. »Dann war der ganze Zauber umsonst und wir wissen gar nichts über ihn?«

»Wir müssen uns auf Erfahrungen und die wenigen Indizien stützen, Deirdre. Fakt ist: Diese Präsenz hat sich an dich gebunden, um Schaden in deinem Leben anzurichten. Möglicherweise … könnte es ja der Mann der alten Samin sein, die noch bei dir ist.«

»Áilas Mann?« Ich kann mir ein ungläubiges Lachen nicht verkneifen. »Aber … sie war schon mindestens achtzig, als sie durch meine Stimme starb. Und das ist inzwischen auch schon siebzehn Jahre her. Ihr Mann müsste also in einem Rekordalter gestorben sein und tattrig ist dieser paranormale Stalker ja eindeutig nicht.«

Mister May winkt nur müde ab. »Mit dem Herzschlag hört auch die Zeit auf zu existieren. Dein Verfolger kann als Greis oder als junger Mann von achtzehn Jahren auftreten. Selbst wenn die meisten Geister aus Gewohnheit in ihrem Todesalter erscheinen. Wer weiß, vielleicht starb er sogar schon kurz nach seiner Frau und wartet somit bereits seit deinen Kindertagen auf eine Gelegenheit, sich für ihren Tod an dir zu rächen. Denn das will er offenbar. Es ist viel Aggression in ihm, viel Zorn, aber das brauche ich dir ja nicht zu sagen.« May nimmt einen Schluck, bevor er nachdenklich hinzufügt: »Das Seltsame ist, dass er nicht allein von diesem einen Gefühl besessen ist. Da ist auch brennende Liebe. Was wiederum für meine Theorie spricht …«

»Und weil er Áila liebt, hat er jahrelang darauf gelauert, dass ich meine große Liebe finde?« Mein Flüstern gleicht eher einem Krächzen, so trocken ist meine Kehle.

May nickt gewichtig. »Das ist Geisterlogik. Zahn um Zahn: Du hast ihm zu Lebzeiten die Frau genommen, die er liebte, deshalb versucht er dir nun als Rache den Mann zu nehmen, den du liebst.«

Das muss ich erst einmal schlucken. »Aber Áila ist geflüchtet, als er sich zeigte. Können Sie nicht vielleicht mit ihr sprechen und sie fragen, wen sie gesehen hat?«

»Das würde nichts bringen, Deirdre. Geister nehmen einander normalerweise gar nicht wahr. Und selbst wenn, ist es unwahrscheinlich, dass Áila ihren ehemaligen Mann überhaupt noch erkennt. Den Toten rinnt die Welt und mit ihr alle Erinnerungen wie Sand durch die Finger. Irgendwann ist da nichts mehr. Dann bleibt nur noch die Gegenwart und das Gefühl, das uns am deutlichsten ausmacht. Es kann Liebe sein. Oder Freude. Oder Neugier. Oder … Hass und Rachsucht. Oder wie wir nun bei deinem Verfolger sehen, scheint es sogar möglich zu sein, in völlig gegensätzlichen Emotionen gefangen zu sein. Doch alles beginnt und alles endet mit Gefühlen. Sie sind das letzte Aufflackern, bevor die Geister unsere Wirklichkeit endgültig verlassen und in die Anderwelt hinüberwechseln. Und hier kommen wir zu Kategorie drei.« Mister May lehnt sich vor und senkt die Stimme. »Jene Geister, die sich weigern zu gehen. Die sich mit aller Kraft an unsere Welt klammern, bis sie sogar vergessen, dass es das Jenseits gibt. Es ist sehr selten, aber manchmal gelingt es diesen verirrten Seelen sogar, sich in unserer Welt zu manifestieren: in Hitze als Ausdruck für Leidenschaft oder Hass zum Beispiel. Es gab bereits Fälle, da gewannen die Existenzen sogar eine gewisse Körperlichkeit zurück.«

Bei Mays letzten Worten bin ich noch tiefer in den Sessel gerutscht. »Aber dieser Geist ist doch schon am Verlöschen«, hauche ich. »Er ist nicht mehr als ein Schatten ohne Gesicht. Wie kann er da noch so stark sein?«

»Er verlischt nicht«, entgegnet May ruhig. »Ganz im Gegenteil. Er ist stark genug, um sich sogar meinem Bann zu widersetzen. Soweit ich es beurteilen kann, steht er schon mit einem Bein wieder in der Welt der Lebenden. Sonst hätten wir seine Stimme nicht gehört. Und das wird den Ahninnen nicht gefallen.«

Mir gefällt es erst recht nicht, denke ich mit klopfendem Herzen. *Nichts davon!* »Aber Sie können doch irgendetwas tun?«

»Das müssen wir sogar. Egal, wer dieser Mann zu Lebzeiten war, er muss so schnell wie möglich ausgelöscht werden. Das liegt allerdings nicht in meiner Macht. Dafür brauchen wir jemanden, der der Geisterwelt nähersteht und über stärkere Kräfte verfügt als ich.«

»Die Ahninnen?«, sage ich kaum hörbar. »Also … muss ich doch zum Gericht in die Mourne Mountains?«

»Oh, nein. Viel zu aufwändig. Dafür haben wir keine Zeit. Ich werde die ehrwürdigen Ladys benachrichtigen. Und deine Anhörung und … ähm … alles Weitere wird dann wohl hier stattfinden.«

Voller Unbehagen schiele ich zum Tisch. Wirkte der Raum vorher noch wie eine hübsche Kulisse aus einem Historienfilm, erinnert er mich jetzt an einen Gerichtssaal. Und trotz des heimeligen Kaminfeuers wird mir beim Gedanken an die Hexenfratze an der Dubliner Bürotür kalt.

»Die Ahninnen … werden mich aber nicht anklagen. Das ist nur eine Anhörung, richtig?«

May wiegt gedankenverloren den Kopf. »Ja und nein«, antwortet er nach einer nervtötend langen Weile. »Du kannst zwar nichts dafür, dass der Geist sich an dich klammert. Andererseits ist dadurch ein Mensch zu Schaden bekommen. Daher wird es leider auch für dich Konsequenzen geben.«

»Und welche?«, stoße ich hervor.

Ich könnte Mister May dafür schlagen, dass er weiter ins Feuer starrt und schweigt und schweigt. Endlich holt er Luft und sagt: »Die gute Nachricht ist: Die Banshees können einen Bannkreis um diesen … Arvo Nyberg legen. Das wird ihn in Zukunft vor paranormalen Kräften schützen. Das heißt, sie werden sich ihm nur noch auf hundert Schritte Entfernung nähern können. Und weiter reicht kein Angriff.«

»Klingt gut. Und die schlechte Nachricht?«

Dieses Mal kommt die Antwort ohne Zögern.

»Der Abstand gilt dann auch für dich, Deirdre.«

Irgendein Teil von mir muss es wohl geahnt habe. Sonst wäre ich überraschter. »Ich soll nicht mehr in Arvos Nähe dürfen?«, brause ich auf. »Abgesehen davon, dass ich das auf gar keinen Fall akzeptieren werde – wie stellen Sie sich das vor? Ich bin die Tontechnikerin seiner Band. Er ist Bassgitarrist und Sänger, ich könnte ihm gar nicht aus dem Weg gehen.«

May schwenkt sein fast leeres Glas. »Du wirst dir eine andere Arbeitsstelle suchen müssen«, erwidert er ruhig. »Und am besten auch eine andere Stadt.« Ich starre ihn an, als hätte er mir gerade vorgeschlagen, ins Eismeer zu springen und nie wieder aufzutauchen. Aber im Grunde fühlt es sich genau so an. »Ich verstehe natürlich, dass es schwer für dich ist«, fährt er fort. »Aber genau das werden die Ahninnen erwarten: dass du Arvo verlässt und dich in Zukunft von der Liebe fernhältst. Und das heißt: auch von jeder neuen Liebe.«

Ich brauche mehrere Sekunden, bis ich das ganze Ausmaß seiner Worte begreife. »Ich werde also dafür bestraft, dass mich irgendein fremder Geist stalkt?«, fahre ich May zornig an. »Aber das ist nicht fair!«

»Das Leben ist nicht fair«, antwortet er unbewegt. »Warum sollte der Tod es sein?«

»Aber Sie sind mein Anwalt und der Mittler zwischen den Ahninnen und uns!«, zische ich ihm zu. »Sie sagen selbst, dass ich unschuldig bin. Also tun Sie ihren Job und lassen Sie nicht zu, dass die Banshees mein Leben zerstören!«

»Glaube mir, Deirdre, ich kann mir vorstellen, was es für dich bedeuten muss. Doch das Gesetz der Ahninnen ist an dieser Stelle sehr eindeutig …«

»Es ist aber nicht mein Gesetz!«, schneide ich ihm verzweifelt das Wort ab. »Ich lasse mir nicht vorschreiben, wen ich lieben darf und wen nicht! Ich werde weder Arvo noch meinen Job noch meine Stadt aufgeben. Und wenn Sie zu feige sind, das den Ahninnen beizubringen, dann sage ich es den ehrwürdigen Ladys eben selbst.«

»Äußerst ungern«, antwortet May lakonisch. »Ich habe die Dielen gerade erst neu verlegen lassen. Und wenn die Banshees mit dir fertig sind, müsste ich deine Asche wie Konfetti mühsam aus allen Ritzen fegen.«

Jetzt kann ich nur noch nach Luft schnappen.

May seufzt tief und reibt sich müde die Augen. »Entschuldige, Deirdre«, murmelt er. »Es war ein langer Tag. Und ich verstehe deine Empörung gut. Du gehorchst nun mal der Bansheeny-Logik. Ihr Bansheenys seid alle beseelt vom großen Liebesmythos. Nur dafür lebt ihr.«

»*Wir Bansheenys*?«, wiederhole ich. »*Alle*? Ist das nicht eine ziemlich platte Verallgemeinerung, alter weißer Magier?«

Falls May den Seitenhieb versteht, lässt er sich davon nicht provozieren. »Es ist keine Verallgemeinerung, sondern schlicht eine Tatsache. Der Liebe nachzustreben bestimmt euer Leben. Sie ist euer Fluch. Denn auch wenn ein Teil von euch Bansheenys menschlich ist, seid ihr dennoch magische Wesen. Und als solche unterliegt ihr den Gesetzen eures vorbestimmten Schicksals. Die Welt ist ein Räderwerk mit festgelegten Regeln und Wechselwirkungen. Sie gelten für alle: für Todesfeen, für euch Bansheenys, für Verstorbene und auch für Naturgeister – naja, mit Ausnahme der Nixen natürlich. Die sind absolutes Chaos und völlig unberechenbar. Aber selbst sie sind im Grunde nur die übliche Ausnahme von der Regel.« Er hebt bedauernd die Schultern. »Eure Urahnin Willow hat um der Liebe willen einst das Gesetz des Todes gebrochen. Und als Strafe wurde Liebe zu eurem ewigen Leid. Nicht schön, aber … in sich logisch.«

»Dann büße ich also im Grunde für die Verfehlung meiner Urahnin Willow O'Hara«, sage ich bitter. »Selbst wenn die Banshees den Geist auslöschen können, werden sie mich bestrafen und mich dazu zwingen, Arvo zu verlassen. Einfach, weil sie es können?«

»Glaube mir, ich tue für dich, was ich kann, Deirdre«, entgegnet May. »Dafür musst du dich allerdings kooperativ verhalten, wenn die Ahninnen hier sind.«

Es ist kein Rat, das ist mir völlig klar. Es ist ein Befehl. Ich kämpfe darum, den Rest meiner Würde zusammenzukratzen und Haltung zu bewahren. Aber ich kann nichts dagegen tun, dass mir vor Hilflosigkeit und Wut die Tränen in die Augen steigen. Mister May ist so höflich, es zu übersehen, indem er aufsteht und zur Tür geht. »Denk in Ruhe darüber nach«, höre ich ihn fast sanft sagen. »Und morgen früh besprechen wir das weitere Vorgehen.«

GRENZ-GÄNGER

Ich weiß nicht, wie lange ich nur dasitze, die Fingernägel in die gepolsterten Armlehnen gegraben, während die resignierten Worte meiner Mutter wie ein Mantra of Doom in meinen Ohren klingen: *Wir zahlen alle diesen Preis für die Liebe*. Nach einer Ewigkeit schaffe ich es endlich, aufzustehen und zum Fenster zu treten. Auf dem Meer flirrt der rosa Schimmer des nahenden Abends, doch diesmal bin ich blind für die Schönheit. Mit klammen Händen hole ich mein Phone hervor und suche Morrigans Nummer.

»Hier gibt es leider kein Netz«, sagt jemand hinter mir. Aidan steht an der Tür, wer weiß, wie lange er mich schon beobachtet. Diesmal spielt er nicht die Rolle des eilfertigen, lächelnden Sekretärs, sondern schaut mich ernst und mitfühlend an. »Das war offenbar kein gutes Gespräch?«, fügt er hinzu. »Mister May hat mir gerade mitgeteilt, dass wir nicht darum herumkommen, die Ladys zu informieren. Tut mir wirklich leid, Deirdre.«

Ich wollte nicht weinen, aber jetzt kann ich mich nicht länger zusammenreißen. Das Schluchzen steigt so jäh in meiner Kehle auf, dass ich nur noch die Hand auf den Mund pressen und den Laut ersticken kann. Aidan ist mit wenigen Schritten bei mir, nimmt mich einfach in die Arme und hält mich fest, während ich den Rest meiner Mascara auf sein blütenweißes Hemd heule und versuche, dabei keinen gefährlichen Laut von mir zu geben. Der Letzte, den ich noch in meiner Geistergalerie gebrauchen kann, ist Ritter Lancelot.

»Keine Angst«, höre ich Aidan sagen. »Mister May gibt sein Bestes.«

Nur wird das leider nicht reichen, denke ich. Mühsam würge ich mein Schluchzen herunter und löse mich aus seinen Armen. »Ich … gehe nach draußen«, flüstere ich. »Ich brauche dringend frische Luft.«

»Oh … ähm … Tut mir leid, du … kannst das Haus nicht verlassen. Es ist alles abgeriegelt.«

Das ist nicht Fort Knox, das ist Alcatraz. Langsam schließt sich der Kreis.

»Dann bin ich jetzt auch noch eine Gefangene?«, stoße ich hervor. »Allerdings werden die in der Regel wenigstens informiert, bevor man sie einsperrt.«

»Niemand sperrt dich ein«, sagt Aidan verwundert. »Ich werde genauso wenig vor die Tür gehen. Die Hausgrenzen sind ein Bannkreis, der uns ungebetene Besucher vom Hals hält. Und wir wissen ja inzwischen, wozu dein Geist fähig ist …«

Mein Geist. Ich kann es langsam nicht mehr hören. »Dann sag mir, wo ich telefonieren kann. Ich muss mit meiner Mutter sprechen.«

»Mister May erledigt gerade ein paar Anrufe. Du kannst später gerne das Festnetztelefon in seinem Büro benutzen. Oder du versuchst es im Gästezimmer direkt neben dem linken Fenster. Dort reicht der Empfang normalerweise aus.«

Zum ersten Mal an diesem Tag klingt etwas nach einem guten Plan. »Okay. Danke. Und … Bannkreis bedeutet vermutlich, dass auch mein Wolf ausgesperrt ist?«

Aidan zuckt entschuldigend die Schultern. »Ich habe die Regeln nicht gemacht.«

»Schon klar«, murmle ich. »Warum nimmst du den Wolf überhaupt wahr? Niemand außer mir sieht ihn.«

»Ist meine Gabe«, erwidert Aidan mit lässigem Stolz. »Du würdest dich wundern, wie viele Hundeseelen ihren ehemaligen Besitzern folgen. Aber ich habe noch nie darüber gelesen, dass Tiere sich auch mit Wesen wie dir verbinden.«

»*Wesen wie mir*?«

Aidan nickt. »Es ist noch nicht dokumentiert worden, dass Bansheenys eine Verbindung zu Tierseelen haben. Hast du eine Ahnung, warum er bei dir ist?«

»Warum braucht er einen Grund?«, gebe ich kühl zurück. »Mein Geist braucht bei Wesen wie mir schließlich auch keinen.«

Sarkasmus ist wohl auch bei Lanzelot fehl am Platz. Er scheint ernsthaft über meine Worte nachzudenken. Dabei mustert er mich mit unverhohlener Faszination, als wäre ich ein seltenes Exemplar einer noch kaum erforschten Spezies. Vielleicht eine neue Art von Wolfsflüsterer-Bansheeny.

»Möglicherweise hat es ja etwas mit deinem Clan zu tun«, überlegt er. »Du gehörst zum Wolfsclan, also zu den Bansheenys, deren Ruf ähnlich wie ein Wolfsheulen klingt. Und da du als Kind trotz des Verbots mehrfach deine Stimme erprobt hast, könntest du die Wolfsseele damit angelockt haben.«

Spätestens jetzt ist klar, dass Aidan in mir genau wie sein Chef eine paranormale Lebensform sieht, die sich deutlich von den Menschen unterscheidet. Auf eine Art verletzt mich das mehr als Mays trockene Worte.

Endlich scheint ihm aufzufallen, dass er mich anstarrt. Hastig senkt er den Blick und setzt wieder sein höfliches Sekretärslächeln auf. »Ich bringe dich zu deinem Zimmer. Und mach dir nicht zu viele Sorgen, Deirdre. Mister May ist ein hervorragender Anwalt. Und er ist auf eurer Seite.«

Unser Gästezimmer wurde mitten in den Fels gebaut, die Wände sind aus grauweißem Granit. An der Stirnseite des Raums steht ein wuchtiges Himmelbett mit purpurroten Samtvorhängen, das vor Jahrhunderten einer englischen Königin gehört haben könnte. Shay liegt ausgestreckt auf der goldbestickten Decke und vertreibt sich die Zeit mit einem der Crime-Magazine, die sie sich am Flughafen gekauft hat, sobald Morrigan außer Sichtweite war. Im Gegensatz zu mir hat sie schon geduscht und sich sogar mit ihrem süßen Parfüm eingesprüht. Der ganze Raum duftet nach Vanille. »Da bist du ja endlich!«, ruft sie mir flüsternd entgegen. »Schau mal, wir haben eine richtige Luxus-Suite! Aidan sagt, hier ist alles im Tudor-Stil gehalten.«

Nicht nur die Einrichtung erinnert daran. Am Fenster leuchten Burgzinnen in der Abendsonne.

Shay lacht. »So verdutzt habe ich auch geschaut, als ich vorhin reinkam«, sprudelt sie aufgedreht weiter. »Aidan hat erzählt, dass die Mauer ein Original aus dem 14. Jahrhundert ist und aus Schottland stammt. Es ist der Rest einer Burgruine, die Mister Mays Familie gehörte. Er hat sie Stein für Stein hierherbringen und wieder aufbauen lassen. Sieht es nicht aus, als würden wir aus unserem eigenen Märchenschloss aufs Meer blicken?«

»Ja, es ist … wirklich malerisch.«

Shays Strahlen erlischt. »Alles in Ordnung?«

Bis auf die Tatsache, dass wir Leibeigene der Ahninnen sind und sie einfach so mein Leben zerstören können? Ja, alles prima.

»Ich bin nur müde«, murmle ich.

»War ja auch ein Wahnsinnstag«, wispert Shay und klettert vom Bett. »Und du bist immer noch voller Ruß. Komm mit, das Badezimmer ist am Ende des Flurs.«

Ich hätte mich nicht gewundert, dort einen hölzernen Waschzuber vorzufinden, aber so weit geht Mays Mittelalter-Spleen wohl doch nicht. Kein Wunder, dass Aidan mich angestarrt hat wie ein neues phantastisches Tierwesen. Aus dem Spiegel blickt mir ein hohläugiges, zerrauftes Schlossgespenst entgegen. Morrigans Blazer ist voller Flecken und Risse und über meinem aufgelösten Haar liegt ein dunkler Rußschleier. Einige Haarsträhnen sind angesengt und mein Gesicht ist von Rauch verschattet. Das Hellste darin sind nun meine weiß umkränzten Augen, die im Kontrast zu den schwarzen Augenringen der verschmierten Wimperntusche geradezu unmenschlich leuchtend wirken. Erneut wird mir schmerzhaft deutlich die Grenze bewusst, die Aidans Worte zwischen mir und den Menschen gezogen haben.

Mit dem heißen Wasser kehren meine Lebensgeister zurück. Und als ich in meinen schwarzen Hoodie und die Jeans schlüpfe, fühle ich mich endlich wieder wie ich selbst. Morrigans ramponierte Sachen falte ich zusammen und will sie gerade in meine Sporttasche stopfen, als ich etwas Kleines, Hartes unter dem Blazerstoff ertaste. Es ist der Augenkristall an der kleinen Kette. Im Phönixzimmer muss ich ihn wohl, ohne nachzudenken, eingesteckt haben. *Wenigstens etwas, worüber May sich freuen wird*, denke ich und schiebe die Kette in meine Hosentasche.

In unserem Zimmer empfängt mich das Aroma von Fertigpizza, die Shay schon in Stücke zerteilt hat. »Die hat Aidan uns gebracht«, erklärt sie. »Als du vorhin bei Mister May warst, hatte er gefragt, was wir zum Abendessen wollen. Pizza ist doch okay?«

»Sicher.«

»Aidans Lieblingsessen ist auch Pizza.«

»Fängst du jetzt jeden deiner Sätze mit ›Aidan‹ an?«

Shay kichert und wird ein wenig rot. »Findest du nicht, dass er absolut toll ist? Und er sieht richtig gut aus!« Als ich nicht antworte, reißt sie sich sofort zusammen. »Tut mir leid. Du machst dir Sorgen um Arvo und ich rede hier von irgendwelchen Jungs! Was hat Mister May gesagt?«

Ich hoffe, ihr fällt nicht auf, dass ich nur deshalb zum Fenster gehe, um ihren Blick nicht erwidern zu müssen. »Das erzähle ich dir gleich ausführlich, Kleine. Erst muss ich Morrigan anrufen.« Damit wende ich mich dem Meer zu.

»Aber Mister May kann den Geist doch unschädlich machen?«

»Arvo … wird in Zukunft nichts mehr zu befürchten haben.«

Meine Mutter würde jetzt sagen, dass ich ein diplomatischer Feigling bin, aber ich bringe es einfach nicht übers Herz, Shay die gute Stimmung zu verderben. Und zum Glück ist sie so geflasht von Aidan, Pizza und all dem Neuen, dass ich hinter mir nur ein erleichtertes »Super!« höre.

Ich trete ans Fenster und suche nach dem Netz. Keine Chance. Es ist, als würden wir in einem Bunker sitzen. Kurz entschlossen öffne ich das Fenster und lehne mich mit dem Phone hinaus. Eine Möwe segelt dicht vorbei und stürzt sich dann wüst zeternd auf etwas, das sich ein Stück weiter rechts befindet. Als ich ihr nachspähe, wird mir sofort leichter ums Herz.

»Lumi!«

Mein Wolf lässt sich von der Möwenattacke wenig beeindrucken. Er schnappt nur genervt nach einem Flügel des Vogels, dann springt er auf die nächste Zinne. Dort dreht er sich um und wartet offenbar darauf, dass ich zu ihm komme. Ohne zu zögern, schwinge ich die Beine über das Fensterbrett.

»Deirdre! Wo willst du hin?«

»Ausprobieren, ob ich draußen Handyempfang habe. Fang ruhig mit der Pizza an. Ich habe noch keinen Hunger.«

Damit lasse ich mich auf die breite Mauer herab. Weit unter mir höre ich, wie sich das Meer gegen den Felsen wirft. Lumi springt von seiner Zinne und läuft weiter zur nächsten. Ich folge ihm die Burgmauer entlang. Auf der siebten Zinne hält Lumi an. Vor dem rosafarbenen Himmel leuchtet er wie eine Wolke.

»Du lässt dir nicht gefallen, dass sie dich schon wieder aussperren, hm?«, sage ich zu ihm. »Guter Wolf!« Lumi gibt ein zustimmendes Winseln von sich und späht dorthin, wo das Gebäude endet und an der äußersten Ecke der Mauer die zerklüfteten Klippen beginnen. Und da entdecke ich Áila.

Mit baumelnden Beinen sitzt sie auf einem grasbewachsenen Vorsprung über dem Abgrund und strickt seelenruhig an ihrer Mütze.

»Dort hört Mays Bannkreis für die Geister auf«, sage ich zu Lumi. »Wolltest du mir das zeigen?«

Áila lässt das Strickzeug sinken und wendet sich mir zu. Warnend legt sie den Zeigefinger über ihre Lippen. Dann … deutet sie auf ihr Ohr.

Wenn der Tag nicht schon schräg genug wäre, würde ich jetzt meinen Augen nicht trauen. Noch nie hat die Geisterfrau mit mir auf diese Weise Kontakt aufgenommen. Ich gehorche ihr und lausche schweigend. Und trotz des Meeresrauschens nehme ich plötzlich ein anderes Geräusch wahr. Eine murmelnde, tiefe Stimme, zu gedämpft, um einzelne Worte zu verstehen. Lumi bleibt zurück, als ich dem Klang folge. Ich stoße auf eine Balkonnische mit einer schmalen Tür, die wie ein Spitzgiebel geformt ist. Die schweren roten Vorhänge dahinter sind offenbar mit zu viel Schwung zugezogen worden und lassen einen Sichtspalt frei. Vorsichtig schiele ich hindurch und entdecke Mister May in einem Arbeitszimmer voller Bücher. Er hat sich umgezogen und trägt nun einen dunkelblauen Anzug. Außerdem scheint er für den Fall, dass übernatürliche Kräfte seine Brille zerstören, immer Ersatz parat zu haben. Auf seinem Schreibtisch türmen sich Akten und Notizbücher, aus denen Markierungszettel ragen. Mister May hat ein altmodisches Telefon mit Wählscheibe vor sich und den Hörer von der Größe eines Kuhknochens am Ohr. Es war also sein Gespräch, das ich als Murmeln wahrgenommen habe. Ich gehe in die Hocke und kauere mich dicht ans Fensterglas. Einen Vorteil hat es, zum Pool der magischen Wesen zu gehören: Mein Bansheeny-Gehör ist so fein, dass ich auch durch die Scheibe hindurch jedes Wort verstehe. »Ja, bis morgen, Morrigan«, höre ich May sagen. »Guten Flug! Ich freue mich, dich wiederzusehen.« Damit legt er auf.

Ich wage kaum noch zu atmen. *Meine Mutter kommt nach Dublin?*

»Hier ist das Buch«, ertönt Aidans Stimme aus dem Off. »Soll ich den Flug für Morrigan Faye buchen?«

»Nein, danke. Das hat sie bereits selbst erledigt.«

Ich recke den Hals und beobachte, wie Aidan eine in staubigen Seidenstoff verpackte Kiste auf den Tisch stellt. Dann nimmt er gegenüber von May Platz. »Warum haben Sie Deirdres Mutter hierherbestellt?«

»Schätzen Sie auf einer Skala von eins bis zehn, wie widerspenstig und impulsiv die junge Miss Faye ist«, gibt May ohne mit der Wimper zu zucken zurück. »Sie haben Deirdres Akte doch studiert. Und eine Bansheeny, die sogar in der Musikbranche arbeitet, statt, wie es vernünftig und angemessen wäre, einen stillen und für die Menschheit ungefährlichen Beruf wie Bibliothekarin, Lektorin oder Übersetzerin zu ergreifen, tanzt in den Augen der Ahninnen ohnehin schon auf Messers Schneide. Ich hoffe, Morrigan kann dahingehend Einfluss nehmen, dass Deirdre sich zumindest dem Urteilsspruch widerstandslos fügt und nicht alles noch schlimmer macht.«

Davon träumst du nur!, denke ich grimmig. Aidans Miene kann ich schwer deuten. Aber May könnte ich für seine Überheblichkeit wirklich schlagen. Er zieht ein Paar weißer Baumwollhandschuhe aus der Schreibtischschublade und zieht sie an. Dann faltet er vorsichtig die verblichene Seide auseinander und holt aus einer schwarz lackierten Kiste ein Buch hervor. Es ist so alt, dass die japanischen Schriftzeichen auf dem hölzernen Buchdeckel kaum noch zu erkennen sind.

»Darf ich fragen, warum Sie Ikeda Nakamuras Studien über japanische Geister benötigen?«, meldet sich Aidan wieder zu Wort.

May seufzt nur und schlägt behutsam eine Seite auf. »Hier, sehen Sie selbst. Das ist ein japanischer *Onryō*. Er sucht die Person heim, die ihm zu Lebzeiten Unrecht getan hat – und rächt sich auch an Menschen in deren Umfeld. Solche Geister folgen einzig und allein dem Gesetz des *Urami*, was sich mit ›Hass und zornige Raserei‹ übersetzen lässt.«

»Dann vermuten Sie also, Deirdres Geist hat ähnliche Kräfte?« Aidan beugt sich vor und studiert die Seite. Vorsichtig richte ich mich auf und versuche ebenfalls einen Blick auf das Buch zu erhaschen. Aber mein Gehör ist weitaus schärfer als meine Augen.

»Ich vermute es leider nicht nur«, antwortet May besorgt. »Nur *Onryō* treten in einer solchen Verbindung mit Feuer auf, das sie sehr zielgerichtet einsetzen können. Sie sind in der Lage, Gegenstände zu zerstören und Menschen zu töten. Und wenn sie stark genug werden, können sie in unsere Welt übertreten. Und genau das hat dieser Geist heute versucht!«

Aidan hebt erschrocken den Blick. »Aber dann … reden wir hier doch bereits von einem Dämon?«

Ich bin froh, dass ich mich am Türrahmen abstütze, denn spätestens jetzt würde es mir den Boden unter den Füßen wegziehen.

Mister May nickt nachdenklich. »Der schlimmste Fall, ja. Davon müssen wir leider ausgehen.«

»Haben Sie das Deirdre gesagt?«

»Du meine Güte, Aidan! Seien Sie doch nicht so blauäugig. Das Letzte, was wir jetzt brauchen, ist ein magisches Wesen, das überreagiert.« Er schnaubt resigniert. »Dieser Dämon klammert sich an das Mädchen. Er hat sogar versucht, an mir vorbeizukommen. Es ist ihm gelungen, sie anzusprechen. Irgendetwas will er von ihr.« Fassungslos schüttelt er den Kopf. »So etwas habe ich noch nie erlebt«, fügt er nachdenklich hinzu. »Als ich ihn sah, hätte ich geschworen, dass er ein verlöschender Geist ist. Doch mit einem Mal entfesselte er diese Kraft! Und da ich ihn kaum zurückhalten konnte, müssen wir seine Auslöschung Shona überlassen.«

Es ist sicher kein gutes Zeichen, dass Aidan bei dem Namen Shona noch blasser wird als bei der Erwähnung des Dämons.

»Sie meinen Shona … McLeod?«, fragt er vorsichtig. »Von den McLeods of Harris?«

»Ich fürchte, ja«, bestätigt Mister May mit Grabesstimme. »Die Spezialistin aus dem Clan Tormod. Suchen Sie mir ihre Nummer heraus.« Er nimmt seine Brille ab und reibt sich die Nasenwurzel, als hätte er Kopfschmerzen. »Wenn wir nur einen Weg finden könnten, diese Präsenz selbst auszulöschen! Dann müsste ich die Banshees gar nicht erst informieren«, sagt er mehr zu sich selbst als zu Aidan. »Wo kein Rachegeist, da kein Richter. Aber so funktioniert die Welt ja leider nicht.«

Er setzt die Brille wieder auf und legt das offene Buch so behutsam, als wäre es zerbrechlich, an den Rand des Schreibtischs. Ich hole mein Phone aus der Tasche und zoome die aufgeschlagene Seite mit der Kamera heran. Und das, was ich nun sehe, lässt mir das Blut aus dem Gesicht weichen. Der japanische Holzschnitt zeigt ein zombieartiges Ungeheuer mit weiß glühenden Augen, das gerade aus einem Grab steigt.

Aidan lässt sich langsam auf seinen Stuhl zurücksinken. »Einen solchen Geist zu beseitigen, wird auch für diese Jägerin ein harter Brocken.«

»Sie sagen es«, murrt May. »Und was der Gerichtsrat der Ahninnen davon halten wird, können Sie sich ja ausmalen. Und nun holen Sie mir Professor Nakamura ans Telefon, selbst wenn Sie ihn aus dem Tiefschlaf reißen müssen. Seinen Studien zufolge verlieren Rachedämonen nach einer energiereichen Aktion wie der heutigen für eine Weile ihre Kraft. Das könnte ein Ansatzpunkt sein.«

Aidans Stift schwebt unschlüssig über seinem Notizblock. »Ganz unter uns gefragt, Mister May: Gibt es … überhaupt eine Chance?«

»Worauf wollen Sie hinaus?«

Der Sekretär leckt sich nervös über die Lippen. »Wir wissen, wie Todesfeen denken. Die Existenz der Bansheenys ist ihnen ein Dorn im Auge, sie betrachten sie als Fehler der magischen Evolution. Und sie bevorzugen stets die einfachsten Lösungen, allen voran Shona McLeod. Wenn die Ladys Deirdre schuldig sprechen und hinrichten, erledigt sich das Problem von selbst. Dann … verlischt jeder Geist und jeder Dämon, der sich an sie klammert, mit ihr.«

Aidans erbarmungslose Logik ist wie ein Schlag in die Magengrube. Im Schutz des Vorhangs sinke ich zu Boden und lehne mich mit dem Rücken an die Wand neben der Balkontür. Ich lausche nur noch mit geschlossenen Augen und versuche, nicht das Atmen zu vergessen, während ich das Gefühl habe, dass das Mauerwerk unter mir brüchig wird und nachgibt. Da hilft es auch nichts, dass May Aidan verärgert zurechtweist. »Schön, dass Sie die Denkart der Ladys schon so genau studiert haben«, herrscht er ihn an. »Umso besser muss unsere Verteidigung sein. Selbst wenn die Chance nur maximal fünf Prozent beträgt, ist sie immerhin größer als Null. Also hören Sie auf, kostbare Zeit zu verschwenden, und kontaktieren Sie Nakamura.«

Stuhlbeine werden hastig über den Boden geschoben. Dielen knarren unter Schritten, als Aidan zur Tür geht. Dann entsteht eine Pause. »Jedenfalls verstehe ich nun den eigentlichen Grund, warum Sie Morrigan Faye hierherbestellt haben«, höre ich den Sekretär schließlich sagen. »Sie wollen ihr die Gelegenheit geben, ihre Tochter morgen wenigstens noch ein letztes Mal zu sehen.«

WILLOWMAN

Ich kauere in der Mitte der Burgmauer, mit dem Rücken am rauen Stein einer Zinne, das Handy an meine Brust gepresst, als könnte es mich retten. *Schuldig*, hallt es wie ein Echo in meinem Kopf. *Fünf Prozent Chance. Hinrichtung*. Ich sollte vermutlich weinen, aber da ist nur lähmende Fassungslosigkeit. Lumi liegt zu meinen Füßen und schaut auf die Irische See, die schon die dunkle Farbe des Abendhimmels annimmt. *Keine Panik*, befehle ich mir. *Denk nach!* Meine Finger zittern, als ich das Foto des japanischen Holzschnitts aufrufe, das ich durch den Vorhangspalt gemacht habe. In diesem Moment beginnt mein Handy zu surren. Hier draußen auf der Mauer habe ich tatsächlich schwachen Empfang.

Bin auf dem Weg zum Flughafen, hat Morrigan vor einiger Zeit geschrieben. *Mein Akku ist gleich leer, aber ich melde mich wieder, sobald es geht. Tu einfach, was Mister May sagt, und mach dir keine Sorgen. Schlaf gut und Kuss! M.*

Das hört sich nicht so an, als hätte May meiner Mutter die

Wahrheit gesagt. Als ich die nächste Nachricht in der Reihe öffne, trifft mich ein neues Selfie von Arvo wie ein Pfeil mitten ins Herz. Sein lächelnder Mund und Augen, in denen ich versinke. *Ich denke an dich*, lese ich. *Ruf mich an, wann immer du kannst*.

Es klingelt eine Ewigkeit, bis er endlich abhebt. »Arvo, ich bin's«, wispere ich.

»Hallo, Dee!«, antwortet Lisas Stimme. »So ein Zufall! Ich wollte mich gerade bei dir melden.«

»Hi, Lisa«, bringe ich heiser hervor. »Habe ich mich verwählt?«

»Nein, nein, ich passe bloß auf Arvos Handy auf. Er ist noch nicht wieder wach.«

»Was? Wovon redest du?«

»Oh, hast du nicht mit Morrigan gesprochen? Das Röntgenbild heute Mittag hat gezeigt, dass Arvo nicht nur einen Bänderriss hat, sondern dass der Knöchel auch angebrochen ist. Ein Knochensplitter saß lose und hätte Probleme machen können. Deshalb haben sie das heute gleich festgetackert.«

»Das heißt … sie mussten also doch operieren …«, hauche ich.

»Jepp. War zwar nur eine kleine Sache, aber er hat wohl zu viel Narkosemittel abgekriegt und jetzt liegt er sozusagen im Nirwana.«

»Was?«

»Hey, keine Panik! Es ist kein Koma oder so. Der Arzt meint, er wird noch ein paar Stunden pennen und dann könnte er einige Tage neben der Spur sein. Ich bleibe jedenfalls bei ihm, bis die Besuchszeit vorbei ist. Dein Prinz hat gerade wirklich kein gutes Karma.«

Karma?, denke ich. *Oder jemand, der sogar aus der Ferne nicht die Finger von Arvo lässt?*

Und in diesem Moment weiß ich, dass ich den Teufel tun werde und wie ein Lamm darauf warte, bis irgendwelche Bansheehexen und ihre Diener dieses Problem lösen.

Lisa deutet mein Schweigen falsch und fügt zerknirscht hinzu: »Sorry, ich wollte dich nicht erschrecken. Und … die Sache mit deinem Großonkel tut mir echt leid. Gizmo hat erzählt, dass er gestorben ist und du deshalb so schnell nach Irland musstest. Ich hoffe, du bist nicht zu traurig wegen des Todesfalls?«

Ganz sicher nicht, Lisa. »Nein. Ich … kannte ihn ja nicht mal.«

»Du klingst aber trotzdem völlig fertig.« Tja, es ist nicht einfach, Lisa etwas vorzumachen.

Und *völlig fertig* trifft es genau. Der Gedanke, dass ich jetzt nicht bei Arvo sein kann, schmerzt mich fast körperlich.

»Mach dir zumindest keine Sorgen um deinen Liebsten«, fährt Lisa betont munter fort. »Seine Eltern kommen morgen aus Porvoo und wollen ihn dann zu sich nach Hause mitnehmen, bis er wieder auf dem Damm ist. Und solange halte ich Arvo von allen explodierenden Lampen fern.«

Viel Glück damit, denke ich bei mir. »Danke, Lisa. Und … tust du mir noch einen Gefallen?«

»Klar, worum geht's?«

Ich muss mich räuspern, so belegt ist meine Stimme. »Hältst du … Arvo mal kurz das Phone ans Ohr? Ich habe vergessen, ihm etwas zu sagen.«

Im Geiste sehe ich Lisas verdutzte Miene. Und auch, wie sie dann mit ihrer typischen *Why-not?*-Lässigkeit mit den Schultern zuckt. »Klar, wenn's dich beruhigt …«

Stoff raschelt, dann höre ich über Meere und Länder hinweg Arvos Atemzüge, als wäre er bei mir. Und beim Gedanken daran, dass wir uns vielleicht das letzte Mal so nah sein könnten, wallt in mir eine so überwältigende Verzweiflung auf, dass ich sie am liebsten laut hinausschreien würde.

»Arvo?«, bringe ich als ersticktes Flüstern heraus. »Ich bin es, Deirdre. Du hast mich doch gefragt, wie *Ich liebe dich* in meiner Sprache klingt: *Tá grá agam duit*.«

»Aber was machst du, wenn er wieder mit Feuer wirft?«, wispert Shay.

»Deshalb gehe ich ja aufs freie Feld, Kleine. Er wird wohl kaum Steinhügel in Brand setzen können. Und abgesehen davon hat May gesagt, dass der Geist nach der Aktion heute erst einmal keine Kraft mehr haben wird.« Mit Absicht nenne ich ihn vor meiner Cousine nicht Dämon. Sie ist auch so schon erschrocken genug über meinen Plan. »Keine Sorge, Shay. Da dieser Geist an mich gebunden ist, wäre er dumm, mir etwas anzutun. Ich will nur herausfinden, was er genau will. Wenn er es schon vor Mister May nicht offenbart hat, wird er noch viel mehr ausflippen, sobald ihn die Banshees morgen in die Zange nehmen. Und ich muss verhindern, dass er Arvo noch Schlimmeres antut als bisher.«

Das leuchtet Shay ein. Sie nickt und ringt sich ein nervöses Lächeln ab. »Und diese … Jägerin heißt wirklich Shona McLeod?«, haucht sie dann. »Ich kenne nur Duncan MacLeod, den Unsterblichen aus dieser *Highlander*-Serie.«

»Ja, unsterblich ist sie garantiert. Leihst du mir deine Lesetaschenlampe?«

Shay hechtet zu ihrem Rucksack und wirft mir die Lampe zu. »Was mache ich, wenn Aidan noch mal anklopft und dich sprechen möchte, bevor du zurück bist?«

»Unwahrscheinlich. May und er werden sicher die ganze Nacht im Büro verbringen.«

»Okay. Im Notfall tue ich einfach so, als würden wir beide schon schlafen. Ich mache das Licht aus, sobald du weg bist, und stopfe ein paar Kissen unter die Bettdecke. Dann sieht es so aus, als würdest du neben mir im Bett liegen.«

Sie grinst verschmitzt, als ich anerkennend die Brauen hebe. Mit einem Satz ist sie wieder auf dem Bett und greift nach meiner Hand. »Du bleibst aber schon noch hier, bis es richtig dunkel ist?«

»Natürlich, Shay-little.«

Aidan würde jetzt vermutlich zufrieden nicken und ein Häkchen hinter die Kategorie »Typisch Bansheeny« setzen. Und vielleicht liegt es ja wirklich an unseren Geistergenen, dass wir uns im Dunkeln sicherer fühlen als bei Tageslicht.

»Ich habe trotzdem ziemlich Angst, Deirdre. Du nicht?«

Ich ziehe Shaylee in meine Arme und drücke sie fest an mich. »Doch. Aber es ist die einzige Wahl, die ich selbst treffen kann, versteht du das?«

Meine kleine Cousine nickt, ohne zu zögern, und mich durchströmt die ganze Liebe, die ich für sie empfinde. »Wenn ich nur halb so mutig bin wie du, dann kann nichts passieren«, füge ich aus vollem Herzen hinzu. Sie lacht verlegen und macht sich los, bis sie mich anschauen kann. Ich liebe sogar, dass sie vor Stolz jetzt bis über die Ohren rot wird.

»Du bist die Mutige von uns!«, sagt sie. »Arvo kann echt so froh sein, dass er dein Willowman ist.«

Dieser Begriff ist so altmodisch und rührend, dass Shay mich damit trotz allem zum Lächeln bringt. »Würden wir im sechzehnten Jahrhundert in den Highlands leben, würde ich ihn so nennen, ja. Nur dass Willows Geschichte tragisch ausging. Und ich habe nicht vor, Arvo zu verlieren.«

Oder mich selbst, ergänze ich im Stillen.

Shay lässt sich auf den Kissenberg sinken und zieht mich am Arm mit, bis wir nebeneinander in dem riesigen Königinnenbett liegen. Der Vanilleduft ihres Mädchenparfüms steigt mir in die Nase und ruft in meinem Kopf sofort einen Song auf. »Tough Enough« der Band *Vanilla Ninja*.

»Irgendwann werde ich mich auch verlieben«, raunt Shay mir vertraulich zu. »In der Schule gibt es einen Jungen, der mir gefällt. Er heißt Niklas. Ich glaube, er mag mich auch. Neulich hat er mir in der Mensa zugelächelt.«

»Da wird Aidan aber enttäuscht sein.«

Shay kichert und kneift mich empört in die Schulter. »Aidan ist viel zu alt für mich, bestimmt schon zwanzig!«

Doch sofort wird sie wieder ernst und legt den Arm fester um mich. »Singst du mir noch das Lied von Whispering Willow vor?«, bittet sie.

Ich schiele zum Fenster, das fest verschlossen ist. Dann lege ich meine Lippen direkt an Shays Ohr. Und auch wenn Morrigan mich dafür schockfrosten würde, dass ich in Mays Festung gegen Regel Nummer eins verstoße, singe ich so leise, dass ein Mensch es kaum hören könnte, die Geschichte von Willow O'Hara und ihrer großen, tragischen Liebe.

LAVA UND ASCHE

Das ist das Gute daran, einen Plan zu haben, sei er auch noch so verrückt: Er verdrängt die Angst, als ich nun über die Burgmauer husche, die Hoodie-Kapuze tief in die Stirn gezogen. Doch Tarnung ist unnötig, die Vorhänge in Mister Mays Büro sind nun ganz zugezogen. Die Spitzgiebeltür glüht in der Dunkelheit so rot wie der Eingang zu einer Drachenhöhle.

Lumi wartet am Ende der Mauer. Áila und die Wanderer sind wohl weniger erpicht darauf, mich auf Dämonenjagd zu begleiten. Kaum bin ich bei ihm, stößt sich mein Wolf mit einem federnden Sprung ab und landet auf der Stelle, wo vorhin Áila saß. Wie eine Gämse klettert er von Vorsprung zu Vorsprung weiter.

Ich mache Shays Taschenlampe an und werfe sie voraus auf die Grasnarbe. Mit Blick auf dieses Leitlicht, das mich die Entfernung besser abschätzen lässt, nehme ich auf der Eckzinne Anlauf und springe. Es hat Vorteile, in der Wildnis aufgewachsen zu sein. Ich habe keine Angst vor Steilhängen und bis auf ein paar Kratzer an den Knien keine Blessuren, als ich wenig später den Fels erklommen habe. Ein ganzes Stück neben Mays Fort betrete ich freies Land.

Lumi geht voraus zur Straße und querfeldein über Wiesen, die am Rand mit Sträuchern und knorrigen Bäumen bestanden sind. Ich folge ihm, bis ich nicht einmal mehr Autos in der Ferne höre, erst dann halte ich atemlos inne. Mein Wolf schaut sich nach mir um, doch als ich mich ins Gras knie und mein Sturmfeuerzeug aus der Tasche hole, gibt er ein enttäuschtes Jaulen von sich und trabt allein zu seinem nächtlichen Streifzug davon.

Bei meiner Klettertour über dem Abgrund war ich völlig ruhig, doch nun bin ich so fahrig, dass ich beide Hände nehmen muss, um das Feuerzeug zu entzünden und auf einem flachen Stein im Gras zu platzieren. *Let's go for the fire,* denke ich bei mir. Aber bin ich »tough enough«, wie es im Lied von Vanilla Ninja heißt? Keine Ahnung. Ich weiß nur, dass ich Arvo um jeden Preis beschützen muss.

Der kleine Augenkristall pendelt wie eine nervöse Motte vor der Flamme. Vor Aufregung gelingt mir die Drehung nicht, das Auge beginnt in Achten zu schlingern. Lichtflecken zucken über das Gras; die Gestalten, die man in dem magischen Licht erahnen kann, schwanken wie Betrunkene und huschen sofort wieder davon. Und je mehr ich an Arvo und an die Zeit, die mir davonläuft, denke, desto zorniger werde ich auf mich selbst. »Konzentriere dich und hör auf zu zittern, Dee!«, zische ich mir zwischen den Zähnen zu.

»Den Zauber kannst du dir sparen«, raunt hinter mir eine Stimme. Die Kette gleitet mir aus der Hand, der Kristall trifft das Feuerzeug und knockt die Flamme aus. Mit Knien aus Gummi richte ich mich auf. Ich brauche mich nicht umzudrehen, ich weiß auch so, dass er es ist. Ich kenne diese Art von Gänsehaut und die Kälte, die meinen Nacken berührt wie eisige Fingerspitzen. *Áilas Mann ist das ganz sicher nicht*, denke ich. Es sei denn, sie war mit jemandem verheiratet, der Dänisch mit einem deutlichen Downtown-Slang spricht.

»Hat ja ziemlich lange gedauert«, fügt er hinzu. Ich hebe mein Kinn und wende mich langsam um. Eigentlich hatte ich erwartet, dass mein Verfolger direkt hinter mir steht. Aber er sitzt ein ganzes Stück entfernt im Gras, die Arme auf seine Knie gestützt, den langen Mantel um sich gebreitet wie einen See aus Schatten. Zwischen den Fingern hält er eine Zigarette, von deren Spitze dunkler Rauch aufsteigt, als wäre es dort, wo er sitzt, völlig windstill.

»Was ist los, Dee? Hat es dir die Sprache verschlagen?«

Ein Gutes hat sein spöttischer Tonfall. Er lässt mehr Raum für meine Wut. Und als würde ich damit ein Feuer heller blasen, bekommt sein Schatten mehr Kontur, wird deutlicher – so, wie Bedelias Filter Fotos von uns Bansheenys schärft. Es ist tatsächlich die Gestalt eines jungen Mannes. Im Mondlicht kann ich die Linien seines schmalen Gesichts erkennen. Von der Statur her ist er schlank, aber nicht auffällig muskulös. Er hat eher die Figur eines Läufers. Der Mantel scheint ihm sogar etwas zu groß zu sein.

»Was willst du von mir?«, frage ich. »Und wer bist du?«

Weiß glüht die Zigarettenspitze, als er in aller Ruhe einen tiefen Zug nimmt. Doch die Glut erhellt seine Züge nicht. *Weil er gar keinen Atem mehr hat*, denke ich. *Es ist alles nur Illusion, vielleicht sogar für ihn selbst.* »Wer ich bin?«, wiederholt er drohend leise. »Nun, vielleicht fällt es dir ja wieder ein.«

»Zeig mir dein Gesicht, statt dich im Schatten zu verstecken, dann kann ich dir sagen, ob ich dich kenne.«

»Hast du schon so viele Menschen auf dem Gewissen, dass du eine Gegenüberstellung brauchst, um dich zu erinnern?«

»Ich habe nichts mit dir zu tun«, entfährt es mir. »Und noch weniger mit deinem Tod.«

»Schon klar, du wirst ja nicht müde, es ständig zu beteuern«, gibt er ebenso hart zurück. »Anstelle deines Anwalts hätte mich das stutzig gemacht, Todesfee.«

Die verächtliche Art, wie er das Wort in die Länge zieht, spricht Bände. Und plötzlich bin ich gar nicht mehr sicher, ob ich tatsächlich die Kälte fühle, die von ihm abstrahlt, oder eher Hitze.

»Dass du hier bist, ist jedenfalls schon mal ein Anfang«, setzt er nicht besonders freundlich hinzu. »War ja schwierig genug, zu dir durchzudringen.«

»*Zu mir durchzudringen?* Indem du versuchst, meinen Freund zu töten?«

»Arvo ist das Einzige, worauf du anspringst, so blind vor Verliebtheit, wie du bist.« Ich erahne ein schattiges Grinsen. »Wäre toll, wenn du mich jetzt einfach anschreien könntest, was?«

»Nur, wenn es bei dir noch etwas bringen würde!«, fauche ich zurück.

Wenn Schwärze aufglühen könnte, dann würde es vermutlich so aussehen wie jetzt. Mit einem Mal bekommt der Schatten etwas Greifbares, Körperliches. Und voller Angst denke ich daran, was Mister May sagte: »Er versucht, in die Welt zurückzukehren.«

»Du bedrohst mich also, indem du Arvo verletzt«, bringe ich nach einer Weile heraus. »Warum? Was habe ich dir getan?«

Anstelle einer bissigen Antwort senkt mein Gegenüber nur den Kopf und betrachtet seine Zigarette. Dann schnippt er sie plötzlich unwillig ins Gras, wo sie sich in Nichts auflöst. »Ich rauche doch gar nicht mehr«, sagt er so leise, als würde er zu sich selbst sprechen.

Er redet in der Gegenwart, denke ich. *Weiß er denn nicht, dass er tot ist?*

»Wer … bist du?«, wiederhole ich vorsichtig.

Seine Schultern sinken resigniert nach unten. Und während sein Umriss beinahe verschwimmt, scheint die Luft zu knistern, als würde sich all seine Energie verflüchtigen. Vielleicht hat der Geist wirklich keine Kraft mehr, wie May sagte? Als er nun wieder zu sprechen anfängt, klingt seine Stimme irritierend traurig und müde.

»Diese Zigarette habe ich mir in dem Unterschlupf bei den Felsen angesteckt«, murmelt er. »Als … der Regen kam.« Er legt den Kopf in den Nacken und schaut in den Himmel, sein Brustkorb hebt sich, als würde er tatsächlich Luft holen, und dann höre ich einen neuen Klang. Eine zarte Tonfolge, ein dünnes Pfeifen, das zu einer leisen Melodie wird. Stockend und behutsam, als müsste er sich an die Noten erinnern, dann immer sicherer, pfeift der Schattenmann einen Refrain. Jeder einzelne Ton jagt mir einen kalten Schauer über den Rücken. Und das liegt nicht daran, dass dieses Pfeifen, das keinen Atem braucht, geisterhaft klingt wie die Klänge einer Windharfe aus scharfem Glas. Sondern weil es der Refrain eines Songs ist, den ich nur zu gut kenne: *Bliss & Sorrow*. Unerbittlich wiederholt er diese Melodie, die nur mir gehört. Noch nie habe ich mich so beraubt, so bloßgestellt gefühlt. *Aber das kann nicht sein*, schreit es in meinem Kopf. *Das Lied wurde nur ein einziges Mal vor Publikum gespielt.*

»Island?«, flüstere ich. »Das … Mittsommerfestival in Reykjavík? Du warst dort?« Und als der Geist statt einer Antwort den Refrain wiederholt, diesmal ohne zu überlegen oder zu stocken, in genau der Art, wie ich das Lied gesungen hätte, flutet Entsetzen meine Adern. Während meine Melodie im aufkommenden Wind lauter wird, schließe ich die Augen und presse mir die

Fäuste auf meine Lider, um das Bild auszulöschen, das an die Oberfläche meiner Erinnerung treibt.

Eine nordische Juninacht, in der es keinen Mond und keinen Nachthimmel gibt, nur die tief stehende Mittsommersonne, die nicht untergehen wird. Überlange Schatten fallen auf den Asphalt und ziehen die Menschen in Islands Hauptstadt wie Papierdrachen durch die Straßen. Auf dem großen Open-Air-Festplatz nimmt das jährliche Solstice-Musikfestival gerade Fahrt auf. Einige Besucher schwanken schon und taumeln lachend umher, Getränkedosen mit Wodka und Whiskeymix in den Händen. Und am Rand dieses kochenden Beckens aus Euphorie stehe ich mit Gizmo und starre wie hypnotisiert zur Bühne, wo unsere Band gerade als »Fresh Blood« aus Finnland angekündigt wird. Für Northern Tides *ist es eine doppelte Premiere: zum ersten Mal auf einem internationalen Musikfestival und zum ersten Mal in Island. Madlen ist erst vor zwei Monaten zur Band gestoßen. Gizmo hofft darauf, mit ihr* Northern Tides *noch massentauglicher zu machen. Bisher sang Madlen ausschließlich im Background, aber heute wird sie mit meinem Song als Leadsängerin auftreten. Auch für mich ist es eine Premiere.* Bliss & Sorrow *ist der erste Song, den ich geschrieben habe. Meine Melodie, meine Lyrics. Gizmo lässt ihn als Versuchsballon auf dem Festival steigen. Bei den Proben mit Madlen konnte ich nicht dabei sein, weil andere Bands auf meinem Plan standen. Aber ich hatte jede Besonderheit der Melodieführung auf der Gitarre für Madlen aufgenommen und den Text mit ihr durchgesprochen.*

»Jetzt wollen wir mal sehen, wie sich Maddie als Lead schlägt«, sagt Gizmo zu mir. Mit in die Hüften gestemmten Armen steht er da, hellwach und grimmig wie ein kritischer Schiedsrichter, dessen Team sich auf dem Feld beweisen muss. Und plötzlich habe auch ich Lampenfieber. Als Madlen nach vorne tritt und das Mikro nimmt, wage ich kaum zu atmen. Über das Publikum hinweg schweift Arvos Blick zu Gizmo und mir, er nickt uns zu, während Lisa mit dem langsamen Solo-Intro loslegt. Zu-

mindest sollte das Trommelsolo langsam sein, wie ein Herzschlag. Stattdessen lässt Lisa ihre Sticks wirbeln, als würde sie ein Speed-Metal-Stück anspielen.

»Was macht sie da?«, zische ich Gizmo zu. »Das ist viel zu schnell!«

Mein Chef ist kein bisschen überrascht. »Wir haben den Song angepasst. Ich habe der Band gesagt, sie sollen dem Ganzen mehr Tempo und Drive geben. Das passt besser zu Maddies Stimme.«

In diesem Moment beginnt Madlen zu singen. Ich stehe wie versteinert mit verschränkten Armen da, die Finger schmerzhaft in meine Oberarme gekrallt. Es ist nicht nur die Tatsache, dass die Melodie schneller getaktet ist, es ist vor allem Madlens Art zu singen. Aus ihrem Mund kommt nicht mein Song, nichts von meiner Botschaft klingt darin. Was sie aus Bliss & Sorrow *macht, ist eine Chimäre aus Popbeat, mit viel zu impulsiv betonten Worten und einem Refrain in einem zu hohen Sopran. Ich kann nichts tun, nur hilflos ertragen, wie Madlen meine Musik in etwas verwandelt, das sich für mich anhört, als würde sie die Seele aus dem Song prügeln. Es tut fast körperlich weh, aber das Publikum steigt begeistert darauf ein und singt schon bei der zweiten Strophe mit: »Breaking the wave, unchain your soul …«*

Das Ganze ist eine unerträglich überdrehte Parodie. Aber Gizmo strahlt wie ein Super-Trouper-Scheinwerfer, und wie immer, wenn er in Gedanken schon die Kasse klingeln hört, klatscht er den Takt mit über dem Kopf erhobenen Händen mit. Er bemerkt nicht, dass ich auf dem Absatz kehrtmache und mich zwischen den Leuten zum Ausgang dränge. Ich höre erst auf zu rennen, als ich auf dem Parkplatz hinter dem Festivalgelände angelangt bin. Meine Lunge brennt, ich ringe nach Luft, doch gnadenlos folgt mir immer noch Madlens Gesang. Wind ist aufgekommen, Fetzenwolken jagen über den Himmel. Ich bete darum, dass ein Gewitter herunterkommt und Madlen zum Schweigen bringt. Stattdessen treibt mir ihre Stimme noch lauter vom Festplatz zu. Es hilft nicht einmal, in unseren kleinen Tourbus zu steigen und die Tür zuzuknallen.

Die Strophen meines verstümmelten Songs hallen mir auch hier drin in den Ohren. Kurzerhand starte ich den Motor und fahre einfach los, während mir Tränen der Wut über die Wangen laufen. Ich lenke den Wagen auf die große Ringstraße, die von Reykjavík wegführt. Im ersten Impuls will ich alles hinter mir lassen und zu Bébhinns Farm zu den Westfjorden fahren. Aber feige, wie ich bin, biege ich dann doch nur in Richtung Süden ab. Und selbst wenn ich weiß, dass ich nicht einfach verschwinden kann, tut es gut, aufs Gas zu treten.

Als ich das nächste Mal zur Armaturenanzeige schaue, habe ich in weniger als einer halben Stunde fast siebzig Kilometer hinter mich gebracht. Von meinem Meltdown ist nur die Verzweiflung übrig geblieben. Um mich herum erstreckt sich eine trostlose Mondlandschaft: nichts als Aschegeröll und schwarze Lavafelsen. Tief unter dieser Einöde kocht seit Urzeiten das heiße Magma. Ich rieche den leichten Schwefelrauch, der an einigen Stellen an die Oberfläche dringt und verweht.

In Sichtweite eines Leuchtturms biege ich bei einem Schild mit der Inschrift Valahnúkamol *in Richtung Meer ab. Die Straße wird zum Aschepfad und verliert sich schließlich im Gestein. Vor mir liegen nur noch schwarze Vulkanformationen, die brodelnde Wolkenfront eines aufziehenden Sturms und der Nordatlantik. Die ersten Regentropfen fallen schon, als ich mitten in der Einöde aussteige. Die Wucht des Windes lässt mich taumeln, aber es fühlt sich gut an. Lebendig. Eine fast schon eisige Kälte fegt vom Land heran und treibt eine graue Wand aus Sturmregen vor sich her zur Küste. Ich erinnere mich daran, dass Bébhinn mir erzählte, wie unberechenbar die Naturgewalten in Island sind und dass es sogar im Juni schon mal Eisregen gab. Meine Jacke ist hier draußen jedenfalls ein Witz, also zerre ich kurzerhand den Parka, den Lisa im Wagen hat liegen lassen, vom Rücksitz. Als ich zu den dunklen Klippen laufe, begrüßen mich aufgewühlte Wellen und ferner Donner. Trotz Lisas Jacke friere ich erbärmlich, während ich zum Wasser hinuntergehe. Die Haare wehen mir vor die Augen, und ich stolpere, so stark ist der Rückenwind.*

Aber auch am schwarzen Lavastrand wird mein Herz nicht leichter, wie ich gehofft hatte. Im Gegenteil: Die Gegend zeigt mir noch deutlicher, wie einsam man sein kann. Denn genau das bin ich: Vulkanwüste, unter der mein wahres Sein glüht wie Magma, das nur verbrannte Erde und Tod hinterlässt, wenn es an die Oberfläche dringt.

»Aber ich war damals völlig allein am Strand«, flüstere ich. Ich bin ins Gras gesunken, die Fäuste an mein Brustbein gepresst, als könnte ich mein rasendes Herz so zur Ruhe bringen. »Als ich am Wasser war, habe ich mich umgeschaut und mich mehrmals vergewissert«, füge ich heiser hinzu. »Dort war weit und breit niemand.«

»Und warum bin ich dann hier?«, braust der Geist auf. »Du hast mich doch gesehen! Du warst zwar noch weit weg, als ich gerade die Straße verlassen hatte. Aber du hast sogar die Hand gehoben, ich dachte, du winkst mir zu.«

»Ich habe mir nur das Haar aus dem Gesicht gestrichen. Der Wind hat es mir vor die Augen geweht, das war alles.«

Er schaut mich so zornig und misstrauisch an, als würde er überlegen, ob ich mich über ihn lustig mache. Und auch ich weiß nicht mehr, was ich glauben soll.

»Ich habe gar nichts gesehen in dem Wind«, setze ich mit Nachdruck hinzu. »Wenn du dort warst, warum bist du nicht zu mir herübergekommen?«

Er schluckt sichtlich und weicht meinem Blick aus. »Weil ich alleine sein wollte«, murmelt er dann. »Ich rannte zu den Uferfelsen und habe mir einen Wetterschutz gesucht, um dort den Sturm abzuwarten. Ich wollte nicht, dass mich auf ebener Fläche womöglich der Blitz trifft. Tja, das hätte ich mir sparen können.« Diesmal ist nur Bitterkeit in seiner Stimme. Seinen Umriss kann ich kaum noch erkennen, er ist eine dunkle, formlose Aura, die das Mondlicht aufsaugt wie ein schwarzes Loch. »Ich wollte zum

Festival«, höre ich ihn sagen. »Aber ich war spät dran. Der Mann, der mich als Anhalter mitgenommen hatte, fuhr nicht bis nach Reykjavík, also stieg ich an der Straße aus und wartete auf die nächste Gelegenheit. Aber es kam kein Auto mehr. Nur das Gewitter. Und irgendwo in der Ferne eine Gestalt mit weißem Haar und einer orangefarbenen Jacke. Du hast geleuchtet wie ein Feuer in all dem Grau. Ich dachte, du wärst auch eine Anhalterin. Ich bin weitergelaufen. Und als ich mich nach einer Weile umdrehte, warst du weg. Das war mir recht. Ich hatte keine Lust auf Gespräche mit Fremden.«

Wie durch Zauberhand ist seine Zigarette wieder aufgetaucht. Und als wäre ihm das gar nicht bewusst, nimmt er einen langen Zug und starrt in die Ferne. Ich schlinge die Arme um meine Knie, um irgendwie Halt zu finden. Aber nichts bewahrt mich vor den nächsten Erinnerungen, die in mir aufsteigen.

Ich bin bis zum Strand hinuntergeklettert und bleibe ganz nah am Ufer sitzen. Ein Mädchen, das regennasses Haar hat und vor Kälte mit den Zähnen klappert. Das weiß, es sollte sich mit seinem Schicksal abfinden, zum Auto gehen und in das Leben zurückkehren, das nun mal seines ist. Aber da gibt es noch die Sängerin in mir, die sich gegen all das aufbäumt. Und obwohl ich dazu verdammt bin, für immer einsam und mit meiner Musik alleine zu sein, prüfe ich die Windrichtung und vergewissere mich, dass hier am Ende der Welt niemand in meiner Rufweite ist. Ich atme tief ein und singe leise den Refrain des Songs, genau so, wie er sein muss. Meine Wolfsclan-Stimme klingt rau und melancholisch. Und wie damals, als ich mit acht Jahren in den Sturm schrie, fühlt es sich auch mit diesem leisen Gesang so an, als wäre ich wenigstens für diesen einen kostbaren Moment vollständig. Der Sturm reißt mir das Lied von den Lippen und trägt es auf den leeren, unendlichen Ozean, wo es keinen Schaden anrichten kann. Ein Seemannsgrab für meinen Song. Dann erreicht das Gewitter die Küste und löscht die Linie zwischen Himmel und Erde aus.

»Unterhalb der großen Uferfelsen war ein Überhang, unter den ich mich gesetzt hatte«, höre ich den Geist wie aus weiter Ferne raunen.

Das Schlucken fällt schwer, so trocken ist meine Kehle. »Aber der Wind wehte nicht in Richtung Strand, sondern hinaus auf den Atlantik.«

»Das dachte ich auch. Aber dort, wo ich saß, pfiff er um die Nadelfelsen und drehte plötzlich. Es war ein Windwirbel, der Regen und Gischt in den Unterstand fegte. Ich bin aufgesprungen und wollte wenigstens mein Handy retten, als dein Lied mich erreichte. Tja. Und das war dann auch das Letzte, was ich hörte.«

Das Verrückte ist, dass ich immer noch verzweifelt versuche, eine Erklärung zu finden. Eine andere als die, die einfach nicht sein darf. Aber es gibt keine. *Wie sollte dieser Junge sonst meinen Song exakt so kennen, wie ich ihn nur jenes eine Mal in meinem Leben gesungen habe? Und woher sollte er sonst wissen, dass Lisas Parka neonorange war?*

»Du bist also wirklich mein Geist«, hauche ich. »Ich habe dich getötet. Ich hatte keine Ahnung, dass du in der Nähe warst, und dennoch bin ich schuld an deinem Tod. Es … tut mir so leid!« Meine Worte klingen schal und lächerlich nutzlos. Aber etwas Seltsames passiert. Trotz der Dunkelheit erahne ich Überraschung in seinen Zügen.

»Warum tauchst du jetzt auf?«, frage ich in sein Schweigen. »Es ist über ein Jahr her, seit … damals.«

»Ein … Jahr?«, erwidert er so verwundert, als wüsste er mit diesem Wort nichts anzufangen. »Nein, es ist … jetzt … und jetzt … und immer jetzt …«

Ich erinnere mich an das, was May über Geister gesagt hat. Dass die Zeit für sie keine Rolle mehr spielt, im Grunde gar nicht existiert. »Und wo bist du, wenn du nicht in meiner Nähe bist?«, setze ich zaghaft hinzu.

»Bei … meinem Mädchen.« So sanft, wie er diese Worte ausspricht, ist es wie eine Umarmung, die ihn selbst zum Leuchten bringt. Ihn sichtbar macht, als würde Licht in einen schattigen Winkel fallen. Und ich bin erschüttert, wie sehr Umrisse täuschen können. Als Schatten hat er sehr an Rick erinnert, ja. Die hagere, große Gestalt und das jungenhaft zerzauste Haar. Aber niemand könnte weniger wie Rick sein als dieser Fremde. Er ist kaum älter als ich. *Oder zumindest zeigt er sich in diesem Alter*. Er hat lange schlanke Beine und trägt grobe Arbeitsstiefel, wie ich sie von den Dockarbeitern am Hafen kenne. Unter dem zu weiten Wollmantel, der offen ist, erkenne ich ein schlichtes helles Shirt und abgetragene Blue Jeans. Irgendwie erinnert er mich an einen mageren wilden Fuchs, der auf der Hut ist. Seine Augen sind leicht schräg geschnitten und sein Blick scharf und wachsam. Sein Mund mit den vollen geschwungenen Lippen umspielt ein ernster Zug und zwischen seinen Brauen zeichnet sich der Ansatz einer Zornesfalte ab. Ich würde nicht sagen, dass er gut aussehend ist, aber etwas Trauriges, das sich in seinen Zügen spiegelt, lässt ihn immerhin weicher und nahbarer wirken.

»Ich muss zu ihr«, wiederholt er kaum hörbar. »Ich versuche sie zu finden, aber …« In einer hilflosen Geste hebt er die Schultern. Und auch wenn Mister May sagt, dass Geister alles vergessen, spüre ich nur zu deutlich seine Sehnsucht nach all dem, was ich ihm genommen habe. Mein Herz zieht sich zusammen. »Du liebst sie immer noch«, flüstere ich mehr zu mir selbst.

»Ich werde nie aufhören, sie zu lieben«, murmelt er und senkt den Blick. »Egal, wohin ich verschwinde. Denn das tue ich. Ich verschwinde, siehst du?« Er spreizt seine Finger und betrachtet seine Hand. Er hat schöne Hände, kräftig und schlank, mit langen Fingern. Im Mondlicht kann ich die hellen Steine auf der Wiese hindurchschimmern sehen. »In Island hat sie so sehr gehofft, ich würde zu ihr kommen«, fährt er leise fort. »Sie hat gewartet. Und ich laufe auf dem Weg zu ihr ausgerechnet dir in die Arme!«

Seine Miene verdüstert sich und vor mir sitzt wieder die Gestalt, die zwischen Rauch und feindseligem Dunkel oszilliert. *Er hat allen Grund, mich zu hassen*, denke ich. *Aber er ist kein Dämon*. Es ist genau umgekehrt: Der Dämon, der in sein Leben kam, bin ich.

»Deshalb willst du dich also an mir rächen«, hauche ich. »Ich habe dich und dein Mädchen auseinandergerissen. Und nun versuchst du, mir dafür Arvo zu nehmen?«

Er lächelt bitter. »Wäre doch ein guter Stoff für deinen nächsten Song?«

»Du versuchst meinen Freund vor meinen Augen umzubringen – und während ich in Mister Mays Büro war, wolltest du Arvo sogar im Krankenhaus töten.«

Ich hätte einiges erwartet, aber nicht, dass der Geist jetzt auflacht. »Was glaubst du, wer ich bin?«, antwortet er spöttisch. »Doctor Who, der mit seiner Zeitreisemaschine an zwei Orten gleichzeitig sein kann? Nein, du hast ja leider dafür gesorgt, dass ich an dich gekettet bin.«

»Dann behauptest du also, du hast nichts mit der Überdosis Narkosemittel zu tun? Das wäre ein ziemlich komischer Zufall nach all den Unfällen, oder?«

»Wieso sollte ich so etwas Feiges und Hinterhältiges tun?«, fährt er mich verärgert an. »Und abgesehen davon: Schau mich doch an. Sehe ich so aus wie jemand, der durch die Gegend läuft und Leute umbringt? Das ist wohl eher dein Job, Todesfee.«

Well played, denke ich. Der Hieb hat gesessen. Und trotzdem muss ich mich beherrschen, um ihn nicht zornig anzufahren.

»Immerhin bist du in der Lage, ein Auto von der Straße abzubringen. Wenn du nicht gerade dabei bist, Arvo mit einem Plattenregal zu erschlagen oder ihm auf der Bühne den Knöchel zu brechen …«

»Ich will ihn nicht töten!«, unterbricht er mich hitzig. »Ich wollte nur, dass du mich endlich siehst! Dass du mich wahrnimmst in deinem Nebel aus … Glück.« Das letzte Wort spuckt er mir voller Verachtung entgegen. Ich muss schwer schlucken, denn auf eine Art kann ich nur zu gut nachfühlen, wie es ihm damit gehen muss, Arvo und mich als Verliebte zu sehen.

»Nicht, dass ich all das glaube, aber nehmen wir mal an, du sagst die Wahrheit«, halte ich dagegen. »Warum hattest du dann auf der Bühne ein Messer in der Hand?«

Die Zigarette, die er gerade wieder zu den Lippen führen wollte, verharrt in der Luft. »Ich weiß nicht, was du gesehen hast, aber ein Messer war es sicher nicht«, antwortet er unwillig. »Alles was ich habe, ist diese Scheiß-Zigarette und die klebt mir dank dir ja offenbar für alle Ewigkeit an den Fingern.«

Es klingt so aufrichtig genervt, dass ich unsicher werde. *Können Geister täuschen und lügen?* Aber sein Seufzen wirkt so verzweifelt, dass ich ratlos schweige und einfach warte.

»Ich habe es wirklich nicht auf deinen Freund abgesehen«, fügt er mit müder Stimme hinzu. »Und ich schwöre dir, da war kein Messer und ich wollte deinen Arvo zu keiner Zeit verletzen. Nur zu dir durchdringen.«

»Und das geht nur, indem du Lampen explodieren lässt, mir ein Brandzeichen mit meinem Silberanhänger verpasst und ein Büro in Schutt und Asche legst? Das hättest du einfacher haben können.«

»Indem ich deinem Gandalf einfach sage, dass ich dein Mordopfer bin? Tolle Idee, Killer-Girl.«

Im selben Moment wird mir das ganze Ausmaß der Katastrophe bewusst. Ich bin auf ganzer Linie schuldig im Sinne der Anklage. Die Ahninnen werden mich von der Erde fegen.

»Sie werden mich hinrichten«, bringe ich heraus. »Ich bin tot.«

»Noch nicht«, höre ich den Geist lakonisch sagen. »Aber sobald dieser May herausfindet, dass ich niemand bin, den du dir zufällig angelacht hast, stehen deine Chancen, mir auf meiner Seite des Flusses Gesellschaft zu leisten, ziemlich gut.«

Die Energie meiner Angst scheint ihn zu erreichen. Sein Schatten verdichtet sich, wird wirklicher, körperlicher. Ich kann den Schwung seiner Lippen wieder erkennen und die Linie eines hohen Wangenbogens.

»Dein Freund war niemals mein Ziel«, fährt er fort. »Und wenn er auf der Bühne über ein Kabel stolpert und sich lieber den Knöchel verletzt, als seine kostbare Gitarre fallen zu lassen, dann ist zumindest das nicht meine Schuld. Und abgesehen davon … war das nicht mein Feuer, das dich verletzt und das Büro in Brand gesteckt hat. Es war deines.«

Unter anderen Umständen hätte ich ihn jetzt wohl ausgelacht. »Du bist nicht Doctor Who und ich bin nicht Carrie aus Stephen Kings Horrorfilm. Ich kann nicht durch Pyrokinese Gegenstände in Flammen aufgehen lassen.«

»Aber du hast ein heißes Herz«, entgegnet er ernst. »Du bist so zornig auf dein eigenes Schicksal, dass du lichterloh brennst.«

Das muss ich erst einmal schlucken. *Offenbar hat dieser Geisterjunge in jeder Hinsicht wachsame Augen.* »Das verleiht mir aber noch keine magischen Kräfte – also jedenfalls keine dieser Art!«

Er zuckt ungeduldig mit den Schultern. »Ich bin nicht dein Anwaltsmagier, der auf alles eine Antwort hat. Ich weiß nur, dass ich auf der falschen Seite der Wand stehe, die zwischen uns ist. Kaum etwas dringt durch sie hindurch. Aber wenn doch mal etwas auf meine Seite gelangt, dann kann ich dieses Licht für mich nutzen, um … nicht ganz zu verschwinden. Doch das meiste wird einfach zurückgestrahlt. Wenn du wütend bist, prallt der Großteil dieser Energie an der Wand ab wie an einem Spiegel, der alles, was du aussendest, zu dir zurückwirft.« Sein Raunen klingt, als wäre er mit den Gedanken weit weg. »Und wenn es mir doch gelingt, die Wand für einen Moment zu durchdringen, dann … kann ich diese Kraft nicht gezielt lenken. Ich hab's nicht im Griff, was sie in deiner Welt macht. Aber ich brauche dich, um nicht zu verlöschen!«

»Du … brauchst meine Wut als Energie für dich?«, hauche ich.

Er hat wohl wieder vergessen, dass Geister nicht atmen, denn er seufzt tief und senkt den Blick. »Ich brauche alles, was ich von dir kriegen kann. Sei es Wut, Hass, Angst, sogar deine Euphorie, deine Freude – alles, was mich hält in dem Nichts, in dem ich verschwinde.« Er hebt den Kopf. Diesmal sind seine Augen kein weißes Glühen, es sind einfach nur die Augen eines Jungen, der völlig erschöpft ist. »Wenn man auf meiner Seite steht, hat man nicht mehr viele Möglichkeiten, man selbst zu bleiben. Und sei es nur in dieser Low-Grade-Version.« Er öffnet und schließt seine Hände, die nun völlig entfärbt wirken, substanzlos wie eine schon halb vergessene Erinnerung.

Ich würde ihn gerne fragen, ob er sich selbst spürt, aber ich traue mich nicht. Er zieht die Augenbrauen zusammen, was die kleine Zornesfalte betont. Aber er wirkt nicht länger wütend, nur angespannt und besorgt. Und obwohl sich alles in mir dagegen sträubt, versuche ich die letzten Tage so zu betrachten, als wären seine Worte wahr. Zumindest was Arvos Sturz auf der Bühne angeht, kann ich kaum etwas dagegenhalten. Lieber eine Verletzung zu riskieren, als seine geliebte Gitarre auf den Boden fallen zu lassen, hört sich leider absolut nach Arvo an. Aber auch die anderen Ereignisse könnten einen Sinn ergeben. Mein hitziger Streit mit Arvo, der die Gitarrensaite zum Reißen brachte, und das überladene Regal, dem der Energiestoß zwischen unseren Welten den Rest gab. Als mein Silberanhänger aufglühte, standen der Geist und ich einander genau gegenüber – und wenn ich jemanden in dieser Sekunde wirklich aus vollem Herzen gehasst habe, dann die dunkle Schattengestalt, in der er sich zeigte. Auch als der Geist seine Stimme in Mays Büro fand, wallte in jeder Faser meines Herzens brennender Zorn gegen ihn auf.

»Ich brauche dich«, fügt er widerwillig hinzu. »Und auch wenn ich mir lieber Polsternägel in die Hände hauen würde, als ausgerechnet dich darum bitten zu müssen: Du bist meine einzige Chance, mein Mädchen wenigstens noch einmal zu sehen, bevor diese Wand … endgültig undurchdringbar wird.«

»Darum geht es?«, flüstere ich. »Du willst dich gar nicht an mir rächen, sondern … dich verabschieden. Und wenn ich dir dabei helfe, dann …«

»… bist du mich los«, beendet er meinen Satz. »Also hilf mir und ich verschwinde. Oder hilf mir nicht und ich bleibe bei dir, so lange ich nur kann. Wenn du mich fragst, klingt das nach einem fairen Deal.«

Bei einem Deal hat man eine Wahl zwischen zwei Möglichkeiten, denke ich. In meinem Fall bleibt mir die Wahl zwischen Pest oder Cholera. Schuldig und zum Tode verurteilt oder schuldig und auf der Flucht. Denn schuldig bin ich.

Ich muss mich räuspern, so belegt ist meine Stimme. »Ich soll dich also zu deinem Mädchen bringen.«

Sein schattiges Nicken ist die Antwort.

»Und wohin müsste ich … müssten wir dafür gehen? Nach … Island? Oder kommt sie wie du aus Dänemark? Zumindest … sprichst du Dänisch. In welcher Stadt hast du gelebt?«

»In welcher Stadt ich lebe?«, raunt er. »Ich … erinnere mich nicht.«

Das fängt ja gut an. »Aber irgendetwas musst du doch noch wissen!«

Er schaut an mir vorbei, und als würde er abermals zu sich selbst sprechen, ist seine Stimme nur noch ein Wispern im Wind. »Sie zählt Bücher. Sie sitzt mitten in einem dunklen Diamanten und liest. Sie … betrachtet die Boote, die sie weit unter den hölzernen Wellen vorbeifahren sieht.« Es klingt, als würde er wirre Traumbilder beschreiben. *Er ist also wirklich schon am Verlöschen,* denke ich. *Im schlimmsten Fall weiß er nicht mal mehr seinen eigenen Namen.* Angestrengt wischt er sich mit der linken Hand über die Augen und schluckt. Und als er mich wieder ansieht, steht ihm die Verzweiflung ins Gesicht geschrieben. »Sie beginnt, unsere guten Zeiten zu vergessen«, fährt er heiser fort. »Alles, was von uns bleiben wird, ist der letzte Streit, den wir ein paar Tage vor meinem Tod hatten, und die verletzenden Worte, die zwischen uns fielen. Die werden sie das ganze Leben lang begleiten, bis ich für sie nur noch wie ein Fluch bin. Sie wird alles dafür tun, mich zu verdrängen und zu vergessen. Ich kann nicht gehen, bevor ich ihr nicht zumindest einmal gesagt habe, dass ich sie liebe.«

Seine Worte schnüren mir vor Mitleid die Kehle zu. Und noch während er verblasst und sein Schatten eins mit dem Hintergrund wird, sehe ich ihn zum ersten Mal wirklich. Nicht als Geist. Sondern als Menschen, der liebt und seine Chance auf ein Leben mit seinem Mädchen durch meine Schuld verloren hat. Jemand, der Himmel und Hölle in Bewegung setzen würde, um sie wenigstens noch einmal zu sehen.

Jemand wie ich.

GEISTER-
STUNDE

Eine Weile sitze ich einfach nur da und starre auf die Stelle, an der mein Geist sich aufgelöst hat. *Mein Geist*. Wäre ich nicht immer noch betäubt vor Angst und meiner eigenen Zerrissenheit, würde ich spätestens jetzt Panik bekommen. Meine Hände sind eiskalt und so klamm, dass sich mein Handy wie ein Fremdkörper aus einer anderen Zeit anfühlt. Und in gewisser Weise ist das auch so. Von nun an gibt es ein Vorher und ein Nachher in meinem Leben. Nichts wird mehr so sein wie zuvor. Was auch bedeutet: Wenn ich jetzt zu May zurückkehre, kann ich Áila bald persönlich die Hand schütteln.

»Diesmal habe ich es richtig in den Sand gesetzt«, sage ich leise zu ihr. Die Geisterfrau ist unmerklich neben mir aufgetaucht. Sie sitzt im Gras und konzentriert sich ganz auf ihre Arbeit, zwei links, zwei rechts, Masche um Masche.

Ich hätte schwören können, dass ich Shay vor höchstens einer Stunde verlassen habe, aber der Blick auf das Handydisplay zeigt, dass es schon bald Mitternacht ist. *Geisterstunde*, denke ich. *Wie passend*. Vielleicht läuft die Zeit in Gegenwart der Geister schneller? Shay liegt jedenfalls seit Ewigkeiten hellwach im Bett und wartet. Und mit jeder Minute wird ihre Sorge um mich größer.

Auf ihrem Phone meldet sich nur die Mailbox. Ich kann bloß hoffen, dass sie auf die Idee kommt, ab und zu ans Fenster zu gehen und nach dem Netz zu suchen und meine Nachricht abhört. »Hey, Shay«, beginne ich und bemühe mich, meine Stimme ruhig zu halten. »Mach dir keine Sorgen, mir geht es gut. Ich habe mit dem Geist Kontakt aufgenommen, er wird mir nichts tun. Es ist alles ganz anders, als es scheint – auch Arvo ist nicht in Gefahr. Ich erkläre es dir später. Aber zunächst muss ich erst einmal untertauchen. Mister May darf mich auf gar keinen Fall finden. Und es ist sehr wichtig, dass du ihm und Aidan nichts sagst, hörst du? Du bist schlafen gegangen und als du aufgewacht bist, war ich einfach weg, das ist unsere offizielle Version, okay? Ich melde mich von unterwegs. Bis später!«

Mein erster Impuls ist, jetzt Morrigan anzurufen, bei ihr um Hilfe zu bitten wie damals, als ich ein Kind war und die Wanderer an meinem Bett standen. Aber die Zeiten, in denen meine Mutter mich noch retten konnte, sind vorbei. Außerdem sitzt sie längst im Flugzeug und wäre gar nicht erreichbar. Auf Fayenet wünschen ihr einige unserer Schwestern einen guten Flug und machen ihr Mut, dass Mister May die Sache schon regeln wird. *Und wie er es regeln wird!*, denke ich.

Áila schaut überrascht hoch, als ich aufspringe und losrenne. Keine Ahnung, wie ich es schaffe, auf der steinigen Wiese im Dunkeln nicht zu stolpern. Erst als eine schmale Straße in Sichtweite kommt, scheinen meine Füße wieder festen Boden zu haben. Mitten in der Nacht ist die Gegend hier natürlich vollkommen verlassen, aber ich habe Glück: In der Ferne durchschneiden Scheinwerfer die Dunkelheit und schwenken genau in meine

Richtung. Am Motorengeräusch erkenne ich, dass es nicht Mister Mays Rover ist, mit dem Aidan meine Mutter vom Flughafen abholen wird. Ohne lange zu überlegen, trete ich zur Straße und winke.

Wenig später hält ein älteres Paar aus Deutschland, das in einem Mietwagen die Insel erkundet. Die Frau spricht ein eingerostetes Englisch aus fernen Schulzeiten. Im Gegensatz zu ihrem mürrischen Mann ist sie begeistert, eine Einheimische als Tramperin mitnehmen zu können. Ich oute mich nicht und spiele die Irin, die kein Wort von dem versteht, was die beiden auf Deutsch sagen. Ich erzähle irgendetwas von verpasster Mitfahrgelegenheit und dass ich nach Dublin zu einer Freundin fahre.

»Nach Dublin müssen wir auch«, sagt die Frau. »Wir haben uns sehr verspätet, aber unser Bed & Breakfast hat uns netterweise den Schlüsselcode gegeben.« Während sie weitererzählt, lasse ich mich tief in den Rücksitz sinken und ziehe auch die Kapuze des Hoodies hoch, als würde ich frieren. In Wirklichkeit habe ich schon jetzt das Gefühl, auf der Flucht zu sein und meine Spuren verwischen zu müssen.

»Lebst du hier in der Gegend?«, will die Frau wissen.

»Nein, ich komme aus Clonegal.«

»Und sie reist mitten in der Nacht per Anhalter?«, höre ich den Mann auf Deutsch seiner Frau zumurmeln. »Die erzählt uns doch Märchen.«

»Meine Freundin ist zum Studium nach Dublin gezogen«, rede ich in klarem Englisch weiter. Wenn ich mit irischem Akzent spreche, wird die Touristin mich kaum verstehen. »Sie heißt Sara. Wir sind zusammen zur Schule gegangen. Stört es, wenn ich sie kurz anrufe und Bescheid sage, dass ich jetzt auf dem Weg zu ihr bin?«

»Natürlich nicht!« Die Frau lächelt mir über die Schulter zu. Ich achte nicht mehr darauf, was sie ihrem Mann dann zuraunt, sondern suche fieberhaft nach einer Festnetznummer, die ich nur sehr selten wähle.

Es dauert drei Ewigkeiten, in denen ich mir in jedem Detail ausmalen kann, wie Bébhinn auf ihrer Farm in der isländischen Einöde vom Telefonklingeln geweckt wird und sich im Schneckentempo unwillig nach unten in die Küche schleppt. Und als sie endlich, endlich abhebt, klingt sie, als hätte sie gute Lust, demjenigen, der sie geweckt hat, einen Eimer voll Eiswasser über den Kopf zu kippen.

»*Hvað*?«, raunzt sie auf Isländisch in mein Ohr. *Was?*

»Bébhinn?«, hauche ich. »Ich bin's, Deirdre.«

Von einer Sekunde auf die andere verändert sich ihr Tonfall. »Na so was, die kleine Nachtigall!«, sagt sie nun liebevoll auf Gälisch. »Lange nichts mehr von dir gehört.« Und sie wäre nicht meine Tante Bébhinn, wenn sie nicht sogar im Halbschlaf eins und eins zusammenzählen könnte. »Ist etwas passiert, dass du so spät anrufst?«

»Allerdings«, bringe ich kläglich heraus.

»Tja, warum wundert mich das nicht?«, entgegnet sie trocken.

»Das ist nicht lustig, Bébhinn. Ich bin in Irland. Und … diesmal richtig in Schwierigkeiten.«

»Irland?« Jetzt ist sie endgültig wach. »Du meinst doch nicht etwa …«

»Doch. Ich war heute bei Mister May. Morrigan ist auf dem Weg hierher. Und auch ein paar Ahninnen, die mich zum Tode verurteilen werden, wenn sie herausfinden, was ich getan habe.«

Ein Stuhl scharrt über Holzdielen. Bébhinn muss sich wohl erst einmal setzen. »Du hast Arvo umgebracht?«

Ich schlucke. »Nicht ihn. Aber einen anderen.«

»Wen?«

»Ich kenne ihn nicht. Ein … Däne vermutlich. Zumindest spricht er dänisch. Wir sind uns zufällig über den Weg gelaufen, als er noch lebte.«

»Und dabei hast du ihn *zufällig* ins Grab geschrien?«

Ich zwinge mich zu einem Lächeln, da der Fahrer mich misstrauisch im Rückspiegel betrachtet. »Ich wusste nicht, dass er in der Nähe war, Bébhinn«, wispere ich. In wenigen Worten fasse ich das zusammen, was ich bisher herausgefunden habe. Und viel ist es wirklich nicht. Erst jetzt fällt mir auf, dass ich den Geist nicht einmal nach seinem Namen gefragt habe.

»Oh, Mädchen!«, stöhnt Bébhinn auf. »Du musst sofort untertauchen.«

»Was glaubst du, was ich gerade mache? Ich bin per Anhalter auf dem Weg nach Dublin.«

»Und dann?«, herrscht Bébhinn mich an. »Denk doch mal logisch. Du bist mitten im Feindesland! In Irland finden dich die Ahninnen, egal, wo du dich verkriechst. Du musst auch so schnell wie möglich dein Handy loswerden. Die können dich orten, selbst wenn du es ausschaltest. Deine einzige Chance ist, deinen Vorsprung zu nutzen, solange sie noch nicht wissen, was du angestellt hast.«

Vielen Dank, Bébhinn, denke ich. Jetzt schaffe ich beim besten Willen kein aufgesetztes Lächeln für den Rückspiegel. »Und was soll ich machen?«, flüstere ich. »Mich wegbeamen? Nach Hause kann ich auch nicht. Dort suchen sie mich als Erstes.«

»Das stimmt. Das war's für dich mit Helsinki.«

Ich wünschte, meine Tante wäre weniger sachlich und hart. Dieser Satz ist wie ein Schlag in den Magen.

»Hör mir jetzt genau zu«, fährt Bébhinn fort. »Du fährst ohne Umwege zum Flughafen und nimmst den ersten Flieger, den du dort erwischst, egal, wohin. Je weiter weg, desto besser. Du hast hoffentlich deinen Ausweis dabei?«

Ich nicke, bis mir einfällt, dass sie das gar nicht sehen kann. »Ja, habe ich. Und auch meine Bankkarte und die Kreditkarte.« Es ist eine alte Gewohnheit von mir, alles Wichtige in der Reißverschlusstasche meines Hoodies zu verstauen, wenn ich unterwegs bin und die Hände frei haben möchte.

»Na wenigstens etwas«, knurrt Bébhinn. »Ruf mich an, sobald du weißt, wohin du fliegst. Bis dahin überlege ich mir, wie wir deine Spur im Nichts verschwinden lassen können. Und komm nicht auf die Idee, deine Mutter anzurufen und ihr zu sagen, wo du hinfliegst, klar? Du weißt, ich liebe Morrigan über alles, aber die Mutigste ist sie nicht. Sie wird einknicken, sobald May sie richtig unter Druck setzt, und dabei auch noch denken, dass sie dir damit hilft.«

Ich muss schwer schlucken. Aber Bébhinn kennt meine Mutter ebenso gut wie ich. Sie ist die Erste, die versuchen wird, einen Deal wegen guter Führung herauszuhandeln – den es nur leider nicht geben wird.

»Ich spreche mit Morrigan, sobald du in der Luft bist«, höre ich Bébhinn sagen. »Und denk nicht mal dran, deinem Arvo noch einen Abschiedsgruß zu schicken. Wenn die Banshees rauskriegen – und rauskriegen werden sie es! –, dass du nach deiner Flucht mit ihm in Kontakt warst, dann werden sie ihn wie die Spinnen einkreisen, um dich ins Netz zu locken. Also spreng die Brücken und sieh zu, dass du wegkommst!«

»War das Gälisch?«, fragt die Frau, sobald ich das Phone wieder eingesteckt habe.

»Ja«, murmle ich.

»Das klingt wirklich schön«, sagt sie in ihrem kantigen Schulenglisch. »Hach, Irland ist ein so besonderes Land – gerade diese alten Mythen und diese uralte Sprache sind so faszinierend. Eine ganz eigene Kultur.«

Kann man wohl sagen, denke ich bei mir. Aber ich begnüge mich damit, die Mundwinkel hochzuziehen, was für Mister Misstrauen hoffentlich als freundliches Lächeln durchgeht.

»Hast du auch einen gälischen Namen?«, will die Frau wissen.

»Saoirse«, antworte ich. »Wie die Schauspielerin Saoirse Ronan.«

»Oh, die kenne ich sogar!«, ruft die Frau. »Ich wollte schon immer mal wissen, wie man ihren Namen richtig ausspricht.« Begeistert plaudert sie weiter und ich antworte auf Autopilot, während meine Gedanken im Kreis springen. In meiner Tasche scheint das Handy zu glühen wie ein Peilsender. Wahrscheinlich sollte ich es sofort aus dem Fenster werfen, aber ich schaffe es einfach nicht. Und als Zorn und Verzweiflung wie Hitze in mir aufsteigen, bilde ich mir ein, einen kühlen Geisterhauch wahrzunehmen. *Er ist bei mir*, denke ich. *Irgendwo hinter der Wand zwischen Leben und Tod, die in Wirklichkeit nur hauchdünn ist.* Und obwohl alles hier meine eigene Schuld ist, bin ich so wütend auf den Geisterjungen, als wäre er derjenige, der mir mein Leben geraubt hat.

Ich bin mir nicht sicher, ob es die klügste Strategie war, zum Flughafen zu fahren. Obwohl ich mein Gesicht im Schatten meiner Kapuze verberge, fühle ich mich an jeder Ecke von Kameras beobachtet. Zudem fürchte ich, Aidan jeden Augenblick in die Arme zu laufen. Aber aus den Einträgen im Fayenet lässt sich erschließen, dass Morrigan nur noch einen Spätflug bekommen hat und frühestens in einer Stunde hier sein wird. Es gibt mir einen Stich, dass ich sie nicht einmal mehr sehen darf, bevor ich von der Insel flüchte. Dafür meldet sich Bébhinn nochmals auf meinem Handy.

»Hast du schon ein Ticket?«, will sie wissen.

»Noch nicht. Ich bin gerade erst am Flughafen angekommen.«

»Dann trödel nicht herum, du hast keine Sekunde zu verlieren! Wohin geht der nächste Flieger?«

Ich schaue zur Anzeigetafel. Abu Dhabi. Ich weiß, ich sollte auf meine Tante hören und erst einmal meine Haut retten. Aber irgendetwas in mir bäumt sich so heftig dagegen auf, dass ich am liebsten schreien würde.

»Deirdre!«, drängt Bébhinn. »Hast du deine Zunge verschluckt?«

»Ich ... rufe dich gleich zurück«, presse ich hervor und lege auf.

Erst als ich auf der Damentoilette am Waschbecken stehe und mir kaltes Wasser über Augen und Wangen schaufle, kann ich durchatmen. Aus dem Spiegel schaut mich ein bleiches verstörtes Gesicht an. Kein Wunder, dass der deutsche Tourist misstrauisch war. Ich muss auf ihn gewirkt haben wie ein Junkie. Nun ist auch noch die Wimperntusche in meinen tiefen Augenringen zu Elend geronnen und verleiht mir einen Hauch von Zombiebraut. Und wie ein Echo der Verdammnis hallen Bébhinns Worte mir im Ohr: *»Das war's für dich mit Helsinki.«*

Denk nach!, befehle ich mir. In einem hat Bébhinn recht: Ich muss mich in Luft auflösen. »Hey, hörst du mich?«, frage ich meinen Geist in die Leere des Raums hinein. »Bist du hier?« Aber ich nehme nicht einmal seine Kälte wahr.

Am Bankautomaten hebe ich so viel Bargeld ab, wie das Limit hergibt. Wenn May und die Banshees in der Lage sind, meine digitalen Wege nachzuvollziehen, wäre es unklug, mein Ticket mit meiner Kreditkarte zu bezahlen. Aber da man Flugtickets nur am Schalter bar bezahlen kann und die bis zum Morgen nicht besetzt sind, werde ich für die erste Etappe wohl oder übel ein digitales Ticket kaufen müssen. *Doch ganz bestimmt nicht für einen Flug nach Abu Dhabi*, denke ich mir. Stattdessen werde ich mit etwas Glück in exakt dreißig Minuten im Nachtflieger nach London sitzen.

Ich wünschte, die Läden am Flughafen hätten schon geöffnet, dann könnte ich mir irgendeine bunte Jacke kaufen, die eine zusätzliche Tarnung für mich wäre. Aber so passiere ich die Sicherheitskontrolle im Sichtschutz einer Großfamilie, die mitten in der Nacht verreisen muss. Ich beobachte, wie sie einen Handgepäck-Trolley und andere kleinere Gepäckstücke vom Transportband herunterwuchten. Unauffällig folge ich ihnen bis zum Abu-Dhabi-Gate, wo sie Tüten, Taschen, den Trolley, einen riesigen Plüschflamingo und sich selbst erschöpft abladen, um das Boarding-Signal abzuwarten. Als mein Handy sich meldet, reiße ich es so hektisch aus der Hoodie-Tasche, als könnte mich schon das Klingeln verraten. Ich war sicher, dass es Bébhinn sein würde, aber als ich nun abhebe, lässt mich Mister Mays Stimme erstarren.

»Hältst du das für eine gute Idee?«, fragt er ruhig.

Verdammt! Verdammt! Verdammt! Panisch schaue ich mich um. Aber weit und breit ist kein May zu sehen. Er kann noch nicht wissen, wo ich bin, oder doch?

»Jedenfalls eine bessere Idee als ein Kreuzverhör vor Gericht«, antworte ich heiser.

»Deshalb kletterst du wie der Dieb von Bagdad nachts aus dem Fenster und läufst weg?«, fragt May ungerührt weiter.

»Und zu was macht mich das in Ihren Augen?«, gebe ich mit harter Stimme zurück. »Zu einer Bansheeny Kategorie zwei? Diejenigen, die nicht brav tun, was Sie ihnen befehlen?«

May holt tief Luft. Ich stelle mir vor, dass er dabei die Brille abnimmt und sich die Nasenwurzel reibt, als hätte er Kopfschmerzen. »Deirdre«, antwortet er mit einem Seufzen. »Ich kann nicht verlangen, dass du all das verstehst, aber wenn ich dir helfen soll, dann musst du zurückkommen!«

Fast hätte ich bitter aufgelacht. »Auf einer Skala von eins bis zehn: Wie hoch ist die Wahrscheinlichkeit, dass ich das für eine fünfprozentige Überlebenschance wirklich tue? Ich bin schließlich ein ›magisches Wesen, das überreagiert‹. So haben Sie mich doch bezeichnet.«

Es ist eine Genugtuung für mich, dass es May nun die Sprache verschlägt, als er begreift, warum ich seine Statistik zitieren kann.

»Du hast gelauscht«, stellt er dann ruhig fest.

»Als Bansheeny-Fachmann sollten Sie eigentlich selbst auf die Idee kommen, sich schallsichere Fenster anzuschaffen. Und fünf Prozent Erfolgsaussicht sind mir zu riskant, um mich brav der Gnade der Ahninnen auszuliefern.«

Lisa sagt immer, ich würde eine gute Pokerspielerin abgeben. Und vielleicht stimmt das, denn in dem Moment, als ich im Brustton der Empörung über fünf Prozent Überlebenschance rede, vergesse ich beinahe selbst, dass sie in Wirklichkeit inzwischen auf null Prozent gesunken ist.

Mister May schweigt eine ganze Weile. Ich schätze, diesmal wird er wirklich ein Aspirin brauchen. »Es tut mir leid, wenn dich meine Worte gekränkt haben«, antwortet er schließlich. »Sie waren nicht für deine Ohren bestimmt. Und offenbar hast du nicht lange genug gelauscht. Wenn du nämlich das ganze Gespräch verfolgt hättest, dann wüsstest du, dass es eine neue Strategie gibt. Ich habe einen Aufschub von einem Tag eingeplant. Das heißt, die Ahninnen werden frühestens übermorgen informiert.«

»Also schenken Sie mir noch eine Galgenfrist, um mein Testament zu machen und meine Mutter zum Abschied zu umarmen? Wie großzügig von Ihnen!«

»Himmel noch mal, Deirdre!«, entfährt es ihm. »Du scheinst nicht zu verstehen, dass wir hier versuchen, dein Leben zu retten!«

»Indem Sie diese Shona MacLeod auf mich hetzen?«

»Ich hetze sie nicht auf dich, sondern auf den Rachegeist, der sich an dich geheftet hat«, antwortet May ungeduldig. »Diese Ahnin ist darauf spezialisiert, Präsenzen zu beseitigen, die an der Schwelle zur dämonischen Manifestation stehen. Und vielleicht kommen wir damit durch, ohne dass das Gericht einberufen werden muss.«

Mit einem Mal bin ich wie elektrisiert. »*Wo kein Rachegeist, da kein Richter*?«, frage ich leise. »Das waren doch Ihre Worte in Ihrem Gespräch mit Aidan.« Ich hoffe, May bemerkt nicht, dass meine Stimme bebt. Denn gerade komme ich mir wie eine Ertrinkende vor, die einen Rettungsring unter den Fingern findet. »Also wollen Sie den Geist verschwinden lassen und das Ganze vertuschen? Und diese Karte wollen Sie mithilfe von dieser … Shona McLeod spielen?«

Mister May zögert, aber schließlich gibt er sich einen Ruck. Vermutlich kostet es ihn große Überwindung, sich in die Karten schauen zu lassen. »Ich wünschte, ich könnte dir versprechen, dass es gelingt, Deirdre«, murmelt er. Er klingt, als würde er diese bittere Wahrheit nur sehr widerwillig eingestehen. *Aber zumindest ist er jetzt endlich einmal ehrlich*, denke ich.

»Bitte, Deirdre«, setzt er nach. »Wirf dein Leben nicht weg und komm zurück. Sag mir, wo du bist, und Aidan holt dich ab.«

Das Verrückte ist, dass ich für einen Moment nichts lieber tun würde, als nachzugeben. Es klingt verführerisch einfach, nach

Sicherheit, Rettung und Schutz. Aber dann fällt mir wieder ein, dass niemand auf dieser Welt mich mehr beschützen kann – außer mir selbst.

»Wenn Sie mir helfen wollen, dann halten Sie mir die Ahninnen vom Hals. Inklusive dieser Exorzistin.«

»Was hast du vor?«, fragt May alarmiert.

»Ich regle die Sache allein. Doch dafür brauche ich ein oder zwei Tage Zeit. Und wenn Sie wirklich mein Leben retten wollen, dann werden Sie mir diese Zeit verschaffen.«

Pause, Pause, erkenntnisreiches Luftschnappen.

»Nein!«, donnert May ins Telefon. »Deirdre, hör mir zu! Du schließt keinen Pakt mit einem Dämon! Du darfst ihm nicht glauben!«

»Halten Sie mir den Rücken frei«, sage ich mit fester Stimme.

»Du hast keine Ahnung, worauf du dich da einlässt!«, entgegnet May erstaunlich hitzig.

»Sie werden es kaum glauben, aber das weiß ich sehr genau«, kontere ich. Mit einem Seitenblick sehe ich, dass eine Flughafenangestellte zum Boarding-Schalter geht. Gleich wird eine Durchsage ertönen und dann weiß May, wo ich bin. »Bis dann«, sage ich knapp.

»Nein, nein, nein!«, ruft er. »Mach nicht den Fehler, ihm zu glauben, Deirdre! Ich habe gesehen, dass er den Tod mit sich trägt. Da ist viel Leid, das nicht sein eigenes ist …«

Aber da habe ich schon aufgelegt, zeitgleich mit der Durchsage, die die Passagiere darüber informiert, dass der Flug nach Abu Dhabi sich um zehn Minuten verzögert.

»Bist du verrückt?«, ist das Erste, was Bébhinn herausrutscht. »London ist viel zu nah!«

»Ist auch nur eine Zwischenetappe«, raune ich ins Telefon. »Ich besorge mir unterwegs ein neues Handy und melde mich dann wieder bei dir. Und tu mir bitte einen Gefallen: Rede mit Morrigan. Sie soll Arvo anrufen und ihm erzählen, dass mein Handy gestohlen wurde und dass ich mich bei ihm melde, sobald ich kann.«

»Das wirst du nicht machen!«, zischt Bébhinn mir ins Ohr. »Du scheinst nicht zu verstehen, mit wem du es zu tun hast. Die Ahninnen kennen keine Gnade. Das ist kein Spiel …«

»Glaubst du, das ist mir nicht klar?«, fahre ich sie viel zu heftig an. »Aber ich werde mein Leben nicht aufgeben. Und schon gar nicht Arvo!«

»Deirdre …«, beginnt sie erneut.

Doch ich würge sie ein zweites Mal ab. »Bis bald, Bébhinn. Und: Danke!«

Damit lege ich auf und mache mich daran, meine Kontakte aus dem Handy zu löschen. Die wichtigen Nummern kenne ich ohnehin auswendig. Das Einzige, worum es mir wirklich leidtut, ist meine Playlist. Zwischendurch muss ich fast im Sekundentakt Bébhinns und Mays Anrufe wegdrücken. Und gerade als der Gong für das Boarding erklingt, trifft mit einem Pling eine SMS einer unbekannten Nummer ein.

»Deirdre, hier ist Aidan«, lese ich. »Mister May hat mir eben erzählt, was los ist. Und wenn du ihm schon nicht traust, dann glaub wenigstens mir! Du hast gesehen, was dieser Geist anrichten kann. Lass uns reden, bitte!«

Tja, es war abzusehen, dass der Anwalt Prinz Charming ins Feld schickt. *Vermutlich, weil wir liebesblinden Bansheenys seiner Meinung nach bei jedem gut aussehenden Kerl dahinschmelzen und unseren Verstand abgeben*, denke ich grimmig. *Netter Versuch, die Herren!* Als Antwort und Botschaft schicke ich Aidan nur einen Link zu einem Musiktitel: *Toss a Coin to Your Witcher* in der Metal-Coverversion von Dan Vasc. Minute 2.30 trifft meine Laune gerade ganz gut. Mit einem grimmigen Lächeln drücke ich auf Senden und schalte mein Handy aus. Dann stelle ich mich zum Schein in die Boarding-Warteschlange, lasse mein Phone unauffällig in eine Tasche der Großfamilie gleiten und wünsche meinem Peilsender eine gute Reise nach Abu Dhabi.

GALGEN-
FRIST

Der Flug nach London ist pünktlich, trotzdem bleibt mir noch genug Zeit, um alle dreißig Sekunden zu erschrecken, weil ich mir einbilde, dass Mister May oder Aidan um die Ecke kommen. Aber jedes Mal ist es nur irgendein Reisender, der sich müde an seinen Coffee-to-go klammert, während er sein Gate sucht. Endlich ertönt der Aufruf zum Boarding und eine kleine Gruppe von Passagieren macht sich mit mir zusammen auf den kurzen Weg über die Gangway-Brücke direkt zum Flugzeug. Ich bin froh, dass wir uns im Meer der vielen leeren Sitze verlieren und ich meine Reihe mit niemandem teilen muss. Nach Smalltalk mit Fremden ist mir gerade wirklich nicht. Ein fremder Geist reicht mir völlig. Ich friere jämmerlich, aber das liegt vermutlich nur daran, dass ich völlig übermüdet bin und keine Jacke dabei habe. So klein wie möglich rolle ich mich in meinem Fenstersitz zusammen. Ohne mein Phone fühle ich mich wie gestrandet. Ich würde alles dafür geben, mich jetzt wenigstens in meine Playlist flüchten zu können, aber ich darf mir nicht einmal selbst etwas vorsummen, um mich zu trösten. So bleibt mir nur, die kalten Hände in meine Ärmel zu schieben und nach draußen zu starren, während das Flugzeug in Richtung Startbahn rollt. Im Flutlicht der Nachtbeleuchtung fährt ein Flughafenbus über die Rollbahn und stoppt vor einem Flugzeug, aus dem gerade Passagiere aussteigen. Ein blauer Mantel bauscht sich im Wind und mir stockt der Atem. Sogar auf die Entfernung erkenne ich, wie besorgt meine Mutter auf ihr Handy schaut, während sie zum Shuttlebus läuft. »Mhámai«, flüstere ich. Und als hätte Morrigan mich gehört, schreckt sie auf und schaut sich suchend um. Es bricht mir das Herz, unsere Verbindung zu spüren und sie nicht erwidern zu dürfen. Stattdessen rutsche ich tiefer in den Sitz und ziehe die Sonnenblende am Fenster herunter. Und während das Flugzeug Fahrt aufnimmt, presse ich die Hände auf den Mund, um nicht laut aufzuschluchzen. Es wäre keine gute Idee, mitten im Start die Flugzeug-Crew ins Jenseits zu heulen. Aber die Einsamkeit und die Verzweiflung treffen mich mit solcher Wucht, dass mir die Tränen über die Finger laufen und ich fast ersticke im Bemühen, keinen Laut von mir zu geben. Erst lange, nachdem der Flieger sich in die Luft erhoben hat, ziehe ich die Blende wieder hoch. Und als die Lichter der Stadt nach und nach zu kleinen Punkten in der Dunkelheit werden und die zitternden Tragflächen Wolkendunst schneiden, beruhige ich mich. *Ich bin in Sicherheit. Zumindest im Moment.*

»Wo sind wir?«, fragt jemand. Ich fahre herum und zucke zurück. Er sitzt direkt neben mir auf einem der leeren Sitze. Und als hätte mein Elend ihm neue Energie gegeben, ist er realer, als ich ihn bisher jemals zu Gesicht bekommen habe.

»Auf dem Weg nach London«, erwidere ich unwirsch. »Auf einem Nichtraucherflug.«

Mein Geist stutzt, dann starrt er seine Zigarette an und schnaubt genervt. *Ein Geist, der Leben spielt*, denke ich. Er schnippt die Kippe weg und streckt seine langen Beine unter den Vordersitz. »Wenn ich eines hasse, dann sind es Flugreisen«, erklärt er. »Sollte diese klapprige Sardinenbüchse vom Himmel fallen, nützen die paar Millimeter Nietenblech zwischen uns und dem Boden auch nicht mehr viel.«

Super, genau diese Art von Aufmunterung brauche ich jetzt.

»Du hast wenigstens den Vorteil, dass dich ein Absturz nicht mehr töten kann.« Nicht besonders nett, was mir da herausrutscht, aber meine Nerven liegen blank. Offenbar erinnert ihn meine Bemerkung überhaupt erst wieder daran, nicht mehr am Leben zu sein, denn seine Miene verdüstert sich. »War ein blöder Spruch«, murmle ich. »Entschuldige.«

»Tot ist tot«, antwortet er lakonisch. »Du sprichst nur eine Tatsache aus.«

»Möchten Sie einen Tee?« Eine Flugbegleiterin namens Beatrice steht mit ihrem Servierwagen im Gang. Als ich etwas zu heftig nicke, schenkt sie mir ein mitfühlendes Lächeln. Ich ahne, wen sie gerade vor sich sieht: ein verheultes, totenblasses Mädchen, das mit sich selbst redet, als würde es Stimmen im Kopf hören. Und ihre Freundlichkeit macht es nicht besser. Sofort steigen mir wieder die Tränen in die Augen. »Machen Sie sich keine Sorgen«, sagt sie und legt mir eine Serviette hin. »Ich arbeite seit über zehn Jahren über den Wolken und es ist noch nie etwas passiert. Fliegen ist die sicherste Art zu reisen.« Ihr Arm geht durch meinen Geist hindurch, als sie mir den Becher mit dem Tee reicht. Sie scheint zu frösteln, aber sonst bemerkt sie nichts.

»Alles okay«, antworte ich mit rauer Stimme. »Aber danke!« Das meine ich ernst. Ihre Warmherzigkeit tut mir gut.

»Wenn Sie noch etwas brauchen, melden Sie sich«, fügt sie sanft hinzu. Sie lächelt noch einmal und geht weiter.

»*Alles okay?*«, wiederholt mein Geist meine Worte. »Im Ernst? Du bist doch so stolz darauf, gute Ohren zu haben. Hörst du nicht das Störgeräusch? Irgendetwas stimmt mit dem linken Triebwerk nicht. Der Motor läuft nicht rund.«

»Willst du mir Angst machen, damit du etwas davon für dich abzapfen kannst?«, zische ich zurück. Es ist einfacher, wütend auf ihn zu sein, als meine Traurigkeit zuzulassen. Trotzdem kommen mir immer noch Tränen.

Der Geisterjunge sieht mich so konzentriert an, als würde er versuchen, meine Gedanken zu lesen. »Nein«, erwidert er dann schlicht. »Ich dachte nur, du hörst es auch.«

»Ich kenne mich mit Noten aus, nicht mit Motoren. Und warum starrst du mich so an? Hast du noch nie ein Mädchen weinen sehen?«

Er zögert kurz. »Mädchen schon. Mir war nur nicht klar, dass ihr Todesfeen so nah am Wasser gebaut seid. Beziehungsweise, dass ihr überhaupt Tränen vergießen könnt.«

Ich weiß, er hat allen Grund, mich nicht zu mögen. Und ich sollte nicht vergessen, dass ich ihm sein Leben schulde, aber gerade könnte ich ihn einfach nur schlagen.

»Schön, dass du keine Gelegenheit auslässt, mich Todesfee zu nennen«, sage ich kühl. »Ich könnte ja eine Sekunde lang vergessen, dass ich dich umgebracht habe. Aber stell dir vor: Ich kann nicht nur weinen wie jeder normale Mensch, ich bin einer – und ich habe sogar einen Namen. Du kennst ihn.«

»Du? Ein Mensch?« Er verzieht den Mund. »Klar. Darf ich lachen?«

Das Blut schießt mir so jäh in die Wangen, dass mir heiß wird. Und etwas von meinem Zorn scheint bei ihm anzukommen. Es ist, als würde er aus dem Schatten ins Licht treten, während er mir direkt in die Augen schaut. Seine Augen sind von einem dunklen Braun und ich bemerke, dass ich mich nicht in ihnen spiegele. »Wie heißt du eigentlich?«, frage ich.

Er zieht die Brauen zusammen und hebt das Kinn, als wäre er auf der Hut. *Ein wachsamer Fuchs*, denke ich erneut.

»Mein Name ist nicht wichtig.«

»Wenn es so ist, kann ich dich ja einfach ›Dämon‹ nennen«, kontere ich. »Oder wäre dir ›Anomalie‹ lieber? So hat May dich bezeichnet.«

Mein Geist bekommt schmale Augen und wieder seine leichte Zornesfalte. Allerdings wirkt es nicht bedrohlich. Dazu sieht er mit seinen zerzausten Haaren und dem schmalen, klaren Gesicht einfach zu harmlos aus. *Alles andere als ein Bad Boy*, denke ich. Shay fände ihn sicher sympathisch, wenn nicht sogar auf eine herbe Weise interessant. Kaum vorstellbar, welchen Schrecken mir seine Gegenwart noch gestern eingejagt hatte. »Was ist?«, setze ich herausfordernd nach. »Fällt die Wahl so schwer?«

Ich rechne mit einer weiteren Abfuhr, aber dann überrascht er mich. »Freddie«, sagt er kaum hörbar.

»Freddie … wer? Mercury? Wie der Sänger von Queen?«

Er beißt sich auf die Unterlippe, scheint krampfhaft nachzudenken. Dann deutet er ein ratloses Schulterzucken an, und alles, was ihn eben noch fast lebendig erscheinen ließ, beginnt zu verblassen. »Ich … weiß es nicht«, flüstert er. »Einfach Freddie. So … nennen mich meine Freunde. Schon immer …«

»Okay«, sage ich hastig. »Hey, verschwinde jetzt nicht!«

Doch seine Züge verlieren schon ihre Schärfe und als er wieder zu sprechen anfängt, klingt seine Stimme wie aus weiter Ferne. »Warum fliegen wir nach London?«

»Weil ich erst einmal so schnell wie möglich aus Dublin wegmusste«, antworte ich. »Außerdem hast du mir noch nicht gesagt, wo genau dein Mädchen lebt. Von London aus gibt es direkte Flugverbindungen in die ganze Welt.«

»Mein Mädchen«, raunt er abwesend, als würde er zu sich selbst sprechen.

»Freddie?«, flüstere ich. »Du musst mir noch sagen, wie sie heißt.«

Er schaut verwirrt auf. Sofort schleicht sich wieder Argwohn in seinen Blick. »Wieso willst du das wissen?«

»Na, um ihre Identität zu stehlen und eine Bank zu hacken«, gebe ich ungeduldig zurück. »Ich bin nicht May, Freddie! Ich habe keine Ahnung, wie ich diese Info gegen dich oder sie verwenden könnte. Aber wenn ich dich zu ihr bringen soll, dann muss ich doch wissen, nach wem ich suche. Und abgesehen davon: Wenn du so weitermachst, kennst du ja bald sogar Arvos Blutgruppe.«

Es tut gut zu sehen, dass zur Abwechslung er einmal schluckt. »Lillemor«, sagt er schließlich leise. »Lillemor … Jensen.«

Dänischer geht es wohl kaum. Insgeheim atme ich auf. Endlich mal ein Anhaltspunkt, mit dem ich etwas anfangen kann. »Dann stammt sie aus Dänemark, so wie du? Und ihr lebt am selben Ort?« Eines habe ich inzwischen verstanden: Sobald ich mit ihm in der Gegenwart spreche, als wäre er noch am Leben, ist er sofort präsenter, wirklicher. Tatsächlich scheint er gerade wieder mehr in meine Welt zu treten.

»Ja, wir … wohnen in derselben Stadt«, sagt er zögernd. »Aber … in verschiedenen Vierteln.«

»Also ist es eine große Stadt?«, hake ich nach. »Kopenhagen vielleicht? Oder eine andere Stadt in Dänemark? Aarhus? Odense? Komm schon, ich habe weder Zeit noch Geld für *Trial-and-Error*-Expeditionen. Gib mir irgendeinen Hinweis!«

Ich sehe ihm an, dass er vergeblich nach dieser Erinnerung sucht. *Gutes Timing für einen Blackout*, denke ich. *In einer Stunde landen wir in London.* »Denk nach, Freddie!«, dränge ich. »Momentan haben wir zwar noch einen Vorsprung. Und mit etwas Glück gewährt May mir tatsächlich eine Galgenfrist von einem Tag. Aber alles steht und fällt damit, dass ich weiß, wohin die Reise ab London geht …«

»Verdammt, ich habe keine Ahnung, okay?«, herrscht Freddie mich verzweifelt an. »Es ist, als würde ich im Nebel stehen. Und darin … finde ich nur sie.« Seine Stimme wird weicher, leiser, als er wiederholt: »Nur sie.«

In diesem Moment bestätigt sich, was ich längst ahnte: Es sind nicht nur meine Gefühle, die ihn zurückholen. Es ist die Liebe zu seinem Mädchen, die ihm mehr Leben einhaucht, als jeder Wutanfall von mir es je könnte. Plötzlich erscheinen die Farbe und Struktur seiner Jeans real. Ich erahne sogar, welche Farbe sein Haar hatte: ein sehr dunkles Honigblond. An den Spitzen sind die wirren Locken heller, als hätte die Sonne sie gebleicht. Doch das, was mich am meisten gefangen nimmt, ist die Zärtlichkeit in seinen Zügen, ich entdecke Wehmut und einen Schmerz, der wie ein Echo zwischen uns schwingt und auch meinen Kummer aufglühen lässt. *Arvo*, denke ich. Die Traurigkeit, die mich übermannt, zieht den letzten Schleier zwischen mir und Freddie beiseite. Als wir uns jetzt in die Augen sehen, bilde ich mir sogar ein, seinen frostigen Geisteratem wahrzunehmen. *Als würde nichts mehr zwischen Leben und Tod stehen*, denke ich mit einem Schaudern. *Als wären wir auf derselben Seite. Zwei Seelen, zwei Liebende, aber nur ein Herzschlag.*

Dann blinzelt Freddie und senkt als Erster den Blick. »Lillemor«, murmelt er. »Ich werde sie finden, wenn ich erst einmal dort bin.«

Eben noch waren wir einander so nah, dass ich glaubte, seinen Schmerz wie meinen eigenen zu spüren. Aber mit einem Mal ist es völlig anders. Kühler. Nebliger. Als hätte er eine Mauer zwischen uns errichtet, durch die ich nicht hindurchblicken soll. Es fühlt sich an, als hätte er mich zurückgestoßen. Und komischerweise macht es mir etwas aus.

»Wenn du *wo* bist?«, bohre ich nach. »Welche Stadt, Freddie?«

Er starrt auf seine Hände. Sie sind so fest zu Fäusten geballt, dass die Knöchel hervortreten. Genau wie so oft bei mir. Seine Kiefer sind zusammengepresst, als würde er die Zähne zusammenbeißen. Mit aller Gewalt versucht er sich zu erinnern.

»Im Inneren des dunklen Diamanten«, sagt er schließlich

Ja, an dieser Stelle waren wir schon einmal, denke ich niedergeschlagen.

»Und weiter?«, frage ich vorsichtig. »Du sagtest, sie zählt dort Bücher. Warum? Und was bedeuten die hölzernen Wellen. Ist das ein Boot?«

Aber Freddie zieht nur die Stirn kraus. »Nein«, murmelt er. »Die Boote sind weit weg. Sie … sitzt an einem Tisch, glaube ich. Auf dem Tisch steht ein grüner Elefant.«

Okay, so kommen wir nicht weiter. »Und was wirst du tun, wenn du dein Diamantenmädchen gefunden hast?«, frage ich müde. »Sie kann dich nicht sehen. Oder … erwartest du von mir, dass ich den Ghost Whisperer spiele und sie überzeuge, dass ich eine Botschaft aus dem Jenseits für sie habe?«

Ich zucke zusammen, als er ruckartig den Kopf hebt und mich mit diesem intensiven, zornigen Blick ansieht, der Hitze und Kälte zugleich ist.

»Dafür brauche ich deine Hilfe nicht«, antwortet er knapp. »Ich weiß, dass sie mich wahrnehmen wird. Und dann wird sie wissen, dass ich sie liebe.«

Ich mag nichts von Motoren und Triebwerken verstehen, aber ich höre, wenn irgendwo ein falscher Ton klingt. Und in diesem Moment kommt mir Mays Warnung in den Sinn: *Er trägt viel Leid mit sich, das nicht sein eigenes ist.*

»Warum glaube ich dir nicht?«, frage ich.

»Hast du wirklich eine Wahl?«, kontert er. »Im Gegensatz zu dir habe ich ja nichts mehr zu verlieren. Zumindest nicht mein Leben.«

Eines muss man ihm lassen. Im Austeilen ist er wirklich gut. Die Luft zwischen uns scheint sich elektrisch aufzuladen, während wir einander in die Augen starren. Es ist ein Kräftemessen und keiner von uns gibt nach.

Nichts ahnend beendet Beatrice das Duell, als sie neben uns stehen bleibt, um leere Teebecher einzusammeln. Mit einem Blick auf meinen noch vollen Becher hebt sie fragend die Brauen. »Sie sehen aus, als wäre Ihnen kalt«, sagt sie besorgt. »Soll ich Ihnen eine Decke bringen?«

Ich schaffe es, ihr Lächeln zu erwidern. »Nein danke.«

»Was meintest du vorhin damit: Du hast eine Galgenfrist?«, fragt Freddie, sobald sie weitergegangen ist.

Das geht dich gar nichts an, Geisterjunge, denke ich. Aber dann muss ich widerwillig zugeben, dass er recht hat: Ich bin es, die etwas zu verlieren hat, nicht er. Und im Augenblick habe ich wohl wirklich keine andere Wahl, als ihm zu trauen.

»Das heißt, ich gehe auf deinen Deal ein«, antworte ich. »Wenn du mir hilfst, meine Haut zu retten, tue ich alles, um dich zu Lillemor zu bringen. Denn wenn du dann wirklich verschwindest, wie du behauptest, dann … habe ich vielleicht eine Chance, dass die Ahninnen mich nicht hinrichten.«

Ich kann nicht einschätzen, was er denkt, er zieht nur wieder die Stirn kraus in dieser Geste der Wachsamkeit, die ich inzwischen an ihm kenne. »Okay, Deirdre«, sagt er. »Ich gebe dir mein Wort, dass du mich vor Ablauf der Galgenfrist los bist.«

Er streckt mir allen Ernstes die Hand hin. Und diesmal haben seine Worte keinen falschen Ton, sondern klingen völlig aufrichtig, was mich fast noch mehr verwirrt als die Tatsache, dass er mich mit Namen anspricht. Vielleicht strecke ich deshalb meine Hand aus. Freddie lächelt mir zu und einen Herzschlag lang sind wir einfach nur zwei Menschen, die einen Handel abschließen. Doch meine Hand greift natürlich ins Leere. Der Hintergrund schimmert bereits wieder durch Freddie hindurch. Er verschwindet wie eine Spiegelung im Wasser, die sich auflöst, sobald Licht auf sie fällt.

TEIL DREI

Ich habe sie genau da, wo ich sie haben will – weit weg von ihrer Familie und ihrem Freundeskreis. Das ist wichtig. Sie ist allein, sie vertraut mir und glaubt meinen Worten. Und sie folgt mir, wohin ich sie führe – bis zu den Ufern des Styx. Aber während die ihr verbleibende Lebenszeit wie schimmernder Diamantstaub durch eine Sanduhr rinnt, will ich es noch auskosten, sie atmen zu sehen, ihre Wärme zu spüren und zu erleben, wie es ist, ihr dieses besondere Lächeln zu entlocken. So war es auch bei den anderen: Alles wurde farbiger, intensiver, je näher das Ende rückte. Und bevor ich auch sie über die letzte Schwelle führe, wird mein schönes Mädchen mir ihre Geheimnisse schenken. Gedanken, die sie noch nie jemandem anvertraut hat. Sie wird die Tür zu ihrer Seele öffnen und sich verstanden fühlen. Denn ich bin der Einzige, der sie wirklich verstehen kann. Willig wird sie sich fallen lassen. In meine Arme, meinen Kuss – und schließlich in das kühle Sein, in dem es für sie nichts und niemanden mehr geben wird außer mir.

RUNNING GIRL

Ich dachte, ich wäre an Bord eines Flugzeugs, aber offenbar habe ich mich geirrt. Ich stehe mitten im Trockeneisnebel. Farbige Scheinwerfer blenden mich und Freddie Mercury persönlich steht auf einer riesigen Bühne und singt *Love of my life*. *Komisch*, wundere ich mich. *Der Sänger von Queen ist doch schon Anfang der Neunzigerjahre gestorben*. Doch als ich blinzle und genauer hinsehe, bleibt mir fast das Herz stehen. »Arvo!«, hauche ich. Er schenkt mir sein schiefes Bad-Boy-Lächeln und singt die Ballade nahtlos weiter – mit seiner Stimme und seinen Worten. »Bleib bei mir, *merenneito*«, hallt es durch die Konzerthalle. Ich verlasse dich nicht!, will ich schreien. Aber natürlich beherrsche ich mich. Stattdessen versuche ich zu ihm zu rennen, doch es ist, als müsste ich knietief durch zähen Schlick waten. Ich kämpfe und keuche und komme kaum voran. Und als ich endlich die Treppe zur Bühne erreiche, ist Arvo fort. Der Kunstnebel hat sich verzogen und im lichtlosen Schwarz des Hintergrunds entdecke ich Freddie. Er hat die Hände in den

Taschen seines langen Mantels vergraben und schaut mich wachsam an.

»Hallo?«, höre ich ein samtweiches Flüstern. Eine Hand berührt meine Schulter. »Arvo?«, murmle ich. Aber als ich das freundliche Gesicht vor mir erkenne, trifft mich die Realität wie eine Ladung eiskaltes Wasser das mir jemand mitten ins Gesicht schüttet. *Arvo ist nicht hier. Und ich bin auf der Flucht.* »Es tut mir leid, Sie wecken zu müssen«, sagt Beatrice sanft. »Aber wir sind gelandet.«

Als ich mich aufrichte, rutscht eine Decke von mir herunter. »Ich habe mir erlaubt, Sie zuzudecken«, fügt die Flugbegleiterin hinzu. »Sie haben wirklich sehr fest geschlafen und schienen zu frieren.«

»Ja«, antworte ich heiser. »Vielen Dank. Das war … sehr nett von Ihnen.«

Beatrice schenkt mir noch einmal ihr warmes Lächeln. »Alles Gute für Sie«, sagt sie und deutet zum Ausstieg. Offensichtlich bin ich die letzte Passagierin an Bord. Hastig löse ich den Gurt und rapple mich auf.

Doch sobald ich die schon leere Gangway entlanggehe, sinkt mein Mut endgültig ins Bodenlose. »Freddie?« Meine Frage verhallt in der Leere. Stattdessen höre ich hinter mir ein unwilliges Aufjaulen. Ich fahre herum – und sehe Lumi, der sich aus dem Flugzeug stiehlt und mir entgegenjagt. Luftwirbel treffen mich, als er mich anspringt und spielerisch nach mir schnappt, als hätte er mich seit Ewigkeiten nicht gesehen. Und mit einem Mal wird mir leichter ums Herz. »Ich weiß, es tut mir leid«, sage ich zu meinem Wolf. »Ich bin einfach weggelaufen, ohne auf dich zu warten. Aber jetzt bleiben wir zusammen.« Lumi zeigt mir ein hechelndes Wolfslächeln und niest mehrmals. Dann läuft er voraus, die Nase am Boden, als würde er eine Spur aufnehmen.

Leider führt diese Spur nicht zu Freddie. Er ist wie vom Erdboden verschluckt. Der Flughafen ist riesengroß und sogar in den Stunden zwischen Nacht und Morgen belebt. Ein paar Hardcore-Reisende dösen in Wartesitze gelümmelt oder quer ausgestreckt, die Köpfe auf Jacken oder Handgepäck gebettet. Am Terminal studiere ich die Anschlussflüge. Noch könnte ich nach Madrid oder New York verschwinden. Aber wozu? Planlos schlendere ich weiter durch die Hallen und versuche einen klaren Kopf zu bekommen. Indessen läuft Lumi zielstrebig auf einen geschlossenen Coffeeshop zu. Dort schläft ein Backpacker mit Dreadlocks auf einer Bank, den Arm über die Augen gelegt. Sein Rucksack lehnt neben ihm, einen Riemen hat er sich über die Schulter gespannt, damit jede Bewegung ihn aufweckt. Lumi beginnt unbemerkt, das Gepäck zu beschnuppern, und legt sich dann daneben auf den Boden.

Auch ich kann eine Pause gebrauchen, also lasse ich mich auf einer anderen Bank nieder und vergrabe meinen müden Kopf in den Händen. »Verdammt, Freddie«, flüstere ich. »Lass mich hier jetzt nicht im Limbo hängen! Ohne dich komme ich nicht weiter. Und die Zeit läuft.«

Ein Knurren von Lumi lässt mich aufblicken. »Hi«, sagt Beatrice. Offenbar war das ihr letzter Flug vor Dienstschluss. Sie zieht einen kleinen Trolley hinter sich her und hat ihre Arbeitsschuhe gegen Chucks getauscht. »Ich weiß, es geht mich nichts an«, sagt sie vorsichtig. »Aber … ist alles in Ordnung bei Ihnen?«

»Ja.« Ich versuche mich einmal mehr an einem Lächeln, das mir offenbar nicht gut gelingt.

Sie nickt höflich, ohne mir zu glauben. »Ich hatte mich nur gewundert, dass Sie ohne Gepäck und ohne Mantel unterwegs sind. Werden Sie … hier abgeholt?«

Endlich beginnt mein Gehirn wieder zu funktionieren. »Eigentlich ja. Aber mir wurden in Dublin meine Sachen gestohlen – auch mein Handy. Dürfte ich vielleicht kurz Ihres benutzen und meiner Tante Bescheid sagen?«

Beatrice ist wirklich eine gute Seele. Ohne zu zögern, zieht sie ihr Phone aus der Handtasche und reicht es mir. Ich entferne mich ein paar Schritte und tippe Bébhinns Nummer ein. Sie geht ran, kaum dass der erste Rufton verklungen ist.

»Morrigan?«, fragt sie atemlos.

»Nein, hier ist die andere Faye.«

»Deirdre!«, entfährt es ihr. »Gott sei Dank! Kannst du offen sprechen?«

Aus ihrem Mund hört es sich an, als wäre ich in der Gewalt eines Entführers. »Mein Geist ist nicht hier, falls du das meinst«, raune ich in den Hörer. »Hat sich momentan in Luft aufgelöst.«

»Und wo bist du?«

»Noch in London Heathrow. Konntest du mit Morrigan sprechen?«

»Ja. Ich habe sie noch am Flughafen erwischt. Du kannst dir vorstellen, was seitdem los ist. Ich habe behauptet, dass ich keine Ahnung habe, wohin du fliegst. Für den Fall, dass May sie austrickst. Wenn dieser alte verschlagene Hexer eines perfekt beherrscht, dann das!«

Allerdings, denke ich bei mir.

»Ich hoffe nur, du rufst nicht von deinem eigenen Handy aus an?«, fügt sie besorgt hinzu. »Morrigan sagte, May setzt schon alles daran, dich zu orten.«

Ich stutze, aber dann fällt mir ein, dass Bébhinns Steinzeittelefon ja keine Rufnummern anzeigt. »Keine Gefahr, ich telefoniere gerade mit einem geliehenen Smartphone«, flüstere ich. »Und meines ist nach Abu Dhabi unterwegs.«

»Das ist mein Mädchen!« Bébhinn atmet erleichtert auf. »Und jetzt?«

Während ich Bébhinn mit gedämpfter Stimme auf den neuesten Stand bringe, höre ich nur ihr angespanntes Schnaufen. »Ich vermute, wir müssen weiter nach Dänemark«, schließe ich hastig. »Aber Jensen heißt dort jeder Zweite mit Nachnamen und ich habe keine Zeit, aus Tausenden von Lillemors die Richtige herauszufinden. Der Geist erinnert sich nicht einmal an die Stadt, in der er gelebt hat. Er redet nur wirres Zeug über einen dunklen Diamanten, in dem er seine Freundin wiederfinden will. Er sagt, sie zählt dort Bücher und betrachtet Boote, die unter hölzernen Wellen fahren …«

»Bücher?«, schneidet Bébhinn mir grob das Wort ab. »In einem dunklen Diamanten?« Dann lacht sie zu meiner Verblüffung ungläubig los. »Mädchen, du bist eine Schande für deine Mutter!«, stößt sie hervor. »Lass das bloß Morrigan nicht hören. Du bist die Tochter einer Vollblut-Bibliothekarin und weißt nicht, was der Schwarze Diamant ist? So heißt die Dänische Königliche Bibliothek in Kopenhagen! Und ich weiß zwar nicht, was es mit den hölzernen Wellen auf sich hat, aber Boote sieht man von dort aus bestimmt. Die Bibliothek liegt nämlich genau am Wasser.«

»Oh«, ist alles, was mir einfällt. Denn ehrlich gesagt wusste ich das wirklich nicht. Ich kann mir gut vorstellen, wie Bébhinn gerade tadelnd den Kopf schüttelt. Doch bevor sie Luft holen und weiterwettern kann, hasple ich: »Ich muss aufhören!« und lösche dann rasch die Nummer aus der Rufliste.

Ich kann nur hoffen, dass Bébhinn mit ihrer Vermutung, dass wir nach Kopenhagen müssen, recht behält. Der nächste Flug dorthin geht allerdings erst in einigen Stunden. Zum Glück wird

May eine Weile damit beschäftigt sein, mich auf einem Abu-Dhabi-Zwischenstopp abzufangen. Trotzdem darf ich mich nicht in Sicherheit wiegen und werde die Zeit nicht auf dem Flughafen absitzen. Besser ist es, in der Großstadt unterzutauchen. Außerdem brauche ich dringend etwas zu essen, ein neues Handy und vor allem eine Jacke. Draußen ist kaltes, windiges Regenwetter und sogar hier drin friere ich jämmerlich.

Lumi macht keinen Hehl daraus, wie sehr es ihm missfällt, in den engen U-Bahn-Waggon zu steigen. Das Rattern und Schwanken der Fahrt lässt mich in jeder Faser meines Körpers spüren, wie müde ich bin. Um diese Zeit sind fast nur die Verlorenen und Erschöpften unterwegs. Diejenigen, die von anstrengenden Nachtschichten nach Hause fahren oder zu Jobs aufbrechen, die getan sein müssen, bevor die Stadt erwacht. Ein paar zwielichtige Gestalten gibt es auch. Ein abgerissener Typ starrt mich über fünf Sitzreihen hinweg an. Sogar von hier aus sehe ich, dass er größere Pupillen als der Comic-Kater *Puss in Boots* hat. Als Lumi die Zähne fletscht und ihn drohend anknurrt, lacht der Mann überrascht los. Ich frage mich, ob er sich später in einer klaren Stunde wohl daran erinnern wird, auf seinem Drogentrip einem schlecht gelaunten weißen Wolf begegnet zu sein.

Eine Stunde später steige ich am Covent Garden mitten in London aus. Inzwischen beginnt die Stadt ihre Regler auf Lautstärke zu drehen. Erste Pendler hetzen im Laufschritt durch die U-Bahn-Röhrengänge. Durchsagen pulsieren aus Lautsprechern. Die langen Rolltreppen fahren schneller, als ich es von anderen Städten kenne, und tragen die Menschen ans Tageslicht. Nieselregen benetzt mein Gesicht, als ich nach draußen trete. London empfängt mich mit grauem Himmel und den Stimmen der Händler, die in den Marktpassagen ihre Stände haben und sich beim Morgenkaffee aus der Thermoskanne unterhalten. Einige

Stehcafés haben schon geöffnet, Kellner bestücken mit lautem Rumpeln die Plätze mit Outdoor-Tischen und Klappstühlen. Irgendwo zischt und gurgelt eine Espressomaschine, plärrt Musik, schallt die Stimme eines Radiomoderators dröhnend laut aus einem Pub, in dem noch geputzt wird. Lumi folgt verführerischen Düften und trollt sich in den glasüberdachten Teil der Markthallen. Ich suche mir das unscheinbarste Café aus und verdrücke mich mit einem Frühstückssandwich und einem doppelten Espresso in eine Nische. Hier schließe ich die Augen, atme den Duft nach Kaffee, frischem Toastbrot und Regenluft ein und lasse London in mir widerhallen.

»Warum lächelst du?«, fragt Freddie. Als ich die Augen aufmache, sitzt er mir gegenüber, fast nur ein Schatten, der im warmen Licht des Cafés wie eine anachronistische Schwarz-Weiß-Fotografie wirkt.

»Ich habe nur überlegt, welche Musik London ist«, erwidere ich. »Wurde übrigens höchste Zeit, dass du wieder auftauchst.«

Er nickt abwesend und schaut über meine Schulter hinweg zu den weißen Bögen der großen Säulengänge, die den Platz säumen. Und dann überrascht er mich mit seiner Frage. »London ist Musik?«

Ich zögere, aber dann wage ich mich doch aus der Deckung. »Für mich schon. Diese Stadt ist … Techno mit Impro-Vocals. Alles hier ist direkt und kraftvoll – die Menschen laufen zielstrebig und schnell und die Rolltreppen an den U-Bahn-Höfen sind auf Speed geschaltet. London hat einen schnelleren Takt als andere Städte.«

Noch während ich das sage, bereue ich es schon, ihm etwas so Persönliches von mir offenbart zu haben. Denn da ist es wieder: das argwöhnische Stirnrunzeln, das ich sogar im schattigen Umriss seiner Züge erkenne.

»Und deshalb also Techno?«, wiederholt er spöttisch.

»Ja! Du musst nur die Augen schließen und lauschen, dann hörst du es.«

Aber Freddie schnaubt nur. »Ist wohl so ein abgehobenes Musiker-Ding. Ich höre nur die Cappuccinomaschine und einen ziemlich miesen Radiosound.«

»Muss wohl ein Geister-Ding sein, keinen Sinn dafür zu haben«, gebe ich zurück. »Wo warst du die letzten Stunden?«

Er blinzelt irritiert und mir fällt ein, dass Begriffe wie Zeit für ihn ja nicht viel bedeuten.

»Ich meine: Wo bist du, wenn du nicht gerade mit mir am Tisch sitzt?«, korrigiere ich.

Plötzlich hält er sich etwas aufrechter, angespannter. Und jetzt zögert er, als müsste er erst überlegen, ob er nun seinerseits mir etwas anvertrauen will. »Meistens nirgendwo«, antwortet er nach einer Weile. »Aber manchmal … träume ich.«

»Geister können träumen?«, rutscht es mir heraus.

Er blitzt mir einen verärgerten Blick zu. »Dafür, dass du nicht Todesfee genannt werden willst, erinnerst du mich verdammt gern daran, ein Geist zu sein.«

Ich mache schon den Mund auf, um zu kontern, aber dann lasse ich es. Denn er hat recht. Und nicht nur das: Ich bin nicht stolz darauf, aber irgendein Teil von mir gibt ihm immer noch die Schuld daran, dass ich jetzt im Nirgendwo festsitze, weit weg von Arvo und meinem Leben.

»Entschuldige, Freddie.«

»Schon gut«, murmelt er. »Ja, stell dir vor, wir können träumen. Aber meistens ist da nur Dunkelheit. So, als würde man unter Wasser schweben – in der Tiefsee. Dort, wohin kein Licht mehr dringt.«

»Das klingt … ziemlich bedrückend.«

Erneut überrascht er mich, diesmal mit einem nachdenklichen Lächeln. »Nein, das ist es nicht«, sagt er leise. »Man spürt die Strömungen, man treibt mit ihnen. Ein bisschen ist es wie schwereloses Tanzen. Und manchmal leuchten Traumbilder auf.«

Er schluckt und senkt den Kopf. Ich wage nicht, ihn zu fragen, ob er in seinem schwarzen Meer von Lillemor träumt. So, wie ich gerade nur von Arvo träumen kann. Doch um wie viel schmerzhafter muss es sein, aufzuwachen und zu wissen, dass es nicht nur Kilometer sind, die ihn von seiner Liebe trennen? *Und ich habe ihm das angetan.* Mit einem Mal ist mir zum Weinen zumute.

Ich brauche einen langen Schluck Kaffee, bis ich mich wieder gefangen habe.

»Vielleicht habe ich eine Spur, was der dunkle Diamant bedeutet«, sage ich dann. »Du hast gesagt, dass Lillemor Bücher zählt. Könnte es nicht sein, dass sie viel eher Bücher liest oder sie sich ausleiht? In Kopenhagen gibt es eine große Bibliothek, die Schwarzer Diamant genannt wird.«

Er stutzt kurz. Aber als ein überraschtes Lächeln über seine Züge huscht, macht mein Herz einen Satz. »Eine Bibliothek«, sagt er. »Ja, das stimmt! Und dort … gibt es ein Schild, auf dem ihr Name steht.«

Mir fällt das kleine Schildchen am Revers von Beatrice' Blazer ein. *Das heißt vielleicht, Lillemor arbeitet in der Stadtbibliothek*, denke ich.

Auch wenn Freddie wieder ratlos nach weiteren Erinnerungen sucht, ohne sie im Moment zu finden, bin ich unendlich erleichtert. Wir sind zumindest auf dem Weg in die richtige Stadt.

»Wir finden Lillemor«, sage ich mit fester Stimme.

Freddie sieht mich konzentriert an. Sein Lächeln ist endgültig verschwunden. »Das müssen wir«, antwortet er mit einer

Bestimmtheit, die mich irritiert. Da ist wieder die andere Seite von ihm. Der härtere Blick, in dem etwas flackert, was mir Angst macht. Doch diesmal scheint ihm seine eigene Emotion keine Kraft zu geben, sondern sie ihm vielmehr zu rauben. Durch seine verblassende Gestalt hindurch zeichnet sich deutlich der Kellner ab, der hinter der Theke Gläser poliert und mich stirnrunzelnd betrachtet. Vermutlich fragt er sich schon die ganze Zeit, ob ich etwas geraucht habe, weil ich mit mir selbst diskutiere. Ich trinke hastig den Kaffee aus und packe den Sandwichrest in die Serviette. »Tauch das nächste Mal nicht zu lange ab«, flüstere ich und springe auf.

Ich war noch nie in London, aber die Matrix großer Städte gleicht sich so sehr, dass es nicht schwierig ist, zu finden, was man sucht. Am Flughafen hatte ich mir schon Pfundnoten besorgt und steuere jetzt auf einen Marktstand mit Second-Hand-Klamotten zu, der gerade neben Gemüse- und Blumenständen seine Zelte aufschlägt. Shay wäre entsetzt über die unförmige ockergelbe Jacke mit dem Kunstfellsaum an der Kapuze, die ich auswähle. Aber mir geht es vor allem darum, mein Ich verschwinden zu lassen. Mein weißblondes Haar verberge ich unter einem dunklen Schaltuch mit Liverpool-Emblem, das ich mir um den Kopf binde, und stopfe die anderen Sachen, die ich erstanden habe, in einen gebrauchten Rucksack aus dickem grünem Stoff. Als ich an einer spiegelnden Schaufensterscheibe vorbeilaufe, wage ich es zum ersten Mal wieder, mich sicher zu fühlen. Nicht einmal Shay würde mich von Weitem erkennen.

»Was soll das Kostümfest?« Freddie taucht an meiner Seite auf, als ich in einer Seitengasse auf einen kleinen Technik-Ramschladen zusteuere, der gerade erst öffnet.

»Ich will nur kein Risiko eingehen«, erkläre ich. »Im Grunde sind wir immer noch im Feindesland.«

Freddie begleitet mich wie der Schatten, den jemand im Märchen verkauft hat und der nun seine eigenen Wege geht. Die wenigen Menschen, die mir entgegenkommen, weichen aus, als würden sie seine Gegenwart intuitiv wahrnehmen. Auch der Verkäufer in dem Billig-Elektroshop scheint froh zu sein, als ich sein Geschäft mit einer neuen Handynummer und einem gebrauchten Smartphone der vorletzten Generation in der Tasche wieder verlasse.

»Du weißt schon, dass man dich wieder orten kann, sobald du die Nummer auf deinen Namen freischaltest?«, wendet Freddie ein.

»Genau deshalb wird das Handy nicht auf meinen Namen laufen«, gebe ich ungeduldig zurück. »Sobald wir in Dänemark sind, werde ich dafür sorgen, dass eine andere Bansheeny das Phone auf ihren Namen registriert.« *Und wahrscheinlich wird sich Bedelia nicht lange bitten lassen, das zu übernehmen*, denke ich. Unsere Fayenet-Programmiererin ist immer dafür zu haben, technische Spielereien zu wagen und Spuren zu verwischen.

Freddie mustert mich von der Seite mit einem wachen, kritischen Blick, der mich nervös macht.

»Was?«, frage ich.

»Nichts«, antwortet er. »Ich habe nur gerade festgestellt, dass du ein Trickster bist.«

»Von uns beiden bist du derjenige, der mit Todesfeen pokert«, kontere ich.

Er verzieht den Mund zu einem ironischen Lächeln, das alles sein kann. Dann nimmt er einen Zug von seiner Geisterzigarette und bläst den Rauch auf eine Art in meine Richtung, die an Arroganz kaum zu überbieten ist. »Du glaubst also wirklich, du hast Ahnung vom Pokerspielen?«, fragt er von oben herab.

Ich weiß nicht, woran es liegt. Aber irgendeinen empfindlichen Punkt trifft sein Spott bei mir. »Sonst wären wir wohl kaum hier und die Ahninnen hätten uns längst schon beide über den Jordan geschickt«, sage ich im selben Tonfall. »Und warum hast du eigentlich diese dämliche Zigarette zwischen den Fingern, wenn du doch gar nicht rauchst?«

Auf eine schräge Art ist es schon fast lustig, wie es ihn immer wieder von Neuem irritiert, wenn ihm sein lästiges Anhängsel bewusst wird. Er schüttelt verärgert den Kopf, ballt die Faust um die Zigarette und zerdrückt sie. Als er die Hand öffnet, rieselt silbriger Staub heraus, den der Wind mitnimmt. »Am Vulkanstrand in Island hatte ich zufällig eine halbe Packung in der Manteltasche gefunden und mir ohne viel nachzudenken eine angesteckt«, murmelt Freddie. »Aber schon nach dem ersten Zug hatte ich wieder genug davon. Ich … kam nur nicht mehr dazu, sie wegzuwerfen.«

Immerhin muss ich ihm wohl anrechnen, dass er mir diesmal nicht wieder unter die Nase reibt, der Grund dafür zu sein. »Du hast also nie geraucht und es nur einmal ausprobiert?«, sage ich. »Wirklich schlechtes Timing.«

»Ich habe nicht gesagt, dass ich nie geraucht habe. Als ich am Hafen anfing, habe ich irgendwann mal mitgemacht. Einfach um dazuzugehören. Aber bald habe ich es wieder gelassen, obwohl mich die Jungs heute noch damit aufziehen.« Er zuckt die Schultern und schiebt die Hände in die Taschen seiner Jeans. »Ich habe mir die Kippe wohl nur aus alter Gewohnheit angesteckt.«

Unwillkürlich habe ich den Atem angehalten. »Du erinnerst dich, dass du am Hafen arbeitest?«, hake ich vorsichtig nach.

Er bleibt stehen. »Ja!«, sagt er verwundert. Und plötzlich hellt sich seine Miene in einem echten Lächeln auf, das ihn richtig nett aussehen lässt. »Nordhafen«, setzt er hinzu.

»Was machst du dort genau?«

Freddie schließt die Augen, sucht sichtlich angestrengt nach Bildern seines Lebens, die ihm schon entglitten waren. »Bootsmotoren«, sagt er leise. »Ich habe direkt nach der Schule bei einer Schrauberwerkstatt für Boote gejobbt. Und bin dann einfach dageblieben. Da war ich … sechzehn.«

Blue Collar Boy, denke ich. Als Arbeiterjungen hätte ich ihn gar nicht eingeschätzt.

»Und wie lange bist du schon bei dieser Werkstatt?«

Er öffnet die Augen und starrt ins Leere. »Eine ganze Weile«, murmelt er dann. »Sieben … Es ist etwas mit sieben.«

»Sieben Jahre?«

»Ja.« Es klingt so erstaunt, als würde es ihn selbst überraschen.

Dann ist er mit dreiundzwanzig gestorben, rechne ich nach. Oder zumindest ist das die Version, die er mir erzählt. Denn immer noch traue ich ihm nicht ganz.

»Und im siebten Jahr treffe ich dich«, fügt er nachdenklich hinzu. »War wohl nicht meine Glückszahl.« Nur zu deutlich spüre ich die Bitternis in seinen Worten. Und ich kann es verstehen. Für ihn muss es so sein, als würde er nach jeder Erinnerung wie aus einem schönen Traum aufwachen und feststellen, dass er in Wirklichkeit alles verloren hat. Als unsere Blicke sich treffen, legt sich seine Traurigkeit wie ein Gewicht auf meine Seele. Für einen Moment bin ich mir nicht mehr sicher, ob es richtig ist, ihn aus dem Vergessen zu reißen, so unglücklich und gequält wirkt er. Als die Zigarette wieder auftaucht, halte ich einfach den Mund und mache ihn nicht darauf aufmerksam.

»Wir müssen zur U-Bahn«, sage ich nur. Er nickt, doch diesmal bleibt er hinter mir zurück und folgt mir nur mit einigen Schritten Entfernung. Und ich drehe mich nicht um und lasse ihm diesen Raum für seine Gedanken.

Die Suche nach einem Handy hat mich ein ganzes Stück vom Covent Garden weggeführt, und ich bin froh, als ich auch ohne eine Stadtplan-App die nächste U-Bahn-Station entdecke. Im schnellen London-Takt eile ich mit einer Gruppe Schülern über eine Ampel und zucke zusammen, als direkt vor mir plötzlich ein Schwarm Tauben hochflattert, als hätte ein Schuss sie aufgeschreckt. Ich kann mich gerade noch wegducken, bevor mich ein Flügel an der Stirn streift. Dann sehe ich, wer die Vögel aufgescheucht hat. Lumi stürmt aus dem U-Bahn-Treppenschacht auf mich zu, als wäre eine Horde Bären hinter ihm her. Doch er hält nicht bei mir an, sondern rennt mitten auf die Kreuzung. Dort kommt er schlitternd zum Stehen und sträubt sein Nackenfell. Sein Knurren geht im Dröhnen eines roten Doppeldecker-Busses unter, der an der Ampel Gas gibt. Rot vermischt sich mit Weiß, als der Bus einfach durch den Wolf hindurchfährt. Dann ist Lumi verschwunden. *Er hat nicht nur Tauben gejagt*, denke ich beunruhigt. *Er flüchtet!*

Vorsichtig schaue ich über die Schulter in die Richtung, in die mein Wolf geknurrt hat – und erstarre. Ich weiß es in dem Moment, als sie aus dem U-Bahn-Aufgang auf den Bürgersteig tritt. Auch wenn ich noch nie einer von ihnen begegnet bin, hätte ich sie unter Tausenden sofort erkannt. Sie sticht zwischen den Menschen hervor wie ein heller Sopranton aus einem Bass-Choral. Nur würde das niemandem außer mir auffallen.

Obwohl meine Beine sich anfühlen, als hätten sie plötzlich keine Knochen mehr, schaffe ich es, mich unauffällig zur Seite zu wenden und hinter eine Hausecke zu treten. Ich sollte bis zum Horizont und weiter rennen, bevor es zu spät ist. Aber ich kann nicht anders, als wie hypnotisiert noch einmal hinzusehen.

Sie ist stehen geblieben und hat ein Handy aus der Tasche gezogen, auf das sie nun blickt. Schon die Tatsache, dass eine

Ahnin ein Handy bedient, ist so surreal, dass ich fast meine Angst vergesse. In meiner Vorstellung hatten die Banshees stets Gesichter von Greisinnen, die der Hexenfratze an Mays Eingangstür ähnelten. Auch in den irischen Märchenbüchern, aus denen Morrigan mir als Kind vorlas, waren die Todesfeen nur als ausgemergelte Gespenster in langen Gewändern und mit noch längeren Haaren abgebildet, die ihre leidverzerrten Grimassen im Mondschein umwallen.

Aber diese Lady hier hat nichts mit ätherischen, hohläugigen Klageweibern gemein. Sie zeigt sich als Frau, die sie zu Lebzeiten vor wer weiß wie vielen Jahrzehnten oder Jahrhunderten war: eine junge Schottin mit »Haar wie Kupferglut und Haut wie Milch«, wie solche Schönheiten oft in den alten Clansballaden beschrieben werden. Ich kann mir gut vorstellen, wie sie mit einem Eibenholzbogen in der Hand und einem Köcher voller Pfeile über der Schulter hängend auf einem riesigen *Shire Horse* über schottisches Land reitet, am Gürtel das Jagdmesser, das sie sicher zu gebrauchen weiß wie keine andere.

Aber mitten in London trägt sie ihr rotbraunes Haar zu einem straffen Knoten gebunden und ein schmal geschnittenes, elegantes Kleid aus taubenblauem Stoff mit passendem Blazer. Sie wirkt entschlossen und sehr dynamisch, vielleicht eine junge Unternehmerin auf dem Weg zu einem Meeting. Trotz des trüben Wetters sind ihre Augen hinter einer schnittigen Sonnenbrille verborgen. Um ihren Hals trägt sie ein Tartan-Tuch mit blau-grünen Karos. Jede Clansfamilie hat ihr eigenes Tartan-Muster und dieses hier kommt mir bekannt vor.

»Worauf warten wir?«, höre ich Freddie fragen.

»Scht!«, zische ich ihm zu. »Wir können nicht zur U-Bahn. Siehst du die Rothaarige dort? Das ist eine Ahnin.«

Ich wage kaum zu atmen, als die Todesfee abrupt vom Handy

aufschaut und sich suchend umsieht. Doch ich werde nicht den Fehler machen, ihre Aufmerksamkeit auf mich zu ziehen, indem ich hastig hinter die Hausecke zurückweiche. Eine minimale Drehung genügt, um mich ihrem Blick zu entziehen. Zum Glück habe ich mein Haar verborgen. Zumindest mein Aussehen kann mich nun nicht verraten. Ich beuge mich tief über meinen Rucksack, als würde ich darin etwas suchen, während mein Herz so schnell schlägt, dass ich sicher bin, sie muss es hören wie eine verräterische Trommel.

Denk nicht an sie!, befehle ich mir. *Geister fühlen sich davon angezogen*. Ihre Energie folgt der Aufmerksamkeit, die man ihnen schenkt, das ist bei den Ahninnen nicht anders als bei den Toten, die uns folgen. Fieberhaft wiederhole ich im Kopf Telefonnummern, die ich auswendig kann. Nach einer Ewigkeit schlendere ich bewusst langsam weiter und schiele beim Abbiegen kurz in ihre Richtung. Ich bin unendlich erleichtert, dass sie mir den Rücken zuwendet und zur gegenüberliegenden Straßenseite blickt. Dafür lässt der nächste Schock nicht lange auf sich warten. Mit federndem Gang holt ein junger Mann zu ihr auf. Sie schaut sich nicht nach ihm um, sondern nimmt mit schnellen Londoner Schritten Kurs auf den Ampelübergang, der gerade auf Grün geschaltet hat. Die Absätze ihrer schwarzen, eleganten Lederstiefel geben einen energischen Drumtakt vor. Ihr Begleiter hat Mühe, aufzuschließen, ohne zu rennen. »Aidan«, hauche ich. Er trägt ebenfalls Anzug und Sonnenbrille, und als er die Ahnin eingeholt hat und die beiden im Gleichschritt gehen, wirken sie sogar von hinten betrachtet wie das perfekte Agentenpaar. *Und zwar eines von der harten Sorte, das keine Gnade kennt*, denke ich voller Unbehagen. *Aidan O'Niall und Shona MacLeod.*

ANDERSEN-LAND

Lumi ist erst während des Check-ins am Londoner Flughafen wieder zu mir gestoßen. Er huschte neben mir durch den Rahmen des Metallscanners und hält sich seitdem so dicht an meiner Seite, als würde er bei mir Schutz suchen. Mein rechtes Bein ist taub vor Kälte, als wir am Nachmittag aus dem Airport-Shuttle steigen und endgültig Fuß und Pfote auf dänischen Boden setzen. Ich kann meinem Wolf nicht verdenken, dass das Auftauchen dieser Geister-Exorzistin ihm Angst eingejagt hat. Ich muss mich selbst sehr beherrschen, mich nicht ständig nervös nach Shona umzuschauen.

Der Kopenhagener Bahnhof ist ein historisches Backsteingebäude mit lichten hohen Bogenhallen und einem rotbraunen Steinfliesenboden. Jedes Geräusch hier bekommt Weite und Hall, als würde man durch eine Kathedrale gehen. Und obwohl wir Shona entwischt sind, rast mein Puls bei jedem energischen Klacken von Absätzen in vorauseilender Panik los. *Wie konnte May so schnell herausfinden, dass ich nach London unterwegs war?*

Freddie ist seitdem in seiner Tiefsee verschollen. Selbst als ich ihn flüsternd rufe, taucht er nicht auf; Shonas Nähe scheint auch ihn Kraft gekostet zu haben. Ich kann nur hoffen, dass er da sein wird, sobald ich den Schwarzen Diamanten gefunden habe.

Am Infopoint für Touristen hole ich mir einen Stadtplan. Auf der Vorderseite prangt ein Foto der berühmten Statue der kleinen Meerjungfrau. »Willkommen in der Stadt von Hans Christian Andersen« steht in der Bildunterschrift. *Von Feindesland nach Andersenland,* denke ich. *Kleiner Sprung für Touristen, großer Sprung für eine Bansheeny auf der Flucht.* Als ich auf dem Plan sehe, dass wir kaum eine halbe Stunde zu Fuß zur Bibliothek brauchen, flammt die Hoffnung so jäh in mir auf, dass mir fast schwindelig wird. *Kein Rachegeist, kein Richter,* wiederhole ich wie eine Beschwörung. Ja, ein Teil von mir hofft trotz allem immer noch, dass ich entkommen kann und dass May es wirklich ernst meinte, als er sagte, er will mein Leben retten. Aber das wird nur funktionieren, wenn wir Lillemor finden.

Kurz überlege ich, ob ich mich erst um mein Handy kümmern soll, aber Lumi löst sich von mir und läuft schon voraus zum Ausgang. Vor dem Bahnhof werde ich augenblicklich vom Lärm der Stadtautobahnen umbrandet. Eine gleißende, aber kalte Frühlingssonne blendet mich, gelbe Riesenbusse donnern viel zu dicht an mir vorbei. Und als der letzte Bus die Ampel passiert hat, schaue ich blinzelnd auf … eine verschneite Bergspitze, die weit in den Himmel ragt und eigentlich in die Alpen gehört. Hier erhebt sie sich hinter einer grauen Steinmauer. Mein übermüdetes Hirn braucht eine ganze Weile, um das Puzzle zusammenzusetzen. *Tivoli*, lese ich auf dem Stadtplan. Direkt neben dem Bahnhof erstreckt sich mitten in der Stadt ein Vergnügungspark und der Berggipfel ist eine der Attraktionen. Das Dröhnen von Rollen auf Metallschienen und das hysterische

Kreischen von Besuchern, die auf einer Achterbahn in die Tiefe sausen, schmerzen in meinen Ohren. Im Augenblick ist Kopenhagen Zirkusmusik, die mit einem scharfen Plektrum an meinen Nerven schrammelt, als wären sie haarfeine und zum Zerreißen gespannte Saiten einer Ukulele.

»Wir müssen ans Wasser«, drängt Freddie. Noch sehe ich ihn nicht, aber er ist da, seine Stimme wispert direkt an meinem Ohr.

»Ich weiß«, raune ich ihm zu. »Die Bibliothek liegt am Hafen. Nummer neun auf dem Stadtplan.«

Auch Lumi hat bemerkt, dass wir wieder zu dritt sind. Er bleibt stehen und wendet sich zu mir um. Als Freddies Schatten neben mir deutlicher wird, senkt er den Kopf und sträubt feindselig sein Nackenfell. Sein Knurren ist eine deutliche Warnung an meinen Begleiter.

»Der Wolf betrachtet dich wohl als sein Eigentum«, bemerkt Freddie nur.

»Du siehst ihn?«

»Ist schwierig, ihn nicht zu sehen. Er ist ja ständig in deiner Nähe. Wo hast du ihn eigentlich aufgelesen?«

»Habe ich nicht. Er ist schon bei mir, so lange ich denken kann.«

Freddie wirft mir von der Seite einen vielsagenden Blick zu. »Geister tauchen nicht einfach so auf.«

»Ich habe nicht die Angewohnheit, Wölfe umzubringen, falls du das meinst. Abgesehen davon hat meine Stimme auf Tiere überhaupt keinen Effekt. Komm, wir haben keine Zeit mehr zu verlieren!«

Auf einen Wink von mir hört Lumi immerhin auf zu knurren. Doch er bleibt in sicherer Entfernung, die es ihm erlaubt, Freddie scharf im Auge zu behalten. Unser Weg führt an den großen Verkehrsadern entlang, vorbei an nostalgischen Backsteinhäuschen, die zwischen dem Stahl und Glas klotziger Geschäftsgebäude wie Zeugen einer alten Zeit die Stellung halten. Nach einer Weile mischen sich die Rufe von Möwen und das durchdringende Tröten von Schiffshupen in den Autolärm. Und als ich fast schon rennend die letzte Ampel überquert habe, öffnet sich vor mir das silbergraue Band der Ostsee, die als Wasserstraße zwischen den Stadtinseln verläuft. Weiße Busschiffe schneiden das Nass in V-förmige Wellenfurchen. Am Steinufer entlang fahren ganze Rudel von Leuten auf Fahrrädern Richtung Innenstadt. Ich muss einen Sprint hinlegen, um ihnen nicht in die Quere zu kommen, dann bleibe ich an der Uferpromenade stehen und atme erst einmal durch. Aus dem Augenwinkel sehe ich Freddies Schatten neben mich treten. Und als ein Motorboot vorbeirast und der Wind einen feinen Sprühnebel von Salzwasser in unsere Richtung weht, geschieht etwas Erstaunliches.

Mit einem Mal fangen sich Sonnenreflexe in Freddies Haar, der Wind verweht seine wirren Locken und sogar der lange Mantel flattert leicht. *Als wäre er nun völlig real.* Das, was mir jedoch den Atem nimmt, ist sein Gesicht. Zum ersten Mal liegt kein Schatten über ihm, und ich sehe all seine Farben – nicht nur das dunkle Honigblond der Haare und seine tiefbraunen Augen. Sondern auch den Schwung seiner Wimpern, eine kleine helle Narbe am Rand der Oberlippe und vor allem den Ton seiner Haut. Ich hatte angenommen, dass er hellhäutig ist, doch sein Teint ist sogar etwas dunkler als der von Shays Haut. Ein Bronzeton, den das helle T-Shirt unter dem offenen Mantel noch betont. Als Freddie dem Motorboot nachblickt, schärfen sich seine Konturen noch mehr. Er saugt die Luft so sehnsüchtig tief in die Lungen, als würde er nicht nur Erinnerungen atmen. Dann lässt er sich im Schneidersitz auf dem Kopfsteinpflaster nieder und betrachtet das Wasser. Nach einer Weile setze ich mich einfach neben ihn.

»Gott, habe ich das vermisst«, sagt er aus ganzem Herzen.

»Du erinnerst dich?«, frage ich zaghaft.

Freddie zieht die Brauen zusammen, als würde er sich selbst nicht trauen. Aber dann entspannt er sich und nickt. »Siehst du den Kutter dort?« Er deutet auf ein flaches, breites Schiff mit Masten aus Metall, das auf der gegenüberliegenden Uferseite liegt. »Eines von der Art haben wir mal als Schrottkahn zur Werkstatt geschleppt. Es hatte ein Leck, der Motor war im Eimer und wir sollten ihn ausschlachten und die Ersatzteile verwerten. Aber die Jungs und ich haben das Leck in einer Nacht- und Nebel-Aktion zugeschweißt und den Motor noch einmal zum Laufen gebracht. Dann sind wir damit zur Insel Saltholm rausgefahren. Wir hatten ein paar Mädchen von der Uni eingeladen. Am Strand haben wir geankert. Es wurde eine lange Nacht. Hätte die Polizei uns erwischt, wie wir mit einem zusammengeflickten und längst abgemeldeten Wrack durch die Gegend schippern, hätte es Riesenärger gegeben. Und mein Chef hätte uns die Hölle heiß gemacht.«

»Das heißt, er hätte *dir* die Hölle heiß gemacht«, sage ich ihm auf den Kopf zu. »Es war deine Idee, nicht wahr?«

»Schon möglich.« Freddie verzieht keine Miene. Aber seine Augen blitzen diebisch auf.

»Es war keine Idee, sondern ein Plan«, fährt er fort. »Ich musste mir etwas einfallen lassen, um mein Mädchen auf ein Boot zu bekommen. Sie mag keine Schiffe und auch kein tiefes Wasser. Aber es war ein Abenteuer und weil ihre Freundinnen dabei waren, hat sie mitgezogen. Und dann … sind wir in dieser Nacht sogar zur Insel geschwommen – nur wir beide, während die anderen alle an Bord blieben. Der Mond schien so hell, dass man die schlafenden Robben am Strand sehen konnte. Ich weiß nicht, wie lange wir sie vom seichten Wasser aus betrachtet haben. Und als wir zum Boot zurückgeschwommen sind, haben wir uns das erste Mal geküsst. Das heißt ... ich habe sie geküsst. Und hatte echt Glück, dass sie mich dafür nicht ertränkt hat. Denn eigentlich wollte sie gar nichts von mir. Ein windiger Seemann passt nicht in ihren Lebenslauf. Das erzählt sie jedenfalls bis heute.«

»Du bist ein Seemann? Ich dachte, du arbeitest in einer Werkstatt?«

»Was glaubst du, was Seeleute alles können müssen? Wenn du in Alaska auf einem Krabbenkutter anheuerst und der Motor mitten im Eismeer verreckt, musst du mit anpacken können und wissen, was du tust.«

»Ich dachte, das machen nur die ganz harten Jungs«, rutscht es mir heraus.

»Es ist mein Vorteil, unterschätzt zu werden«, kontert Freddie ungerührt. »Aber ich bin stärker und in vieler Hinsicht auch gefährlicher, als ich aussehe.« Er grinst, hebt vielsagend die Brauen und bringt mich tatsächlich damit zum Lächeln – trotz allem. Und es ist verrückt, aber für die Dauer dieses Lächelns vergesse ich sogar, wen ich vor mir habe.

»Trickster«, sage ich spöttisch. »Du bist kein bisschen besser als ich, Seemann.«

»Leg dich nie mit dem Champion an, Todesfee«, entgegnet er mit gespielter Arroganz. Es ist nicht die Tatsache, dass ihm diese Bezeichnung aus Versehen herausgerutscht ist. Sondern die Art, wie sein Strahlen erlischt, als ihm selbst wieder bewusst wird, was das Wort bedeutet. Was *ich* für ihn bedeute. Es tut weh mitzuerleben, wie er einmal mehr aus dem Traum erwacht, der sein Leben war. So langsam, als würde sich der Kummer wie ein Bleimantel auf seine Schultern legen, steht er auf und schiebt die Hände tief in die Taschen.

»Diese Ahnin, die hinter dir her ist«, sagt er mit rauer Stimme. »Hast du wirklich eine Chance, dass sie dich laufen lässt, wenn ich … weg bin?«

»Ich weiß es nicht«, antworte ich. *Ich weiß nur eines*, setze ich in Gedanken hinzu. *Kampflos bekommt sie mich nicht.*

Freddie mustert mich nachdenklich. Ich kann seinen Blick nicht deuten, so undurchdringlich und düster ist seine Miene nun. Durch seinen Körper schimmert das wolkige Weiß von Lumis Fell. Mein Wolf sitzt in einiger Entfernung am Wasser und lässt sich gelangweilt von einer Katze anfauchen, die die Promenade wohl als ihr persönliches Revier betrachtet.

»Tja«, sagt Freddie dann lakonisch. »Ist ja immerhin ein Vorteil zu wissen, wer es ist, der einen umbringen will.«

Dieser Satz fühlt sich an wie eine Ohrfeige. Und noch etwas bringt mich aus der Fassung: Hier ist er wieder – der Missklang, den ich nicht einordnen kann. Eine Note, die nicht zu Freddies Melodie passt. Noch nie habe ich die Wand zwischen uns deutlicher gespürt. Und auch das Dunkle, Kalte, das ihn wieder umfängt. *Führst du mich durchs Andersenland, Freddie? Erzählst du mir Märchen?* Die Frage liegt mir auf der Zunge.

»Gehen wir«, murmelt er. Sein Mantelsaum, der eben noch so wirklich war, dass er im Wind flatterte, streift durch mein Bein hindurch, als der Geisterjunge dicht an mir vorbeigeht, dann ist er mir schon mehrere Schritte voraus. Lumi springt auf und umrundet ihn in weitem Bogen, sichtlich zufrieden, dass er endlich wieder dicht an meiner Seite laufen kann.

»DEN SORTE DIAMANT«

So heißt die Königliche Bibliothek, die wir bald darauf erreichen. Auch hier zeigt sich die Zweiteilung der Stadt: ultramoderne Architektur fügt sich in hartem Schnitt direkt an historisches Mauerwerk. Der »Diamant« ist der neue Teil der Bibliothek, ein wuchtiger, geometrischer Anbau aus poliertem schwarzem Granit. Die glatte Front neigt sich schräg über das Wasser und fängt das Spiegelbild des Hafens und des Kanals ein.

»Wo bleibst du?«, ruft Freddie ungeduldig über die Schulter. Ich bin inzwischen ziemlich außer Atem, so schnell eilt er vor mir her. Erst an der Skulptur einer Meerjungfrau vor dem Gebäude hole ich endlich zu ihm auf. Doch ohne sich auch nur nach mir umzuschauen, schreitet er einfach durch die Glasfassade des Erdgeschosses. Offenbar hat er vergessen, dass ich kein Geist bin und nicht durch Glas gleiten kann wie Wind durch einen Fadenvorhang. Eine Sekunde später stehe ich mit Lumi alleine da.

»Na toll«, sage ich zu meinem Wolf. »Jetzt renne ich meinen Geistern schon hinterher.«

Der Eingang für die Noch-Lebenden ist eine gläserne Tür, durch die ich in ein riesenhaftes Foyer trete. Das Innere des Diamanten erinnert an einen modernen Tempel: wellenförmige Terrassen und goldgelbes Parkett. *Die hölzernen Wellen*, denke ich. Hoch über meinem Kopf verbindet eine schmale Brücke die beiden Hälften der Halle miteinander. Und direkt vor mir betreten Besucher zwei Laufbänder, auf denen sie ins nächste Stockwerk schweben. Nur von Freddie fehlt jede Spur. Lumi schüttelt sich. Zwar ist er mir gefolgt, aber es ist ihm anzusehen, dass dieses viele Glas und das technische Surren ihm Unbehagen bereitet. Nur zögernd begleitet er mich auf das Laufband. Ganz am Ende erahne ich nun Freddies Schatten und beeile mich, wieder zu ihm aufzuholen.

Als ich kurz darauf einen großen Lesesaal im zweiten Stockwerk betrete, gibt mir der Anblick der Bücherreihen einen schmerzhaften Stich, so sehr fühlt sich dieser Ort nach Morrigan an. Für einen Moment muss ich meine Sehnsucht zähmen, dass meine Mutter gleich um die Ecke kommt, einen Stapel Bücher in den Armen, als würde sie kostbare, zerbrechliche Schätze tragen. Und gleichzeitig flackert die Angst in mir hoch, ob ich sie jemals wiedersehen werde. Offenbar erreicht mein Gefühlschaos Freddie, denn gerade verwandelt er sich vom Schatten in eine verblasste Fotografie. Er ist an der Infotheke stehen geblieben und starrt mit schmalen Augen die grauhaarige Frau an, die dort eben Platz nimmt und etwas in den Computer eingibt. Ich höre, wie Freddie einen verzweifelten Fluch ausstößt. Ohne sich nach mir umzuschauen, rennt er los – von Lesetisch zu Lesetisch, bis er mit wehendem Geistermantel auf die Räume zusteuert, die nur Angestellte der Bibliothek betreten dürfen, und durch eine Tür verschwindet. Mir sinkt der Mut.

»Er findet sie hier wohl nicht«, sage ich zu Lumi.

Die Bibliothekarin schaut stirnrunzelnd zu mir auf. Tadelnd mustert sie mein zerknittertes Outfit und den Rucksack. »Kann ich helfen?«, fragt sie.

Nun, einen Versuch ist es wert. »Ja, das wäre nett. Ich habe tatsächlich eine Frage.« Ich trete näher und bemerke, dass auf dem Tisch ein kleiner grüner Elefant aus Porzellan steht, der eine Spardose ist, vielleicht eine Kaffeekasse. Die Bibliothekarin fröstelt wegen Lumis Gegenwart und zieht sich die Stickjacke über, die an ihrem Stuhl hängt. *Astrid Petersen*, lese ich auf ihrem Namensschild.

»Ich bin nicht von hier und suche eine Freundin«, beginne ich. »Lillemor Jensen. Sie hat mir gesagt, dass ich sie in der Bibliothek finde. Ist sie heute da?«

Die Frau runzelt die Stirn. »Wenn sie eine Freundin ist, können Sie sie doch einfach anrufen und selbst fragen?«

Sie weiß immerhin, wen ich meine! Fast hätte ich triumphierend gelächelt.

»Ich würde sie ja gerne anrufen, Frau Petersen, aber auf der Reise ist mein Gepäck verloren gegangen – dummerweise war mein Handy im Koffer. Und Lillemors Nummer weiß ich nicht auswendig.« Mein verzagtes Schulterzucken verfehlt seine Wirkung nicht.

Sofort wird die Miene der Bibliothekarin freundlicher. »Oh, das tut mir leid. Von wo sind Sie denn angereist?«

»Island«, antworte ich, ohne mit der Wimper zu zucken. »Ich komme aus Reykjavík. Lillemor und ich haben uns beim letzten Solstice-Festival kennengelernt und sie sagte, ich soll sie unbedingt besuchen, wenn ich nach Kopenhagen komme.«

»Das heißt, sie weiß, dass Sie hier sind?«

»Nein, ich wollte ihr noch Bescheid sagen, aber da war mein Gepäck schon weg. Morgen fahre ich mit dem Zug nach Oslo weiter. Eine Cousine von mir macht dort ein Auslandssemester. Aber ich dachte mir, es wäre schön, wenn Lillemor und ich uns auf meinem Zwischenstopp spontan zu einem Kaffee treffen könnten.«

Ja, Morrigan ist nicht die Einzige, die ein Andersen-Gen hat. Märchen erzählen beherrsche ich wohl genauso gut wie sie. Und ich hoffe, dass ich Freddies Infos zu Namensschildern und grünen Elefanten an Arbeitsplätzen richtig kombiniert habe, als ich hinzufüge: »Wissen Sie vielleicht, ob Lillemor heute oder morgen Dienst hat?«

Frau Petersen zögert noch kurz, aber dann entschließt sie sich wohl, mir zu glauben. »Lillemor Jensen war hier als studentische Hilfskraft angestellt«, erklärt sie. »Aber sie hat vor einigen Wochen gekündigt.«

»Oh«, rutscht es mir heraus. Meine Enttäuschung muss ich nicht spielen. »Und … haben Sie vielleicht eine Idee, wo ich sie finden kann?«

»Bedaure, nein. Und ich darf natürlich keine Daten weitergeben«, erklärt Frau Petersen. »Aber wenn Sie noch einen Tag in Kopenhagen sind, dann kommen Sie doch morgen früh noch mal vorbei. Da ist Frau Samartzis hier an der Theke. Die beiden sind befreundet. Vielleicht kann sie ja den Kontakt für Sie herstellen.«

»*Mange tak!*«, sage ich aus vollem Herzen. *Tausend Dank!*

Die Bibliothekarin lächelt mir immerhin zu. »Keine Ursache. Kann ich noch etwas für Sie tun?«

»Nein, ich … sehe mich hier noch ein bisschen um.«

Frau Petersen nickt. »Im Haus finden sie auch eine Kunstausstellung«, sagt sie noch, dann gibt sie einer Kollegin am anderen Ende des Raums einen Wink und bedeutet mir mit einem knappen Nicken, dass das Gespräch für sie beendet ist.

Deine Chance, Deirdre, denke ich, als sie aufsteht und die Theke verlässt. Zum Schein schlendere ich weiter und bleibe an einem Buchregal stehen, als würde ich die Titel studieren. Doch sobald die beiden Frauen sich unterhalten und niemanden mehr beachten, husche ich zum Tisch zurück und schnappe mir das Handteil des Bibliothekstelefons. Mit fliegenden Fingern tippe ich Bébhinns Nummer ein und schicke ein Stoßgebet gen Himmel, dass sie nicht gerade auf der Schafsweide ist. Nach ewigen Sekunden nimmt sie atemlos ab.

»Ich bin's«, wispere ich. »Und ich habe nicht viel Zeit. Hast du etwas zu schreiben in Griffweite?«

»Hab ich«, japst sie. »Schieß los.«

Hastig diktiere ich ihr meine neue Nummer und bitte sie, irgendeine Bansheeny dafür einzuspannen, mein neues Handy auf sich anzumelden.

»Mache ich«, verspricht Bébhinn.

»Danke! Was ist mit Morrigan und Shay? Alles in Ordnung bei ihnen?«

»Sie sind schon wieder in Helsinki«, erwidert Bébhinn. »May hat sie nach Hause geschickt. Deine Mutter ist fast ausgeflippt, als sie erfuhr, dass die Ahninnen mit im Spiel sind. Und ich konnte sie nur knapp davon abhalten, den nächsten Flieger nach Island zu nehmen, um mir persönlich den Hals umzudrehen, weil ich dich nicht zur Vernunft gebracht habe.«

Ich muss lächeln, so warm wird mir ums Herz. *Das ist meine Mhámai!*

»Und May hat sie also zurückgeschickt?«, hake ich nach. »Bevor oder nachdem die Ahninnen da waren?«

»Die wurden noch gar nicht informiert. May sagte zu Morrigan, das Gericht werde erst benachrichtigt, wenn die Sache ›intern geklärt‹ sei. So hat er sich wohl ausgedrückt.«

Ich weiß nicht, ob ich erleichtert oder besorgt sein soll. Heißt das, May geht auf meinen Deal ein und verschafft mir Zeit? Zumindest, was das Gericht der Ahninnen betrifft, sieht es so aus. Aber welche Logik hat es dann, mir Shona und Aidan an die Fersen zu hängen?

Ich schiele zu Frau Petersen, aber sie und ihre Kollegin sind immer noch ins Gespräch vertieft. »Und … Arvo?«, flüstere ich atemlos.

»Ihm geht's bestens«, erwidert Bébhinn. »Morrigan ist vom Flughafen direkt zu ihm ins Krankenhaus gefahren. Und du weißt ja, wie überzeugend sie ist. Die Geschichte, die sie ihm aufgetischt hat, hat er ohne Wenn und Aber geglaubt. Shay hat Arvo außerdem in deinem Namen eine Mail geschrieben. Er weiß also Bescheid, dass du dich eine Weile nicht melden kannst.«

Ich hoffe, ich habe mich verhört. Meine kleine Cousine textet als Ghostwriterin meinem Freund?

»Geht's noch?«, zische ich Bébhinn zu. »Sag der Kleinen, sie soll die Finger von meinen Mails lassen, bevor Arvo noch den Eindruck bekommt, ich hätte den *Broken-Love*-Virus.«

Bébhinn lacht trocken auf. »Apropos *Love*«, sagt sie. »Was macht dein verliebter Geist?«

»Ich kann nicht länger sprechen«, hasple ich in den Hörer. »Schalte mein Handy frei!« Damit lege ich auf und verschwinde.

Ich weiß nicht, wie viele Runden ich auf der Suche nach Freddie durch den Diamanten drehe. Leider vergeblich. Lumi knurrt zwar immer wieder, als würde er ihn sehen, aber wenn es so ist, dann ignoriert mich mein Geist wohl. Irgendwann verliert Lumi das Interesse daran, mit mir durch die Etagen zu irren, und macht sich nach draußen davon. Oder vielleicht spürt mein Wolf auch nur meine Gewitterlaune. Längst koche ich innerlich, weil Freddie mich einfach abgehängt hat. Als die Durchsage kommt, dass die Bibliothek schließt, verlasse auch ich das Gebäude und treibe mit dem Strom der letzten Besucher hinaus in den frühen Abend. Es ist kühler geworden, dennoch sitzen noch Gruppen von Jugendlichen auf den Holztreppen neben der Bibliothek, reden, hören Musik und wärmen sich die Hände an Coffee-to-go Bechern.

Der Song *Vertigo* von Alice Merton schallt von einer Handy-Playlist. Mertons temperamentvolle Stimme hallt zu mir herüber und bringt alles in mir zum Klingen. Der Sound der Bassgitarre lässt Arvo so schmerzhaft nah sein, dass ich kurz die Augen schließen muss. Und als ich mich wieder gefangen habe, entdecke ich Freddie. Das heißt – ich sehe ihn nicht direkt. Aber auf der untersten Stufe am Wasser ist ein freier Bereich, den alle anderen instinktiv meiden. Die Mädchen, die in der Nähe sitzen, haben sich besonders in ihre Jacken eingemummelt und hocken mit verschränkten Armen verfroren da.

Ich balanciere zu der Leerstelle und kann dort tatsächlich seinen farblosen Umriss ausmachen, der sich wie ein transparenter Schleier von der Umgebung abhebt. Ich hätte gute Lust, Freddie die Meinung zu sagen, aber die Mädchen sitzen so nah, dass ich mich beherrsche. Also lasse ich mich nur auf die Stufe sinken und zische ihm leise zu: »Ganz toll, du lässt mich auf der Suche nach dir durch die ganze Bibliothek rennen, während du hier gemütlich draußen sitzt? Wäre nett gewesen, mir einen Hinweis zu geben.«

Vielleicht ist es meine Verärgerung, die ihn deutlicher werden lässt. Nun zeichnet sich ab, dass er vornübergebeugt auf der Treppe sitzt, die Ellenbogen auf den Knien aufgestützt, die Hände im Haar vergraben.

»Alles okay?«, raune ich ihm zu.

»Das fragst du noch?«, fährt er mich zornig an. »Nichts ist okay. Sie ist nicht hier!«

»Hast du erwartet, dass sie jeden Tag in der Bibliothek sitzt und wie eine Seemannswitwe auf dich wartet?« Diese Erwiderung kann ich mir nicht verkneifen. Denn die Spiegelwand zwischen unseren Welten wirft die Energie auf beide Seiten zurück. Seine Unfreundlichkeit facht meinen Ärger an wie Sauerstoff ein Feuer.

Freddie hebt den Kopf. Die Hände an die Schläfen gepresst, starrt er auf das Wasser, als könnte er Lillemor durch bloße Willenskraft beschwören, wie die kleine Meerjungfrau aus den Fluten aufzutauchen. *Ein unglücklich Liebender sieht anders aus*, denke ich irritiert. Da ist kein Funke von Traurigkeit mehr. Stattdessen erinnert er mich eher an jemanden, der von etwas völlig besessen ist.

Vielleicht bemerken die Mädchen neben mir ebenfalls, dass etwas Schräges in der Atmosphäre schwingt. Sie mustern mich argwöhnisch und tuscheln. Ich wende mich von ihnen ab und beuge mich näher zu Freddie. »Komm, lass uns gehen«, flüstere ich ihm zu.

»Wohin?«

»Irgendwohin, wo es keine Zeugen gibt, die mich beschreiben können, falls uns jemand folgt.«

Aber Freddie schüttelt entschieden den Kopf. »Geh, wenn du Angst hast«, bestimmt er knapp. »Ich warte hier so lange, bis Lillemor auftaucht.«

Das sagt er, ohne mich auch nur anzuschauen. »Was soll das heißen?«, flüstere ich ihm scharf zu. »Ich habe dich hergebracht und jetzt machst du dein eigenes Ding?«

Endlich wendet er den Kopf und sieht mich an. Aber wenn ich gehofft hatte, dass er einlenkt, habe ich mich getäuscht. »Es *ist* mein eigenes Ding«, sagt er. »Es war schließlich *mein* Leben, wie du ja wohl am besten weißt.«

Ruhig bleiben, Deirdre. »Freddie, hör zu. Das ist jetzt wirklich nicht der Zeitpunkt für eine Grundsatzdiskussion. Und wenn du hier bleibst, wirst du ziemlich lange warten. Lillemor hat nämlich gekündigt.«

»Was?«, ruft er entsetzt aus. »Wann?«

»Schon vor einer ganzen Weile.«

Er sieht mich so misstrauisch an, als würde ich mir das alles nur ausdenken. »Das kann nicht sein!«, erwidert er schroff. »Sie hat doch gerade erst hier angefangen!«

Insgeheim seufze ich. *Geisterzeitverschiebung*. »Es ist fast ein Jahr her, seit sie dich das letzte Mal gesehen hat«, wende ich vorsichtig ein. »Ihr Leben ging seitdem weiter.«

Die Bestürzung in seiner Miene ist echt, als er begreift. Und erneut fühle ich mich schuldig.

»Welchen Monat haben wir jetzt?«, will er wissen.

»Mai«, antworte ich. »Und das Solstice-Festival fand im Juni letzten Jahres statt. Los, komm schon, wir verschwinden von hier.«

»Hör auf, mich herumzukommandieren«, unterbricht er mich harsch und steht auf. »Lass mich einfach in Ruhe, okay?«

Damit lässt er mich schon wieder stehen und geht einfach. Ich bin zu sprachlos, um zu reagieren. Doch dann springe ich auf und bahne mir einen Weg zurück auf den Vorplatz der Bibliothek. Trotz seiner langen Beine und schnellen Schritte hole ich Freddie ein, bevor er das Gebäude erreicht.

»Sag mal, was ist eigentlich los mit dir?«

Freddie lacht bitter auf. »Was mit mir los ist?« Er hebt seine Hand, durch die der Schwarze Diamant hindurchscheint. »Na, rate doch mal, Killer Girl! Aber zumindest einen Vorteil hat es ja, das Gespenst von Canterville zu sein.« Er wendet sich ab und steuert auf die gläserne Front der geschlossenen Bibliothek zu.

Ich komme damit klar, todmüde, hungrig und auf der Flucht vor Team O'Niall/MacLeod zu sein. Aber jetzt reicht es mir. Ich hechte vor und versperre ihm den Weg, bevor er mich an der verschlossenen Tür zurücklassen kann. »Bist du bei Lillemor auch einfach abgehauen, nachdem du deinen Frust an ihr ausgelassen hast?«, entfährt es mir. »Hör zu, Freddie. Wenn du denkst, dass du mich so behandeln darfst, dann irrst du dich. Ja, es ist meine Schuld, dass du tot bist. Aber dass du deinem Mädchen nie gesagt hast, was du ihr im Leben hättest sagen sollen, ist dein Privatproblem. Für das, was ich angerichtet habe, schulde ich den Ahninnen mein Leben. Doch ich schulde dir nicht, dich zu Lillemor zu bringen.«

»Dann soll ich dir also auch noch dankbar sein?« Von seiner Höhe aus muss er nicht viel tun, um auf mich herabzuschauen. Er funkelt mich zornig an. Und genau wie meine, sind auch seine Hände zu Fäusten geballt. »Du tust es doch gar nicht für mich, sondern für dich«, erklärt er mit eisiger Stimme. »Um deine eigene Haut zu retten. Also spiel hier nicht den Gnadenengel! Du hast schlicht keine Wahl.«

Ich weiß nicht, was mich in diesem Moment reitet. Aber die Empörung schäumt so heiß in meiner Kehle, dass ich an meiner Antwort fast ersticke. »Da irrst du dich, Freddie! Ich habe immer eine Wahl. Mag sein, dass wir aneinandergekettet sind. Aber von uns beiden bin ich es, die entscheiden könnte, den nächsten Flug nach Übersee zu nehmen, unterzutauchen und mich die kommenden Jahre vor den Ahninnen zu verstecken. Dann kannst du dein Wiedersehen mit Lillemor vergessen, weil *du* nämlich keine andere Wahl hast, als bei mir zu sein.« Als Freddie nur spöttisch den Mund verzieht, füge ich scharf hinzu: »Ich meine es ernst.

Ich weiß, was ich dir angetan habe, aber ich bin trotzdem kein Fußabtreter für schlechte Laune – und auch kein Last-Wishes-Taxi zu Lillemor. Ich bin ein Mensch wie du. Und entweder wir ziehen das hier gemeinsam ohne Beleidigungen und Vorwürfe durch – oder ich bin raus.«

Wieder einmal staune ich, wie wirklich er erscheint, sobald die Emotionen zwischen uns hochkochen. Ich bilde mir ein, dass ich ihn sogar spüren könnte, wenn ich meine Hand nach ihm ausstrecken würde. Aber dass er nichts Körperliches mehr hat, zeigen mir die Blicke einiger Fußgänger, die mich anstarren wie einen kopfstehenden Polizisten. Schnell vergrabe ich meine Fäuste in den Jackentaschen. »Überleg's dir«, murmle ich Freddie zu. Dann mache ich, dass ich wegkomme. Ich habe keine Ahnung, wo ich hinsoll, Hauptsache weg von den Schaulustigen, die mir ausweichen, als fürchteten sie, die Verrückte, die hier wutentbrannt ins Leere flüstert, könnte im Wahn auf sie losgehen. Und das Schlimme ist, dass ich mich selbst wie eine Verrückte fühle. *Von der Todesfee zur Erpresserin*, denke ich. *Großes Kino, Deirdre.*

»Warte!«, höre ich Freddie hinter mir rufen.

Doch ich beschleunige nur meine Schritte. Denn jetzt, als meine Wut Meter für Meter weiter abkühlt, komme ich mir bloß noch schäbig vor für die Art, Freddie klarzumachen, wer hier am längeren Hebel sitzt. *Dabei stimmt das nicht einmal*, denke ich.

Wolfskrallen kratzen über den Gehsteig, dann schnappt Lumi im Vorbeihetzen spielerisch nach meiner Hand, bevor er weit vorausträbt. Ich bin dankbar, dass ich seinem weißen Leuchten in der Ferne folgen kann.

Freddie taucht neben mir auf, als ich gerade eine Ampel überquert habe und in Richtung Altstadt gehe. Scharen von Fahrradfahrern flitzen links an uns vorbei. Ich kann ihre und meinen

Schatten sehen. Freddie dagegen ist nur der Schemen an meiner Seite.

»Du regst dich auf, weil ich dich im Diamanten allein lasse, und dann haust du selbst einfach ab?«, fragt er. »Wo willst du jetzt hin?«

»Mir irgendwo ein billiges Bett suchen. Ich bin so müde, dass ich kaum noch weiß, wie ich heiße. Ach nein, gerade fällt es mir wieder ein: Todesfee, aka Killer Girl.«

Sogar aus dem Augenwinkel bemerke ich, wie er sich auf die Unterlippe beißt. »Dee, hör zu«, sagt er dann. »Vielleicht können wir uns ja darauf einigen, dass du mir nichts schuldig bist und … dass ich nicht dein Kettenhund bin, der auf deine Kommandos hört?«

Ich bleibe stehen. Und als ich nun zu ihm hochschaue und unsere Blicke sich treffen, lerne ich etwas über ihn – und auch über mich selbst. Er hat seinen Stolz, genau wie ich – er ist ebenso zornig und genauso sehr wie ich hasst er es, abhängig und gefesselt zu sein. An das Schicksal, an fremde Gesetze, an den Tod – und in seinem Fall: an mich.

»Es tut mir leid, Freddie«, sage ich und habe es noch nie so ernst gemeint. »Es war nicht fair von mir, dir zu drohen. Und dabei stimmt es nicht einmal, was ich behauptet habe. Ich brauche dich ebenso sehr wie du mich. Und natürlich will ich mein Leben retten, das versteht wohl niemand besser als du. Aber mir liegt es wirklich am Herzen, dass du Lillemor findest. Weil ich ehrlich bedaure, was geschehen ist. Und obwohl ich weiß, dass ich nichts wiedergutmachen kann, ist es das Einzige, was ich überhaupt für dich – für euch tun kann.« Ich muss mich räuspern, so sehr zittert meine Stimme. »Ich würde dich nie hängen lassen, um meine Haut zu retten. Und ich weiß, wie es ist, zu lieben.«

Seine Brauen zucken hoch und ich frage mich, was für ein Bild er wohl von mir haben muss, um so überrascht zu sein. Vermutlich tatsächlich das der skrupellosen Todesfee, die ihn einfach nur loswerden will. Ich müsste lügen, um zu behaupten, dass mich dieses harte Urteil nicht trifft. *Aber was sollte er auch anderes in mir sehen?*, denke ich niedergeschlagen. Ich weiß jedenfalls, was ich ihm alles an den Kopf werfen würde, wären unsere Rollen vertauscht.

Freddie senkt den Blick. »In einem hast du jedenfalls recht, was mein Mädchen betrifft«, murmelt er nach einer Weile. »Ich war auch bei ihr ein richtiger Idiot, wenn wir uns gestritten haben. Und ich würde alles dafür geben, noch mal die Chance zu haben, es anders zu machen. Es tut mir leid, was ich über dich gesagt habe. Ich wollte dich nicht verletzen, Dee.«

Das Komische ist, dass ich es bei ihm tatsächlich mag, mit meinem Bandnamen angesprochen zu werden. Irgendwie hat es einen ganz eigenen Klang. »Gut. Dann … ziehen wir es ab jetzt gemeinsam durch?«

Er nickt. Und als er mir dann zulächelt, wird mir zum ersten Mal an diesem Tag leichter ums Herz. »Ich würde dir ja gerne die Hand darauf geben«, setzt er hinzu. »Aber aus technischen Gründen musst du dich mit einem Seemannswort zufriedengeben.«

Ich kann nicht anders, als sein Lächeln zu erwidern. »Ausnahmsweise«, gebe ich im selben gespielten Ernst zurück. »Sagt dir eigentlich der Name Samartzis etwas?«

»Nein, wieso?«

»Während du deine Solotour gedreht hast, habe ich mich durchgefragt. Eine Mitarbeiterin, die mit Nachnamen Samartzis heißt, ist eine Freundin von Lillemor. Mit etwas Glück erfahren wir morgen früh von ihr, wo wir dein Mädchen finden.«

Allein für die Art, wie sich seine Miene voller Hoffnung aufhellt, hat sich schon alles gelohnt.

Ein Fahrradklingeln schreckt uns beide auf. Ich trete zur Seite und warte, bis die Kinder, die auf dem Gehsteig fahren, an mir vorbeigeflitzt sind. Als ich mich nach Freddie umsehe, ist er bereits ein paar Schritte vorausgegangen und winkt mir, ihm zu folgen.

»Ich dachte, das ist die falsche Richtung für ein Hotelzimmer?«, flüstere ich, sobald ich wieder an seiner Seite gehe.

»Hotels haben Augen und Ohren«, entgegnet er. »Falls die Rothaarige dir nach Kopenhagen gefolgt ist, ist es besser, wenn du dir ein Versteck suchst.«

»Sag mir bitte nicht, dass ich unter irgendeiner Brücke schlafen soll.«

Freddie blitzt mir von der Seite ein Fuchslächeln zu. »Viel besser«, antwortet er. »Dafür müssen wir allerdings ein Stück durch die Altstadt in Richtung Nordhafen.«

»Wo ich dann in einem Container übernachte?«

»Schwimmender Container«, korrigiert mich Freddie. »Wird dir gefallen.«

WASSER-
MUSIK

Das Abendrot färbt bereits Himmel und Meer, als wir ein Viertel erreichen, das eine Mischung aus Segelhafen, Baustelle und Industriegebiet ist. Wie Giraffen aus Metall erheben sich Baukräne über einem staubigen Parkplatz. Weit und breit ist kein Mensch zu sehen. Das Einzige, was sich bewegt, sind die Masten von Segelbooten, die an den Holzstegen liegend in den Wellen schaukeln. Ich muss sofort an mein Zuhause in Merihaka denken und hole zum hundertsten Mal das Handy hervor, aber immer noch bin ich von der Welt und meiner Familie abgeschnitten.

Lautrupskaj steht auf dem Schild, an dem Freddie gerade vorbeieilt. Ich folge ihm fast schon rennend an einer Reihe von Schuttcontainern entlang bis zu einem steinernen Kai. Lumi ist bisher dicht an meiner Seite gelaufen, aber nun bleibt er zurück. »Komm schon!«, sage ich über die Schulter, aber meinem Wolf ist die Gegend wohl nicht ganz geheuer. Er dreht ab und springt auf einen Metallcontainer, wo er sich hinlegt.

Freddie ist bereits am Ende einer mit Graffitis vollgesprayten Mauer angelangt. Dort sind einige bauchige Boote vertäut. Zielsicher steuert er auf einen rot-weißen, schon ziemlich angerosteten Kahn zu, der tief im Wasser liegt, und springt mit einem geschmeidigen Satz über den breiten Spalt zwischen Land und Boot. Auf dem Bug dreht er sich zu mir um. »Worauf wartest du?«, ruft er ungeduldig. »Oder hast du Angst, im Wasser zu landen?«

Zur Abwechslung kann ich mal arrogant lächeln. Ich sprinte los, werfe meinen Rucksack voraus und stoße mich ab. Bei Freddies Sprung hat sich das Boot nicht gerührt. Doch als ich mit vollem Schwung aufkomme, gibt es mit einem leichten Schaukeln nach. »Du meintest es also ernst mit schwimmenden Containern«, bemerke ich. »Ist das etwa der Schrottkahn, den du mit den Jungs aus deiner Werkstatt zusammengelötet hast?«

Freddie schaut mich an, als hätte ich seine Familie gedisst. »Das ist eine Jacht«, erwidert er mit Nachdruck. »Der Schlüsseltresor ist hinten am Bug versteckt. Ich hoffe, der Code stimmt noch.«

Wir haben Glück, der Code ist unverändert. Als ich die Metallklappe öffne, fällt mir ein Schlüsselbund entgegen, an dem ein kleines Lederetui hängt. Kleingeld klimpert darin. Freddie stutzt.

»Was ist?«, frage ich.

»Nichts«, murmelt er. »Der goldfarbene Schlüssel gehört zur Tür.«

Ich schließe auf und gehe nach unten in einen halbdunklen Raum im Schiffsrumpf. Überrascht sehe ich mich um. Im Bauch dieser rot-weißen Rostlaube gibt es Schränke, Regale, ein Bett und sogar eine Sitzecke mit einem rissigen Ledersofa und einem Holztisch voller Ringe, die von Trinkgläsern stammen. Das

Ganze steht eng gedrängt und wirkt bunt zusammengewürfelt, als wären die Möbel auf verschiedenen Flohmärkten gekauft worden. Es riecht nach altem Lack, Metall und feuchtem Holz.

»Wohnt hier etwa jemand?«, frage ich.

Freddie lässt sich auf der Sperrmüllcouch nieder und streckt lässig die Beine aus. »Mein Cousin übernachtet hier manchmal, wenn er am Wochenende eine Auszeit braucht. Er und ich haben das Boot vor ein paar Jahren ersteigert. Aber keine Sorge, unter der Woche ist er bei Frau und Kind in der Vorstadt. Und im Mai fahren sie normalerweise in Urlaub. Also keine Gefahr, dass Driss heute hier aufkreuzt.«

»Er heißt Driss? Ist das ein Spitzname, so wie Freddie?«

»Nein, es ist ein marokkanischer Vorname.« Freddie deutet mit einem Kinnrucken zu einem Board, wo ein paar Fotos mit Kühlschrankmagneten direkt an die genietete Metallwand gepinnt sind. Doch innerhalb einiger Sekunden wird es dort so düster, als hätten sich schwarze Gewitterwolken davorgeschoben. *Meine Wanderer. Nun, zumindest zeigt ihre Gegenwart, dass ich hier wirklich alleine bin.*

»Ich vermute, hier gibt es weder Strom noch Wasser?«, wende ich mich wieder an Freddie.

Er schüttelt den Kopf. »Im Schlüsselbund sind Wertmünzen für die Waschräume im Seglerheim am anderen Ende des Kais. Hier gibt es nur Kerzen und einen Campingkocher. Findest du alles im Küchenschrank.«

In den Schränken hat Driss außerdem Chips, Dosenravioli und Cola gebunkert. Und sobald ein paar Teelichte auf dem Tisch brennen, sieht Freddies Jacht wirklich nicht mehr nach Schrottkahn, sondern erstaunlich wohnlich aus. Und trotz der schattigen Gegenwart meiner Wanderer erkenne ich auf den Fotos nun Menschen, die vermutlich zu Freddies Familie gehören. Ich suche nach einer Aufnahme von ihm, finde aber keine. Dafür entdecke ich ein Bild, das Jahrzehnte alt sein muss, so verblasst ist es. Darauf sind zwei Teenager zu sehen.

»Das war mein Onkel Khalid, als er gerade mit der Schule fertig war«, erklärt Freddie und deutet auf den kräftigeren der beiden. »Driss' Vater. Und neben ihm steht mein Vater. Damals war er fünfzehn. Im Hintergrund siehst du das Haus meiner Großeltern in Tétouan.«

Ich studiere das Abbild des schlaksigen und schmächtigen Jungen und suche nach einer Ähnlichkeit mit Freddie. *Vielleicht das Lächeln?*

»Deine Familie stammt also aus Marokko?«

»Die Vaterseite. Meine Mutter war Dänin.«

»*War?*«, hake ich vorsichtig nach.

»Sie ist gestorben ... Damals war ich gerade mit der Schule fertig.«

»Oh! Das ... tut mir leid, Freddie.«

Er wischt meine Betroffenheit mit einem angedeuteten Schulterzucken weg. »Sie war lange krank«, sagt er so beiläufig, dass ich ihm die Coolness nicht abnehme.

»Und dein Vater? Lebt er hier in Kopenhagen?«

»Er lebt gar nicht mehr«, sagt Freddie knapp. »Ist ewig her. Ich erinnere mich kaum an ihn.«

Das muss ich erst einmal sacken lassen. Und gleichzeitig kommt mir wieder in den Sinn, was Mister May am Telefon über meinen »Dämon« gesagt hat: *»Ich habe gesehen, dass er den Tod mit sich trägt. Da ist viel Leid, das nicht sein eigenes ist.«*

Vorsichtig suche ich nach Worten. »Dann ... warst du also früh auf dich allein gestellt. Aber du hattest doch hoffentlich Menschen, die sich um dich gekümmert haben, oder? Dein Onkel und vielleicht die Familie deiner Mutter...?«

»Dee, lass es, okay?«, unterbricht mich Freddie schroff. »Ich hatte schon im Leben keine Lust auf diese Art von Mitleidsgesprächen – und im Tod noch viel weniger.«

»Mitgefühl ist nicht dasselbe wie Mitleid.«

»Und ein ›Lass es‹ ist nicht die Übersetzung von: ›Frag weiter‹.«

Er klingt nicht einmal unfreundlich, nur sehr deutlich und klar. Und ich kann ihn verstehen. Jeder von uns hat Räume, in die man nur wenige hineinlässt. Und was mich betrifft, hat Freddie wirklich genug Gründe, die Tür vor meiner Nase zu schließen.

Also nicke ich nur und mache mich daran, den Campingkocher in Gang zu setzen. In einer Schublade finde ich einige Gewürzdöschen. Kurze Zeit später füllt der Duft von Ras el Hanout und Harissa den Raum. Nicht, dass es viel helfen würde, die Ravioli aus der Dose mit Kräutern zu würzen. Aber ich bin so ausgehungert, dass sogar klumpige Pasta-Pampe mit Industriesoße wie eine Köstlichkeit schmeckt. Freddie lehnt mit verschränkten Armen an einem Schrank und schaut mir stirnrunzelnd dabei zu, wie ich mein improvisiertes Mahl herunterschlinge.

»Driss würde dich mögen«, bemerkt er. »Er liebt dieses Junkfood. Ich habe es nie runterbekommen, wenn wir hier waren.« Plötzlich lächelt er überrascht, als wäre ihm gerade etwas Schönes eingefallen. »Wir haben Wochen gebraucht, um den Kahn aufzumöbeln«, fährt er leise fort. »Manchmal waren auch zwei Jungs vom Hafen dabei – Sven und Alex. Drüben bei den Segelhallen gibt es ein paar Buden, dort habe ich dann immer frischen gegrillten Fisch für uns alle geholt.« Gedankenverloren zieht er an seiner Geisterzigarette und atmet lange aus. Ein Lächeln hellt seine Miene auf, lässt ihn weicher und zugänglicher wirken. Ich kann nicht anders, als ihn fasziniert anzustarren. Der Moment der Erinnerung schärft und füllt seine Erscheinung, bis ich schwören könnte, einen lebendigen Menschen vor mir zu haben.

»Du sagtest vorhin, Driss wohnt in der Vorstadt«, frage ich vorsichtig. »Und du?«

»Mal hier, mal da. Aber seit einer Weile habe ich eine Wohnung bei *Hovedstaden*.«

Ich lege den Löffel beiseite und beuge mich vor. »Und … Lillemor?«, taste ich mich vorsichtig weiter.

Er zuckt die Schultern und scheint dabei wieder in seiner jetzigen Gegenwart anzukommen. »Keine Ahnung. Ich habe sie nie nach ihrer Adresse gefragt.«

»Was?«, entfährt es mir. »Aber du musst doch mal bei ihr zu Hause gewesen sein?«

»Sie kam immer zu mir.«

Ich lache fassungslos auf. »Erzählst du mir hier gerade ernsthaft, dass du nie wusstest, wo deine große Liebe lebt? Du hast sie nie zu Hause abgeholt? Oder warst auf ihrer Geburtstagsparty, um ihre Familie, ihre Freunde kennenzulernen?«

»Wozu sollte ich?«, sagt er knapp. »Lillemor hatte ihre Freunde, ich meine. Und ihren Geburtstag hat sie nie zuhause gefeiert.«

»Bist du sicher, dass ihr überhaupt zusammen wart?«, rutscht es mir heraus.

Freddie wirft mir einen gereizten Blick zu. »Ich wusste gar nicht, dass Wohnungsbesichtigungen und Partys mit Freunden ein Punktescore für Liebe sind.«

»So meinte ich das nicht. Es ist nur … für mich gehört es zu einer Beziehung. Sonst kennt man den anderen doch gar nicht richtig.«

Freddie lacht auf, als hätte ich einen wirklich guten Witz gemacht. »Arvo weiß, wo du wohnst, kennt deine Familie, deine Songs, deine Freunde – aber kennt er dich?«

Im ersten Moment bin ich sprachlos. »Was soll das, Freddie?«

»Ist nur eine Frage. Arvo kennt nur das von dir, was du ihm zeigen darfst: richtig oder falsch?«

Mir schießt das Blut so heiß in den Kopf, dass meine Schläfen pochen. »Er kennt mich gut genug!«, flüstere ich. »Er versteht meine Musik und somit kennt er mich bis auf den Grund meiner Seele! Und du hast kein Recht, über meine Beziehung zu urteilen!«

»Dann urteile du auch nicht über meine«, erwidert er ernst. Einige Sekunden schauen wir einander nur schweigend an, ich mit rasendem Herzen, er mit einem Ausdruck in den Augen, den ich nicht einordnen kann, dann senkt er als Erster den Blick und wendet sich zur Tür. »Decken sind im Schrank«, murmelt er im Gehen. Beim nächsten Blinzeln ist er verschwunden.

Alles in mir zittert, als ich meinen Kopf in die Hände stütze und krampfhaft durchatme. Denn das Schlimme ist, dass Freddies Worte einen wunden Punkt getroffen haben, der mehr schmerzt, als ich mir eingestehen will. Als ich wieder aufblicke, zittere ich immer noch, aber diesmal vor Kälte. Meine Wanderer stehen vor mir und starren mich aus glühenden Augen an.

Das neue Handy hat immer noch keine Verbindung. Um Akkuzeit zu sparen, schalte ich es aus, hole mir eine Wolldecke aus dem Schrank und schleppe mich zum Bett. Áila erwartet mich dort. »Hallo«, sage ich kläglich. »Wir sind von der Welt abgeschnitten wie Gestrandete.« Als hätte sie mich gehört, lächelt sie mir mitfühlend zu. Und dann macht sie etwas, was sie noch nie getan hat: Sie legt ihr Strickzeug beiseite und klopft sacht neben sich auf die Matratze, als wollte sie mich einladen, mich endlich auszuruhen.

BANSHEE BLUES

Ich habe nicht gemerkt, wie ich so schnell in den Schlaf gefallen bin, als hätte ich einfach nur eine Schwelle übersprungen. Aber ich bin sicher, dass ich nun träume, denn ich habe meinen Kopf in Áilas Schoß gebettet und sie streicht mir tröstend mit zarter, kühler Hand über das Haar. Durch halb geschlossene Lider sehe ich die Band *Gerry and The Pacemakers* auf einem Boot vorbeischippern. Sie haben Instrumente dabei und geben ihre Coverversion des Klassikers *You'll Never Walk Alone* zum Besten, während hinter ihnen Kopenhagen in einem psychedelischen Pink strahlt. Lumi steht am Ufer vor dem Schwarzen Diamanten und fällt mit Inbrunst in diese emotionale Hymne ein. Es klingt schräg und schrecklich und wunderbar, und als ich aufwache, heult Lumi tatsächlich und ich habe trotz Gänsehaut ein Lächeln im Gesicht und fühle mich getröstet und getragen. Wie ein Ohrwurm kreist der Song in meinem Kopf und gibt mir neuen Mut. Was aber auch daran liegen kann, dass ich nach einigen Stunden Schlaf endlich wieder fähig bin, klar zu denken. Meine Geister haben sich verzogen und unter meiner Decke ist es so heiß, dass ich sie wegschiebe und auch meinen Hoodie ausziehe, bevor ich im Dunkeln nach dem Handy taste. Kaum ist es eingeschaltet, blinken mehrere SMS auf.

»Hallo D.«, schreibt Bedelia. »Logge dich auf keinen Fall auf der Fayenet-Page ein. Zu riskant, falls May doch rankommt. Er ist mächtiger, als er aussieht. Sei vorsichtig! Viel Glück. B.«

Als ich weiterscrollen will, scheppert das Handy mit einer quäkenden Fanfare los und erschreckt mich damit fast zu Tode. *Unbekannte Nummer*. Ich japse immer noch nach Luft, während mein Kopfkino das Worst-Case-Szenario durchspielt. Doch am anderen Ende der Leitung meldet sich nicht Mister May.

»Endlich!«, wispert eine erstickte Stimme in mein Ohr. »Ich versuche dich schon seit Mitternacht zu erreichen!«

»Mhámai!«

»Geht es dir gut, Kleines?«

»Ja, ich … bin so weit in Ordnung.«

»Wirklich?«, flüstert Morrigan mit banger Stimme. »Und dein Verfolger? Mister May sagte, er ist ein fremder Geist, der versucht, in unsere Welt überzutreten. Du hättest angeblich keine andere Wahl gehabt, als ihm zu folgen, weil er dich mit einem Bann belegt hat. May ist ihm auf der Spur, um ihn auszulöschen. Aber Bébhinn behauptet, du seist in Wirklichkeit auf der Flucht. Was um Himmels willen ist passiert?«

Ich schlucke. Ich laufe also offiziell als Entführungsopfer. Kein schlechter Schachzug von May. Nur wird das leider auch nichts helfen, wenn rauskommt, wer Freddie wirklich ist.

»Es ist … kompliziert«, antworte ich zögernd. Und dann nehme ich meinen ganzen Mut zusammen und erzähle meiner Mutter von Island.

Natürlich habe ich nicht erwartet, dass sie es gefasst aufnimmt. Aber darauf, dass ihr Zorn mich sogar auf diese Entfernung mit der Wucht einer Sturmwelle trifft, war ich nicht vorbereitet. »Ich wusste es!«, wettert sie los. »Ich wusste von Anfang an, dass so etwas eines Tages passieren würde! Niemals hätte ich zulassen dürfen, dass du in die Musikbranche einsteigst! Und ich habe dir noch gesagt, ich will nicht, dass du auf dieses Festival nach Island mitgehst …«

Ich kann nur im Dunkeln dasitzen und dem Donnersturm standhalten, der sich auf mich entlädt. Als Morrigan nach einer Ewigkeit endlich die Luft ausgeht, bin ich so zittrig, als wäre Strom über meine Haut gelaufen. *Gegrillt von meiner Mutter*, denke ich.

»Verdammt noch mal, ich hätte dir einfach alles verbieten sollen, was auch nur im Entferntesten mit Musikmachen zu tun hat!«, stößt sie verzweifelt hervor. Ich versuche mich daran zu erinnern, wie oft ich sie im Leben schon fluchen gehört habe. Aber auf mehr als zweimal komme ich nicht.

»Wenn Mister May davon erfährt …«

»Ich weiß«, unterbreche ich sie. »Deshalb wird er es nicht erfahren. Und auch sonst darf es niemand wissen. Auch Shay nicht, ja?«

»Das versteht sich ja wohl von selbst!«, antwortet Morrigan. »Wo bist du jetzt? Immer noch in London?«

Ich lecke mir über die Lippen. »Fast am Ziel«, sage ich statt einer Antwort.

In der ewigen Pause, die folgt, kann ich geradezu vor mir sehen, wie Morrigan mit sich ringt, aber schließlich widerwillig nachgibt. »Ich verstehe«, höre ich sie tonlos sagen. Am liebsten würde ich sie umarmen.

»Danke, Mhámai«, wispere ich. »*Mo grá thú!*«

»Ich dich auch, mein Kleines«, antwortet sie mit bebender Stimme. Ihre Angst um mich schneidet mir ins Herz. Noch nie habe ich mich so geliebt gefühlt wie in diesem Moment.

Sie räuspert sich und als sie weiterspricht, ist sie wieder ganz die resolute Morrigan, die immer einen Plan hat. »Mach dir keine Sorgen um uns, ich kümmere mich hier um alles. Bébhinn hat dir ja schon berichtet, dass ich bei Arvo war. Er ist diese Woche bei seinen Eltern. Es sind nette Leute, wir haben uns kennengelernt. Ich habe ihnen erzählt, dass du Pech hattest. Offiziell hast du nämlich nicht nur ein kaputtes Handy, sondern dir auf der Reise auch einen Infekt mit hohem Fieber eingefangen, der dich noch für mindestens drei Tage mit geschwollenen Mandeln und Heiserkeit ans Bett fesselt. Du bist bei der Verwandtschaft in den Highlands, wo du gut umsorgt wirst. Du meldest dich, sobald du wieder sprechen kannst. Und … ach ja … bevor du krank wurdest, hast du Arvo eine Mail geschickt.«

»Shays Aktion, ich weiß.«

Morrigans Stoßseufzer spricht Bände. »Ich wollte noch lesen, was Shay da verfasst hat, aber sie hat die Mail einfach weggeschickt. Sie meinte, ich sei ohnehin schon zu alt, um zu verstehen, was junge Leute sich heutzutage schreiben.«

Ich muss trotz allem lächeln. »Richte ihr aus, ich rufe sie morgen an.«

»Das werde ich. Und … Pass auf dich auf, hörst du?«

Die frische Meeresluft tut unendlich gut, als ich wenig später den Aufgang hochklettere. Es wird bald Morgen, aber noch steht ein verschleierter Mond am Himmel. Auf einem der Segelboote an den Stegen sitzt Lumi. Den Kopf in den Nacken geworfen schickt er sein Wolfslied zu den Wolken. Zu meiner Erleichterung entdecke ich auch Freddie. In seiner typischen Haltung hockt er ganz vorne am Bug des Schiffes, die Arme auf den Knien aufgestützt, und beobachtet meinen Wolf. Als ich zu ihm trete, blickt er nur kurz auf und rutscht wortlos zur Seite, um mir Platz zu machen. Im Schneidersitz lasse ich mich neben ihm nieder. Ich sollte ihm sofort meine Neuigkeiten erzählen. Aber er wirkt so gedankenverloren, dass ich einfach nur mit ihm zu den Booten hinüberschaue und den Nachtklängen des Wassers und der Stadt lausche.

»Und?«, fragt Freddie nach einer Weile. »Welche Musik ist Kopenhagen?«

»Friedensangebot oder Frage?«

Freddie lächelt, ohne den Blick von Lumi zu wenden. »Beides, schätze ich.«

Ich schließe die Augen und lasse die Eindrücke des gestrigen Tages in mir widerhallen. »Klassisch und hypermodern und nichts dazwischen«, antworte ich dann. »Deine Stadt ist die *Wassermusik* von Georg Friedrich Händel – aber neu arrangiert mit Electro-Beats und E-Violinen.«

Sogar im Dunkeln erkenne ich, wie Freddie kritisch die Brauen zusammenzieht.

»Was ist Kopenhagen denn für dich?«, will ich wissen.

»Keine Ahnung«, brummt er. »Ich hätte eher auf ein Seemannslied getippt. Aber Musik ist nicht mein Ding.«

Ich schüttle entschieden den Kopf. »Das denkst du vielleicht, aber das stimmt nicht. Weil einfach alles Musik ist: Städte, Himmel, Meer, jedes Tier, jeder Mensch ... Musik verbindet auf eine Art, wie Sprache es nie könnte. Sie ist echte Magie.«

»Das kann man in deinem Fall laut sagen.« Er wirft mir einen Seitenblick zu und lacht. »Schau mich nicht so böse an, Dee. Das war diesmal nur ein Witz, ehrlich!«

Als er mir zuzwinkert, kann ich nicht anders, als auch zu grinsen. In diesem Moment merke ich, dass ich ihn tatsächlich mag. Und zwar nicht aus Schuldgefühl, Mitleid oder vielleicht Dankbarkeit, weil er mich nicht länger hasst.

»Gibt es ein Lied, das dir gefällt?«, hake ich nach. »Irgendeines, das du mitsummst, sobald du es hörst?«

Freddie lehnt sich zurück und stützt sich auf den Ellenbogen auf. So ausgestreckt schaut er in den Himmel. »In der Werkstatt läuft manchmal Oldie-Musik«, murmelt er schließlich. »Einen Song finde ich ganz gut. Er fängt so an…« Leise singt er die ersten Takte eines schrägen Songs.

Ich lache und spreche flüsternd den Text weiter. »Das ist ›Kiss and Tell‹ von *G Love and Special Sauce*. Gute Wahl.«

Wenn es nicht Freddie wäre, dann würde mich sein Erstaunen ernsthaft beleidigen. »Diese uralte Band sagt dir was?«, fragt er ungläubig.

»Ich wäre eine schlechte Musikerin, wenn ich nicht jeden Underground-Klassiker kennen würde. Dafür höre ich nicht, ob ein Triebwerk einen Schaden hat.«

Freddie lacht auf. Und dann bringt er mich wirklich aus der Fassung. »Welche Art von Musik bist du, Dee?«

»Was?«

»Du sagst doch, alles ist Musik, auch Menschen. Also: Welche Art bist du?«

Das hat mich wirklich noch nie jemand gefragt. Aber Freddie schaut mich aufrichtig interessiert an und wartet auf eine Antwort.

Ich ziehe die Beine an und schlinge umständlich die Arme um meine Knie. »Blues vermutlich«, sage ich zögernd nach einer Weile.

Freddie erwidert nichts, doch seine stumme Frage höre ich

nur zu deutlich. Und obwohl die Pause immer länger wird, hat das seltsamerweise nicht Unbehagliches.

»Weil … ich die Blue Notes mag«, fahre ich vorsichtig fort. »Das sind Töne im ›Dazwischen‹. Im klassischen westlichen Notensystem haben sie keinen Platz, aber sie existieren dennoch. Sie geben dem Blues seine Seele: melancholisch und oft auch traurig.«

»So wie du?«

Ich zucke zusammen, aber Freddie sieht mich einfach nur ruhig an und mir wird klar, dass er gar nicht auf Antwort wartet. Die Antwort kann ich mir nur selbst geben. Ich muss schwer schlucken. *Traurig? Bin ich das?*

Immer noch schaut Freddie mich sehr aufmerksam an. Und ich wundere mich selbst darüber, warum es mich nicht nervös macht wie sonst, wenn jemand sich zu sehr für mich interessiert. Doch bei ihm fühlt es sich nicht so an, als versuchte er, eine Grenze zu überschreiten oder mir ein Geheimnis zu stehlen. Es ist, als würden wir einfach etwas teilen. Und ich lerne, dass Schweigen ein Raum sein kann. Einer von der Art, in dem sogar meine Stimme sein darf.

»Schon möglich«, gebe ich nach einer Weile leise zu. »Ich schmuggle die Blue Notes in fast jedes Stück, das ich schreibe. Ich kann es nicht erklären, aber auf irgendeine Art ist es so, als könnte ich auf diese Weise trotz allem singen und … von mir erzählen, obwohl niemand wissen darf, wer ich bin.« *Nicht einmal Arvo.* Nun muss ich doch wegsehen, weil mein Herz schneller schlägt und mir das Blut in die Wangen schießt, als hätte ich etwas preisgegeben, was niemals für andere Ohren bestimmt war. Ohne Freddie anzusehen, krame ich mein Handy aus der Hosentasche. »Wir haben übrigens wieder Internet!«

Wenn sich Freddie über diesen Themenwechsel mit der Brechstange wundert, lässt er es sich nicht anmerken. »Okay?«, sagt er nur fragend.

Als Antwort halte ich ihm ein Social-Media-Profilbild der jungen Bibliothekarin hin. »Der Empfang hier ist zwar schlecht. Aber ich habe sie aufgespürt. Sie heißt Elena Samartzis und postet sogar Fotos von ihrem Arbeitsplatz im Diamanten. Ich habe ihre Kontaktdaten gefunden und ihr eine Nachricht geschickt. Vielleicht müssen wir morgen also gar nicht mehr zur Bibliothek zurück.«

Zur Abwechslung bin ich es, die Freddie verblüfft. Dann breitet sich ein Strahlen auf seinem Gesicht aus. Und mit einem anerkennenden Räuberlächeln sagt er: »Gute Arbeit, Banshee Blues.«

SCHLOSS UND SCHLÜSSEL

Im Morgengrauen führen bereits ein paar müde Leute ihre Hunde spazieren. Auch in der Duschkabine des Segelvereins, die ich mit den Metallchips von Driss entriegeln konnte, regt sich frühes Leben: Die Schimmelflecken an der Decke haben längst einige Evolutionsstufen übersprungen und stehen kurz davor, ein eigenes Bewusstsein zu entwickeln. Aber das Wasser, das aus der Dusche kommt, ist frisch und klar, und ich bin einfach nur froh, die vergangenen zwei Tage abwaschen zu können.

Als ich wenig später mit nassem Haar unter der Kapuze zum Boot zurücklaufe, beginnt sich der Parkplatz am Kai mit den Autos von Pendlern zu füllen, die von außerhalb zur Frühschicht kommen. Autotüren knallen, jemand hupt und irgendwo kläffen ein paar Hunde und lassen vermuten, wo Lumi sich gerade herumtreibt. Ein paar Minuten warte ich auf ihn und sauge den Morgen tief in mich ein. Auf dem Wasser umkreisen Möwen ein weißes Busboot, das stadteinwärts fährt.

Lumi taucht nicht auf, also wende ich mich zum Gehen. Das heißt, ich will es gerade. Aber ein federleichtes Flattern im Zwerchfell lässt mich verharren. Es ist nur eine vage Irritation, aber ich kenne sie nur zu gut aus der Zeit, als es wichtig war, die Anwesenheit von Raubtieren aus dem Augenwinkel zu erahnen, bevor ich sie bewusst sehen konnte. Und genau wie damals, scanne ich die Umgebung, während die Zeit rasend schnell und unendlich langsam zugleich weiterläuft. Beim Busboot bleibt mein Blick hängen. Und mit einem frostigen Schreckschauer erkenne ich, was ich eben nur unbewusst wahrgenommen habe: Ein paar Leute stehen an der Reling. Sie sind mit ihren Handys beschäftigt – Pendler, für die diese Fahrt nichts Besonderes mehr ist. Doch ein weißhaariger, hagerer Mann in einem braunen Mantel sticht zwischen ihnen heraus. Seine Haltung ist sehr aufrecht, als er Richtung Stadt späht. Und auch wenn er mir den Rücken zudreht, weiß ich sofort, wer er ist.

Freddie erwartet mich schon, ein halb durchsichtiger Schatten am Bootsbug. Ich stolpere bei meiner schwungvollen Landung an Deck, rapple mich aber sofort wieder auf.

»Wo warst du so lange?«, ruft er mir zu. »Dein Handy hat eben geklingelt.«

Ich winke ihm nur, mir nach unten zu folgen, und zerre Driss' Schlüsselbund hervor. »Wir müssen weg von hier!«, flüstere ich, während ich mich daran mache, die Tür aufzuschließen. »May ist uns nach Kopenhagen gefolgt.«

Wenn Geister blass werden könnten, dann könnte Freddie jetzt wahrscheinlich ein Leintuch doubeln. »Hat er dich gesehen?«

Ich schüttle den Kopf. »Er fährt mit dem öffentlichen Busboot in Richtung Zentrum.« Endlich bekomme ich das Schloss auf und schlüpfe in mein Versteck. »Wenn er hier ist, dann sind sicher auch Shona und Aidan nicht weit«, füge ich atemlos hinzu. Ich werfe den Schlüsselbund auf den Tisch und beginne hektisch nach meinem Handy zu suchen.

»Schon möglich«, höre ich Freddie hinter mir sagen. »Aber wenn sie uns orten könnten, wäre May wohl kaum in die falsche Richtung unterwegs.«

»Fragt sich nur, wie lange!«, schnappe ich. »Wo ist dieses verdammte Handy?«

»Ich vermute mal, dort, wo du es vorhin verstaut hast«, antwortet Freddie lakonisch. »Ich kann es jedenfalls kaum in der rechten Seitentasche deines Rucksacks versenkt haben. Und jetzt atme mal durch und komm ein bisschen runter!«

Punkt für dich, Seemann. Mühsam dränge ich meine aufsteigende Angst zurück, krame das Handy hervor und checke die Anrufliste. Säße der Schreck mir nicht immer noch in den Knochen, hätte ich Grund zu jubeln. »Es war Elena!«, wispere ich Freddie zu.

Elena Samartzis ist offenbar Frühaufsteherin. Kaum habe ich auf Rückruf gedrückt, meldet sich eine hellwache junge Stimme. Während ich versuche, glaubhaft Lillemors Urlaubsbekanntschaft zu spielen, fühle ich Freddies Anspannung neben mir wie ein eisiges, elektrisches Knistern. Seine Unruhe springt geradezu auf mich über. Und als Elena drei Minuten später ehrlich bedauernd »Tut mir echt leid, dass ich dir nicht weiterhelfen kann« sagt, hätte ich vor Enttäuschung am liebsten aufgeschrien. »Alles gut«, sage ich stattdessen freundlich. »Danke für die Infos – und dafür, dass du dich gemeldet hast.«

Die Stille, die eintritt, nachdem ich aufgelegt habe, ist dicht wie Öl und genauso erstickend. Und wie eine hässliche, zähe Blase arbeitet sich darin meine Panik wieder an die Oberfläche.

Ich sehe es an Freddie, noch bevor ich es richtig spüre. Als würden meine Befürchtungen Gestalt annehmen, schält sich seine angespannte Miene immer deutlicher aus dem Dämmerlicht. »Was hat sie gesagt?«, fragt er mit banger Stimme.

»Richtig befreundet waren sie und Lillemor gar nicht, nur Kolleginnen, die sich gut verstanden haben«, wiederhole ich Elenas Worte. »Seit Lillemor gekündigt hat, ist der Kontakt abgebrochen, Elena hat auch keine Nummer mehr von ihr, die Mailadresse wurde gelöscht. Das Letzte, was Elena mitbekommen hat, ist, dass Lillemor in die WG einer Freundin gezogen ist. Elena weiß nur, dass sie Brinna heißt. Kein Nachname, keine Adresse … nichts.«

Das Sofa gibt nicht nach, als Freddie sich in die Polster sinken lässt. Vornübergebeugt vergräbt er sein Gesicht in den Händen, ein Bild der Verzweiflung. *Willkommen im Club*, denke ich niedergeschlagen. »Jetzt können wir noch versuchen, Lillemor im Internet aufzustöbern«, rede ich hastig weiter. »Aber hier ist die Verbindung zu schlecht. Wir brauchen ein freies W-Lan. Auch wenn es sicher Hunderte von Lillemor Jensens gibt – vielleicht finden wir sie über eine Verknüpfung mit dem Namen Brinna. Und außerdem erkennst du deine Freundin ja auf Fotos …«

»Ich weiß genau, wer Brinna ist«, unterbricht mich Freddie. Er kämmt sich mit den Fingern durchs Haar und hebt den Kopf. Plötzlich wird mir klar, dass er gar nicht kurz vor einem Zusammenbruch steht. Vor mir sitzt der zornige, düstere Junge, den ich in Irland kennengelernt habe.

»Ich dachte, du kennst Lillemors Freunde nicht?«, frage ich ihn verblüfft.

»Ich sagte nur, wir haben verschiedene Freundeskreise«, erwidert er in seinem geisterhaften Präsens. »Und ich habe Lillemor einmal zu Brinna gefahren, als ihr Freund mit ihr Schluss gemacht hatte.«

»Dann kennst du also die Adresse! Worauf warten wir dann noch?«

Doch auf Freddies Miene fällt ein Schatten, der nichts Gutes ahnen lässt.

»Jetzt sag mir bitte nicht, du weißt nicht mehr, wo sie wohnt!«, flüstere ich.

Er zieht die Brauen zusammen und schließt die Augen. Und langsam schleicht sich wirklich ein Anflug von Verzweiflung in seine Züge. »Ich erinnere mich einfach nicht!«

»An gar nichts?«, dränge ich. »Nicht mal an den Stadtteil? Oder an Brinnas Nachnamen?«

Genausogut könnte er wohl versuchen, Wasser mit gespreizten Händen zu greifen. Die Erinnerungen scheinen ihm zwischen den Fingern zu zerrinnen – genau wie seine Farben, die erschreckend schnell verblassen. Und als er den Kopf schüttelt, bekomme ich Angst.

Durch seinen Körper kann ich bereits jeden Riss im Sofaleder erkennen. Ich starre ihm in die Augen, als könnte ich ihn mit meinem Blick festhalten und verhindern, dass er in der Dunkelheit seiner Tiefsee versinkt. *Und diesmal vielleicht für immer*. Ja, Katastrophenszenarien kann ich gut.

»Lass mich jetzt nicht allein, Freddie!«, beschwöre ich ihn. »Du warst dort! Versuche dir den Weg in Erinnerung zu rufen, besondere Gebäude an der Straße – Kirchen, Fassaden, Restaurants oder andere Anhaltspunkte …«

Doch Freddie schaut an mir vorbei, als wäre er längst ganz woanders. Ich würde alles dafür geben, ihn an den Schultern packen und in meine Welt zurückziehen zu können. Aber dann fällt mir auf, dass er den Schlüsselbund fixiert, der auf dem Tisch liegt. Irgendetwas hat ihn schon gestern irritiert, als ich die Schlüssel aus dem Tresor holte.

»Ist das der Schlüssel von Driss' Auto?«, versuche ich es auf gut Glück. »Bist du damit zu Brinnas Wohnung gefahren?«

Freddie stutzt. »Nein!«, sagt er verwundert. Und dann fängt er plötzlich lauthals an zu lachen.

Jetzt bin ich nur noch perplex. So habe ich ihn noch nicht erlebt. Von einer Sekunde zu anderen taucht er aus seinem Meer auf, als hätte er einfach einen Schritt von einer Welt in die andere gemacht.

»Sagst du mir, was so unglaublich lustig ist?«, frage ich.

»Der Schlüsselbund hat mir gehört.« Wieder lacht er und schüttelt fassungslos den Kopf. »Wie konnte ich das nur vergessen! Der kleinste Schlüssel ist ein Sicherheitsschlüssel für eine Garage, die Driss und ich beide nutzten. Driss hat sie offenbar nicht gekündigt, sonst hätte er den Schlüssel zurückgeben müssen. Komm mit. Wir müssen zum Nordhafen!« Er springt auf und eilt zur Tür.

»Hey, langsam! Was soll das werden?«

Freddie bleibt stehen. »Ein Erinnerungstrip«, antwortet er. »Wenn ich erst mal auf der Straße unterwegs bin, finde ich auch den Weg zu Brinna wieder.«

»Wie kannst du dir da so sicher sein?«, wende ich hitzig ein. »Wir haben keine Zeit für Experimente!«

»Und du bist sicher, du findest den Weg schneller im Internet?«, kontert er. »Bis dahin hat May dich doch längst aufgespürt. Komm schon. Die Garage ist nur einen Katzensprung von hier entfernt. Lass es uns wenigstens versuchen!«

In einem Schrank finde ich ein Sweatshirt und eine olivgrüne Arbeitsjacke von Driss, die mir passt. Außerdem eine unscheinbare graue Beanie-Mütze, unter der mein Haar verschwindet.

Hastig stopfe ich meine Habseligkeiten in den Rucksack und springe vom Boot. Doch während ich Freddie atemlos folge, fühle ich mich alles andere als gut getarnt. Mein Nacken kribbelt, als würden sich Blicke in meinen Rücken bohren, und vor jeder Biegung und an jeder Straßenecke spanne ich mich an, um sofort auf dem Absatz kehrtmachen und flüchten zu können.

Ich hoffe darauf, dass Lumi bald zu mir aufholt. Einen Banshee-Detektor könnte ich jetzt gut gebrauchen, doch bisher ist er nirgendwo zu sehen. *Und ein »Katzensprung entfernt« sieht anders aus*, denke ich bei mir.

Zwar beginnt der Nordhafen gleich in Sichtweite der Segelschule, aber das Gelände ist riesig und erstreckt sich über eine zubetonierte Halbinsel voller Containerhöfe und industrieller Flachdach-Bauten, durchschnitten von schnurgeraden Zufahrtsstraßen. Auf dem endlosen *Baltikavej*, den wir schon seit einer gefühlten Ewigkeit entlangwandern, fahren immer wieder schwer beladene LKWs und Bautransporter vorbei und hüllen mich in staubige Wirbel. Endlich biegt Freddie vor mir in eine schmale Straße ab. Ich spähe vorsichtig um die Ecke und atme auf. *Dead End*. Ein paar verstaubte Autos parken auf kahlen Plätzen voller Kies und Unkraut. Struppiges Buschwerk und wenige kleine Bäume stehen versprengt auf dem Gelände. Und direkt an einem Meereskanal liegt eine lange Lagerzeile aus Schuppen, Garagen und grauen Quaderbauten. Am gegenüberliegenden Ufer ragen Fabrikschornsteine in den Himmel.

Der Schlüssel passt tatsächlich zu dem Sicherheitsschloss an einer angerosteten Metalltür. Ich bekomme die Tür nur mit Mühe auf, dann schlägt mir der Geruch von Motoröl, Benzin und Eisen entgegen. Auf den ersten Blick erinnert der Raum an eine Mechanikerwerkstatt. *Oder die perfekte Kulisse für das Musikvideo einer Underground-Band,* denke ich. Gizmo wäre jedenfalls begeistert. Auf Metallregalen reihen sich Werkzeugkisten und Ersatzteile. Es gibt Spinde und nackte Glühbirnen im Spinnwebmantel. Und auf ölgetränktem Beton parken zwei mittelgroße Motorräder.

»Driss hat gar kein Auto?«, wende ich mich an Freddie.

Er scheint mich gar nicht zu hören. Langsam tritt er zu dem Bike, das neuer aussieht und sogar einen Kofferraum hat. »Sie ist tatsächlich noch da«, sagt er andächtig. »Ich habe sie mir erst letztes Jahr gekauft. Ist eine Enduro, Typ klassisches Reisemotorrad. Im Herbst fahre ich damit nach Alaska.«

Freddies Worte geben mir einen Stich. Aber er bemerkt seinen Irrtum nicht, sondern streckt die Hand aus und streicht am Lenker entlang. Ich frage mich gerade, ob er die Berührung wahrnimmt, als seine Finger plötzlich durch das Metall gleiten, als wäre es Wasser. Sein Lächeln verlischt und er zieht die Hand so hastig zurück, als hätte er sich an der Realität verbrannt. Ich muss den Blick abwenden, so deutlich ist seine jähe Traurigkeit. »Naja, sie *hätte* mich nach Alaska bringen sollen«, murmelt er. »Jetzt gehört sie offenbar Driss. Wie sieht es aus? Schon mal auf einem Motorrad gesessen?«

Ich ahne nichts Gutes. »Nur … als Teenager auf der Farm meiner Tante«, antworte ich zögernd. »Ich habe ihr im Herbst dabei geholfen, ihre Schafe von den Hügeln zum Stall zu treiben. Aber das ist Ewigkeiten her.« *Und auf Bébhinns Schafweiden im menschenleeren Elfenland fragt kein Mensch danach, ob ich dafür einen Führerschein habe oder alt genug bin.* »Außerdem war es nur ein klappriges, kleines Geländemotorrad, kaum mehr als ein Mofa.«

»Aber es hatte zwei Räder, das genügt vollauf«, sagt Freddie. »Komm, wir drehen mit der Enduro ein paar Runden auf dem Gelände, ich zeige dir alles.«

»Das ist dein Plan?«, entfährt es mir. »Ich soll das Bike deines Cousins stehlen und damit mitten durch die Stadt kurven? Tolle Idee! Bei der Polizei findet May mich garantiert am schnellsten …«

»… oder die Polizei hält dich gar nicht an und wir finden Lillemor«, hält er ungeduldig dagegen. »Außerdem bringst du das Bike noch heute wieder zurück. Vollgetankt, wenn du willst – damit auch alles korrekt ist.« Er hebt die Brauen. Seine Augen blitzen auf und dieser diebische Ausdruck in seinem Blick tickt irgendetwas in mir an, was ich schon sehr lange nicht mehr gefühlt habe.

Denk nicht mal daran, Deirdre!, mahnt meine vernünftige Stimme, die heute verdächtig nach Morrigan klingt. *Das darfst du nicht. Es wäre Wahnsinn!* Aber das Seltsame ist, dass da auch eine zweite Stimme in mir flüstert: die von Morrigans kleiner wilder Tochter, die gegen alle Regeln mit dem Sturm um die Wette heulte und weglief, um mit den Wölfen zu leben. Ich wusste nicht, dass es sie überhaupt noch gibt. Aber als ich jetzt sage: »Finden wir dein Mädchen!«, muss ich mit einem Mal lachen. Denn plötzlich merke ich, dass sie in Wirklichkeit nie fort war.

BALTIKAVEJ

Eine Viertelstunde später ist meine Euphorie verpufft. Denn es ist eine Sache, auf einem verbeulten Geländeroller Schafe freestyle über freies Feld zu scheuchen, aber eine ganz andere, eine Straßenmaschine so zu lenken, dass ich in einer Stadt zurechtkomme. Im Moment traue ich mich noch nicht mal, eine zügige Kurve zu nehmen.

»Wenn ich mit dem schweren Ding an der Ampel umkippe, kriege ich es nie wieder hoch«, stelle ich ernüchtert fest.

»Dann kipp nicht um«, erwidert Freddie trocken. »Und wenn du nicht gerade an der Ampel stehst, wäre es hilfreich, auch mal Gas zu geben. Du musst nicht kriechen, du darfst ruhig fahren.«

»Sehr witzig«, murmle ich, während ich mehr Speed gebe. Die Beschleunigung ruckt durch meine Handgelenke und Schultern. Reflexartig klammere ich mich am Lenker fest. Der nächste Mörderruck ist die Bremse, die ich viel zu fest anziehe, kurz bevor ich den Zufahrtsweg erreiche.

»Das muss genügen«, höre ich Freddie vom Straßenrand rufen. »Fahr vom Parkplatz auf die *Baltikavej*.«

»Diese Straße ist bis auf ein paar langsame Laster leer und schnurgerade«, gebe ich atemlos zurück. »Der Stadtverkehr ist etwas völlig anderes.«

»Na und? Du fährst ja nicht alleine. Ich sage dir genau, worauf du bei dieser Maschine achten musst. In Ordnung?«

Ich schlucke, aber dann nicke ich. Nur die Kälte in meinem Nacken zeigt mir, dass Freddie seinen Platz am Straßenrand verlassen hat und sich auf dem Sitz hinter mir niederlässt. Wenn ich den Kopf leicht wende, erahne ich am Rand meines Blickfelds seine verschattete Gestalt. Und seltsamerweise gibt mir das wirklich etwas mehr Sicherheit.

»Erinnerst du dich wieder?«, frage ich über die Schulter. »An den Weg zu Brinna, meine ich.«

»Zumindest weiß ich, dass die Richtung stimmt. Von hier aus bin ich damals auch gestartet. Probier noch ein paarmal aus, auf der Straße enge Kurven zu nehmen und auszuweichen, ohne herumzueiern.«

Bald funktioniert es tatsächlich besser. Nach einigen weiteren Wende- und Bremsmanövern auf der LKW-Meile ist mein inneres Zittern verschwunden. Mit Freddie als Coach ist es leichter, in einem guten Tempo zu beschleunigen und abzubremsen, ohne dass die Enduro wie ein störrisches Pferd unter mir ruckt. Auf dem Rückweg zu den Lagerhallen höre ich Freddies Stimme nicht mehr und spüre nur noch die Sonnenwärme auf meinem Rücken, als wäre er abgesprungen.

Ich parke das Bike neben ein paar Containern direkt an der Straße und gehe zu Fuß über den Kiesplatz zur Garage zurück. Freddie wartet schon auf mich, mit dem Rücken an einen der Spinde gelehnt, seine unvermeidliche Zigarette in der Linken, die Rechte in der Manteltasche vergraben. *Fehlt nur noch ein Hut und er würde als Privatdetektiv in einem Film Noir durchgehen*, denke ich. Noch nie kam mir sein städtischer Mantel unpassender vor als in dieser ölgetränkten Werkstatt.

»Helme sind im Spind«, sagt er und tritt zur Seite.

In einem der Metallschränke finden sich tatsächlich Motorradjacken und mehrere Helme. Zwei davon sehen gebraucht aus, aber der dritte glänzt taubenblau und hat keinen einzigen Kratzer.

»Nimm den neuen«, sagt Freddie prompt. »Der müsste dir passen.«

»Hat der … Lillemor gehört?«

»Sie hat ihn nie getragen. Zieh am besten die Lederjacke von Driss an, die ist kleiner als meine. Und nimm auch Handschuhe mit, die wirst du brauchen.«

Der Kinngurt des Helms hat sich irgendwo im Spind verhakt. Als ich ihn endlich losbekomme, reißt er eine Lawine von lose ins Fach gestopften Unterlagen mit sich heraus. Sie rutschen mir durch die Hände und zerstreuen sich auf dem Boden. Das Licht der Glühbirne fällt auf ein amtliches Siegel. »Das … scheinen KFZ-Papiere für deine Maschine zu sein«, sage ich verwundert.

»Was?« Freddie schüttelt ungläubig den Kopf. »Das verstehe ich nicht. Wieso bewahrt Driss sie hier draußen auf?«

Ich wische Steinchen und Staub von dem Fahrzeugschein, bevor ich ihn in den Rucksack stecke. Dabei fällt mein Blick auf ein gefaltetes Papierbündel. Offenbar sammelt Driss auch Zeitungsausschnitte. Ich will gerade einen davon aufheben, da trifft ein harter Luftstoß meine Schulter und bringt mich in der Hocke so aus dem Gleichgewicht, dass ich fast umkippe. Kälte streift meine Wange, dann schaue ich direkt in Lumis Augen. Sie glühen wie silberne Monde und seine Ohren sind angelegt.

»Was ist mit ihm los?«, fragt Freddie alarmiert.

»Keine Ahnung. Aber wir sollten verschwinden«, gebe ich leise zurück. Ich will mich aufrappeln, doch plötzlich stutze ich. Lumis Sprung hat die Zeitungsausschnitte auf dem Boden verwirbelt. *SAVNET!*, springt mir eine dänische Überschrift in fetten roten Lettern entgegen. *VERMISST!*

»Beeil dich, Dee!«, drängt Freddie. Ich schnappe mir das Papier und stopfe es ebenfalls in den Rucksack. Meine Hand liegt schon am Helm, als Lumi winselt. Er zieht die Rute zwischen die Hinterbeine, macht sich klein und weicht rückwärts fast schon kriechend zurück in die Garagenecke. Und dann höre ich, was ihn beunruhigt. »Verschwinde, Freddie«, hauche ich. »Tauch in dein Meer ab, so tief du kannst. Sofort!«

Ich halte den Atem an, während draußen das Knirschen von Schritten auf Kies lauter wird. Sie kommen nur sehr langsam näher, als würde sich jemand ohne Eile auf dem Gelände umsehen. Und dass es niemand ist, der hier nur sein Auto holt, zeigt Lumi mir nur allzu deutlich. Das Weiße in seinen Augen wird zu einem Ring aus blanker Angst.

Hektisch sehe ich mich nach einer Waffe um und angle dann lautlos einen langen Schraubenschlüssel vom Regal. Sein Gewicht liegt beruhigend schwer in meinen Händen. Aber noch warte ich, während mein Puls heiß in meinen Schläfen hämmert. Die knirschenden Schritte bewegen sich an der Tür vorbei und entfernen sich. Eine ganze Weile horche ich mit angehaltenem Atem, während Lumi vor meinen Augen verschwindet wie Nebel, der sich in der Sonne auflöst. Ich kann nur hoffen, dass mein Wolf nicht irgendwo auf dem Gelände sichtbar wird, wo Aidan ihn entdecken kann. *Falls es Aidan ist, der sich draußen umschaut.* Nun ist alles ruhig, keine Schritte mehr, nur das leise Glucksen von Wasser im Kanal dringt zu mir herein.

Durch den Türspalt ist niemand zu sehen. Vielleicht war da doch nur jemand, dem eine der anderen Garagen gehört. Dennoch traue ich dem Frieden nicht. Wenn May in der Lage war, meinen Weg trotz aller verwischten Spuren bis nach Kopenhagen zu verfolgen, dann findet Team O'Niall/McLeod mich auch hier. *Zwei Möglichkeiten*, überlege ich. *Blind darauf vertrauen, dass es nur ein Garagenbesitzer war. Oder vom Schlimmsten ausgehen, im Sichtschutz der Gebäude zum Motorrad rennen und sofort von hier verschwinden*. Auf dem Parkplatz stehen mehrere Wagen und weder May noch Shona können wissen, dass das geparkte Motorrad an der Zufahrtstraße zu mir gehört. *Und wenn ich schnell genug starte, bin ich über alle Berge, bevor sie darauf kommen können*.

So leise wie möglich lege ich den Schraubenschlüssel nieder, sammle die Motorradkleidung zusammen und hänge mir den Rucksack über eine Schulter. Nach einem letzten Kontrollblick durch den Türspalt schlüpfe ich ins Freie und schwitze Blut und Wasser dabei, die Tür lautlos hinter mir zu schließen. Irgendwo auf der anderen Seite des Gebäudes knirschen wieder Schritte, aber sie entfernen sich immer weiter. *Gut*. Atemlos warte ich noch, bis der nächste LKW an der Zufahrtstraße vorbeidröhnt und mir damit akustische Deckung gibt, dann husche ich los – den Helm in die Lederjacke gewickelt unter dem Arm.

Kurz bevor ich das Ende der Garagenzeile erreiche, werfe ich einen schnellen Blick über die Schulter. Niemand hinter mir. Erleichtert will ich die letzte Garage hinter mir lassen und über freies Kiesfeld zur Straße lossprinten – doch ich pralle so heftig zurück, dass ich bei der abrupten Bremsung auf dem Kies fast ausrutsche und mich gerade noch fangen kann.

»Kein Grund zur Panik«, sagt May. »Ich bin allein hier. Ich will nur mit dir sprechen.«

Ich bin zu geschockt, um zu antworten. *Wo kommt er so plötz-*

lich her? Er kann unmöglich innerhalb einer Sekunde hier aufgetaucht sein. Als würde er meine Gedanken ahnen, zeigt er mir sein schmales, wissendes Lächeln und tritt weiter auf mich zu. Ich weiche zurück. »Keinen Schritt näher!«, zische ich.

»Weil du sonst *was* tust?«, erwidert er ruhig. »Einen wehrlosen alten Mann niederschlagen? Das passt wohl kaum zu dir.«

»Probieren Sie es besser nicht aus!«

May seufzt und nimmt die Brille ab. Seelenruhig zieht er ein kleines Seidentuch aus seiner Brusttasche und reibt einen winzigen Fleck vom Glas. »Du könntest mich viel leichter loswerden, indem du einfach deine Stimme erhebst«, sagt er beiläufig. »Aber ich kenne dich, Deirdre. So bist du nicht. Dir widerstrebt jede Form von Gewalt. Und besonders gut lügen und täuschen kannst du auch nicht. Also lass uns das Theater hier beenden und gemeinsam nach Dublin zurückkehren.«

Ich weiß nicht, was mich mehr erbost. Seine Worte oder die Überheblichkeit, die darin mitschwingt. »Sie glauben im Ernst, Sie kennen mich, nur, weil Sie eine Akte über mich angelegt haben?«, entgegne ich frostig. »Und woher nehmen Sie sich eigentlich das Recht, mich einfach so zu duzen?«

May hebt die Brauen, als würde er tatsächlich darüber nachdenken.

»Hm, ich denke, das mit dem Duzen ist lediglich eine Sache des Alters«, antwortet er dann. »Ich kannte dich ja bereits, als du drei Jahre alt warst. Vermutlich habe ich versäumt, mir zu vergegenwärtigen, wie viel Zeit seitdem vergangen ist. Mein Fehler.«

Er verstaut die Brille in seiner Brusttasche und streckt mir die Hand hin. »Gestatten: Grayson«, sagt er mit einem förmlichen Kopfnicken.

»Wie bitte?«

»Das ist mein Vorname.«

»Das habe ich verstanden, aber was soll das?«, schnappe ich. »Und ich wäre wohl ziemlich dumm, die Hand eines Mannes zu nehmen, der wahrscheinlich mit einer bloßen Berührung einen Bann zwischen mich und Arvo legen kann.«

Offenbar habe ich nicht schlecht geraten. Mays höfliches Lächeln verlischt. »Ich kann dir nicht verübeln, dass du so sehr um dein altes Leben kämpfst«, sagt er. »Aber das hier ist deine letzte Chance. Wenn du jetzt nicht mit mir kommst, wirst du gar kein Leben mehr haben. Weder mit noch ohne Arvo.«

Ich schlucke, zwinge mich aber dennoch, das Kinn zu heben und seinem Blick standzuhalten. »Netter Versuch, mich einzuschüchtern, Grayson. Aber über mein Leben entscheide ich immer noch selbst!«

Etwas Seltsames geschieht. Für einen Augenblick huscht etwas über Mays Miene, das ich bisher noch nicht an ihm gesehen habe. Der Schatten eines Schmerzes. Er schaut kurz zu Boden, als könnte er meinen Anblick nicht länger ertragen. Und als er mich wieder ansieht, bilde ich mir ein, sein jüngeres Ich zu sehen – so, wie er früher vielleicht gewesen ist, ein ernster junger Mann mit wachen Augen und feinen, ebenmäßigen Gesichtszügen. *Als wäre sein Alter nur eine Maske*, denke ich irritiert. Er räuspert sich und strafft die Schultern.

»Weißt du, was das ausgesprochen Interessante an Rachegeistern ist, die als Dämonen in unsere Welt treten wollen?«, sagt er leise. »Sie heften sich immer an genau die Menschen, die ihren Zwecken am besten dienen. Ich verstehe gut, warum seine Wahl ausgerechnet auf dich fiel. Ein verzagtes und weniger lebenshungriges Mädchen hätte ihm nicht viel genützt. Was mich aber dennoch wundert, ist, wie schnell er einen klugen Menschen wie dich überzeugen konnte, sogar dein Leben aufs Spiel zu setzen –

freiwillig. Denn dass du in keiner Weise unter seinem Bann stehst, ist ja mehr als deutlich.«

Er schaut suchend an mir vorbei, als würde er erwarten, Freddies Gestalt hinter mir zu entdecken. Aber zumindest damit wird er kein Glück haben. Ich spüre nicht einmal die Ahnung einer geisterhaften Gegenwart. Und ich kann nur hoffen, dass Freddie sich so weit weg auf der anderen Seite verbirgt, dass nicht einmal Shona ihn finden würde.

»Wie nett, dass du mich zur Abwechslung mal als Mensch bezeichnest«, antworte ich. »Und schönen Gruß an den weisen Professor Nakamura, aber nicht alles lässt sich in eure Denkschablonen pressen.«

May sieht mich sehr scharf an und mir wird wieder einmal klar, dass ich verdammt gut aufpassen muss bei allem, was ich ihm gegenüber äußere.

»Du würdest dich wundern, was in eurem Leben alles von magischen Gesetzen vorherbestimmt ist und sich voraussagen lässt«, erwidert May. »Du kannst nicht gewinnen, Deirdre.«

»Wenn ich jetzt aufgebe, verliere ich in jedem Fall«, kontere ich. »Spätestens, wenn du mich dieser rothaarigen Henkerin mit dem hübschen blau-grünen Tartan-Halstuch auslieferst. Ich weiß nämlich, dass Shona und Aidan mir folgen.«

Es ist erstaunlich, dass man Grayson May aus der Fassung bringen kann, aber er ist sichtlich überrumpelt. Doch er fängt sich schnell wieder. »Immer einen Schritt voraus, Miss Faye«, sagt er mit widerwilliger Anerkennung. »Es war übrigens ein schlauer Schachzug, das Handy in ein anderes Flugzeug zu schmuggeln und damit eine falsche Fährte zu legen.«

»Und trotzdem bist du nicht darauf reingefallen. Warum?«

May zeigt mir sein sichelfeines, listiges Lächeln. »Die Tierseele«, erklärt er. »Aidan hat am Flughafen in Dublin den weißen

Wolf entdeckt. Und zwar nicht am Gate für den Flug nach Abu Dhabi, sondern mitten auf der Rollbahn. Das Tier lief schnurstracks zu einem Flugzeug, das gerade dabei war, nach London abzuheben. Der Rest war einfach herauszufinden.«

Lumi also! Darauf hätte ich auch selbst kommen können. Für die einen ein Banshee-Detektor, für die anderen ein paranormaler Peilsender. »Und wie hast du mich hier am Nordhafen aufgespürt?«

»Mir stehen … andere Methoden zur Verfügung als Aidan«, ist das Einzige, was May mir zur Antwort gibt. Ohne Eile kramt er erneut seine Brille hervor und setzt sie auf. Nun blicke ich wieder in das Gesicht eines harmlosen alten Mannes. Aber inzwischen frage ich mich, ob die Brille überhaupt echt ist oder nur Teil des unauffälligen Bildes, das er nach außen hin darstellen möchte. Zu gut erinnere ich mich an Bedelias Warnung: *Er ist mächtiger, als er aussieht.*

Auf der Straße rumpelt eine Kolonne von schwer beladenen Lastern vorbei. Das Klappern von loser Fracht und das Dröhnen der Motoren hallen schmerzhaft laut in meinen Ohren. May wartet geduldig, bis sich der Lärm wieder gelegt hat. »Ich will ganz ehrlich sein, Deirdre«, fährt er dann fort. »Würde ich den einfachen Weg gehen wollen, dann wäre ich gar nicht erst hierhergereist, sondern hätte dich einfach Lady McLeod überlassen. Aber ich meinte es ernst, als ich sagte, mir liegt etwas an deinem Leben. Deshalb wollte ich hier mit dir alleine sprechen in der Hoffnung, dass wir die Sache regeln können, ohne weitere Schäden an meiner Bibliothek anzurichten.«

»Und was ist dabei dein Angebot an mich, Grayson May? Die Tatsache, dass Lady McLeod mir auf den Fersen ist, zeigt mir ja, dass du mir keine Frist verschafft hast.«

»Ja und nein«, antwortet er bedächtig. »Ich lasse dir immerhin die Wahl: Du kannst auf meinen Rat hören und deinen Kampf gegen uns beenden, dann wird Lady McLeod nach der Auslöschung deines Dämons deine Bereitschaft zur Kooperation zu deinen Gunsten auslegen. Es wäre eine Chance für mich, dich freizubekommen. Oder aber du schlägst meinen Rat in den Wind, dann werde ich dich leider nicht länger vor den Ahninnen schützen können.«

Das kannst du ohnehin nicht, wenn erst die Wahrheit über Freddies Tod ans Licht kommt, denke ich bitter. Ich hoffe, er sieht nicht, dass ich vor hilflosem Zorn und Enttäuschung am liebsten schreien würde. Meine einzige und letzte Chance ist, jetzt an May vorbeizukommen und es zu Brinna zu schaffen, bevor Shona aufkreuzt.

»Das ist keine Wahl«, sage ich mühsam beherrscht.

»Es ist mehr, als ich jeder anderen Bansheeny zugestehen würde«, gibt er zurück. »Und es ist das letzte Angebot, das ich einer von deiner Art machen kann.«

Willkommen zurück bei den Kategorien!, denke ich grimmig. »Ich brauche nur einen halben Tag«, gebe ich zurück. »Halte mir die Ladys nur noch ein paar Stunden vom Leib, dann komme ich widerstandslos mit dir. Und das ist mein letztes Angebot an *dich*.«

Es ist eine Genugtuung zu sehen, dass auch den so beherrschten May irgendwann der Zorn packen kann. Sogar hinter der dicken Aschenbecher-Brille erkenne ich das gefährliche Aufblitzen in seinen Augen. »Das tut mir leid zu hören«, sagt er. »Ich bedaure deine Entscheidung. Aber du hattest deine Frist.«

»Und du dein Gespräch, Grayson«, antworte ich im selben Tonfall. Damit drehe ich mich um und sprinte los – nicht an ihm vorbei, sondern zurück und dann in Richtung Kanal. Noch nie bin ich so schnell gerannt und hatte gleichzeitig das Gefühl, wie in einem Albtraum nicht von der Stelle zu kommen. Doch als ich

Mays Ruf hinter mir höre, bin ich längst schon um die Ecke gestürmt und habe das nächste Gebäude passiert.

»Hinter den Mülltonnen nach links«, höre ich Freddie wie aus weiter Ferne flüstern. »Zwischen den Lagern ist ein Durchgang, er führt von der Seite direkt zur Zufahrtsstraße.«

Kies spritzt, als ich abbiege und in den fast unsichtbaren Durchgang tauche. Doch kaum bin ich auf der anderen Seite, springe ich sofort wieder zurück. Ich habe das Auto nicht ankommen hören, vermutlich wegen der LKW-Kolonne. Es ist ein schnittiger Leihwagen, der schräg geparkt den direkten Weg zur *Baltikavej* blockiert. Und ich muss gar nicht durch die getönten Scheiben blicken können, um zu wissen, wer am Steuer sitzt. »Verdammt, sie sind hier!«, entfährt es mir. »Wie komme ich zum Motorrad, ohne dass sie mich sehen, Freddie?«

»Zurück zum Kanal!«, befiehlt er. »Von dort aus kriechst du im Sichtschutz der Hecken zu den Containern, die hinter den Parkplätzen an der Straße stehen. Ist ein Umweg, also sei schnell.« Ich packe den Helm fester und renne los, während ich bete, dass die Sekunden Vorsprung genügen werden. Sonne blendet mich, als ich wieder ans Tageslicht tauche. Etwas Hartes trifft meinen Knöchel und zieht sich wie eine Schlinge zu. Der Ruck bringt mich zu Fall. Brennender Schmerz frisst sich durch meine Haut, als ich schlitternd auf dem Kies lande und wohl oder übel mit Händen und Unterarmen bremse. Der eingewickelte Helm landet bei den Mülltonnen. Als ich benommen den Kopf hebe, blicke ich auf bloße, schlanke Füße in sommerlichen Sandalen. Eine Frau beugt sich zu mir herunter. Im Gegenlicht der Sonne leuchtet ihr rotes Haar wie eine Feuerkrone.

»*Cén treo?*«, flüstert sie auf Gälisch. *»Wohin?«*

FAMILIEN-BANDE

Mein Rucksack rutscht mir von der Schulter, als ich erschrocken hochfahre. Um meine Knöchel hat sich ein Lederband geschlungen. An den Enden sind zwei kurze Hölzer befestigt, eine primitive Waffe, mit der Shona mich zu Fall gebracht hat wie Jagdwild. Hastig streife ich die Fußfessel ab und komme auf die Beine. Shona lässt es zu meiner Überraschung einfach zu, dass ich in Richtung Kanal zurückweiche. Sie steht nur da und mustert mich so interessiert, als wäre ich ein exotisches Tier, das sie noch nie in freier Wildbahn gesehen hat. Und auch ich lerne etwas Neues über die Ahninnen: Ich kann zwar die Kälte und Gegenwart von Geistern spüren und ich fühle instinktiv, wann ein Raubtier mich beobachtet. Aber Todesfeen, die ich nicht sehen kann, fliegen völlig unter meinem Radar. *Sie könnte die ganze Zeit direkt hinter mir gestanden haben und ich hätte es nicht bemerkt*, denke ich fassungslos. Das schockt mich fast noch mehr als die Tatsache, wie lebendig Shona im Sonnenlicht wirkt.

Heute trägt sie kein Business-Kostüm, sondern ein zartgelbes Sommerkleid mit Lilienmuster. Ihr Haar fällt ihr lang und offen über die Schultern. Sie setzt sogar dieses Fake-Atmen ein, das ich von Freddie kenne. Nur macht er es unbewusst, bei Shona ist es eindeutig Tarnung. Und diese Tarnung beherrscht sie perfekt. Mit der Sonnenbrille sieht sie aus wie eine Studentin, die sich einen schönen Tag macht. Das Einzige, was den fließenden, legeren Look ihrer Kleidung bricht, ist das karierte Tartan-Tuch, das wieder sehr akkurat um ihren Hals gebunden ist.

Schritte erklingen in der Nähe, aber ich wage nicht, den Blick von Shona zu wenden.

»Tut mir leid, Deirdre«, höre ich May leise sagen. »Ich hätte dir gerne erspart, das Ganze hier regeln zu müssen.«

»*Hier* kann sie wenigstens unser Archiv nicht niederbrennen«, stellt die Banshee fest, ohne ihn anzusehen. »Oder das, was noch davon übrig ist. Und keine Sorge, Grayson, ich werde ihr nicht wehtun. Es sei denn, sie wehrt sich.«

Nein, Shona hat wirklich nichts mit kreischenden Hexen gemein. Ihre Stimme klingt weich und melodisch und auch erstaunlich tief. Es ist völlig bizarr, aber trotz meiner aufsteigenden Panik stelle ich mir unwillkürlich vor, wie ein Lied aus ihrem Mund klingen würde.

»Das wäre alles, Grayson«, fügt sie hinzu. Ja, es gibt keinen Zweifel, wer hier die Befehle gibt. May zögert, aber dann entfernen sich seine Schritte langsam in Richtung Auto.

Ich zucke zusammen, als Shona auf mich zugeht. Nein, sie geht nicht, sie gleitet lautlos wie ein Schatten. In London hatte ich die Absätze ihrer Stiefel auf dem Asphalt deutlich gehört, aber hier nehme ich gar nichts wahr. Nur meine eigenen Sohlen graben sich geräuschvoll in den Kies, während ich rückwärts gehe, bis ich den Rand der Kanaleinfassung unter den Fersen spüre. Hinter mir gluckst das Wasser. »Spring!«, höre ich Freddies Flüstern. »Vielleicht schaffst du es auf die andere Seite.«

Die Idee hatte ich auch schon, aber irgendetwas lässt mich zögern. Vielleicht der überhebliche und triumphierende Ausdruck in Shonas Miene. *Sie genießt ihre Macht und kostet es aus, mich vor sich herzutreiben.* Und irgendetwas sagt mir, dass sie nur zu gerne einen Grund hätte, mich zu jagen, wenn ich fliehe. Wie immer, wenn ich in die Enge getrieben werde, ballen sich meine Hände ganz von selbst zu Fäusten.

»Versuchst du mir Angst machen?«, bringe ich hervor.

Sie bleibt stehen. »Angst hast du doch schon«, erwidert sie herablassend. »Und zwar aus gutem Grund.« Sie nimmt die Sonnenbrille ab. Jetzt verstehe ich, warum sie sich damit auch im Londoner Regenwetter getarnt hat. Ihre Augen haben zwar einen ähnlichen Farbton wie meine, aber sie wirken dennoch seltsam fremdartig. Die Pupillen sind nicht schwarz, sondern gleichen weißen Perlmuttscheiben und sind ebenso starr. Ihre Größe verändert sich nicht, als die Sonne nun mitten ins Gesicht der Banshee strahlt. Shona ist nicht geblendet, sie blinzelt nicht einmal, sondern schaut nun so konzentriert knapp an mir vorbei, als versuchte sie, die Wand zwischen Freddie und mir zu durchdringen. Inzwischen hat sie auch aufgehört so zu tun, als würde sie atmen.

Bitte verschwinde, Freddie, flehe ich im Stillen.

»Interessant«, sagt sie tonlos. »Du verbirgst den Rachedämon vor mir. Warum tust du das, Bansheeny?«

»Ich wüsste gar nicht, wie das gehen sollte«, stoße ich hervor. »Und das … ist nicht mein Name.«

Shona zieht amüsiert den linken Mundwinkel hoch und hebt das Kinn, um noch besser arrogant auf mich herabschauen zu können. »Wenn ich wissen will, welchen Namen du dir selbst gibst, werde ich dich fragen, Halbwesen.«

Wow. Die Maddie unter den Ahninnen.

»Das sind wir also für euch?«, frage ich. »Halbwesen?«

»Hör auf, mit ihr zu diskutieren«, raunt Freddie mir zu. »Spring endlich und versuche zu fliehen.«

Als ob das etwas bringen würde bei einer Ahnin, die mich mit einem Schrei töten kann.

Shona legt den Kopf schief. Und diesmal macht sie keinen Hehl aus ihrer Feindseligkeit. »Man könnte euch auch Abschaum oder Fehler nennen«, sagt sie. »Eine Beleidigung der magischen Gesetze. Du hast Glück, dass wir dich und deinesgleichen überhaupt leben lassen.«

Ihre Antwort fühlt sich fast so gut an wie ein Tritt in den Magen. Natürlich wusste ich, dass die Banshees uns nicht mögen. Aber es von Angesicht zu Angesicht zu hören, ist dennoch ein Schock. Nie zuvor habe ich erlebt, dass ich einfach nur für das gehasst werde, was ich bin.

»*Abschaum?*«, wiederhole ich tonlos. »Du scheinst zu vergessen, dass wir von euch abstammen. Ihr seid unsere Ahninnen. Wir sind ein Teil von euch.«

»Dee, lass es!«, höre ich Freddie warnend murmeln. Shona bekommt schmale Augen. Ich frage mich, ob sie ihn gehört hat. Aber als sie mir antwortet, erkenne ich, dass ich wohl nur einen empfindlichen Punkt getroffen habe.

»Erzähl du mir nicht, was ihr seid oder nicht seid«, erwidert sie drohend leise. »Und wage es ja nicht, dich mit uns zu vergleichen! Wir haben nichts – gar nichts! – gemeinsam. Zwischen uns gibt es nämlich einen sehr bedeutenden Unterschied.«

Die Spannung in ihrer Haltung verändert sich nur unmerklich, aber ich weiß genau, was gerade geschieht: Alle Kraft konzentriert sich im Zwerchfell, das die Töne stützen soll.

»Nein!«, flüstere ich noch. »Bitte! Das darfst du nicht …«

Doch da steigt der Ruf schon in Shonas Kehle auf, klar und schrecklich und so gellend laut, dass die Schwingungen in meinem eigenen Körper widerhallen und sich mit meinem Entsetzen zu einem Echo vereinen. Als Shonas Ruf verebbt, bin ich auf die Knie gesunken und krümme mich, die Hände schützend auf die Ohren gepresst. *Ich bin tot*, denke ich. *Ich muss tot sein*. Aber mein Herz hämmert immer noch gegen meine Rippen wie eine panische Faust. Und als ich es wage, die Augen blinzelnd zu öffnen, ist nichts passiert.

»Siehst du?«, sagt Shona scharf. »Hättest du das getan, dann wären Mister May und sein Sekretär jetzt tot – und je nach Windrichtung noch einige Leute, die hier am Hafen unterwegs sind. Ich dagegen könnte in einer Karaoke-Bar singen, ohne jemanden zu töten. Meine Stimme ist nämlich keine Waffe, die sich gegen Unschuldige richtet. Ich und meinesgleichen sind diejenigen, die den Gesetzen von Leben und Tod dienen. Ihr dagegen … verhöhnt diese Gesetze mit eurer Existenz.«

»Eure Stimmen … töten nicht?«, keuche ich

»Natürlich können sie das«, antwortet sie mit einer Kälte, die mir eine Gänsehaut über den Rücken jagt. »Unsere Stimmen sind wie Messer, die wir gut zu gebrauchen wissen. Eine Waffe tötet nicht von allein, es kommt darauf an, wer sie in der Hand hat und was diejenige entscheidet, damit zu tun. Mit einem Messer kann man Fesseln durchschneiden, um jemanden zu retten. Oder es ihm zwischen die Rippen jagen. Wir entscheiden weise, wie wir unsere Waffe einsetzen. Bei euch ist es umgekehrt. Ihr seid Sklavinnen eurer eigenen Stimmen. Und eure Messer suchen nach Blut, ob ihr wollt oder nicht.«

»Ihr entscheidet also weise?«, entfährt es mir. »Ihr bestimmt über unsere Leben und auch über unseren Tod. Und ihr hattet keine Skrupel, einen unserer Clans einfach auszulöschen.«

»Um die Welt von Gefahr zu befreien«, erwidert Shona. »Denn das seid ihr alle: tickende Zeitbomben, die inmitten der Menschen leben.«

»Das sind wir nicht!«, zische ich zwischen zusammengebissenen Zähnen.

Shona lacht nur sarkastisch auf. »Erzähl keine Märchen. Ich war dabei, ich habe den Schrei dieser Phönix-Bansheeny im Morgengrauen mit meinen Ohren gehört und ihr Gesicht gesehen, als sie das Lager der Tormods verlassen hat. Sieben Clankrieger hat sie getötet und zwar nicht in Notwehr. Aufrechten Hauptes ist Máirín Faye zu ihnen gegangen. Sie haben sie arglos eingelassen – ein hübsches, unbewaffnetes Mädchen, nicht älter als du. Kaltblütig hat sie ihnen ihre Lebensjahre geraubt. Und so stolz und aufrecht, wie sie gekommen war, verließ sie ihre Mördergrube wieder.«

Das ist fast fünfhundert Jahre her!, schießt es mir durch den Kopf. *So alt ist Shona also schon?* Ich schlucke. »Das ist der Grund, warum ihr den Phönixclan ausgelöscht habt? Ihr habt … sie alle für die Verfehlung einer einzelnen Bansheeny bestraft?«

»Es war eine Gnade unserer Ältesten, dass sie nur die Phönixfrauen zur Rechenschaft gezogen haben«, antwortet Shona. »Denn ganz egal, welchem Clan ihr angehört, ihr seid alle gleich: allesamt Mörderinnen.« Meine Wanderer ergreifen die Gelegenheit und stellen sich neben meine Richterin. Eine stumme Anklage, die auch Shona wahrzunehmen scheint, denn ihre Miene verhärtet sich noch mehr.

»Wir morden nicht«, flüstere ich. »Keine von uns würde so etwas Schreckliches tun wie Máirín Faye.«

»Hast du Menschenleben auf dem Gewissen? Ja oder Nein?«, fragt sie gefährlich ruhig.

Das Schlimme ist, ich habe ihr nichts entgegenzusetzen. Noch nie habe ich mich so schuldig und zugleich so wertlos gefühlt. Nicht Fisch, nicht Fleisch. Nicht Mensch, nicht Todesfee. Ein Fehler in der Matrix der Welt.

»Nicht weinen, kleine Streunerin«, sagt Shona mit aufgesetztem Mitleid. »Ich bin heute nicht hier, um dich auszulöschen. Sondern um den Dämon dorthin zu verbannen, wo er hingehört.«

Träum weiter, Hexe!, denke ich bei mir. Denn eines weiß ich in diesem Augenblick: Um keinen Preis werde ich zulassen, dass Shona Freddie in die Finger bekommt. Ich wische mir mit dem Ärmel über die Wangen und würge meine Tränen mühsam herunter.

»Wenn du einen Dämon haben willst, such dir einen eigenen«, bringe ich heiser hervor. »Das hier ist meiner.«

Ich hätte keinen größeren Effekt erzielen können, wenn ich Shona ein Glas von Mays Whiskey ins Gesicht geschüttet hätte.

»Bist du verrückt?«, höre ich Freddie flüstern.

»Halt dich raus«, raune ich ihm zu. »Das ist eine Sache zwischen der Familie und mir.«

Shona starrt mich an, als wäre ich ein Hund, der plötzlich zu sprechen angefangen hätte. Dann lacht sie schallend los. »Mister May hat also richtig vermutet«, sagt sie amüsiert. »Der Geist hat dich auf seine Seite gebracht. Ihr seid Komplizen. Womit hat er dich eingewickelt? Lass mich raten: Er muss seiner Liebsten noch etwas sagen oder sich wenigstens verabschieden. So viele ungesagte Worte zwischen Liebenden, so viel Schmerz! Und um sie noch einmal zu sehen, ihr noch einmal zu sagen, was er im Leben versäumt hat, ihr seine Liebe zu gestehen, dafür braucht er deine Hilfe, um in Frieden gehen zu können. Habe ich recht?«

Ich wünschte, ich hätte ein Pokerface wie Lisa, aber Shona sieht mir sofort an, wie gut sie getroffen hat. Ihr triumphierendes Lächeln gibt ihr etwas Berechnendes. »Du bist für ihn nichts als eine Marionette aus Fleisch und Blut, die er an seinen Lügenfäden führen kann, wohin er will. Weil du nämlich dumm genug bist, ihm glauben zu wollen, Bansheeny.«

Ihr Lächeln fällt wie eine Maske, als sie näher kommt. Ich weiche zur Seite aus, aber sie hat gar nicht die Absicht, mich anzugreifen. Im Augenblick will sie nur, dass ich sie klar und deutlich höre, als sie nun die Stimme zu einem scharfen Flüstern senkt.

»Ich verrate dir ein Geheimnis, Streunerin: Er lügt dich an, wenn er behauptet, dass die Toten nicht mit den Lebenden sprechen können. Sie können denjenigen, die um sie trauern, in Träumen begegnen. Manche Toten begleiten ihre Lieben auf diese Art noch sehr lange. Was noch gesagt werden muss, wird auf diese Weise gesagt. Dafür braucht dein Dämon niemanden wie dich. Auch deine eigenen Geister wandeln auf diesen Traumpfaden zurück zu ihren Familien, ihren Geliebten, zu allen, die ihnen etwas bedeutet haben. In den Träumen sind sie frei und nicht an dich gebunden.«

Freddie sagte tatsächlich, dass er träumt, wenn er in seinem Meer versinkt, schießt es mir durch den Kopf. Es ist dieser kleine Moment des Zweifels, der Shona nicht entgangen ist. Ihr Blick erstarrt und ich muss an Morrigans Worte denken: »Sie sind Vipern. Du weißt nie, wann sie zubeißen. Aber wenn sie es tun, gibt es keine Rettung mehr.«

Ich muss hier weg, denke ich. *Nur wie? Selbst wenn ich an Shona vorbeikommen kann, fangen mich May und Aidan an der Straße ab.* Und zumindest gegen den sportlichen Aidan habe ich wenig Chancen. *Zeit gewinnen!,* befehle ich mir.

»Nenn mir einen Grund, warum eine Ahnin vertrauenswürdiger sein soll als ein Geist, der mich um Hilfe bittet«, gebe ich zurück. »Im Gegensatz zu dir betrachtet er mich wenigstens nicht als Abschaum, den es nicht geben dürfte.«

Shona seufzt und zieht die linke Augenbraue hoch. Ihre Arroganz bringt mein Blut zum Kochen.

»Ihr verdient es wirklich, verflucht zu sein«, sagt sie. »Es reicht! Los, gib mir deine Hand!«

Es ist ein harscher Befehl, der nur zu deutlich ausdrückt, wo ich in dieser Rangordnung stehe. Ich starre auf ihre schlanke, aber kräftige Hand, die sie mir herrisch entgegenstreckt, um meine zu packen. Und ich weiß nicht, was in diesem Moment mit mir geschieht. Ich habe keine Chance, ich stehe in jeder Hinsicht mit dem Rücken zur Wand, aber irgendetwas in mir weigert sich, zu gehorchen. *Ja, es reicht!*, denke ich grimmig. Ein Teil von mir weiß, dass ich nicht gewinnen kann, aber der andere Teil, der vor Empörung brennt, hat endgültig genug davon, eine Sklavin der Ahninnen zu sein. *Und bevor du Freddie bekommst, breche ich dir deine dürren Hexenfinger*, setze ich Gedanken hinzu.

»Dir meine Hand geben?« Ich lächle ebenso arrogant wie sie und schüttle den Kopf. »Bedaure, aber das mache ich nur bei Leuten, die ich leiden kann.« Im Geiste sehe ich May, wie er wirklich schlimme Kopfschmerzen bekommt.

Wenn Zorn eine Gestalt hätte, dann sähe sie aus wie Shona MacLeod. Ihr Mund wird zu einem bleichen Strich, ihre Augen sprühen Funken und ihre Hände ballen sich so fest zu Fäusten, dass die Sehnen auf ihren Knöcheln in scharfen Strängen hervortreten. Sie erinnern mich an meine eigenen Hände.

»Dir ist klar, dass ich dich auch einfach auslöschen kann«, zischt sie. »Dann erledigt sich die Sache mit dem Dämon von selbst.«

Aber du tust es nicht, denke ich. *Sonst würdest du mir jetzt nicht drohen müssen, sondern könntest einfach handeln*. Und mir dämmert, dass ich vielleicht doch eine winzige Chance habe. Weil sie mich offenbar nicht töten darf. *Zumindest nicht hier und heute.*

»Ich mag vielleicht ein Fehler in der Matrix der Magie sein«, sage ich. »Aber zumindest halte ich meine Versprechen. Und ich liefere niemanden aus.«

»Tja«, sagt Shona nur. »Dann wird es wohl doch wehtun.«

Ich hatte damit gerechnet, dass sie auf mich losgeht. Aber sie überrumpelt mich so schnell, dass ich nicht einmal die Fäuste hochreißen kann. Eben stand sie noch drei Schritte von mir entfernt, eine halbe Sekunde später krallt sich ihre Hand um meine Kehle. Bevor ich weiß, was passiert, kippt der Himmel weg und ein schmerzhafter Aufprall drückt mir alle Luft aus den Lungen. Ich liege auf dem Boden und spitzer Kies bohrt sich in meinen Rücken. Shona rammt mir ihr Knie gegen das Brustbein. Mit vollem Gewicht, das ganz und gar nichts Geisterhaftes hat, nagelt sie mich am Boden fest, eine eisige Hand an meiner Kehle, die andere auf meinen Mund gepresst. Dabei könnte ich gar nicht schreien, ich kann nicht einmal mehr atmen. Shonas Griff ist so grausam, dass ich nur noch nackte Panik bin. Ich kann mich nicht rühren, fühle mich über einen Abgrund in ein schwarzes Loch gesogen, in ein Vakuum, das alle Kraft aus mir herauszieht. Greller Schmerz flutet jede Zelle meines Körpers. Es ist, als würde eine eisige Kralle in mich hineinfassen, mein Herz umschließen und es mit einem Kälteschock zum Stillstand bringen. Für einen Wimpernschlag lang bin ich gefangen zwischen schweren grauen Schleiern ohne Ausgang. Voller Grauen sehe ich im Augenwinkel Áila, die entsetzt die Hände gegen ihre Wangen presst, erstarrt in einem stummen Schrei. Doch mit einem Mal zerreißen die Schleier und ein Schatten taucht auf.

»Lass sie in Ruhe!«, gellt es direkt neben mir. *Freddie!* Ein Ruck geht durch meinen ganzen Körper, als hätte er Shona einen Hieb versetzt. Ihr Griff löst sich von meinem Hals, mein stillstehendes Herz macht einen Satz und rast dann los wie ein Pferd auf der Flucht. Ich keuche und ringe nach Luft und komme irgendwie auf die Knie. Und als ich den Blick hebe, bleibt mein Herz beinahe noch einmal stehen.

Auf dem Kanalsteg, vor dem schimmernden Wasser, kämpfen Shona und mein Geist miteinander. Sie hat ihn aus den Schatten gezerrt, so wirklich ist er nun. Er wehrt sich, aber gegen die Banshee hat er keine Chance. Gnadenlos ringt sie ihn nieder und legt die Hände um seinen Hals. Freddie schreit vor Schmerz, er bäumt sich auf, aber sein Widerstand erlahmt wie der eines Vogels in den Fängen einer Schlange. Shona packt ihn am Mantel und richtet ihn halb auf. Willenlos fällt sein Kopf zur Seite, doch sie hält ihn fest. Fast wirken sie wie ein Paar, das sich auf dem Steg in den Armen liegt. Shona legt ihre Lippen an Freddies rechtes Ohr. Erst denke ich, sie wispert ihm etwas zu, aber dann höre ich, dass die Banshee leise singt. Es ist eine seltsame Melodie ohne Worte, abgehackt und unmelodisch. Es klingt, als würde jemand eine Platte rückwärts abspielen. Freddie kann nicht mehr schreien, er verzieht nur noch das Gesicht vor Qual. Entsetzen irrlichtert in seinen Augen, während er immer mehr vergeht.

Irgendwie komme ich auf die Beine. Hinter mir schreit jemand: »Deirdre, nein!« Doch da schnelle ich schon los. In dem Moment, als Shona mich bemerkt, ramme ich sie bereits im Sprung an der Schulter und reiße sie im Schwung mit. Holz schrappt über mein Schienbein, als wir beide über die Kante des Stegs kippen. Kaltes Nass dringt mir in Nase und Mund, doch ich lasse Shona nicht los. Sogar unter Wasser spüre ich die Hitze ihres Zorns. Wolken von Sand explodieren in Zeitlupe, als wir auf dem Grund des Kanals aufkommen. Ihre Hand schlägt nach meiner Kehle, aber diesmal bin ich klüger. Ich stoße mich vom Boden ab, winde mich weg und umklammere sie von hinten. Mit aller Kraft presse ich meinen Unterarm gegen ihre Kehle. Schemenhaft nehme ich wahr, wie Freddie verzweifelt darum kämpft, von ihr loszukommen. »Lass ihn gehen!« Unter Wasser ist mein Flüstern nur ein Wirbel von Luftblasen. Langes Haar wallt über meine Wange. Und als Shona nach hinten greift und mich am Nacken packt, dass meine Halswirbel knacken, denke ich nicht mehr nach, ich kämpfe nur noch. Ich schlinge die Beine um ihre Hüfte und kralle mich an sie, zerre sie mit meinem ganzen Gewicht von den Beinen und halte sie am Grund. Ich versuche ihre Finger aufzubiegen, die um Freddies Kehle liegen. Ich spüre seine Haut, sein Haar, das über meine Hand streift, und den rauen Stoff des Mantelkragens, doch gegen Shona kann ich nichts ausrichten. Sie wird bereits wieder stärker. Für mich dagegen wird die Luft knapp; mein Puls hämmert in meinen Ohren. Und während meine Verzweiflung wächst, steigt in mir die Melodie auf, die Shona gesungen hat, um Freddie auszulöschen. Ich forme die Töne und schicke sie mit meinem letzten Atem direkt in ihr Ohr. Nichts davon höre ich, zu laut ist ihr dumpfer Schrei unter Wasser. Im nächsten Augenblick ist Freddie frei und Shona erschlafft in meiner Umklammerung. Mit letzter Kraft stoße ich mich vom Grund ab und schwimme nach oben. Sonnenlicht blendet mich, als ich die schäumende Wasseroberfläche durchbreche und mich keuchend und mit zitternden Armen auf den Steg ziehe.

Auf allen vieren krieche ich zu dem Gebäude zurück und stütze mich an der Mauer ab, um wieder auf die Beine zu kommen. Immer noch ringe ich nach Luft. Wellen schlagen gegen den Steg, dann wird das Wasser ruhig.

»Um Himmels willen!«, ruft May. »Was hast du nur getan?«

Eine Todesfee ertränkt, denke ich. Ich weiß, dass es nicht sein kann, aber trotzdem hätte ich fast über diesen bizarren Witz gelacht. Im selben Moment schlägt eine Hand auf den Steg, weiße Finger krallen sich an einer Ritze in den Planken fest. May sagt kein Wort, und auch jedes Geräusch scheint schlagartig verstummt zu sein. Man hört nur das Wasser, als Shona sich mühsam am Steg hochstemmt.

Ich bin froh, dass ich die Wand in meinem Rücken habe, sonst würden meine Beine einfach nachgeben. Shonas lebendiges Ich ist tatsächlich nur eine Truggestalt. Nun zeigt sie sich, wie sie wirklich ist. Eine Todesfee. Ihr nasses Haar klebt wie silberweißer Tang an ihrem Kopf, ein paar Strähnen haben sich in wirren, nassen Wellen wie eine Schlinge um ihren Hals gelegt. Ihre Haut ist Mondschein und ihre Augen kalt schimmerndes Perlmutt. Sie ist ganz und gar unwirklich, aber auf eine andere Art, als ich dachte. Nicht Rauch und Nebel wie die Banshees aus Morrigans Märchenbüchern. Sondern immer noch so körperlich, dass sie mühsam an Land klettern muss. Sie erinnert mich an die Horrorgestalt, die in dem japanischen Film *The Ring* aus einem Brunnen kriecht. May eilt zu ihr und stützt sie, als sie schwankend auf die Beine kommt und ihren flackernden, hasserfüllten Blick auf mich richtet. *Meine Ahnin.* Ja, wir gehören zur selben Familie, ob wir es wollen oder nicht.

»Er … ist kein Dämon«, stößt sie mit schwacher Stimme hervor. »Du … hast ihn umgebracht!«

Dann bricht sie bewusstlos zusammen. May geht mit ihr zu Boden, doch er bemerkt nicht einmal, wie seine Knie schmerzhaft fest auf dem Holz aufkommen. Alle Farbe ist aus seinem Gesicht gewichen.

»Ist das wahr?«, fragt er tonlos.

Laufschritte nähern sich, dann stürzt Aidan herbei. Mit einem

Sprung ist er neben May und nimmt ihm die Banshee aus den Armen. Shonas Kopf fällt an seiner Schulter zur Seite und enthüllt etwas, was es nicht geben darf. In den Märchen meiner Kindheit werden die Todesfeen manchmal mit blutbefleckten Kleidern dargestellt. Nur, dass das Blut auf den Zeichnungen immer rot ist. Shonas Blut, das jetzt aus ihrem rechten Ohr fließt, ist dagegen ein silbergraues Rinnsal. *Feenblut*, denke ich mit einem kalten Schaudern. *Ich habe sie mit meiner Stimme verletzt!*

Aidan denkt wohl genau dasselbe. Schlagartig wird er so blass, dass er sich glatt als Bansheeny Boy bewerben könnte. Aber das, was mir wirklich Angst macht, ist der Ausdruck in Mays Augen, als er mich nun ansieht. Er ringt fassungslos nach Luft. Und als er sich wieder gefangen hat, flüstert er mir zu: »Lauf!«

MORRIGANS TOCHTER

Ich reiße meine Sachen vom Boden hoch und sprinte, so schnell ich kann, auf dem direkten Weg zur Straße. Aidan hat keine Zeit verloren, das Auto steht quer auf dem Zufahrtsweg, die Fahrertür ist geöffnet und sogar der Schlüssel steckt noch. Irgendwo in mir gibt es wohl einen Teil, der selbst im äußersten Stressmodus noch vorausdenkt. Ich schlittere bei der Vollbremsung auf dem Schotter, ziehe die Schlüssel des Mietwagens ab, drücke die Verriegelung und knalle die Tür zu. Gefühlte fünf Sekunden später bin ich bei Freddies Motorrad. Keine Ahnung, wie ich es schaffe, meinen Rucksack samt Helm im Kofferraum zu versenken. »Freddie!«, keuche ich. »Wo bist du?« Es kommt keine Antwort. Nur Lumi stürmt herbei, als wären ihm sämtliche Ahninnen der Mourne Mountains dicht auf den Fersen. Nass, wie ich bin, schwinge ich mich auf das Bike und starte so panisch durch, dass der Motor im Leerlauf aufröhrt. Die Enduro schlingert einige Male, dann komme ich in die Spur und brause über die *Baltikavej* davon.

Ich habe Glück, dass mir kein LKW in die Quere kommt. Im Rückspiegel wird Lumi, der anfangs noch mein Tempo gehalten hat, kleiner und kleiner, bis er nur noch ein fernes, weißes Leuchten ist. Als ich am Ende der Hafeninsel angelangt bin, klappern meine Zähne vor Kälte. Der Fahrtwind hat mich bis auf die Haut durchgekühlt. Aber das Frieren hat auch etwas Gutes, es holt mich langsam aus dem Schockzustand, in dem ich nur kopflos meinem Fluchtreflex folge. Vorsichtig drossle ich das Tempo. Selbst wenn Aidan einen Zweitschlüssel für das Mietauto haben sollte, ist es unwahrscheinlich, dass sein Chef ihn mir hinterherschickt. *Immerhin hat May mich ja entkommen lassen*, denke ich. Nur wird der Vorsprung mir nicht lange nutzen. Die Erkenntnis, was Shonas Worte für mein Leben bedeuten, ist unausweichlich.

Der Weg mündet auf eine mehrspurige Straße in einem Industriegebiet. Ich sollte wieder Gas geben und zusehen, dass ich von der Hafeninsel wegkomme, aber ich zögere, mich ohne Freddie in den Stadtverkehr zu stürzen. Ich weiß nicht einmal, in welche Richtung ich abbiegen müsste. So fahre ich erst einmal auf einen Seitenweg. *Stubbeløbgade* steht auf einem Straßenschild. Niedrige Bauten stehen hier verstreut wie bei einem Monopoly-Spiel zwischen Parkflächen und einem Sammelplatz für dunkelblaue Schiffscontainer. Dahinter erhebt sich ein großes Frachtschiff, das am Hafen liegt. Keiner der Arbeiter, die mit den Containern beschäftigt sind, beachtet mich, als ich zu einem Parkplatz hinter einem Gebäude kurve. Hier schalte ich den Motor aus. Die Stille dröhnt in meinen Ohren. »Freddie!«, flüstere ich. »Komm schon, gib mir wenigstens ein Zeichen, dass du noch da bist!«

Eine schrecklich lange Minute bin ich sicher, dass Shona es wirklich geschafft hat, Freddie auszulöschen, doch dann höre ich endlich seine Stimme.

»Was … ist passiert?«

Er klingt benommen und so kraftlos, dass meine Angst mich erneut überrollt. Aber immerhin kann ich seine Gegenwart jetzt wieder spüren wie ein elektrisches Kribbeln in meinem Nacken. Und dann kippe ich vor Schreck um ein Haar tatsächlich mit der Maschine um. Lumi hat mich eingeholt und springt einfach vor mich zwischen Lenkrad und Sitz. Ich zucke vor seiner Kälte zurück – und bringe mich damit selbst aus der Balance. Gerade so schaffe ich es, vom Bike zu springen und es abzufangen.

»Mir … ist schwindelig«, flüstert Freddie.

»Wem nicht?«, murmle ich. Mit weichen Knien parke ich das Motorrad und lasse mich auf der niedrigen Mauer nieder, die das Areal von den Containerhöfen trennt. Es tut gut, wieder festen Grund unter mir zu haben. Freddie lässt sich neben mich auf die Mauer sinken. Er ist nicht mehr als ein Schatten seiner selbst. Die Zigarette zittert in seiner Hand. *Was hast du ihm angetan, Shona?*

»Was … machen wir hier?«, stammelt er.

»Durchatmen«, antworte ich leise. »Wie geht es dir? Hat Shona dich schlimm erwischt?«

Er sieht mich besorgt von der Seite an. »Das müsste ich eher dich fragen. Sie … hätte dich um ein Haar getötet.«

»Dich auch.«

Im selben Moment wird mir klar, wie widersinnig mein Satz ist. Die Schärfe weicht aus Freddies Konturen. Es kostet ihn sichtlich Kraft, in meiner Welt zu bleiben. Aber er ist noch da, und nie hätte ich gedacht, so froh zu sein, dass einer meiner Geister nicht verschwindet.

»Wer so eine Verwandtschaft hat, braucht wirklich keine Feinde mehr«, sagt er kaum hörbar.

Lumi winselt, als ich kurz auflache. Vermutlich klinge ich ziemlich verzweifelt.

Freddie ist wohl nicht nach Galgenhumor zumute, immer noch mustert er mich beunruhigt. »Du wusstest, dass du dein Leben aufs Spiel setzt«, sagt er dann. »Trotzdem hast du dich mit dieser Ahnin angelegt, um mich zu retten. Warum?«

Seine Fassungslosigkeit trifft mich. »*Warum?*«, wiederhole ich. »Hast du erwartet, ich schaue einfach zu, wie sie dich auslöscht, während du dich vor Schmerzen krümmst?«

Freddie senkt den Blick und starrt seine Zigarette an. »Ich weiß nicht, was ich erwartet habe«, murmelt er. »Aber du … hättest einfach auf den Deal mit May eingehen und mich Shona ausliefern können. Es wäre deine Chance gewesen, mich loszuwerden. Und vielleicht sogar deine Chance … dein Leben mit Arvo zurückzubekommen.«

Bisher war es mir gelungen, diesen Gedanken zu verdrängen. Aber jetzt krampft sich alles in mir zu einem jähen Schmerz zusammen. *Shona weiß, was ich getan habe. Und nicht einmal May wird mich nun noch retten können.*

»So denkst du also?«, bricht es aus mir heraus. »Es geht immer nur darum, die eigene Haut zu retten, um jeden Preis?« Es ist unsinnig, zornig auf Freddie zu sein, aber es bewahrt mich davor, den Schmerz um Arvo wirklich zuzulassen. »Ich bin nicht käuflich, Freddie«, setze ich wütend hinzu. »Und auch nicht feige.«

»So meinte ich das nicht …«

»Wie dann?«, schnappe ich. »Ich habe dir mein Wort gegeben, schon vergessen? Und hast du dich deinerseits etwa nur auf Shona gestürzt, weil du gefürchtet hast, zu verschwinden, wenn sie mich tötet?«

Freddie schaut mich überrascht an. »Nein«, entgegnet er leise, aber sehr deutlich.

»Wieso fragst du dann, warum ich dich Shona nicht zum Fraß vorgeworfen habe?«

Die Energie meines Ausbruchs hat Freddie deutlicher werden lassen. Er wischt sich mit dem Handrücken fahrig über die Stirn. Immer noch scheint er sich im Jetzt orientieren zu müssen. Seine Erscheinung oszilliert, als würde er nun genau an der Grenze zwischen Diesseits und Jenseits stehen. »Danke, dass du mich gerettet hast«, sagt er leise.

»Gib mir beim nächsten Stopp einen Kaffee aus«, gebe ich mit schwachem Sarkasmus zurück.

Über Freddies Gesicht huscht ein flüchtiges Lächeln. Doch sofort wird er wieder ernst. »Sie wussten offenbar nicht, dass du Shona verletzen kannst.«

»Das hast du mitbekommen? Ja, sogar May war fassungslos. Doch am meisten überrascht war ich selbst, das kannst du mir glauben.«

»Hattest du wirklich keine Ahnung davon, dass du diese Kraft besitzt?«

»Ich scheine von rein gar nichts auch nur irgendeine Ahnung zu haben! Ist es wahr, was Shona gesagt hat? Dass die Toten in Träumen mit den Lebenden sprechen können?«

Leider kann ich seine Art, meinem Blick auszuweichen, inzwischen nur zu gut deuten. *Eigentlich hätte ich es wissen müssen*, denke ich. Ich erinnere mich, wie ich Freddie in meinem Traum von Arvo gesehen habe – wie er am Rand der Bühne stand und mich betrachtete.

»Das … kann ich«, gibt er zögernd zu. »Aber …«

»Und warum werfe ich dann mein Leben weg, um dir zu helfen?«, entfährt es mir. »Du verdammter Lügner!«

»Es ist keine Lüge, dass ich zu Lillemor muss!«

»Und wozu brauchst du mich? Du kannst doch mit ihr reden, wann immer du willst!«

»Aber ich finde sie nicht!«, bricht es so heftig aus ihm heraus, dass Lumi warnend knurrt. »Ich suche sie«, fügt Freddie gequält hinzu. »Jedes Mal, wenn ich die Augen schließe, suche ich verzweifelt nach ihr – ich rufe sie, in jedem Traum. Ich finde Driss und … alle, die mir je etwas bedeutet haben. Sogar die Träume … Fremder durchwandere ich. Aber Lillemor … Es ist, als … wäre sie einfach verschwunden.« Er fährt sich durchs Haar und sinkt erschöpft in sich zusammen. »Irgendetwas ist mit ihr passiert«, murmelt er kaum hörbar. »Ich nehme nur wahr, dass da … jemand anderes ist. Jemand, den ich nicht erkennen kann.«

Lumi drängt sich zwischen Freddie und mich, als wollte er mich schützen. Sein Wolfskörper ist so dicht an meiner Seite, dass mein Bein in seiner Kühle versinkt. Und wie immer erdet mich der Kontakt zu meinem Wolf und erlaubt mir, wieder klarer zu denken.

»Möglicherweise ist es ja jemand, den Lillemor kennengelernt hat«, sage ich vorsichtig. »Das wäre ein Grund, warum ihre Träume für dich verschlossen sind. Kannst du vielleicht nicht ertragen, dass sie sich nach der Trauerzeit nun neu verliebt hat …?«

»Darum geht es nicht!«, unterbricht mich Freddie hitzig. »Ich will ihr nicht im Weg stehen und ich wünsche ihr jede Liebe dieser Welt, die sie glücklich macht. Aber ich kann erst verschwinden, wenn ich weiß, dass es ihr gut geht, und wenn … sie gehört hat, was ich ihr zu sagen habe.«

»Und was, wenn sie es nicht hören will?«

Der Schmerz, der jetzt über Freddies Miene huscht, ist echt, er hallt wie ein Echo in mir wider. »Dann … wird sie mich auch nicht wahrnehmen, wenn ich bei ihr bin. Damit muss ich wohl klarkommen. Aber ich … muss wenigstens versuchen, zu ihr Kontakt aufzunehmen. Natürlich kann ich nicht verlangen, dass du das verstehst.«

Ich verstehe es besser, als du denkst. Die Erinnerung an Arvo wartet nur auf einen Funken, um lichterloh aufzulodern.

»Es tut mir so leid, Dee«, sagt Freddie niedergeschlagen. »Ich wollte dich nicht in … all das hier mit reinziehen.«

»Tja, zu spät. Willkommen im Team auf der Abschussliste der Ahninnen.«

Freddie sieht mich bestürzt an. Doch in einer Hinsicht bin ich ganz und gar Morrigans Tochter: Solange man noch einen Plan hat, irgendeinen, – und sei er noch so sinnlos, kann man sich einbilden, dass nicht alles verloren ist und die Welt nicht in Flammen aufgeht.

»Halte dich in Zukunft aus meinen Träumen raus, klar?«, sage ich brüsk und stehe auf.

»Was machst du?«

»Mich umziehen. Auf der Straße sollte ich aussehen wie eine normale Motorradfahrerin, die nicht sofort von der Polizei angehalten wird, weil sie ohne Helm fährt. Und ich hoffe, du findest den Weg zu Brinnas Wohnung.«

Ich hatte keine zweite Hose nach Dublin mitgenommen, aber zumindest den nassen Sweater von Driss konnte ich im Sichtschutz eines Containers gegen meinen Hoodie tauschen. Die Motorradjacke und die Handschuhe sind zu groß, aber der blaue Helm passt wie angegossen und meine Schnürstiefel gehen auf den ersten Blick als Motorradstiefel durch. Bisher habe ich auf der Straße noch keinen misstrauischen Blick geerntet, sogar ein Polizeiauto ist einfach an mir vorbeigefahren. Lumi hält mühelos Schritt. Der Weg führt durch die Tunnel einer Stadtautobahn und dann über Landstraßen, die mit Schallschutzwänden eingefasst sind wie die Gänge eines Labyrinths. Offenbar umrunden wir Kopenhagen in einem weiten Bogen. *Und immer noch keine Verfolger*, stelle ich erleichtert fest. Freddie erinnert sich nicht an Straßennamen, nur an Gebäude und sonstige auffallende Fixpunkte und die Straßenführung. »Bei der Tuborg-Brauerei biegen wir nach links ab«, sagt er. »Pass auf, die Abbiegespur an der Ampel hat es in sich.«

Selbst als wir nach einigen Kilometern auf eine mehrspurige Autobahn auffahren, bleibt mein Wolf nicht weit zurück. Erst nach zwanzig Minuten geht ihm die Puste aus und er verschwindet aus meinem Rückspiegel. Aber ich bin mir sicher, er wird da sein, wenn nicht heute, dann morgen. In all dem Chaos tut es unendlich gut zu wissen, dass ich Lumi niemals verlieren kann. Und trotzdem kann ich das Unbehagen nicht unterdrücken. *Was, wenn Aidan uns doch mit dem Auto folgt?* Der Gedanke, dass Lumi meine Verfolger wie ein Navi zu mir führt, ist alles andere als beruhigend.

Nach einer Dreiviertelstunde erreichen wir eine Kleinstadt in der Nähe des Meeres, Schilder und Hinweise für Touristen zeigen in Richtung Strand. Unser Weg dagegen führt landeinwärts. »Nach rechts in die breite Alleestraße«, dirigiert mich Freddie. »Dort parkst du beim zweiten Häuserblock, am besten bei den Garagen hinter dem Kinderspielplatz, da ist das Bike von der Straße aus nicht zu sehen.«

Das Viertel hier ist eine verkehrte Welt: Der Spielplatz und die Flächen, die eigentlich grüne Vorgärten sein sollten, sind mit Sand aufgeschüttet. Und darüber erinnern die rundum verglasten Balkone an Aquarien, die jemand einfach an den Außenseiten der klotzigen Wohnblöcke übereinandergestapelt hat. Mein Nacken schmerzt von dem ungewohnten Gewicht des Helms und ich bin froh, dass ich ihn endlich abnehmen kann. Eine angenehm frische Brise kühlt meine erhitzten Schläfen. »Brinna wohnt im zweiten Stock«, raunt Freddie mir zu. Ich verstaue den Helm und gehe zum Haus, während sich die Blicke einiger neugieriger Kinder an meine knarzende Lederjacke heften. Als ich die Klingelschilder lese, fällt mir ein Stein vom Herzen: Jensen steht da neben B. Dalsgaard, vermutlich ist das Brinna. Doch auf mein Klingeln reagiert niemand. Ich drücke die angelehnte Haustür auf, gehe hinauf bis zur Wohnung und klingle noch einmal Sturm.

»Sie ist nicht da«, höre ich Freddie besorgt flüstern. Seine Gegenwart ist kaum noch wahrnehmbar, als würde er bereits wieder in seine dunklen Wasser zurücksinken. Nicht einmal seinen Schatten kann ich erkennen, lediglich eine Unschärfe wie bei einem Flimmern über heißem Asphalt.

»Halte durch!«, flüstere ich ihm zu. »Wir warten, bis sie zurückkommt.«

Mit wackeligen Knien lasse ich mich auf der Treppe nieder und hole mein Handy hervor. Alles, was mich jetzt davon ablenkt, an Arvo zu denken, ist gut. Aber Bébhinn ist diesmal wohl wirklich auf den Schafsweiden unterwegs, das Klingeln geht ins Leere. Auf Morrigans Handy wird schon nach dem zweiten Rufton abgehoben. Mein Herz macht einen Satz, als die muntere Stimme meiner Cousine erklingt.

»Deirdre!«, wispert Shay mir ins Ohr. »Mann, ich habe mir solche Sorgen gemacht, als du nicht zu Mister Mays Haus zurückgekommen bist!«, sprudelt sie sofort ohne Punkt und Komma los. »Hast du es echt geschafft, mit dem Geist zu reden! Was hat er zu dir gesagt? Warum verfolgt er dich? Und wieso ist er nicht böse, wenn er ein ganzes Haus abfackelt?«

»Langsam, Kleine, lass mich erst mal Hallo sagen!«

Sie kichert atemlos und holt dann tief Luft. »Du hast recht. Wir drehen hier schon richtig durch. Hast du mitgekriegt, was auf Fayenet los ist, seit alle wissen, dass du untergetaucht bist?«

Na prima. »Nein, das habe ich nicht mitbekommen. Warum gehst du eigentlich an Morrigans Handy? Und solltest du um diese Zeit nicht in der Schule sein?«

»Tante Morrigan hat mir für diese Woche eine Entschuldigung geschrieben«, erklärt Shay. »Sie sagt, ich soll zu Hause bleiben, bis du wieder da bist. Und ich passe gerade auf ihr Handy auf. Sie hat sich mit einer Kopfschmerztablette ins Bett gelegt. Ich soll sie aber sofort wecken, falls jemand anruft.«

Offenbar hat May noch nicht das Inferno losgelassen, denke ich bei mir. Vermutlich ist das eine gute Nachricht.

»Weck sie bloß nicht auf«, flüstere ich. »Lass sie in Ruhe schlafen. Richte ihr nur aus, dass es mir gut geht, ja?«

»Klar, mach ich«, sagt Shay unbekümmert. »Und jetzt erzähl endlich. Was ist mit dem Geist?«

Zwischen all ihren Nachfragen gelingt es mir, eine Version der Geschichte zu improvisieren, die ihr keine schlaflosen Nächte bereiten wird. »Es ist wie in der Serie *Ghost Whisperer*, weißt du?«, schließe ich. »Da hilft eine Frau, die Übersinnliches wahrnehmen kann, Geistern, ihre letzten Botschaften an einen geliebten Menschen zu übermitteln. Damit sie dann in Frieden gehen können. Und dieser hier will sich von seiner großen Liebe verabschieden.«

Broken Love Paranormal, Staffel 1, setze ich in Gedanken hinzu. Ich bin nicht stolz darauf, Shay Märchen zu erzählen, aber meine Cousine ist sofort Feuer und Flamme. »Cool«, haucht sie. »Dann hat der Geist dich also extra ausgesucht, weil du ihn sehen kannst? Und der Brand in Mister Mays Büro war nur ein Versehen … also fehlgeleitete Energie einer leidenschaftlichen Liebe? Wahnsinn!«

»Ja, Wahnsinn«, murmle ich. »Hör mal Shay. Tust du mir einen Gefallen? Ich brauche ein paar Infos über einen schottischen Clan: MacLeod of Harris. Vor ungefähr fünfhundert Jahren muss es in ihrer Linie eine Frau gegeben haben, die Shona hieß. Sie soll ziemlich jung gestorben sein, in meinem Alter ungefähr. Schaust du in Morrigans Bibliothek für mich nach, ob du etwas über sie in irgendwelchen alten Harris-Chroniken findest?«

»Klar, wofür brauchst du die Info?«

Ich schlucke. Shay ist wirklich ahnungslos. Und vermutlich schwärmt sie immer noch von Aidan, ohne zu ahnen, dass er mir mit einer Ahnen-Agentin auf den Fersen ist.

»Ist noch geheim«, antworte ich. »CSI Bansheeny, verstehst du?«

Shay ist sofort noch aufgeregter. »Wir ermitteln?«, piepst sie.

»Ja. Und wenn du schon dabei bist, versuche auch herauszufinden, ob damals auch sieben Männer von einem Clan namens Tormod ums Leben kamen. Ach ja – und im Augenblick darf noch niemand etwas darüber erfahren, dass du nachforschst, nicht einmal Morrigan, klar?«

»Klar«, kommt es ohne zu zögern zurück. »Hat es etwas mit der Geist-Liebesgeschichte zu tun?«

Ich schaffe es einfach nicht, noch mehr Lügen zu erzählen. »Nein, es geht um eine Ahnin der schottischen Banshee-Linie«, flüstere ich. »Sie … arbeitet ab und zu mit Mister May zusammen. Ich möchte einfach wissen, wer sie war, als sie noch lebte, und was … damals mit den Männern passiert ist.«

Shay schweigt. Und als sie nach einer ganzen Weile endlich aus ihrer Ahninnen-Schreckstarre erwacht, wispert sie atemlos: »Kannst du Mails abrufen?«

»Ja, aber schicke mir nichts an meine normale Adresse. Ich melde mich bei dir, sobald ich eine neue Geheimadresse habe.«

»Eine mit CSI-Kürzel?«, fragt Shay hoffnungsvoll. Ich hatte fast vergessen, wie schön es ist zu lächeln.

»Du schaust trotz Morrigans Verbot immer noch heimlich *True Crime*, stimmt's?«

Shay kichert. Wahrscheinlich wird sie knallrot dabei. »Ich vermute, du liest gerade nicht viele News, oder?«, fragt sie dann. »Stell dir vor, sie haben die Zeugen befragt, die Romeo gesehen haben. Als er die Stelle besuchte, wo er sein letztes Opfer begraben hat. Die Leute sollen den Mann beschreiben, damit die Polizei ein Phantombild erstellen kann.«

Ich erinnere mich an die Zeitungsmeldung, die ich in Gizmos Studio gesehen hatte. Vor allem an das Foto der Studentin, die mutmaßlich von diesem Serienkiller ermordet wurde.

»Und im Dark-Crime-Forum gibt es schon Theorien zu Romeo«, haspelt Shay weiter. »Wusstest du, dass er keine richtige Mörderhandschrift hat? So sagt man, wenn ein Killer zum Beispiel immer mit einer bestimmten Waffe tötet und den Tatort auf eine unverkennbare Art inszeniert …«

»Dark-Crime-Forum?«, unterbreche ich ihren Redeschwall. »Sag mal, du treibst dich doch nicht etwa in Internetforen herum, die ausschließlich für Erwachsene bestimmt sind?«

»Unsinn!«, entgegnet Shay schon fast entrüstet. »Dark Crime heißt nur ein Thread, den ich im Schülerforum eröffnet habe. Ich schreibe alles rein, was ich über den Fall erfahre – und inzwischen schreiben schon drei andere Mädchen mit.«

Das Detektiv-Kleeblatt aus der sechsten Klasse also, denke ich. Nun, ich hatte mir ja gewünscht, dass Shay Freundinnen findet. »Lass dich trotzdem nicht von Morrigan erwischen«, rate ich ihr. Shay kichert wieder. »Mach ich nicht. Schick mir deine neue Mailadresse, ja?«

LILLEMOR

Lumis warnendes Knurren reißt mich aus einem wirren Strudel von Bildern, in denen ich zu versinken drohe. Und als ich benommen blinzle, schaue ich in hellblaue Augen und schrecke so heftig hoch, dass ich beim Aufspringen von der Stufe abrutsche und mich an der Wand gerade noch abfangen kann.

»Entschuldige«, sagt der Fremde. »Ich wollte dich nicht erschrecken.«

»Alles gut«, flüstere ich – eher zu Lumi, der nicht aufhört zu knurren und dabei auch noch die Lefzen zurückzieht, bis man seine langen Fänge sieht. Mein Herz rast und meine linke Hand ist zur Faust geballt, bereit, jederzeit zuzuschlagen. *Wie konnte ich nur im Sitzen einschlafen?*, schelte ich mich. Doch es ist nicht Shona, die mich hier überrascht hat, sondern nur ein junger, sportlicher Typ, der wahrscheinlich hier im Haus wohnt. Er trägt zwei volle Einkaufstaschen, die er nun abstellt.

»Wartest du hier auf jemanden?« Er fischt einen Schlüssel aus der Jackentasche. Mein Hirn ist wohl noch im Blackout-Modus.

Während ich nach Worten suche, schließt der Typ die Wohnung auf. Und endlich rastet mein Verstand wieder ein.

»Du … wohnst bei Brinna?«

»Ja. Willst du zu ihr? Sie ist noch beim Training.« Er mustert mein nasses Haar und die durchweichte Jeans und fügt hinzu: »Ist ziemlich kalt heute im Treppenhaus. Komm rein!«

Ohne meine Antwort abzuwarten, schnappt er sich die Einkaufstaschen und geht voraus. »Bleib hier und rühr dich nicht von der Stelle, Lumi«, flüstere ich meinem Wolf zu und nehme meinen Rucksack hoch. Ich versuche Freddie auszumachen, aber er ist nicht da. Und so folge ich dem Sportler eben allein. In Helsinki würde man mich dafür töten, mit Stiefeln eine Wohnung zu betreten, aber der Typ macht sich nicht die Mühe, seine Nikes auszuziehen, also betrete auch ich in Schuhen eine gemütliche, abgewohnte WG-Küche mit zahllosen Fotos und Postkarten an den Wänden. Über dem Küchentisch prangt ein Vorfahrts-Straßenschild, wahrscheinlich die Trophäe einer durchfeierten Nacht.

»Willst du einen Kaffee oder Tee?«, fragt Brinnas Mitbewohner.

»Gerne einen Kaffee«, antworte ich. »Danke! Ich bin … übrigens Sóley.« Das ist der isländische Name, den ich auch beim Telefonat mit Lillemors Ex-Kollegin Elena Samartzis verwendet habe. Und wie bei ihr achte ich darauf, Dänisch mit einem deutlich isländischen Akzent zu sprechen, um glaubwürdig zu wirken.

»Freut mich, Sóley. Ich bin Björn – Brinnas Bruder.«

Vorsichtig lasse ich mich auf einem Stuhl nieder, stelle den Rucksack ab und schäle mich aus der Lederjacke. »Bist du hier zu Besuch?«

Björn, der gerade Tassen aus dem Küchenschrank holt, hält inne. »Nein«, antwortet er mit einem amüsierten Unterton. Als er die Tassen auf den Tisch stellt, bleibt sein Blick an meiner Hand hängen – dort, wo ich meine Punktlandung auf dem Kies hingelegt habe, prangen Schürfwunden. Als ich die Handschuhe abgestreift habe, ist etwas Schorf aufgerissen, helles Blut glänzt auf meiner Haut.

»Ist nicht schlimm«, komme ich Björns Frage zuvor. »Ich hatte nur einen kleinen Unfall.«

»Das sieht aber eher nach einem größeren Unfall aus«, sagt er. »Und … ähm … du hast da was. Darf ich?«

Er beugt sich über den Tisch und zupft mir vorsichtig etwas aus dem Haar. Es ist ein langes Stück Tang, ein Souvenir vom Unterwasser-Kampf mit Shona. Ich merke, wie ich wieder anfange zu zittern. »Ich bin … auf Kiesgrund aus der Kurve gerutscht und an einer Böschung im Kanal gelandet«, murmle ich. »Zum Glück ohne mein Motorrad. Und eigentlich warte ich nicht auf Brinna, sondern auf Lillemor. Hast du eine Ahnung, wann sie heimkommt?«

Björn stutzt. »Du bist eine Freundin von Lillemor?«, fragt er ungläubig mit einem Blick auf die Motorradkluft.

»Ja. Sie wohnt doch hier?«

»Ähm, naja«, sagt Björn langsam. »Im Prinzip schon. Aber bis zum Wintersemester habe ich ihr Zimmer übernommen. Hat sie dir gar nicht gesagt, dass sie wegfährt?«

Bitte nicht, das darf nicht wahr sein! »Nein, wir haben eine Weile nicht telefoniert. Wo ist sie denn?«

Björn ist jetzt sichtlich irritiert. Fieberhaft überlege ich, wie ich aus dieser Misstrauensnummer wieder rauskomme. *Halt dich an das, was Elena dir über Lillemors Kontaktabbruch erzählt hat.* »Lillemor und ich kennen uns von einem Festival«, beginne ich. »Damals haben wir ausgemacht, dass ich sie in Kopenhagen besuche, wenn ich im Frühjahr herkomme. Ich habe ihr Nachrichten geschickt, aber … komischerweise kamen ihre letzten Mails zurück und unter ihrer Handynummer geht sie nicht mehr ran. Und als mir ihre Kollegin aus der Bibliothek gesagt hat, dass Lillemor gekündigt hat und auch ihre Nachrichten ins Leere laufen, da dachte ich, wenn ich schon hier bin, dann … schaue ich kurz bei ihr vorbei.« Auf gut Glück füge ich hinzu: »Ich weiß, das wirkt ein bisschen aufdringlich, aber irgendwie habe ich mir Sorgen gemacht, ob bei ihr alles in Ordnung ist.«

»Da bist du nicht die Einzige«, sagt Björn. »Sie meldet sich auch bei Brinna nicht mehr. Letztens bekam Brinna eine Nachricht, in der Lillemor ihr sagt, dass sie eine Weile für sich sein will und keinen Kontakt mehr möchte. Das hat Brinna ziemlich fertiggemacht. Sie sagte, seit Lillemor in Stockholm ist, scheint sie sich ganz schön verändert zu haben.«

Stockholm? Diese Info durchfährt mich wie ein elektrischer Schlag. »Was macht sie denn in Schweden?«

»Studieren. Sie hatte sich für ein Kunstgeschichte-Stipendium an der Stockholmer Uni beworben. Aber eigentlich wollte sie einfach nur eine Weile weg aus Kopenhagen. Naja, und dass sie Zeit für sich braucht, kann ich ehrlich gesagt gut verstehen. Nach der … Sache mit ihrem Freund war sie ziemlich down.«

»Allerdings«, murmle ich. »Kanntest du ihn?«

Björn schüttelt den Kopf. »Hab ihn nie getroffen. Ich weiß nur, dass Brinna ihn nie besonders mochte. Sie sagte, er sei ein eifersüchtiger Idiot. Zwischen ihm und Lillemor hat wohl oft die Luft gebrannt. Aber mehr weiß ich auch nicht darüber.«

»Klar.« Ich nicke und schaue mich verstohlen um. Ich wundere mich, dass Freddie immer noch nicht aufgetaucht ist. Dafür erspähe ich durch das Küchenfenster meinen Wolf. Er wartet nicht vor der Tür. *Natürlich. Wölfe lassen sich nicht wie Hunde befehlen, auf Frauchen zu warten.* Aber Lumi hat sich auch noch ausgerechnet an der großen Alleestraße platziert und liegt dort auf dem Bürgersteig in der Sonne. *Ein lebendes Hinweisschild für Aidan*, denke ich voller Unbehagen.

»Du frierst ja total in den nassen Klamotten«, stellt Björn fest. »Warte, bin gleich zurück.«

Es tut gut, ein paar Minuten für mich zu haben, um meine wirbelnden Gedanken zu sortieren. Stockholm. Mit dem Motorrad wäre ich von hier aus mindestens einen Tag unterwegs. Zeit genug, dass Shona & Co mir auf die Spur kommen. »Freddie?«, flüstere ich. »Ich könnte hier Unterstützung gebrauchen, also lass mich nicht allein mit dem allen hängen!« Doch es kommt keine Reaktion. Mit steifen Gliedmaßen stehe ich auf und stakse zum Kühlschrank. Dort hängen die meisten Fotos, außerdem ein vollgeschriebener Geburtstagskalender und vor allem ein Blatt, auf dem Lillemors Adresse in Stockholm steht. Es scheint ein Studierendenwohnheim zu sein. Auf vielen Fotos ist ein durchtrainiertes Mädchen mit schwarzem Haar und einer burschikosen Kurzhaarfrisur abgebildet Von der Ähnlichkeit der klaren Gesichtszüge ist es eindeutig Björns Schwester Brinna. Auf einigen Bildern ist sie zusammen mit einer Freundin zu sehen, die ihr genaues Gegenteil ist: extrem zierlich, langes rotblondes Haar. Ist das Lillemor? Mit dem verträumten, etwas scheuen Blick und dem elfenhaften Lächeln ist sie in gewisser Weise auch das Gegenteil von mir. *Zerbrechlich und sensibel*, denke ich. *Und irgendwie … verloren.* So wirkt sie jedenfalls auf den Bildern, auch auf einem Foto, das sie im Badeanzug an einem Sandstrand zeigt.

Obwohl sie in die Kamera lacht, sind ihre Augen traurig. Sie erinnert mich an jemanden, ohne dass ich darauf komme, wer es sein könnte. Es ist seltsam, dass sie nicht länger ein Phantom ist. Sie ist real, sie hatte ein Leben mit Freddie. In diesen Augen hat er sich verloren. Ich stelle mir vor, wie Freddie und diese Elfe nachts im Mondschein zu einer Insel schwimmen und sich dort zum ersten Mal küssen. Doch schnell schiebe ich den Gedanken weit von mir. *Konzentriere dich auf die Fakten!,* ermahne ich mich. Mit dem Handy mache ich Bilder von der Kühlschrankgalerie. Jemand hat auch eine Kunstpostkarte darüber gepinnt. Darauf ist ein Gemälde aus einem früheren Jahrhundert abgebildet. Eine verträumte Schönheit, die Lillemor bestechend ähnlich sieht, sitzt an einem Seerosenteich, im Haar rote und weiße Blumen. Ihr helles Gewand ist mit goldenen Borten bestickt und in ihrem Schoß liegen frisch gepflückte Margeriten.

Time traveller Lillemor!, steht in mädchenhaft runder Handschrift quer über der Postkarte. Vorsichtig ziehe ich den Kühlschrankmagneten ab und nehme die Karte in die Hand. Die Rückseite ist leer, nur die Daten zum Kunstwerk sind dort abgedruckt: *Ophelia (1894), John William Waterhouse.*

Als ich Björns Schritte höre, bleibt keine Zeit mehr, die Karte zurückzuhängen, also lege ich sie nur auf den Kühlschrank und setze mich eilig wieder hin.

»Hier«, sagt er und reicht mir ein Handtuch. »Das Bad ist die zweite Tür links. Wärm dich gerne in der Dusche auf, wenn du willst. Ich habe dir auch ein paar trockene Sachen von Brinna hingelegt.«

»Danke!«, sage ich ehrlich überrascht.

Wenn Björn lächelt, könnte er Aidans Charme durchaus Konkurrenz machen. »Kein Thema«, sagt er leichthin. »Hast du zufällig Hunger? Ich mache gleich Spaghetti. Und vielleicht ist Brinna bis dahin zurück.«

Genau wie Musik hat Wasser eine ganz eigene Magie. Sobald ich unter der Dusche die Augen schließe, geht es mir zum ersten

Mal wieder gut. Die Gedanken kommen zur Ruhe, meine Ängste legen eine Pause ein und nicht einmal das Brennen der Schürfwunden macht mir noch etwas aus. Kurz denke ich daran, dass Freddie hoffentlich nicht genau jetzt im Bad auftaucht, aber als ich aus der Dusche steige, sitzt dort nur Áila. Ihr Blick gleitet besorgt über meine Prellungen und blauen Flecken. »Ja, sieht schlimm aus«, sage ich leise. »Und es war auch das Schlimmste, was ich je erlebt habe. Dieser Schmerz, als Shona mich gepackt hatte. Wie erfrieren und gleichzeitig verbrennen.« Ich höre Áilas Seufzen nicht, aber ich sehe ihr mitfühlendes Kopfschütteln und es tut unendlich gut, dass sie all das wahrnimmt und versteht. Mahnend deutet sie auf das Desinfektionsmittel in einer Box, die mit Sportbandagen und Pflastern gefüllt ist. »Mach ich«, antworte ich. »Und falls du in deinem Geisterkosmos Freddie triffst, sag ihm, er soll gefälligst auftauchen.«

Brinna ist ähnlich groß wie ihr Bruder, ich muss die Hosenbeine ihrer warmen Sporthose an den Knöcheln ein ganzes Stück zusammenschieben. Das Shirt riecht nach fremdem Waschmittel und auf Brinnas Socken sind Tennisschläger-Motive.

Als ich mit geföhntem Haar und schwarz getuschten Wimpern zurück in die Küche komme, empfängt mich der Duft von Kaffee und Tomatensauce mit Basilikumgewürz. Das Küchenradio ist an und Björn steht an der Spüle und gießt gerade das Spaghettiwasser ab. Der Tisch ist gedeckt und neben meinem Teller liegt ein Zettel mit einer Handynummer. »Meine Nummer«, sagt Björn über die Schulter. »Brinnas Handy ist noch aus und ich hatte ganz vergessen, dass sie sich nach dem Training noch mit ein paar Leuten trifft. Aber du kannst mich heute Abend oder morgen früh anrufen, wenn sie da ist, ich gebe dich dann an sie weiter.«

»Danke!«

Björn prüft mit einem kurzen Blick, ob ich meine Schürfwunden verarztet habe. Dann bringt er das Essen zum Tisch und setzt sich mir gegenüber. Es ist zwar einerseits anstrengend, meine Isländerin-Rolle zu spielen, ohne mich in Widersprüche zu verwickeln. Aber gleichzeitig tut es unendlich gut, sich einfach umsorgen zu lassen. Ich habe gar nicht gemerkt, wie hungrig ich bin und wie erschöpft. Doch nach dem zweiten Teller Spaghetti kehren meine Lebensgeister zurück. Ich trinke Kaffee und lausche Björn, wie er begeistert von seinem Volleyball-Team erzählt. Ich plaudere über Island und den Ausflug zu einer Cousine, die in Oslo lebt. Björn gehört zu den Menschen, bei denen man schnell das Gefühl hat, sie schon lange zu kennen. Er ist charmant und witzig und bringt mich sogar zum Lachen. Und als im Radio der Feelgood-Song »Cover Me in Sunshine« von Pink erklingt, ist es, als würde die Angst in mir einfach schmelzen. Die Musik verwandelt alles und zeigt die Küche in einem ganz anderen, warmen Licht. Ich sehe Farben, die sich in jeden Winkel eingenistet haben. Tanzende Staubpartikelchen, die in der Sonne zu Goldstaub werden. Ich rieche den Duft der Gewürze und habe den köstlichen Geschmack von süßbitterem Kaffee auf der Zunge. Die fremde Kleidung wärmt nicht nur meine Haut. Pink singt, dass alles gut wird. *Wie gut es tut, einfach nur zu sein, zu atmen, zu lachen*, denke ich bei mir. Das Leben scheint mich ein paar kostbare, zeitlose Atemzüge lang zu umarmen, um mich daran zu erinnern, dass ich immer noch da bin. Draußen leuchtet Lumis weißes Fell vor dem Braungrau der Wohnblöcke und für einen Augenblick überlagern sich meine zwei Leben. Es ist, als würde ich meine beiden Ichs auf einmal sehen: das unbeschwerte Mädchen, das ich gerne wäre, und die Bansheeny, die ich nun mal bin. »Ich habe immer eine Wahl.« Das hatte ich zu Freddie bei unserem Streit vor der Bibliothek gesagt. Und es stimmt, ich habe die Wahl, auch wenn das bedeutet, etwas tun zu müssen, was mir das Herz brechen wird.

Björn hat darauf bestanden, dass ich Brinnas Klamotten mitnehme und sie ihr irgendwann zurückbringe, selbst wenn dieses »irgendwann« ziemlich lange dauern könnte. Meine Stiefel sind zwar noch feucht, aber ich friere trotzdem nicht mehr, als ich aus dem Haus trete.

Der Spielplatz ist inzwischen leer, die Schaukeln sind verwaist und im Sand liegen halb begraben vergessene Bauklötze aus Holz und anderes Spielzeug. Lumi springt sofort von seinem Sonnenfleck an der Straße auf und jagt auf mich zu, die Nase abenteuerlustig im Wind, als könnte er es kaum erwarten, weiterzuziehen. *Einsame Wölfe sind Wanderer*, denke ich bei mir. Und damit meine ich uns beide. Ich hebe die Hand und stoppe ihn mit einer abwehrenden Geste. Verdutzt bleibt er mitten auf der Straße stehen. »Nein, Lumi«, flüstere ich ihm sehr deutlich zu. »Ich kann dich nicht mitnehmen!«

Natürlich versteht er die Worte nicht, den Sinn begreift er aber sehr wohl. Es tut weh zu sehen, wie irritiert und beunruhigt er ist. Er winselt, senkt den Kopf und kommt vorsichtig im Bogen näher. »Nein!«, wiederhole ich scharf. »Geh!« Lumi rührt sich nicht. Ich beiße die Zähne zusammen und hebe einen der Spielklötze auf. »Geh weg!«, rufe ich flüsternd und hole aus. Der Holzklotz tanzt klappernd über den Asphalt. Lumi weicht ihm mit einem Seitwärtssprung aus und sieht mich an, als wäre ich die größte Verräterin auf Erden. *Was ich ja auch bin.* »Verschwinde!«, bringe ich mühsam heraus. »Geh, ich kann dich nicht mitnehmen!« Immer wenn er erneut versucht, auf mich zuzukommen, werfe ich wieder etwas nach ihm, scheuche ihn von mir fort, bis er schließlich aufgibt. Mit eingezogener Rute und gesenktem Kopf wendet er sich ab und läuft endlich davon. Der Wind auf meinen Wangen ist kalt. Ich hatte nicht gemerkt, dass mir die Tränen über das Gesicht laufen. Ich lasse den letzten Bauklotz in den Sand fallen und ringe nach Luft. Ich sollte zum Motorrad zurückgehen. Aber ich muss zumindest Atem holen, um zu verkraften, was ich eben getan habe. Also lenke ich meine Schritte zu den Schaukeln und lasse mich niedergeschlagen auf einer davon nieder. Es fühlt sich fremd an. Noch nie in meinem Leben habe ich auf einer Kinderschaukel gesessen. In Lappland waren verschneite Wälder mein Spielplatz. Und Lumi mein einziger Spielgefährte.

»Du hast deinen Wolf weggeschickt?«, sagt Freddie. Ich entdecke ihn auf der zweiten Schaukel, kaum mehr als eine Silhouette, die langen Beine von sich gestreckt.

»Ich musste es tun«, erwidere ich tonlos. »Ich kann nicht riskieren, dass er Aidan auf unsere Fährte führt. Wo warst du?«

Im Grunde ist es eine dumme Frage. Ich muss ihn nur ansehen, um zu wissen, wie viel Kraft ihn der Kampf gegen Shona gekostet hat. Er ist kaum noch hier. Nicht einmal die Geisterkälte strahlt von ihm ab. Dennoch nehme ich wahr, wie angespannt er ist. Seine Hände sind zu Fäusten geballt, als würde er sich mühsam an meiner Seite der Wirklichkeit festklammern.

»Ich habe es gehört.« Freddies Stimme verliert sich fast im Wind. »Lillemor ist fort. Verdammt! Mir läuft die Zeit davon!« Er starrt seine Fäuste an, die kaum noch mehr als Nebel sind. Und wieder überkommt mich Panik, dass er sich auflösen könnte. »Freddie, schau nicht deine Hände an, schau mich an!«, befehle ich ihm. Er hebt den Blick und in seinen Augen lodert dieselbe große Angst, die ich fühle. Diese geteilte Furcht scheint uns zu verbinden und ihm etwas Kraft zu geben. »Wir schaffen das!«, sage ich mit fester Stimme. »Du wirst Lillemor sehen. Sie ist nicht am Ende der Welt, sondern in Stockholm. Mit etwas Glück sind wir morgen bei ihr – vorausgesetzt, niemand kontrolliert unterwegs, ob ich einen Motorradführerschein habe.«

Das Lächeln, das ich ihm damit entlocke, bringt etwas Farbe und Realität zu ihm zurück. »Du lässt wirklich niemanden im Stich«, sagt er sanft.

Oh doch, denke ich. *Meinen Wolf*. Ich hole mein Handy hervor, bevor ich wieder anfange zu heulen.

»Tut mir leid, was ich vorhin über dich gesagt habe«, fügt Freddie hinzu. »Inzwischen sollte ich es wirklich besser wissen.«

»Schon gut«, wiegle ich etwas zu brüsk ab. »Hier, nur zur Sicherheit: Wir reden von diesem Mädchen?« Ich zoome eines der Kühlschrankfotos heran. »Die Rotblonde ist Lillemor, ja?«, hake ich nach. Freddie schluckt sichtlich, dann senkt er den Blick und nickt. »Ja, das ist sie … Ist lange her, dass ich mein Mädchen gesehen habe.«

Die Sehnsucht in seiner Stimme versetzt mir einen Stich. »Gut«, murmle ich und versuche Arvo aus meinen Gedanken zu schieben. »Dann lass uns keine Zeit verlieren.«

Ich springe von der Schaukel und gehe zum Motorrad. Erst als ich bei der Enduro bin, schaue ich mich um, aber Freddie ist mir nicht gefolgt.

Diesmal geht Bébhinn sofort ans Telefon. »Wo bist du?«, ist ihre erste Frage.

»Noch in Dänemark.«

»Was heißt ›noch‹?«

Ich klemme mir das Handy zwischen Schulter und Ohr.

Während ich Bébhinn knapp berichte, öffne ich den Kofferraum und sortiere mit einer Hand meine Sachen um. Aus dem Rucksack hole ich die Motorradschlüssel und krame nach dem Fahrzeugschein, den ich irgendwo zwischen meine Klamotten gestopft habe. Endlich finde ich ihn, doch beim Herausziehen rutscht ein zusammengefaltetes Papier mit heraus und segelt zu Boden.

»Stockholm also«, höre ich Bébhinn auf der anderen Seite des Atlantiks sagen. »Gut, ich glaube, dort in der Nähe wohnt sogar eine von uns, Ailis Faye, sie ist Wirtschaftsanalystin …«

Sie redet weiter, aber ich folge ihr nur noch mit halbem Ohr. Völlig perplex starre ich auf das Bild vor mir. »Bébhinn?«, unterbreche ich sie. »Ich … muss weiter. Wir telefonieren, wenn ich es nach Schweden geschafft habe, okay?«

»Alles klar«, höre ich sie sagen. »Fahr trotzdem vorsichtig, Lämmchen!«

Ich lege auf und hebe das Blatt vom Boden auf. VERMISST, schreit mir die Schrift in Großbuchstaben entgegen. Jetzt erst sehe ich, auf wen sich die Anzeige bezieht. Es muss ein Passfoto von Freddie sein, das bei der Polizei für eine Vermisstenanzeige gescannt wurde. Er sieht darauf ernst und sogar ein wenig grimmig aus, als wäre das Foto an einem schlechten Tag aufgenommen worden. Seine Zornesfalte ist sichtbar und seine braunen Augen wirken dunkler, als ich sie kenne. Am meisten irritiert mich aber der Name, der unter der Anzeige steht. Atemlos überfliege ich die wenigen Zeilen unter dem Foto. Ich spüre Kühle hinter mir und stehe auf.

»Du heißt nicht Freddie«, sage ich und drehe mich langsam um. »Dein Name ist Farin. Farin Winther. Und offiziell bist du gar nicht tot. Du giltst als vermisst, seit du auf einer Reise in Island spurlos verschwunden bist.«

Freddie starrt die Anzeige an, die ich ihm hinhalte, als wäre sie in einer fremden Sprache verfasst. »Farin?«, wiederholt er irritiert. Doch dann hellt sich seine Miene schlagartig auf. »Ja!«, sagt er verwundert. »Das ... ist mein Name! Aber so haben mich nur meine Mutter und mein Onkel genannt. Sogar Driss sagt nur Freddie zu mir.«

»Und er hofft, dass du lebst.« Ich zeige ihm den Fahrzeugschein. Auch dieses Dokument ist auf Farin Winther ausgestellt. »Das Motorrad ist immer noch auf dich angemeldet«, füge ich hinzu. »Driss ist wohl davon überzeugt, dass du zurückkommst. Man hat deinen Körper nie gefunden, nur dein Handy lag zwischen den Felsen am Strand. Die Flut muss dich hinaus aufs Meer gezogen haben.«

Nun wirkt Freddie völlig bestürzt. *Oder wie jemand, den man aus einem schönen Traum geweckt hat und der schlagartig erkennt, wo er in Wirklichkeit ist*, denke ich bei mir. Er lächelt traurig. »Deshalb glaubt Driss mir also nie, wenn ich ihm in seinen Träumen mitzuteilen versuche, dass ich tot bin.«

»Das könnte auch der Grund sein, warum Lillemor nicht mit dir sprechen will«, sage ich vorsichtig. »Weil sie den Gedanken nicht ertragen kann, dass du nicht zurückkehren könntest.«

Freddie schließt kurz die Augen. »Vielleicht«, murmelt er. »Und daher bin ich also im Ozean, wenn ich schlafe.«

Ich fröstle bei dem Gedanken. Hastig packe ich den Fahrzeugschein und die Vermisstenanzeige weg und schließe den Kofferraum ab. »Wir fahren trotzdem zu Lillemor, richtig? Damit sie wenigstens Gewissheit hat?«

Freddie nickt. Und als er den Kopf hebt und mich mit seinen wachsamen Fuchsaugen ansieht, fängt mein Herz an zu rasen, ohne dass ich weiß, warum.

»Je weiter weg wir von Shona sind, desto besser«, sagt er. »Und vielleicht … gibt es ja doch eine Möglichkeit, wie du den Ahninnen entkommen kannst.«

Nur mit einem Ticket nach Abu Dhabi und einem wirklich guten Zeugenschutzprogramm, denke ich.

»Darüber mache ich mir Gedanken, wenn wir in Stockholm sind«, erwidere ich und setze Lillemors Helm auf.

TEIL VIER

X würde durchdrehen, wenn er mich jetzt hier sehen könnte: strahlend und glücklich mit einem anderen. Ja, ich bin tatsächlich glücklich! Der Koffer steht schon gepackt im Flur. Ich dachte, ich würde mich nie wieder verlieben und nie wieder vertrauen können, aber ich habe mich so sehr geirrt. Umso verrückter ist es, dass ich ausgerechnet jetzt wieder an X denken muss. Ich will nicht einmal seinen Namen in dieses Tagebuch schreiben. Stattdessen streiche ich ihn mit diesen zwei resoluten Strichen einfach durch. Und damit ist ab jetzt auch Schluss mit dem ewigen X. Komisch, dass x auch für Kisses steht. Unter Briefen schreibt man das ja so: xxx. Kisses for me, kisses for you. Soll ich die Seite später einfach herausreißen? Wobei – nein, wieso eigentlich? Ist schließlich mein Tagebuch und mein Leben! Außerdem ist es sowieso die letzte Seite, also wird es eben der Abschluss und morgen fange ich neu an mit einem neuen Buch. Ja, schon verrückt, seit ich Dante kenne, schreibe ich zum ersten Mal in meinem Leben Tagebuch. Er hat es mir geschenkt, damit ich die Zeit, in der wir uns nicht sehen können, mit Worten füllen kann. Er liebt es, die Welt zu beobachten und zu schreiben. So oft habe ich ihn betrachtet, während er in sich versunken in der Bibliothek saß und mit dem Füller Notizen machte. Er hat eine tolle Schrift, meine sieht dagegen richtig mädchenhaft aus. Naja. Aber ich habe auch schon immer gerne geschrieben – vielleicht werde ich das in Zukunft öfter tun. Ohne X und ohne die Angst, dass er doch wieder eines Tages einfach vor meiner Tür stehen könnte. Ich weiß nicht, wie oft ich in der Zeit, als es so schlimm war, den Song von Saygrace gehört habe: »You Don't Own Me«, aber gegen die Angst geholfen hat es nicht viel.

Dante würde nie mitten in der Nacht vor meiner Tür stehen, wütend mit der Faust dagegenhämmern und fordern, dass ich aufmache, weil er mich angeblich liebt. Er würde mich nie mit seiner Eifersucht quälen. Er versteht mich einfach wie niemand sonst.

Seit ich heute Morgen aufgewacht bin, summe ich vor mich hin, und auch während ich am Schreibtisch an meiner Semesterarbeit sitze. Ich muss lächeln, wenn ich durch das schmale Fenster nach draußen schaue. Ich sehe nur die Häuser der Vorstadt, aber ich stelle mir vor, wie es sein wird, jeden Tag auf das glitzernde Wasser des Sees zu blicken. Unser heimliches Haus, von dem noch keiner wissen darf. Dante sagt, manchmal kann er vom Schlafzimmerfenster aus frühmorgens Elche sehen, die im See schwimmen, und nicht weit vom Ufer liegt eine kleine wilde Insel, dicht bewachsen mit struppigen Birken und Blaubeersträuchern. Ich liebe das Wasser. Und Dante sagt, unsere erste Nacht dort soll etwas Besonderes sein. Wenn ich zurückblicke, kommt es mir vor, als hätte ich die Zeit, bevor wir uns verliebten, nur geträumt. Damals war ich wirklich noch Lillemor. Dieser Name ist wie ein Siegel, das mir meine Eltern aufgedrückt haben: »Lille« – »klein«. Aber jetzt bin ich aus dem Traum aufgewacht. Brinna meldet sich gar nicht mehr und auch Elena und die anderen haben mir nie geantwortet, als ich ihnen schrieb, dass mein Smartphone verloren gegangen ist und ich eine neue Nummer habe. Einerseits bin ich traurig darüber, aber manchmal muss man etwas zurücklassen, um ganz neu beginnen zu können. Seit Dante und ich zusammen sind, existiert die kleine Lillemor nicht mehr. Eine Weile nannte er mich Guinevere nach einem Gemälde, das der Maler Henry Justice Ford gemalt hat. Es gefällt mir, dass Dante mich schon von Anfang an als Königin sah und nicht als kleines Mädchen, so wie meine Eltern und sogar Brinna, die immer meinte, mich beschützen zu müssen. Kunstpostkarten liegen ausgebreitet neben meinem Tagebuch auf dem Schreibtisch – zwanzig Gemälde, zwanzigmal mein neues, freieres Ich. Ich muss jetzt noch lächeln, weil diese Bildersprache unser Spiel war, unsere Geheimsprache. Für Dante bin ich die griechische Jägerin Artemis mit dem leuchtenden Mond im Haar, gemalt von Guillaume Seignac, oder Pandora von Charles Edward Perugini.

Aber seit wir uns zum ersten Mal geküsst haben, nennen wir einander nur noch Dante und Elizabeth – nach Elizabeth Siddal, der Malerin, Dichterin und Ehefrau des viktorianischen Künstlers Dante Gabriel Rosetti. Ehefrau. Wie das klingt! Gerade muss ich wieder lächeln, weil ich daran denke, wie er mir vor drei Tagen heimlich den Zettel mit seiner Adresse und dem Schlüsselcode für die Tür hinterlegt hat – zwischen den Seiten eines Buches, das ich für meine Semesterarbeit brauche. Aber bald werden alle von unserer Liebe wissen.

DAS LAND DER WILDEN TÖCHTER

Es kommt mir vor, als hätte ich die letzten Stunden nur damit verbracht, in den Rückspiegel zu schauen. Reisen im Rückwärtsgang sozusagen. Aber hinter mir ist kein Auto mit Aidan am Steuer aufgetaucht – allerdings auch kein fernes weißes Leuchten. Mein Wolf ist wirklich fort, und jeder Kilometer, den ich zwischen uns lege, fühlt sich an, als würde ich nach und nach einen Teil von mir selbst verlieren.

Dänemark haben wir durch einen ewig langen Tunnel und die Öresund-Brücke verlassen, rechts und links nur endloses Meer. »Running with the wolves« – dieser Song hallte in mir wider, während die Straße wie ein Asphaltband unter den Rädern der Enduro dahinglitt. Auroras stilisierter Wolfsruf sang in meinen Gedanken, als ich die Mautstation passierte und das Land von Astrid Lindgren sich vor mir öffnete. Morrigan hat mir als Kind manchmal Lindgrens Geschichten vorgelesen. Auch wenn ich es längst besser weiß, ist Schweden in meiner Erinnerung daher immer ein Stück weit das Reich der Trolle und wilden Räubertöchter geblieben. Dabei blicke ich nun schon seit Stunden auf eine weitläufige, von Zäunen und Straßennetzen gezähmte Landschaft mit dunkelrot gestrichenen Holzhäusern in netten Gärten, die in keinem Fotoalbum der Touristen fehlen dürfen. Und das alles nehme ich wie durch einen Schleier wahr, mit dem inzwischen fast hypnotischen Rhythmus des Wolfsliedes und der zarten, kraftvollen Stimme der Sängerin Aurora in meinem Kopf.

Ich nutze die erste Gelegenheit, um von der großen Autobahn abzufahren. Auch wenn Team O'Niall/McLeod nicht aufgetaucht ist, heißt das längst nicht, dass ich leichtsinnig sein darf. Auf dem Handy-Navi habe ich mir einen Weg gesucht, der weniger offensichtlich ist.

Mein Nacken schmerzt höllisch, als ich an einer Tankstelle anhalte und den Helm abnehme. Das Haar klebt verschwitzt an meinen Schläfen und vor meinem inneren Auge läuft immer noch Asphalt in Endlosschleife. Ein SUV-Fahrer beobachtet kritisch, wie ich mich beim Tanken so ungeschickt wie der letzte Mensch anstelle, krampfhaft darum bemüht, den Tankdeckel nicht vor Müdigkeit fallen zu lassen. Freddie ist immer noch abgetaucht, Shona hat ihn wohl wirklich ausgeknockt. Ich kann ihn gut verstehen, ehrlich gesagt würde ich gerade alles dafür geben, mich irgendwo einfach hinlegen und schlafen zu können. Jeder Muskel schmerzt und noch nie habe ich mich so verlassen gefühlt.

Mit steifen Knien stakse ich in die Cafeteria, hole mir etwas zu essen und einen starken Kaffee und suche nach einem Stecker, um mein Handy zu laden. Das ist der Nachteil an dem gebrauchten Gerät: Schon beim letzten Stopp hatte der Akku seine letzten Prozente ausgehaucht. Hinter einem Tisch finde ich eine Steckdose. Sobald das Handy wieder genug Strom gezogen hat, poppen verpasste Anrufe auf. Morrigan schreibt mir in einer SMS, dass ich sie anrufen soll – egal, wann. Die anonyme Nummer ist sicher Bébhinn. Und auch Shay hat mir eine Nachricht geschickt.

»Hallo, Deirdre«, schreibt sie. »Manchmal bin ich ja echt ein Dummie. Ich hätte gleich auf die Idee kommen können, dass wir uns ja in meinem Forum treffen können! Ich habe dir schon einen Account eingerichtet. Dein Nutzername ist CSI-Ban und dein Passwort Willow2. Ich bin als ProfilerIn angemeldet. Habe dir schon eine PN zu Shona in dem Postfach hinterlegt. Sie war eine ziemlich wilde Hummel. Als sie noch lebte, hat sie ihre ganze Familie aufgemischt. Das ist voll spannend – und so romantisch und tragisch. Wie Romeo und Julia! Hier der Link zum Forum. Bis später, Kuss! Deine Shay-little.«

Wilde Hummel?, denke ich und muss grinsen. Shay hat wirklich ein besonderes Talent: Sie flutet jede Dunkelheit mit Licht. Sofort geht es mir besser. Ich logge mich in das freie W-Lan der Tankstelle ein und klicke auf Shays Link. Das Schülerforum springt mir mit seinem grellen Design fast ins Gesicht. Der Dark-Crime-Feed besteht immerhin schon aus fünfzehn Beiträgen zum Thema, auch wenn zehn davon von Shay verfasst sind. Kurz überfliege ich die gesammelten Daten zum Romeo-Fall. Shay hat alle vier Mordopfer, die mit Romeo in Zusammenhang gebracht werden, chronologisch erfasst. Alice Kampen, lese ich. Enna Mäkinen, Sara Laine … Auch das Mädchen, dessen Leiche erst kürzlich in Helsinki gefunden wurde, ist aufgelistet: Laura Baer.

Ich schließe den Thread und logge mich als CSI-Ban ein. Sechs Nachrichten mit Anhängen erwarten mich im Postfach. Shay hat ihre schulfreie Zeit genutzt und ganze Arbeit geleistet, sie hat sogar Seiten aus Morrigans Büchern gescannt und PDFs angehängt. Ich nehme noch einen großen Schluck Kaffee und versenke mich in Shona McLeods Geschichte.

»Wo sind wir?« Freddie reißt mich mitten aus der Familienfehde zwischen zwei schottischen Clans. Seine Stimme ist kaum mehr als ein Raunen, aber mir fällt ein Stein vom Herzen, als ich auf dem mir gegenüberstehenden Stuhl seine blasse Silhouette erahne.

»Immerhin schon bei Boxholm«, erwidere ich. »Schön, dass du dich auch mal wieder sehen lässt.«

Ein LKW-Fahrer, der am Tresen sitzt, schaut mich verwundert an. Ertappt halte ich das Handy näher an mein Gesicht und lege die Hand über mein Ohr, als würde ich beim Telefonieren einen Ohrhörer fixieren. Der Fahrer verliert zum Glück das Interesse an mir und beugt sich wieder über seine Cola.

»Wann sind wir bei ihr?«, will Freddie wissen. Ich erkenne seine Züge kaum, dennoch sehe ich die Sorge in seiner Miene.

»Heute schaffen wir es nicht mehr. Also spätestens morgen Vormittag.«

»Zu … spät«, flüstert Freddie. Es klingt so angestrengt, dass ich sofort alarmiert bin.

»Was ist los?«

Er wiegelt mit einem Kopfschütteln ab, aber mir wird kalt, als mir auffällt, wie angespannt er ist, die Fäuste vor sich auf den Tisch gedrückt, als versuchte er einem starken Wind standzuhalten, der ihn von mir wegreißen will. Sogar den Kopf zu heben und mich anzusehen, kostet ihn sichtlich Mühe. »Keine Ahnung«, bringt er hervor. »Ich fühle mich so … schwach. Ich habe es kaum zu dir zurückgeschafft. Es ist, als würde ich ständig schwimmen müssen, während die Strömung immer stärker wird und mich von dir fortzieht.«

Jetzt bin ich schlagartig hellwach. *Das ist Shonas Werk*, schießt es mir durch den Kopf. Ihr Zauber ist offenbar wirklich wie Schlangengift. Und es wirkt immer noch.

»Ich … glaube, ich … verlösche«, sagt Freddie kaum hörbar. Der Anflug von Panik in seiner stockenden Stimme ist mehr als deutlich. Aber das, was mir am meisten Angst macht, ist die Tatsache, dass ich nichts von dieser Emotion spüre, als wäre die Mauer zwischen uns dichter geworden.

»Du wirst nicht verlöschen!«, sage ich. »Erinnere dich an Lillemor!«

Ich suche hektisch das Foto, auf dem Lillemor allein am Strand sitzt, und halte es Freddie hin. Seine Augen betrachten sein Mädchen, aber da ist keine Resonanz, nur Erkennen. Und auch meine wachsende Angst scheint ihn nicht zu erreichen.

»Freddie, sieh mich an!«

Nur mühsam schafft er es, den Blick zu heben.

»Du wirst dein Mädchen wiedersehen«, wiederhole ich wie eine Beschwörung. »Wir sind fast schon dort. Notfalls fahre ich die ganze Nacht und wir klingeln sie aus dem Bett. Aber du wirst jetzt nicht einfach verschwinden, verstanden?«

»Du bist ganz schön hartnäckig, Panda«, flüstert er. Ich wische mir hektisch über die Wange und verteile die verlaufene Wimperntusche wahrscheinlich nur noch mehr mit meinen Fingern.

»Sehr witzig, Seemann. Danke für das Kompliment«, gebe ich mit leisem Sarkasmus zurück. Endlich scheint die Strömung, die ihn fortzieht, ein wenig nachzulassen. Ich bemerke, dass sich seine Fäuste gelöst haben. Er atmet tief auf. *Das ist gut*, denke ich. *Er vergisst, dass er ein Geist ist.*

»Weiß Arvo, dass du sogar Tote vor dem Absturz retten kannst?«, sagt er plötzlich.

So lange war es mir gelungen, den Gedanken an Arvo zu verdrängen, aber jetzt ist es, als würde Freddies knappe Frage mir den Schorf von einer brennenden Wunde reißen.

»Alle Wetten stehen dagegen, dass ich ihm überhaupt irgendwann irgendwas erzählen könnte«, murmle ich.

»Wir sind beide Trickster, schon vergessen?«, gibt Freddie zurück. »Es gibt immer einen Umweg, um zu bekommen, was man will.«

»Glaubst du das wirklich?«

Er hebt die Brauen und schenkt mir sein Fuchslächeln. »Sieh mich doch an. Ich bin tot – und trotzdem werde ich mein Mädchen wiedersehen – gegen alle Wetten.«

»Mag sein, aber in meinem Fall ist es mehr als unwahrscheinlich, dass ich mein Leben jetzt noch zurückbekommen kann«, halte ich dagegen. »Trotzdem danke für deinen Optimismus.«

»Das ist kein Optimismus«, erwidert Freddie ernst. »Du kannst Shona verletzen – das ist dein Vorteil. Vielleicht … hassen euch die Todesfeen deshalb und halten euch auf Abstand. Weil sie euch fürchten?«

»Sie kennen uns doch nicht einmal!«

»Eben. Manchmal fürchtet und hasst man das am meisten, was man nicht kennt. Egal wie, Shona weiß nun, dass sie es bei dir mit einer echten Gegnerin zu tun hat.«

»Ich will aber gar nicht kämpfen«, entfährt es mir. »Ich will einfach nur zurück in mein Leben mit Arvo!« Augenblicklich bereue ich meine Worte. »Entschuldige«, füge ich zerknirscht hinzu.

»Schon gut«, sagt Freddie. Er betrachtet das Bild auf dem Handy, das ich zwischen uns auf den Tisch gelegt habe. Lillemor lacht ihn vom Strand aus an, jung, lebendig und bildschön wie eine Meerjungfrau, die ihren Seemann zu sich ruft.

»Wie habt ihr euch eigentlich kennengelernt?«, frage ich leise.

Es ist erstaunlich, wie sehr eine Erinnerung, die jäh aufblüht, ihm schlagartig mehr Leben einzuhauchen vermag. Durch Freddies Körper schimmert jetzt nichts mehr hindurch, es ist, als wären wir zwei normale Reisende, die einen Zwischenstopp machen. Und als er sich zurücklehnt und lässig an seiner Zigarette zieht, blitzten auch endlich seine Augen wieder auf. »Ist keine Geschichte, die dir gefallen würde.«

»Tinder?«, frage ich spöttisch.

Freddie lacht sein Geisterlachen und schüttelt den Kopf. »Nein, oldschool. Das erste Mal sah ich sie mit einem ehemaligen Schulkameraden von mir. Alex, der Superdäne. Groß, blond, Mädchenschwarm und Basketballer. In der Schulzeit hat er mir das Leben richtig schwer gemacht. Als ich mit sechzehn dann abgegangen bin, war ich ihn los. Aber Kopenhagen ist ein Dorf – irgendwann trifft man jeden wieder. Bei Alex und mir hat es ein paar Jahre gedauert. Sein Vater hatte ihm zum Einundzwanzigsten ein Segelboot gekauft und rate mal, welche Werkstatt dafür zuständig war, den Motor zu tunen?«

»Wir reden hier aber schon noch über dein Mädchen, oder?«

»Ja, das tun wir«, antwortet Freddie und grinst. »Er hat sie mitgebracht. Die beiden waren damals noch zusammen.«

Mir klappt die Kinnlade nach unten. »Du bist also ein Beziehungscrasher und hast Alex die Freundin ausgespannt?«

»Das klingt ja, als wäre sie ein Pferd, das man stehlen kann. Bekanntlich gehören da immer zwei dazu. Lillemor war gerade dabei, sich von Alex zu trennen.«

»Glaubst du, das macht es besser?«, kontere ich.

Und da ist sie wieder – Freddies Zornesfalte. Diesmal spüre ich seinen Ärger wie einen Hauch von Hitze, der in mir sein Echo findet. Irgendwie habe ich dieses Gefühl vermisst.

»Ich hatte es nicht vor«, sagt Freddie mit Nachdruck. »Alex kam mit diesem perfekten Mädchen in die Werkstatt – die zwei gaben das makellose Kopenhagener Upper-Class-Paar ab, fehlte nur die Jacht für die Verlobungsfeier. Was soll's, ich habe es einfach auf einen Flirt ankommen lassen, es war ein Austesten, mehr nicht. Und ehrlich – ich hätte nie damit gerechnet, dass sie darauf eingeht. Als sie ein paar Tage später in der Mittagspause ›zufällig vorbeikam‹, habe ich mich mit ihr ans Wasser gesetzt und meinen Kaffee mit ihr geteilt.« Er lächelt, aber er schaut dabei seltsamerweise nicht Lillemors Bild an, sondern an mir vorbei, als würde er in die Vergangenheit blicken. Ich kann nicht sagen, dass mir die Geschichte gefällt, aber was mir gefällt, ist das sehnsüchtige Leuchten in Freddies Augen. *Vielleicht gefällt es mir sogar zu gut*, denke ich irritiert.

»So forsch hätte ich deine Freundin gar nicht eingeschätzt«, bemerke ich. »Auf den Fotos wirkt sie eher … still und schüchtern.«

Freddie lacht auf. »Schüchtern? Nein, ganz sicher nicht. Sie weiß genau, was sie will.«

»Und du hast sie ja auch nicht gerade daran gehindert, ihren Freund für dich sitzen zu lassen«, gebe ich zurück.

Freddie stößt genervt den Zigarettenrauch aus. »Noch mal zum Mitschreiben, Miss Anstand: Sie hat Alex nicht wegen mir sitzen lassen. Aber ja, ich weiß: Korrekt wäre es gewesen, zu warten, bis sie ein paar Wochen wieder Single ist, und erst dann vorsichtig die Hand zu heben. Doch so war ich eben nicht drauf. Es war auch keine große Liebe auf den ersten Blick. Nur ein lockerer Flirt. Wir … hatten einen guten Vibe zusammen. Nach einer Weile haben wir uns immer öfter am Hafen getroffen. Und irgendwann habe ich so viel an sie gedacht, dass ich mir etwas einfallen lassen musste, um sie von mir zu überzeugen.«

»Mit dem Schrottkahn-Ausflug.«

Er hebt die Brauen. »Hat ja funktioniert.« Und als er mir zuzwinkert, verstehe ich plötzlich, warum Lillemor sich in ihn verliebt hat.

»Downtown-Boy kapert Uptown-Girl. Dabei wirkst du so harmlos.«

»Downtown-Boys sollte man nie unterschätzen«, erwidert er im selben ironischen Ton. »Andererseits ist es ja unser Vorteil, unterschätzt zu werden.«

Damit bringt er mich zum Lachen. Doch dann fragt er völlig unvermittelt: »Und Arvo? Wann hast du dich in ihn verliebt?«

Ich zögere mit meiner Antwort. »Also, ich denke … es war Liebe auf den ersten Blick. Zumindest bei mir, als er mit der Band zum Vorspielen bei Gizmo auftauchte. Trotzdem hat es fast ein Jahr gedauert, bis … wir beim Songschreiben zusammenkamen …«

Ich stocke, denn gerade fällt mir ein, dass Arvo und ich erst nach Island ein Paar geworden sind und mein Geist daher immer dabei war – vom ersten Kuss an.

Freddie scheint meinen Gedanken zu erraten und winkt lässig ab. »Nein, keine Sorge. Ich saß nicht die ganze Zeit unsichtbar auf Arvos Plattenregal und habe euch beobachtet. Sobald du nicht alleine warst, habe ich mich um meinen eigenen Kram gekümmert.« Ein jäher Schatten fällt auf sein Lächeln. Es schneidet mir ins Herz, ihn so bedrückt zu sehen.

»Du versuchst von Lillemor zu träumen«, sage ich leise. »Was siehst du, wenn du sie nicht findest?«

»Dies und das. Dinge, die waren, die sind – und Dinge, die vielleicht sein werden …« Freddie seufzt.

»Klingt ja wie ein Zitat aus einem Marvel-Film.«

Für einen kurzen Moment blitzt sein listiges Lächeln auf. »Wäre schön, wenn es ein Film wäre, da gewinnen die Guten.«

»Wir sind die Guten«, erwidere ich. »Also gewinnen wir auch, zumindest was dich angeht.«

Wieder einmal sieht Freddie mich so intensiv an, als würde er versuchen, meine Gedanken zu lesen. Und wie schon so oft, habe ich das Gefühl, dass er mehr sieht, als ich ihm zeigen möchte. Zum Beispiel, dass ich traurig werde beim Gedanken, dass unsere gemeinsame Zeit abläuft. Hastig senke ich den Blick auf meinen leeren Kaffeebecher.

»Sie hat recht«, höre ich ihn sagen. »Du bist ein Wolfsmädchen. Du bist zäh und mutig und du gibst nie auf.«

»Was? Wer sagt das?«

»Eine alte Frau, die ich im Traum getroffen habe. Sie kennt dich gut. Sie trägt Winterstiefel und strickt eine Mütze für ein Kind.«

Ich kann ihn nur fassungslos anstarren. »Du bist … Áila begegnet?«

»Áila? So nennst du sie?«

»Sie ist einer meiner Geister! Ich wusste nicht, dass ihr einander wahrnehmen könnt! May sagte, das sei nicht möglich!«

Freddie hebt nur die Schultern. »Im Traum macht es keinen Unterschied, ob sie leben oder nicht. Nicht selten weiß ich gar nicht, zu welcher Seite die Menschen gehören, denen ich begegne.«

»Dann können Geister also voneinander träumen«, flüstere ich.

»Sieht so aus«, antwortet Freddie. »Sie mag dich sehr«, fährt er dann sanfter fort. »Sie sagt, sie wird nicht gehen, solange du sie noch brauchst. Sie sagt, du bist gefangen, und sie leistet dir Gesellschaft, weil du unglücklich bist.«

Ich schlucke. »Wie nett, dass ihr beiden in eurer Freizeit über mich plaudert. Schöne Grüße an Áila und: Lasst das in Zukunft bleiben, verstanden?«

Freddies Blick ist schärfer geworden und auch seine Umrisse

zeigen sich nun noch deutlicher als bisher. Ich sollte erleichtert sein, aber im Augenblick bin ich nur zornig auf Áila. »Ich hoffe, du machst nicht auch noch einen Gossip-Club mit meinen Wanderern auf«, setze ich hinzu. »Zwei Männer in Outdoor-Kleidung. Und die lieben mich garantiert nicht.«

Ich bin froh, dass Freddie den Kopf schüttelt. »Manche Geister wollen gesehen werden. Andere nicht.« Sein Lächeln verschwindet. Es ist offensichtlich, dass er an Lillemor denkt und die Tatsache, dass sie ihn in ihren Träumen blockt. *Beziehungsweise ghostet*, setze ich in Gedanken hinzu.

»Manchmal suche ich sie am Strand«, fährt er plötzlich mit weicher Stimme fort. »In Ishøj. Dort hatte ihr Vater ihr als Kind beigebracht, wie man Drachen steigen lässt. Jedes Jahr im September ist das ihr Geburtstagsritual: Drachenparty am Strand.« Er seufzt niedergeschlagen. »Und ich Idiot bin nicht mitgekommen, weil ihre Freunde mich nicht mochten. Vermutlich wäre ich die ganze Zeit sowieso damit beschäftigt gewesen, mich vor den anderen zu beweisen oder coole Sprüche zu reißen, statt die Schönheit der Drachen zu sehen – und das, was sie ihr bedeuten: die Verbindung zu ihrem Vater, der gestorben ist, als sie vierzehn war. Jetzt sehe ich all das. Ist schon verrückt.« Er starrt gedankenverloren vor sich auf die Tischplatte, nicht auf seine Lillemor am Strand. *Vielleicht kann er ihr Bild schlicht nicht ertragen*, denke ich. Und trotzdem irritiert es mich.

»Ist es das, was du Lillemor sagen willst?«

Freddie wird schlagartig ernst. »Keine Ahnung, was ich Lillemor sagen werde«, murmelt er nach einer Weile. »Vielleicht gar nichts.« Es klingt, als würde er eine Tür zwischen uns schließen. Und ich kann es verstehen. Das hier ist eine Sache, die nur ihn und sein Mädchen angeht. Und trotzdem stört mich irgendetwas, ohne dass ich den Finger darauf legen könnte. Ich muss daran denken, was Björn über die Beziehung der beiden gesagt hatte: dass es oft Streit gab und dass Freddie sehr eifersüchtig war. Doch gleichzeitig kommt mir in den Sinn, was Freddie antwortete, als ich ihn auf einen möglichen neuen Freund in Lillemors Leben ansprach: »Ich will ihr nicht im Weg stehen und ich wünsche ihr jede Liebe dieser Welt, die sie glücklich macht.«

Fast bin ich froh, als mein Phone klingelt und das unbehagliche Schweigen zwischen uns beendet. Die Handynummer kenne ich nicht, aber die Vorwahl ist weder Schottland noch Irland oder Finnland und auch nicht Schweden. Trotzdem fängt mein Herz an zu rasen, als sich die leise, aber resolute Stimme einer älteren Frau meldet. »Hallo, ist da mein Zweithandy?«

»Bedelia?«, hauche ich.

»Ganz recht«, antwortet sie knapp. »Freut mich, dass du noch lebst. Hör zu, Bébhinn hat mich informiert. Wenn du in Stockholm bist, fährst du sofort nach Jakobsberg, ich diktiere dir die Adresse. Meine Schwester überlässt dir ihre Wohnung als Unterschlupf, sie ist gerade auf einem Kongress in Japan, kommt erst in zwei Tagen zurück. Versteck dein Motorrad in ihrer Garage. Ich gebe dir alle Codes für die Türen durch …«

Ich komme gar nicht zu Wort, so schnell rattert Bedelia alle Infos herunter. »Danke«, bringe ich schließlich doch noch unter.

»Blödsinn«, sagt sie unwillig. »Dafür ist Familie schließlich da. *Go n-éirí leat* – Viel Glück!«

Sie legt auf und ich bin wieder allein. *Dabei könnte ich nicht weniger allein sein*, denke ich. Ein Kind starrt fasziniert mein strahlendes Lächeln an und grinst dann plötzlich wie ein Honigkuchenpferd. »Schau mal, Mama, da ist Elsa, die Eiskönigin«, ruft es über die Schulter. Zwei Familien sind in die Cafeteria gekommen und sehen sich nach freien Sitzplätzen um. Ich habe gar nicht gemerkt, dass der Raum sich gefüllt hat. Inzwischen blockiere ich einen ganzen Tisch für mich allein. Und jetzt schauen mich auch noch acht Augenpaare gleichzeitig an und scannen mich wegen meiner Haare nach der Ähnlichkeit mit einer Disney-Figur. »Gehen wir«, flüstere ich Freddie zu und nehme hastig mein Tablett. Aus dem Augenwinkel erkenne ich nur noch seinen Schatten. Während die Familie bereits dankbar auf meinen Tisch zustürmt, stutze ich und wende mich noch einmal nach Freddie um. Doch er ist fort. Und sicher trügt mich meine Wahrnehmung, aber für den Bruchteil einer Sekunde kam es mir so vor, als hätte er in der Hand keine Zigarette, sondern etwas, das wie ein schmales Messer wirkte.

GETRENNTE WEGE

In Freddies Gegenwart läuft die Zeit offenbar immer noch anders. Mein Phone zeigt an, dass ganze zwei Stunden vergangen sind, seit ich hier angehalten habe. Der Nachmittag geht langsam in den frühen Abend über, auch wenn man das im hellen nordischen Mai nicht sieht. Die Enduro gibt ein wehleidiges Orgeln von sich und springt dann zum Glück wieder an. *Jakobsberg*, wiederhole ich in Gedanken. *Stockholmer Vorstadt*. Die Route habe ich mir bereits eingeprägt. Wenn ich durchhalte, könnte ich es mit einer Nachttour schaffen.

Nach gerade einmal dreißig Kilometern beginnt das Handy in meiner Jackentasche loszusurren. Erst ignoriere ich es, aber als es minutenlang nicht aufhört zu klingeln, halte ich neben der Straße an und steige vom Motorrad. Die unterdrückte Rufnummer pulst immer noch unermüdlich im Takt des Ruftons auf.

»Ist ja gut! Was ist los?«, frage ich Bébhinn auf Gälisch.

»Oh, nichts Besonderes«, antwortet May. »Wenn man davon

absieht, dass du mir verschwiegen hast, dass es dein eigener Geist ist, dem du folgst.«

Meine hochpeitschende Angst lässt die Wand zwischen Freddie und mir fast verschwinden. Er erscheint vor mir, so real, dass sogar sein Mantel im Wind weht.

»Woher hast du die Nummer, Grayson?«, ist das Einzige, was ich heiser herausbringe.

»Von jemandem, der klüger ist als du«, erwidert er trocken.

Freddie schaut mich besorgt an. »May?«, flüstert er. Ich kann nur stumm nicken. Und gleichzeitig könnte ich vor Enttäuschung losheulen.

»Deirdre«, sagt der Anwalt ruhig. »Ich weiß, du hast diesen Menschen nicht mutwillig getötet …«

»Hat Shona meine Nummer?«

May seufzt. »Nein. Ich hätte dich wohl kaum laufen lassen, wenn ich dich ihr gleich wieder in die Arme jagen wollte. Und bitte, leg jetzt nicht auf, hör einfach zu.«

Es raschelt kurz, dann habe ich Morrigan am Ohr. »Kleines, geht es dir gut?«, fragt sie mit brüchiger Stimme.

Ich muss die Augen schließen, so schwindelig wird mir.

»May … ist bei dir?«, hauche ich. »Und du hast ihm einfach alles erzählt?« *Oder zumindest das, was du weißt,* setze ich in Gedanken hinzu.

Ich höre, wie Morrigan schluckt. »Natürlich habe ich das. Mister May ist der Einzige, der dir noch helfen kann, Deirdre. Aber dafür musst du vernünftig sein und … dich stellen.«

»Dir ist schon klar, was die Ahninnen dann mit mir machen, Mhámai?«

Der Atem meiner Mutter stockt immer wieder, als sie weiterspricht. »Das weiß ich sehr genau«, wispert sie. »Und deshalb musst du jetzt genau tun, was ich dir sage, bitte! Mister May hat eine Sonderregelung ausgehandelt. Sie lassen dich am Leben, damit er erforschen kann, warum deine Stimme die Ahnin schwächen konnte. Dafür begibst du dich nach Dublin in seine Obhut und wirst verschont, so lange … seine Studien dauern.«

»Was heißt das?«

»Ich denke, das weißt du«, flüstert Morrigan. »Aber es ist der einzige Weg, der Todesstrafe zu entrinnen. Nach all dem, was … passiert ist. Also bitte, Kleines, tu es!«

Jetzt bin ich es, die nach Atem ringt. »Du verrätst mich, um mich vor den Ahninnen zu retten und um mich für den Rest meines Lebens in Mays ›Obhut‹ als Forschungsobjekt lebendig zu begraben? Das bedeutet, ich werde keinen Schritt mehr als freier Mensch gehen dürfen …«

»Es bedeutet, dass du am Leben bleibst!«, unterbricht mich meine Mutter hitzig.

»Morrigan«, höre ich Mays Stimme beschwichtigend im Hintergrund. Aber sie ist nicht mehr zu bremsen. Ihr ganzes Temperament, ihr Zorn und ihre Verzweiflung entladen sich im Eissturm ihres Flüsterns. »Wenn du das Verrat nennst, dann bin ich gerne eine Verräterin. Und weißt du, warum, Deirdre? Weil ich deine Mutter bin! Weil ich dich liebe, weil ich will, dass du lebst. Ich würde für dich auch in eine Löwengrube springen. Und du wirst verdammt noch mal dein Leben nicht aus Sturheit oder falschem Stolz wegwerfen, selbst wenn es bedeutet, dass … sich alles ändern muss.« Sie holt krampfhaft Luft. »Wir waren doch nie wirklich frei«, setzt sie mit bebender Stimme hinzu. »Das ist unser Schicksal und trotzdem ist das Leben es wert, gelebt zu werden – egal, in welcher Form. Und Mays Angebot ist mehr, als wir verlangen können. Begreifst du das?«

Ich antworte nicht, ich kann einfach nichts sagen. Dafür verstehe ich Morrigan viel zu gut. Und sie versteht mich. In dem

Schweigen, das zwischen uns hallt, klingt unsere ganze Geschichte. Ihre grenzenlose Liebe für mich, meine für sie – alles, was uns verbindet, alles, was uns seit jeher trennt und all unsere Bluestöne im Dazwischen.

»Es tut mir leid, Mhámai«, bringe ich schließlich mit erstickter Stimme hervor. Sie antwortet nicht gleich, aber der zu schnelle Atemzug, mit dem sie ein Schluchzen unterdrückt, bricht mir das Herz.

»Mir auch«, haucht sie und legt auf.

Mit zitternden Händen stecke ich das Handy weg und will zum Bike zurück, aber meine Knie knicken ein. Doch bevor ich das Gleichgewicht verlieren kann, legt sich Freddies Arm um meine Taille und verhindert, dass ich stürze. Es fühlt sich wirklich und unwirklich zugleich an. *Als würde reine Kälte mich aufrecht halten*, denke ich.

»Schlechte Nachrichten?«, fragt er besorgt.

»Meine Mutter …«, würge ich hervor. Weiter komme ich nicht, weil das Schluchzen mich schüttelt. Und diesmal entschlüpft mir ein klagender Laut, der einem lebenden Menschen vermutlich gefährlich werden würde. Aber Freddie zieht mich an sich und nimmt mich in die Arme. Ich fühle, wie er mir sacht über das Haar streicht und spüre sogar den Mantelstoff an meiner Wange, als ich meinen Kopf an seine Schulter lehne. Doch mit meiner Berührung schwindet seine Präsenz, als wäre ich Hitze und er Schnee, der sich auflöst. Ich merke, wie der Sog ihn zurück auf die andere Seite zieht. Im nächsten Moment stehe ich schwankend allein neben dem Bike und Freddie ist nur noch ein Schatten. »Dee«, höre ich ihn noch angestrengt raunen. Dann trägt die Strömung ihn wieder jenseits der Mauer, die unsere Welten trennt.

»Mister May war hier.« Das hat Shay erst vor zwei Minuten mir in einer Forums-PM geschickt. »Aber ohne Aidan. Der ist wohl unterwegs, aber Mister May hat uns nicht verraten, wo und warum. Gerade ist er wieder weggefahren und Tante Morrigan hat sich in ihrem Zimmer eingeschlossen. Ich habe nicht verraten, dass wir Kontakt haben und ermitteln. Und auch nicht erzählt, dass ich im Schülerforum bin. Schreib mir, ja?«

Meine Kleine, denke ich voller Zuneigung. »Gut gemacht!«, schreibe ich ihr zurück. »Du bist eine tolle Undercover-Ermittlerin und wirst eine großartige Kriminalistin werden. Danke für die Shona-Akten. Mach dir keine Sorgen, mir geht es gut, ich bin fast am Ziel. Ich erkläre dir alles, sobald ich wieder Zeit habe. Ich schicke dir hier ein paar Fotos von meinem Handy. Lass sie einfach im Postfach, vielleicht brauche ich sie noch. Ich melde mich morgen. Handy ist aus. Kuss, deine CSI-Ban.«

Das Motorrad verberge ich tief im Wald hinter Farnen, deren Wedel mir fast bis zur Schulter reichen, und gehe querfeldein ins Unterholz. Je weiter weg ich von der Straße komme, desto mehr öffnet sich die Wildnis vor mir, das Land der Trolle. Längst ist das Rauschen der Autos in der Ferne verklungen. Mich begleitet lediglich das Knacken von brechenden Zweigen und das weiche, feuchte Schmatzen der Moospolster unter meinen Sohlen. Sobald der Handyempfang weg ist, gehe ich noch ein ganzes Stück weiter. Erst im dichtesten Unterholz, dort, wo das Gelände unwegsam wird und ich über liegende Baumstämme voller Holzpilze klettern muss, halte ich inne. *Inkognito,* denke ich. *Wer auch immer sich meinem Lager nähert, ich werde ihn hören, lange, bevor er mich sieht*. Freddie scheint zu kämpfen, immer wieder spüre ich seine Präsenz wie einen kalten Hauch. So gerne würde ich ihm die Hand hinstrecken, aber die einzige Art, wie ich die Grenze zwischen uns durchlässiger machen kann, ist, die

Erinnerungen und die Gefühle irgendwie wachzuhalten, die ihn nach wie vor in der Welt der Lebenden verankern. Um mich herum ist es inzwischen dämmrig geworden. Aus Fichten- und Tannenzweigen schichte ich mir ein Lager für die Nacht auf, beobachtet von meinen grimmigen Wanderern. Schwarze Gespenster mit glühenden Augen. Vielleicht erinnern sie sich daran, selbst so ein Notlager errichtet zu haben, das dank mir zu ihrer Totenbahre wurde. Áila hält sich bedeckt. Aus dem Rucksack hole ich meine Kleidung und ziehe sie schichtweise übereinander. Jetzt bin ich froh, dass ich an der Tankstelle eine Wasserflasche und Gebäck gekauft habe. Ich setze mich auf mein Lager und lehne mich mit dem Rücken gegen die große Fichte. Als ich nach oben schaue, sehe ich sogar ein Stück Himmel zwischen den Wipfeln schimmern. *Silberstreif am Horizont*, denke ich bitter. *Schön wärs*.

Ich schließe die Augen und sehe meine Mutter vor mir, die gerade auf ihrem Bett liegt und um mich weint, als wäre mein Leben schon verwirkt. Ich spüre dem Kummer nach, der in meinem Zwerchfell und meiner Brust schwelt wie dunkle Glut, und versuche einfach nur weiterzuatmen.

»Was machen wir im Wald?«, flüstert Freddie mit kraftloser Stimme.

»Planänderung«, erkläre ich. »Wir schlafen im Outback. Ich traue May immer noch nicht so ganz und … Freddie?« Keine Antwort. »Hey! Bist du noch da?«

Eine Ewigkeit höre ich nur das Rascheln von Mäusen im Laub und den fernen Ruf einer Eule. Dann endlich erklingt sein Flüstern wieder. »Ja, ich bin noch da. Aber … ich schaffe es kaum mehr. Jedes Mal zieht die Strömung mich weiter hinaus. Es ist, als würde mir … Shona immer noch alle Energie abziehen.« Verschwommen erkenne ich seine farblose Gestalt, die mit dem

Waldschatten verschmilzt. Und als Freddie jetzt den Kopf hebt und mich ansieht, sind seine Augen bereits leer. »Ich weiß nicht, ob ich noch einmal zurückkommen kann, Dee.«

»Natürlich kannst du das!«, entfährt es mir. Es ist selten, dass ich wirklich Mordlust verspüre, aber Shona würde ich gerade liebend gern von einem Hochhaus stoßen. Nur dass meine Wut auf sie diesmal nichts mehr nützt. Sie bringt Freddie nicht näher zu mir, weil sie gar nicht zu ihm durchdringt. Schon will ich hektisch nach dem Handy und Lillemors Foto suchen, als mir etwas Besseres einfällt. Keine Ahnung, ob es funktioniert, aber einen Versuch ist es wert. »Freddie? Habt ihr ein Lied? Du und dein Mädchen, habt ihr einen Song, der euch beiden etwas bedeutet?«

Es ist nervenzerfetzend, wie lange er braucht, um zu antworten. Und als er wieder zu sprechen beginnt, klingt er so erschöpft, dass ich seine Worte kaum verstehe. »Als … sie mir vom Tod ihres Vaters erzählte … da gab es ein Lied, das sie immer hörte.« Seine Stimme verklingt zu einem Wispern. Doch ich fange den Titel und den Namen der Sängerin auf. Meine Wanderer bekommen zornige Augen, als ich leise, ganz leise zu singen beginne. Und mir schlägt das Herz bis zum Hals, so falsch fühlt es sich an, meine Stimme zu gebrauchen. Und so schön. Ich berge die Töne zwischen meinen Händen, schirme sie ab, damit sie nur in Freddies Richtung klingen – fast unhörbar, und doch mit allem, was ich hineinlegen kann. »Memories« von *Maroon 5* in der Coverversion von Nicole Cross. Ich singe von Erinnerungen an diejenigen, die wir auf unserem Weg verlieren. Und ein wenig singe ich auch für mich. Ich schließe die Augen und denke an Arvo. Fühle schmerzhaft den Wunsch, er wäre hier. Die letzte Strophe flüstere ich nur noch, einen Kloß in der Kehle. Und als ich die Augen öffne, begreife ich, dass Musik tatsächlich reine

Magie ist. Freddie sitzt mit angewinkelten Knien kaum eine Handbreit von mir entfernt auf dem Lager. Mit einem tiefen Aufatmen lässt er sich zurücksinken, bis er ausgestreckt neben mir liegt. Ich kann ihn nur anstarren, als wäre er eine Fata Morgana. Dabei ist er das genaue Gegenteil: so erschöpft und blass, als wäre er durch den Ärmelkanal geschwommen, aber so real, dass sogar die Baumschatten auf seinem Mantel spielen. Er wendet mir den Kopf zu. »Shonas Lied«, sagt er. »Du hast es ausgelöscht. Ich habe doch geahnt, dass deine Magie stärker ist, als du glaubst.«

Es ist verrückt, dass man so traurig und so glücklich zugleich sein kann. Und als ich vorsichtig seine Hand berühre, umfasst er mein Handgelenk und zieht mich einfach zu sich herunter. Ich lasse es zu, dass er mich umarmt, und bleibe liegen, meine Finger leicht auf seiner Brust, den Kopf an seine Schulter gebettet. Er ist kühl wie Schnee und unter meiner Hand schlägt kein Herz, aber an der Grenze zwischen unseren Welten fühlt es sich unendlich gut an, ihm so nahe zu sein. »Danke«, flüstert er in mein Haar. »Das war knapp.«

»Ist meine Gabe«, antworte ich. »Und mein Fluch.«

Er lacht leise. »Ich sehe, wir mögen dieselbe Art von Filmen.«

Ich schließe die Augen, als er mir eine Haarsträhne aus der Stirn streicht und seine Hand auf meiner Schulter liegen lässt. Zum ersten Mal seit Wochen komme ich zur Ruhe.

»Ich mag deine Stimme«, sagt er nach einer Weile. »Obwohl ich nichts außer Hass für dich empfand, mochte ich deinen Gesang schon, als ich dich im Tonstudio belauscht habe. Und *Willow* … das Lied ist für dich etwas Besonderes, nicht wahr?«

»Im Grunde ist es so was wie unsere Hymne. Es erzählt die Geschichte der Bansheenys. Willow O'Hara war eine Banshee, eine Todesfee, die sich vor einigen Jahrhunderten in einen Mann verliebte. Niemand weiß, wie es ihr gelang, die Magie zu überlisten. Sie wurde so menschlich, dass sie und ihr Geliebter zusammen fortgehen konnten. Aber es gelang ihr nicht, ihre Stimme immer zu zähmen, und so tötete sie ihren Mann. Er starb in ihren Armen. Davon erzählt das Lied. Willow verwandelt sich vor Trauer. Ihr langes Haar, so heißt es, wurde zu den hängenden Zweigen einer Weide, und der Fluss, der darunter fließt, sind ihre Tränen, die sie unablässig weint, während sie den Namen ihres Liebsten in das Flüstern der Wellen legt.«

»Ihr Bansheenys steht auf Pathos«, bemerkt Freddie.

»Das ist kein Pathos, sondern eine wahre Geschichte! Auch wenn die Trauerweide nur ein poetisches Bild ist. Wir stammen von Willow ab. Ihre Tochter, die sie Monate nach dem Tod ihres Mannes bekam, war die Erste unserer Art – halb Banshee, halb Mensch. Doch als Sühne für den Tod ihres Geliebten und auch als Zeichen ihrer Trauer um ihn durchbohrte Willow ihre Stimmbänder mit einer Silbernadel. Und konnte seitdem nur noch flüstern. Daher nennen wir sie auch Whispering Willow.«

»Das erzählte dein Lied im Tonstudio aber nicht.«

Ich schlucke. »Nein, diese letzten Strophen des Liedes würde ich niemals vor Menschen preisgeben. Sie gehören nur uns Bansheenys. Sie sind unsere Geschichte, unser Erbe.«

»Und mir erzählst du davon?«

»Technisch gesehen bist du kein Mensch mehr, Freddie.«

»Autsch!« Er verzieht das Gesicht zu einem schiefen Grinsen. Ich muss lächeln.

»Aber funktioniert das?«, will er dann wissen. »Ich meine – wenn ihr euch die Stimmbänder durchbohrt?«

»Manche von uns haben es getan, um ihre Liebe nicht aufgeben zu müssen. Es ist das Einzige, was verhindern kann, dass wir jemandem Schaden zufügen. Aber es ist ein sehr hoher Preis. Es kostet uns die Stimme, die wir ohnehin kaum noch haben. Wir sind wie … Gitarren ohne Saiten.«

»Nicht du«, widerspricht mir Freddie ernst.

»Jedenfalls … ist Willow unsere Urahnin«, fahre ich fort, ohne auf seinen Einwand einzugehen. »Sie hat unsere Art zu leben vorgegeben. Wir bekommen nur Töchter, und der Fluch, der auf uns lastet, verbietet uns, bei den Menschen zu bleiben, die wir lieben. Wir verlassen sie, bevor der erste Schrei unseres Kindes sie töten kann. Oder bevor wir unvorsichtig werden und unsere Liebsten vielleicht selbst töten. Die Liebe ist unser Leiden.«

»Und das ist euer Fluch?«, höre ich Freddie zweifelnd fragen.

Ich stütze mich auf dem Ellenbogen auf und schaue ihn an. »Ja!«, antworte ich. »Wir sehnen uns immer nach dem Menschen, den wir verlassen mussten, statt mit ihm glücklich zu sein.«

Ich hätte einiges erwartet, aber nicht, dass Freddie jetzt lacht. »Nimm es mir nicht übel, Dee, aber du hast offenbar keine Ahnung, was ein richtiger Fluch ist. Das hier ist jedenfalls keiner.«

»Und was ist dann ein richtiger Fluch?«, gebe ich verärgert zurück. »Eine Zigarette, die an einem klebt, obwohl man gar nicht raucht?«

Freddie seufzt und verschränkt die Arme lässig hinter seinem Kopf. »Wenn ihr eure Liebsten nicht genau dann verlassen müsstet, solange ihr noch die rosa Brille tragt, dann hättet ihr auf lange Sicht nicht mehr oder weniger Liebeskummer wie jeder normale Mensch. Es gäbe genauso viele Trennungen wie bei allen anderen auch. Der einzige Fluch ist, dass ihr euch nicht richtig streiten dürft. Man muss sich die Meinung sagen können. Wie soll man sich sonst wirklich kennenlernen?«

»Ich sage Arvo meine Meinung!«

»Ja, aber wenn du richtig sauer auf ihn bist, darfst du ihm nicht ins Gesicht springen. Er hat keine Ahnung, wieviel Temperament du hast und wie schnell du wütend werden kannst. Du musst schon Schwielen an den Handflächen haben, so oft, wie du die Hände zu Fäusten ballst. DAS nenne ich einen guten Fluch.«

Das Schlimme ist, dass er recht hat. Auch jetzt habe ich die Hände zusammengekrampft. Freddie wird wieder ernst. »Dann hat deine Mutter deinen Vater ebenfalls verlassen?«

»Bevor ich geboren wurde«, antworte ich nach einer Weile. »Er … weiß gar nicht, dass es mich gibt.«

»Aber du weißt, dass es ihn gibt. Vermisst du ihn?«

Ich schaue zu den Wanderern. Sie sind immer noch da und starren zu mir herüber. Es tut gut, dass Freddie mein Schweigen einfach sein lässt und nicht nachhakt. Es ist seine Art, mir Raum zu geben, um zu entscheiden, ob ich weitergehen oder umkehren will.

»Manchmal ja«, sage ich schließlich.

»Warum lernst du ihn nicht kennen?«, fragt Freddie ganz direkt. »Ich meine, du musst ihn ja nicht gleich anschreien.«

Ich schlucke. »Vielleicht … habe ich ihn nie kontaktiert, weil ich mich schuldig fühlte, einen Vater zu haben, während ich … anderen ihre Familien genommen habe.« Ich weiche den starren Blicken der Wanderer aus, aber trotzdem brennen sie auf meiner Haut. »Glaubst du, du wirst deine Eltern wiedersehen?«, setze ich vorsichtig hinzu.

»Keine Ahnung. Wäre schön«, sagt Freddie. »Doch wer weiß, ob das wirklich so funktioniert.«

»Kein Blick ins Jenseits?«

Es ist schon fast dunkel, aber immer noch erkenne ich sein ironisches Lächeln. »Nein, da sind nur das Meer und meine Erinnerungen. Und natürlich meine tägliche Gossip-Party mit Áila. Vielleicht verrät sie mir ja noch ein paar Geheimnisse über dich.«

Als ich ihn anfunkle, hebt er die Hände. »War nur ein Witz!«

»Das hoffe ich.« Die Wanderer sind weiter herangerückt und werfen ihre Dunkelheit auf uns. Sie wiegt so schwer wie ein schwarzes Bleituch. *Lasst mich endlich in Ruhe!*, denke ich. In ihrer dämmrigen Gegenwart erinnert Freddie mich wieder an den Schatten, der er war, als ich ihn zum ersten Mal sah. Mit einem Frösteln rolle ich mich neben ihm zusammen. Natürlich kann seine Nähe mich nicht wärmen. Sein Herz steht still und seine Brust hebt sich in einem Atem, der nicht wirklich fließt. *Allein mit meinen Geistern*, denke ich. *Aber anders allein.*

»Warum bist du damals zum Meer gegangen?«, frage ich. Freddie überlegt lange, bevor er darauf antwortet. Seine Geisterzigarette ist wieder aufgetaucht. Als er sie zum Mund führt, leuchtet der Glutpunkt auf wie ein weißes Elfenlicht.

»Weil es mir immer gut geht, sobald ich am Meer bin«, sagt er dann mit rauer Stimme. »Deshalb wollte ich auch im Herbst nach Alaska. Als Saisonarbeiter auf einem der Fischerboote. Ich habe es dann aber gelassen.«

»Um bei deinem Mädchen zu bleiben?«

Ich spüre sein Nicken. »Sie war gegen die Tour. Ich glaube nicht, dass du Banshee Blues bist«, wechselt er dann völlig unvermittelt das Thema. »Jedenfalls – nicht nur.«

»So?«, frage ich verdutzt. »Was bin ich dann?«

»Ich weiß noch nicht genau. Kennst du das Lied der Nixen aus ›Fluch der Karibik‹?«

»*My Jolly Sailor Bold*? Das handelt von einer Händlerstochter, die einen Seemann liebt, der leider nie da ist …«

»Okay, schlechte Wahl«, lenkt Freddie ein. »Aber zumindest die Nixen im Film sind wie du: Sie wirken harmlos, ihr Gesang ist gefährlich, und sie können sich verdammt gut verteidigen.«

»Sie haben Reißzähne und Klauen und lieben Menschenfleisch«, gebe ich zurück. »Sag mir, wenn du ein Lied gefunden hast, das besser zu mir passt als ein Monsterklischee. Und ich warne dich: kein Wort jetzt!«

Freddie lacht auf. Aber so gut kennt er mich inzwischen, dass er sich den ironischen Konter spart, der ihm sicher schon auf der Zunge liegt.

FEUER UND WASSER

Das Letzte, was ich bewusst wahrgenommen habe, war die Leere des Waldes, in dem ich Lumis Mondgesang vermisste. Nicht einmal in meinem Traum finde ich ihn, obwohl ich nach ihm suche und ihn mit einem kehligen Wolfsheulen rufe, bis ich heiser bin. Das Einzige, worauf ich stoße, ist ein blaues Lagerfeuer, an dem zwei sportliche Jungs sitzen. Den Dunkelhaarigen halte ich auf den ersten Blick für Björn, aber als er über die Schulter schaut, sehe ich ein anderes Gesicht. Frierend komme ich näher und setze mich zu ihnen ans Feuer. Die beiden sprechen nicht mit mir, sie betrachten Fotos, die vor ihnen liegen. Bild für Bild reichen sie die Fotos weiter an mich: gemeinsame Ausflüge, Weihnachtsfeste, eine Hochzeit, auf der der Dunkelhaarige sicher zehn Jahre älter ist. Mit jedem Bild, das ich anschaue, werden die Jungen am Feuer älter, bis ich schließlich zwei müden Männern mit dünn gewordenem Haar gegenübersitze. *So sehen meine Wanderer also in Wirklichkeit aus*, denke ich. Die nächsten Fotos zeigen das, was nie war: Die beiden mit ihren erwachsenen Kindern und später mit ihren Enkeln. Auf Urlaubsreisen in der Sonne mit schlohweißem Haar. Immer noch Freunde, bis zuletzt. Dann ziehe ich meine Bilder hervor und zeige ihnen das Leben, das es für mich nicht gab: Morrigan und mein Vater, und auf seinem Arm: ich als kleines Kind. Wir beide am Strand beim Muschelsuchen. Eine erste Gitarrenstunde, die er mir gibt. Mit Ruhe betrachten die Wanderer und ich gemeinsam das, was wir nie besessen haben. Behutsam legen wir ein Foto nach dem anderen in das blaue Feuer und sehen schweigend und friedlich zu, wie die Hitze Ascheflocken in den Himmel trägt.

Noch bevor ich die Augen öffne, weiß ich, dass sie fort sind. Es ist, als wäre ein dunkler Schatten von meiner Seele geglitten.

Etwas rinnt über meine Wange. *Weine ich etwa?* Aber es sind keine Tränen, nur Morgentau auf meinem Gesicht. Meine Glieder sind kalt und klamm und ich fühle mich völlig zerschlagen von der Nacht. Dort, wo Freddie lag, ist nur Leere. Áila hebt kaum den Blick, als ich hochfahre und mich gehetzt umsehe.

»Wo ist Freddie?«, frage ich sie. »Ist er auch fort?«

Sie runzelt die Stirn und schaut mich über ihr Strickzeug hinweg kritisch an. Dann schüttelt sie den Kopf und vertieft sich wieder in ihre Arbeit. Ich atme auf.

»Sie sind gegangen«, flüstere ich Áila zu. »Einfach so.«

Ich brauche eine ganze Weile, um es wirklich glauben zu können. »Manche Geister wollen gesehen werden«, erinnere ich mich an Freddies Worte.

Langsam stehe ich auf und suche meinen Weg zwischen den Bäumen, bis ich zu dem kleinen Tümpel komme, den ich gestern schon erspäht hatte. Das kalte Wasser in meinem Gesicht tut unendlich gut. Ich beuge mich vor und suche nach der Spiegelung meines Gesichts. Ich versuche zu erkennen, ob ich meine Pandaschatten unter den Augen abgewaschen habe, dann ziehe ich mein Handy hervor. Immer noch kein Netz. Vorsichtig lasse ich das Phone ins Wasser gleiten und versenke es im Weiher. Ich will schon aufstehen und gehen, als eine flüchtige Spiegelung neben der meinen mich erstarren lässt. Auf der Wasseroberfläche entdecke ich Mays Gesicht.

Das kann nicht sein, denke ich. Doch in diesem Moment höre ich seine Stimme. Zwar nur wie aus weiter Ferne, aber er ist da. Und er sieht mich!

Ich unterdrücke einen Schrei. »Wie hast du mich gefunden?«

»Wasser ist ein faszinierendes Element«, erwidert er. »Kaum zu beherrschen und gerade deshalb ein hervorragendes magisches Medium.« Er rückt seine Brille gerade. Im Hintergrund erkenne ich den Abglanz einer Deckenleuchte. Es sieht aus, als würde May sich über eine Schale mit Wasser beugen, die hoffentlich weit weg von hier in seinem Büro steht.

»Du weißt, wo ich bin?«, frage ich atemlos.

»Nun, du sitzt an irgendeinem See, vermute ich«, antwortet May. »Aber deine Koordinaten tun nichts zur Sache. Ich wollte dich lediglich fragen, ob du es dir nicht noch einmal überlegen willst.«

»Ich denke, du kennst die Antwort.«

May seufzt und nimmt die Brille ab. »Was willst du erreichen, Deirdre?«

»Vielleicht Wiedergutmachung«, sage ich. »Er will sein Mädchen noch mal sehen und das kann er nur, wenn ich ihn zu ihr bringe.«

May nickt nachdenklich. »Ein schöner Gedanke. Aber er funktioniert nur in der Theorie. Denn zwischen Leben und Tod gibt es keine Waage, die man ausgleichen kann. Die beiden Seiten sind völlig unterschiedliche Welten mit unterschiedlichen Gesetzen …«

»Aber was, wenn das gar nicht stimmt?«, schneide ich ihm das Wort ab. »Was, wenn wir Bansheenys überhaupt kein Verstoß gegen die Gesetze der Magie sind, wie die Ahninnen glauben? Was, wenn wir Lebenden und die Geister gar nicht getrennt sind, immerhin spüren wir ja ständig unsere Verbundenheit. Durch Liebe, durch Hass, durch Angst. Manchmal halten wir einander fest, weil noch nicht alles gesagt, nicht alles gelebt ist. Und solange wir einander festhalten, sind wir füreinander verantwortlich. Die Toten für die Lebenden – und auch umgekehrt. So sehe ich das!« Ich schlucke und füge mit fester Stimme hinzu: »Tut mir leid, Grayson. Aber ich habe nun mal ein Herz.«

»Glaubst du, die Ahninnen haben keines?« May schüttelt verärgert den Kopf. »Shona hätte dich zu Asche singen können, wenn sie es gewollt hätte. Aber sie hat es nicht getan.«

»Und dafür soll ich ihr jetzt auch noch dankbar sein, meinst du? Die Ahninnen betrachten uns als Abschaum. Und sie hatten keine Skrupel, als es darum ging, einen unserer Clans zu vernichten.«

»Hörst du dir eigentlich jemals selbst zu, Deirdre?«, herrscht mich May plötzlich so ungehalten an, dass ich zusammenzucke. »Du wirft den Ahninnen vor, dich und die deinen nur in Kategorien zu betrachten, die dir missfallen. Aber bist du selbst etwa anders? Vielleicht wäre es an der Zeit, dass du auch einmal deinen eigenen Vorurteilen ins Auge siehst. Misstrauen und Feindschaft wachsen nämlich nicht als einsame Rose auf dem weiten Felde. Es gehören immer zwei Seiten dazu, einander zu hassen.«

Die Vögel, die eben noch in den Baumkronen gezwitschert haben, sind jäh verstummt. Und auch mir hat es die Sprache verschlagen. May atmet tief durch.

Und dann überrascht er mich ein weiteres Mal. »Ich kannte Máirín Faye«, sagt er. »Du erinnerst mich sehr an sie.«

»Der Phönixclan wurde vor Jahrhunderten ausgelöscht«, flüstere ich fassungslos.

May lächelt schmal. »Tja, man wird nicht jünger. Und wie Merlin, mein Lehrer, zu sagen pflegte: ›Es waren Pionierzeiten der Magie.‹ »Und ich bin bis zum heutigen Tag noch dabei, sie zu ergründen. Euch Bansheenys gab es damals erst seit drei Generationen. Und eure ›Clans‹ bestanden nur aus wenigen Frauen. Der Phönixclan, das waren nicht mehr als zwei Schwestern und ihre Töchter. Máirín war die jüngste. Zu jener Zeit gab es häufig Fehden zwischen schottischen Clansfamilien. Und als Angehörige des Tormod-Clans in Máiríns Dorf einfielen, gelang es ihr zwar zu fliehen, aber ihre Mutter starb bei dem Überfall. Und viele andere Menschen, die sie liebte, ebenfalls. Auch Kinder waren darunter.« Er leckt sich über die Lippen, bevor er fortfährt: »Den wenigen Überlebenden war es zwar gelungen, sich zu verschanzen, aber jeder wusste, dass die Krieger wiederkommen würden. Also beschloss Máirín zu handeln. Sie verschaffte sich Zugang ins Lager der Tormods. Und tötete alle, die darin waren.« Er nimmt die Brille ab und reibt sich mit Zeigefinger und Daumen die Augen, so als wäre er müde oder würde sich in seiner Kopfschmerzgeste die Haut an der Nasenwurzel massieren. Aber selbst der Ahnungsloseste würde erkennen, was Grayson May hier zu verbergen versucht. *Nach Jahrzehnten und Jahrhunderten weint er noch um sie*, denke ich. *Um seine Máirín.*

»Es tut mir so leid, Grayson«, flüstere ich.

Er winkt ab. »Ich liebte sie«, sagt er mit brüchiger Stimme. »Aber es war nicht richtig, was sie tat. Sie rettete Leben, indem sie andere Leben nahm. Auch mein Leben rettete sie, denn … ich lebte in diesem Dorf. Und dennoch war es Mord, die Tormods zu töten. Genau wie es Mord war, den drei Phönixfrauen das Leben zu nehmen und den Clan auszulöschen.«

Ich muss schlucken, so trocken ist meine Kehle. »War Shona eine … von den Richterinnen?«

May schüttelt den Kopf. Ich wundere mich selbst, wie erleichtert ich darüber bin. »Und du arbeitest für die Ladys, obwohl sie das Máirín angetan haben?«, flüstere ich.

»Ja«, sagt er schlicht. »Als Anwalt, als Vermittler, als derjenige, der alles daransetzt, Leben zu retten. Auch deines, Deirdre. Das ist mein Dank an Máirín: zu verhandeln, zu wachen und dafür zu sorgen, dass so etwas nie wieder geschieht. Weder auf eurer Seite noch auf der Seite der Ahninnen.«

Und als er mich nun ansieht, ohne seine Brille und mit den klaren Augen, die schon alles gesehen haben, erkenne ich in ihm den jungen Mann, der sich vor Jahrhunderten in eine Bansheeny verliebte. Ein junger Mann mit ernsten, klaren Zügen und einem ruhigen Lächeln. Ich sehe seine Leidenschaft, sein gutes Herz und seine Liebe für die Magie und die Welt, die er damals umarmen wollte.

Dann setzt er die Brille auf und verwandelt sich zurück in den nüchternen Anwalt. »Tu, was du tun musst«, sagt er. »Ich werde dich nicht aufhalten. Ich bitte dich lediglich, darüber nachzudenken, dass man die Welt nur verändern kann, wenn man am Leben bleibt.« Sein Bild verblasst und ich schaue nur noch in mein eigenes Gesicht, das wie erstarrt einsam auf der Wasseroberfläche treibt.

MÁIRÍNS MORDE

Genau dort, wo die Ostsee und der große Mälarsee sich vereinen, erstreckt sich Stockholm über mehrere Stadtinseln und wildromantische Schären. Das Zentrum ist über Brücken und Straßen verbunden. Und alles zusammen erinnert mich an ein Menuett: wohlgeordnet, genau durchdacht und elegant. Jeder scheint hier seinen Platz zu kennen und ein Ziel zu haben. Kaum jemand hetzt, der Verkehr fließt im ruhigen *Adagio* dahin und in der Ferne thront das wuchtige Stockholmer Schloss wie ein schläfriger König über der Altstadt. Es ist leicht, sich durch die Stadt zu fädeln. Und obwohl mir das Handy fehlt, gelingt es mit meinen Notizen und einigen Nachfragen bei Passanten erstaunlich gut, den Weg zu dem Vorort zu finden, in dem Lillemor lebt. Die Häuser werden schlichter, bis wir schließlich bei einfachen Wohnblöcken angelangt sind. Auch hier klingt das Menuett: Nie habe ich besser gefegte Straßen gesehen. Sogar die hohe Tanne, die direkt neben einem der fünfstöckigen Gebäude steht, tanzt mit keinem Ast aus der Reihe. Ich parke das Bike hinter dem Haus. Freddie ist ein einziges elektrisches Sirren in meinem Nacken, als ich absteige. Seine Nervosität springt auf mich über.

Auf einem der Schilder steht tatsächlich Lillemors Name. »Bereit?«, frage ich leise.

Freddie schluckt und nickt. Das Schrillen der Türklingel hört man bis hier unten. Aber niemand öffnet. »Am Wochenende ist doch keine Uni«, murmle ich. Falls sie den Vormittag verschlafen sollte, klingle ich noch einmal Sturm. Leider wecke ich damit nicht Lillemor, sondern ihren Nachbarn, der im Bademantel auf den Balkon tritt. »Brennt es?«, ruft er mürrisch aus dem zweiten Stock herunter.

»*Förlåt*«, entschuldige ich mich in bestem Bansheeny-Schwedisch. »Wir … ähm … ich suche meine Freundin, Lillemor Jensen. Sie wohnt neben Ihnen.«

Der Mann zieht die Stirn kraus. »Die kleine Rotblonde? Die hast du verpasst. Ist heute Morgen mit einem Koffer weggefahren, als ich gerade von der Nachtschicht kam. Keine Ahnung, wohin, aber es sah nach was Längerem aus.« Damit geht er zurück in seine Wohnung und knallt die Balkontür zu.

»Das darf einfach nicht wahr sein«, presst Freddie zwischen den Zähnen hervor. »Wir sind zu spät.«

»Zu spät für heute«, korrigiere ich. »Ich versuche, über die anderen Nachbarn etwas rauszukriegen. Sicher hat sie jemandem erzählt, wohin sie fährt …« Mitten im Satz verstumme ich.

»Was?«, fragt Freddie. Dann folgt er meinem Blick und erstarrt ebenfalls. Ein Auto rast in die Einfahrt zu den Häusern und bremst abrupt. Und noch bevor die Fahrertür sich öffnet, weiß ich, dass es jetzt auf jede Sekunde ankommt. »Verschwinde«, befehle ich Freddie. »Wir treffen uns beim Motorrad.« Ohne seine Antwort abzuwarten, renne ich los. Leider habe ich nicht mit

Shonas hervorragenden Reflexen gerechnet. Das Auto startet quasi aus dem Stand und schneidet mir den Weg um das Gebäude herum ab. Und als die Banshee herausspringt, kann ich nur noch auf dem Absatz kehrtmachen und lossprinten. Zum gegenüberliegenden Haus, denn dort kommt gerade eine junge Frau aus der Eingangstür. »Stehen bleiben!«, höre ich Shonas gellenden Befehl hinter mir. Die Frau an der Tür zuckt erschrocken zusammen, dann bringt sie sich mit einem Sprung zur Seite in Sicherheit. Keine Sekunde zu früh, sonst hätte ich sie wohl einfach wie ein Rugby-Spieler in vollem Lauf gefällt. Es gelingt mir, ins Haus zu schlüpfen und die Tür zwischen Shona und mir zuzuschlagen. Keuchend hetze ich die Treppen hoch. Und dann? Meine Schwingen ausbreiten und wegfliegen? Unten fällt die Tür ein zweites Mal donnernd ins Schloss. Diesmal sind Shonas Schritte nicht lautlos. Ihre Absätze hämmern auf den Treppen. Und sie kommen beängstigend schnell näher. *Todesfeen haben kein Seitenstechen*, schießt es mir durch den Kopf. *Du sitzt in der Falle, Dee. Toll gemacht!*

Inzwischen bin ich im zweiten Stock – in den dritten schaffe ich es nicht. Eine Frau kommt mit einem kleinen Kind an der Hand die Treppen herunter. Mir bleibt nur noch, in den Flur nach links auszuweichen. Ich höre Shonas Schritte nicht mehr, vermutlich muss sie auch die Frau vorbeilassen. Doch als ich um die Ecke biege und merke, dass ich wie eine Maus im Labyrinth nur in eine Sackgasse mit Fenster gelaufen bin, lerne ich, dass es mehr als eine blockierte Treppe braucht, um eine Todesfee zu bremsen. Als ich mich umdrehe, steht Shona am Anfang des Flurs. Heute trägt sie wieder ihren korrekten Blazer und einen schmalen Rock. Und natürlich die Sonnenbrille. *Das war's jetzt*, schreit eine panische Stimme in mir. Doch die Banshee überrascht mich. »Du tust weder dem Geist noch seiner ehemaligen

Freundin einen Gefallen«, sagt sie ruhig. »Sie existieren in verschiedenen Sphären. Also überlass ihn mir und du darfst gehen.«

»Ins Dubliner Alcatraz?«, entfährt es mir. »Damit ihr mich wegsperren könnt und euch weiter einreden könnt, dass wir Bansheenys nur Halbwesen sind?«

Unwillkürlich bin ich zurückgewichen, bis meine Schultern an Glas stoßen, das nachgibt, weil das Fenster nur angelehnt ist. Und als Shona ein paar Schritte näher kommt und zu ihrer Brille greift, erhasche ich in den verspiegelten Brillengläsern ein verzerrtes Bild des Flurs und erkenne den Umriss, der sich über meinem Kopf spiegelt.

Shonas Augen verengen sich, nachdem sie die Brille abgenommen hat. Ihre Perlmuttaugen reflektieren das einfallende Licht, während sie mich sehr genau mustert. Ich muss daran denken, was Freddie sagte: *»Sie weiß, dass sie es bei dir mit einer echten Gegnerin zu tun hat.«* Selbst wenn ich in einem Haus voller Leute nicht singen werde, will sie es wohl nicht darauf anlegen, mir zu nahe zu kommen. *Ein Punkt für mich*, denke ich mit klopfendem Herzen.

»Ich bin nicht hier, um über deine Existenzberechtigung zu diskutieren«, sagt sie kühl. Und wie immer, wenn ich mit dem Rücken zur Wand stehe, wähle ich die Flucht nach vorn.

»Es gibt auch nichts zu diskutieren«, antworte ich. »Mich dürfte es nicht geben, okay. Und – Überraschung! – hier bin ich. Manchmal ordnet sich Altes neu. Denk nur an meine Cousine Shay, die ihrem Vater ähnlich sieht. Vielleicht ist so das Wesen der Magie: dass sie sich dauernd ändert und nicht kontrollierbar ist. Und selbst wenn du alle, die anders sind, als sie nach euren Gesetzen sein dürfen, auslöschst, wirst du nicht verhindern können, dass dennoch Dinge geschehen, die nicht einmal du beherrschen kannst, Shona.«

»Sicher?«, widersetzt sie spitz. »Meine Güte, du hast wirklich Glück, dass May dich bereits für sich reserviert hat.«

»Weil du sonst was tun würdest?«, kontere ich. »Dich ein zweites Mal mit mir anlegen?«

Scheinbar gelassen imitiere ich ihre arrogante Art, die Augenbrauen zu heben. *Suicide Squad Bansheeny*, denke ich. Aber die Tatsache, dass sie mich als Mays Eigentum bezeichnet, ist einfach zu viel. Und wenn ich singen dürfte, dann würde ich ihr jetzt zornig ein paar Zeilen aus »You Don't Own Me« entgegenschleudern. »Ihr messt uns mit einer unerhörten Sturheit immer noch an einem Verbrechen, das eine einzige Bansheeny begangen hat. Wer kann denn behaupten, dass wir alle wie Máirín handeln würden? Und … Ja!«, komme ich ihrer Antwort energisch zuvor. »Ich weiß, dass hier gerade die Richtige spricht, was Geister angeht. Aber trotzdem – Máiríns Morde sind Jahrhunderte her. Wir haben uns verändert.«

»Das habe ich gemerkt«, entgegnet sie sarkastisch.

Es kostet mich viel, aber ich nicke. »Tut mir leid.«

»Und was denkst du, soll jetzt geschehen?«, fährt sie mit einem süffisanten Lächeln im Gesicht fort. »Familienfest mit Versöhnung? Alle singen gemeinsam? Zusammen mit den Geistern, die ihr gerufen habt?«

»Zumindest versuche ich, meine Fehler wiedergutzumachen«, flüstere ich ihr zu. »Warum jagst du Geister wie meinen? Und warum willst du ihm diesen letzten Weg zu seinem Mädchen verwehren? Gerade du müsstest doch am besten wissen, wie es sich anfühlt, wenn zwei Liebende so grausam getrennt werden.«

Wenn Shona überrascht ist, dass ich Nachforschungen über ihre Geschichte angestellt habe, zeigt sie es nicht. »Die Liebe«, sagt sie nur spöttisch. »Sie ist wirklich euer Wahn, Bansheeny.«

»Und deiner ist der Hass?«, kontere ich. »Hört sich nicht viel besser an, wenn du mich fragst. Wir sind uns wohl ähnlicher, als du wahrhaben willst.«

Über Shonas Miene huscht ein jäher Schatten und bricht ihre professionelle Maske. Zum ersten Mal schaue ich nicht in das Gesicht der kühlen Banshee-Agentin, sondern stehe einfach nur einer jungen Frau in meinem Alter gegenüber.

»Verachtest du uns deshalb so sehr?«, setze ich leise hinzu. »Weil wir Bansheenys leben dürfen? Du bist mit zwanzig Jahren gestorben, nur ein Jahr nach deiner Flucht aus dem Fort deiner Familie und deiner heimlichen Hochzeit mit Angus McCollum. Dein Mann hat deinen Tod nie verwunden und daher nie wieder geheiratet. Kannst du deswegen Liebende nicht ertragen? Weil du selbst von deinem Geliebten getrennt wurdest?«

Alles hätte ich erwartet, bloß nicht, dass Shona in schallendes Gelächter ausbricht. »Soll ich dir etwas über Hass und Liebe erzählen?«, sagt sie dann. »Denn eines kannst du mir glauben, ich habe beides bis zur Neige ausgekostet. Ja, Angus war mein Mann. Und ich habe lange und hart für uns gekämpft. Du hast sicher auch herausgefunden, dass unsere Familien miteinander in blutigem Fehdestreit lagen. Als herauskam, wen ich heimlich liebte, haben mein Vater und meine Onkel mir gedroht, mich einzusperren, bis ich zur Vernunft kommen würde. Aber ich widerstand und setzte alles aufs Spiel, was ich hatte. Wir haben beide einen hohen Preis bezahlt. Der Unterschied war nur, dass ich standhaft blieb, während Angus brach. Glaub mir, wir lernen jemanden nur kennen, wenn es hart auf hart kommt. Und ich ahnte nicht, dass Angus schwach war. Als seine Familie gegen mich aufstand, da stellte er sich nicht vor mich. Er begann zu zweifeln und mir die Verantwortung dafür zuzuschieben, dass er in seinen Reihen nun ein Geächteter war. Es endete immer auf die gleiche Weise: Wir stritten uns, bis ich in den Stall lief, mein Pferd holte und zum Meer ritt.« Shonas Blick geht an mir vorbei und gleitet in eine längst vergangene Ferne. »Angus glaubte den Gerüchten, die seine Sippe streute: dass ich ihn mit dem Stallknecht betrüge. Er begriff nicht, wie sehr ich immer noch um uns kämpfte. Und ich wollte nicht wahrhaben, dass seine Liebe längst in Abneigung umgeschlagen war.« Sie lächelt und löst das blau-grüne Tartantuch um ihren Hals. Ich bekomme eine Gänsehaut, als ich die schmale Verletzung sehe, die das Tuch verborgen hatte.

»Angus … hat dich getötet?«, flüstere ich.

Shona bindet sich in aller Ruhe das Tuch wieder über den roten Fleck an der Seite ihres Halses. »Offiziell nicht«, sagt sie in ihrer nüchternen Art. »Angus hat nie zugegeben, dass er mich im Streit so fest von sich gestoßen hatte, dass ich stürzte und mich am Gitter des Kamins tödlich verletzte. Er rechtfertigte es vor sich selbst mit seiner Betrunkenheit an jenem Abend. Angeblich wusste er nicht, was er tat. Aber das war eine infame Lüge. Er war nüchtern, als wir uns stritten. Und ich sah seine Augen, als er auf mich zukam.« Mir wird noch kälter, als sie wieder lächelt. Denn diesmal ist das Lächeln bitter. »Menschen sind erstaunlich gut darin, an die Lügen zu glauben, die sie sich selbst erzählen«, sagt sie leise. »Angus' Leben ging weiter. Er hatte viele Kinder, und den Frauen, die im Laufe seines langen Lebens an seiner Seite waren, krümmte er kein Haar. Vielleicht fürchtete er meine Rache. Und ja, ich habe auf ihn gewartet. In seiner letzten Stunde kam ich zu ihm.«

»Du warst seine Todesfee?«, hauche ich.

»Ja und nein. Ich lasse ihn nicht über die Schwelle treten. Er irrt in den Ruinen seiner Burg herum, bis ich ihm verzeihen kann – was, wie du dir denken kannst, lange dauern wird. Niemand sieht ihn und er nimmt niemanden wahr. Nicht einmal in seinen Träumen kann er jemandem begegnen. Für Mörder finde ich einen speziellen Platz, wo sie einsam und getrennt von allem weiter in der Welt bleiben müssen.«

»Es … tut mir so leid, was er dir angetan hat, Shona«, sage ich und meine es auch so.

Mein Mitgefühl scheint sie zu irritieren. Sie bekommt wieder schmale Augen, als versuchte sie mich immer noch einzuschätzen.

»Es war mein Schicksal«, erwidert sie.

»Warum … lässt du dann Angus nicht gehen?«, frage ich vorsichtig. »Weil du mit ihm und deinem verlorenen Leben noch nicht fertig bist? Meinem Geist geht es genauso. Vielleicht kämpfen wir schlussendlich nur auf zwei verschiedenen Seiten der Skala: Du für den Tod, ich für das Leben.«

Shonas Lippen werden zu einem bleichen Strich. Und als sie zu sprechen beginnt, ist es ein tonloses Zischen, das mich wie ein kalter Windstoß trifft.

»Du kämpfst nur für dein unsterbliches Ideal der Liebe, Deirdre«, sagt sie. »Aber Liebe wird dich nicht retten!«

»Da irrst du dich, Shona«, gebe ich zurück. »Liebe ist das Einzige, was uns retten kann.«

Und eine Tanne am Haus ist ein guter Plan B. Noch während ich herumwirble, reiße ich das Fenster auf. Diesmal bin ich schneller. In einem gefühlten Wimpernschlag hocke ich auf dem Fensterbrett und stoße mich mit aller Kraft ab. Die Tanne, deren Umriss ich in Shonas Brillengläsern gesehen hatte, biegt sich unter der Wucht meines Aufpralls. Ich bin heilfroh, dass ich eine Lederjacke trage, sonst hätten mich die brechenden Zweige sicher aufgespießt. Der dünne Stamm birst und ich sause mit dem abgebrochenen Stück in Richtung Boden. Meine Landung ist eine Explosion in federndem Grün, dann renne ich, so schnell ich kann. Freddie ist nur noch ein unruhiger Schatten, der in der Nähe des Motorrads wartet. Meine Hand zittert so sehr, dass die Schlüssel wie Kastagnetten klappern. Aber dann röhrt der Motor auf, die Reifen bekommen Grip und die Geschwindigkeit saugt das Motorrad aus der Häuserschlucht. Das Letzte, was ich im Rückspiegel sehe, ist Shona, die das Haus umrundet hat und uns mit zu Fäusten geballten Händen nachblickt.

Wir erreichen unseren Unterschlupf erst nach vielen Irrwegen und vermutlich mithilfe einer ordentlichen Portion Glück, dass es Shona nicht gelang, uns irgendwo abzufangen.

»Wie konnte sie uns bloß schon wieder aufspüren?«, fragt Freddie, während ich den Türcode zu der Wohnung von Bedelias Schwester eingebe.

»Das war May mit seinem Wasserzauber«, hasple ich. »Vielleicht sollte ich mich ab sofort auch von vollen Trinkgläsern fernhalten.« Die wuchtige Tür öffnet sich mit einem weichen Klicken. Und sobald ich den Teppich betrete, ist es, als würde ich nach Hause kommen. Der schalldichte Boden schluckt alle Geräusche, die präparierten Wände lassen keinen Laut nach draußen dringen. Endlich Sicherheit. Das Schönste aber ist, dass Bedelias Schwester offenbar Musik liebt. Eine abgegriffene Akustik-Gitarre lehnt an der Couch. Auf dem Tisch liegt eine Notiz mit allen wichtigen Infos, unter anderem dem Code für eine Überwachungskamera, die den Eingangsbereich zeigt. Ansonsten gibt es hier nur kühles, beruhigendes Grau vom Sofa bis zum Tisch. Und ein Laptop, das für mich entsperrt wurde. Jetzt, da mein Adrenalinpegel ein wenig sinkt, spüre ich meine gezerrten Glieder und die Kratzer, die ich mir an der Tanne eingefangen habe, noch viel deutlicher. Vorsichtig schäle ich mich aus der Jacke und setze mich an den Tisch. Als Erstes schicke ich Shay über das Forum ein Lebenszeichen. Sie hat neue Fotos gepostet und hält mich auf dem Laufenden. »Arvo lässt dir ausrichten, dass er dich vermisst«, schreibt sie. »Langsam macht er sich Sorgen, wie lange du krank bist. Ich habe mit ihm telefoniert und ihn beruhigt. Und Aidan ist bei den Ahninnen und hat dort irgendeinen Antrag abgegeben …«

»Gibt es etwas Neues?«, höre ich Freddie besorgt fragen. Ich schüttle den Kopf, tippe mit fliegenden Fingern eine Antwort an Shay und rufe dann die Seite der Stockholmer Universität auf.

PHANTOME

Eins ist klar: Lillemor legt auch in Stockholm keinen Wert darauf, besonders präsent zu sein. Ich telefoniere alle Möglichkeiten durch, die mir eingefallen sind, um mit ihr in Kontakt zu treten. Einige Handynummern von wissenschaftlichen Mitarbeitern, die das Stipendiatenprogramm von Lillemor begleiten, sind im Internet gelistet. Ich erreiche eine Sekretärin, die sich daran erinnert, dass Lillemor sich für eine Woche entschuldigt hat, um zu Hause an ihrer Semesterarbeit zu schreiben. Unter der Handynummer, die sie mir heraussucht, geht niemand ran. Dafür ruft bald ein Mitarbeiter der Uni zurück, der zwar versucht, behilflich zu sein, aber das Chaos nur komplett macht. »Wieder nichts«, murmle ich genervt. »Ihr Betreuer sagt, sie habe ihm erzählt, dass sie verreisen wollte. Allerdings nicht, wohin.«

»Und glaubst du, dass sie auf Reisen ist?«, fragt Freddie. Ich schüttle den Kopf und scrolle nochmals die Personalliste durch. Dann lade ich die Fotos herunter, die ich im Forum zwischengespeichert habe. Die Kühlschrankbilder aus Brinnas Wohnung.

Am Monitor vergrößert kann ich sogar einzelne Namen auf dem Geburtstagskalender lesen. Gerade will ich nach rechts zu einem der Fotos scrollen, als mir etwas auffällt. Lillemors Name. Aber nicht im September, wie Freddie sagte, sondern im März. Ich schaue genauer hin und entdecke, welcher Name an Lillemors vermeintlichem Geburtstag eingetragen ist. Jemand hat sogar einen Papierdrachen mit Kugelschreiber ins Feld gemalt. Und als ich den Namen lese, passt plötzlich alles zusammen: Die Art, wie sorgfältig er immer »mein Mädchen« sagte, statt Lillemor beim Namen zu nennen, wenn er über seine Liebe sprach. Die Tatsache, wie kühl er Lillemors Foto betrachtet hatte. Und seine sachliche Weise, meine Fragen zu beantworten. »Ist das Lillemors Helm?« – »Sie hat ihn nie getragen.«

Ich wende mich zu Freddie um. Er steht hinter meinem Stuhl, und mein aufwallender Zorn trifft ihn mit ganzer Energie.

»Was ist?«, fragt er alarmiert.

»Brinna war dein Mädchen, nicht Lillemor!«, zische ich. »Lillemor hat nämlich nicht Mitte September Geburtstag. Sondern im März. Und dort, wo im September mit Kugelschreiber ein Papierdrache hingemalt ist, steht Brinnas Name. Warum lügst du mich an?«

Bei jedem meiner Worte wird Freddie realer, als würde ich ihn gewaltsam in die Wirklichkeit zerren. Und diesmal achte ich überhaupt nicht darauf, ob ich zu laut bin. Die Wohnung umschließt uns wie ein dichter Kokon, in dem ein Sturm tobt, der nicht nach außen dringt. Nur Áila, die auf dem Sofa sitzt, schaut mich stirnrunzelnd an. »Er hat mich von Anfang an belogen«, fauche ich in ihre Richtung. Freddie weicht zwei Schritte zurück und hebt die Hände.

»Hey, lass mich erklären«, bittet er. Aber ich fange gerade erst an.

»Du hattest nie vor, deinem Mädchen noch etwas zu sagen«, schleudere ich ihm entgegen. »Weil es nie um Brinna ging! Was zur Hölle willst du dann von Lillemor? Bist du ein paranormaler Stalker?«

»Nein!«, ruft Freddie zornig aus.

»Schön zu hören«, schnappe ich. »Und warum jagen wir ihr dann durch drei Länder hinterher, wenn du angeblich …«

»Weil ich verhindern muss, dass sie stirbt!«, bricht es aus Freddie heraus. Inzwischen stehen wir uns gegenüber, beide angespannt bis in die letzte Faser. Und seine Zornesfalte ist tiefer denn je. Er presst die Lippen zusammen, als könnte er so das Echo meines Zorns abwehren. »Weil sie in Gefahr ist«, setzt er leiser hinzu. »Jemand wird sie töten.«

»Wie kommst du darauf?«

Freddie schluckt. »Weil er schon andere getötet hat.«

»Wer?«

»Das weiß ich nicht!«, fährt er mich an. »Genau das versuche ich herauszufinden, um ihm zuvorzukommen.«

Jetzt verstehe ich überhaupt nichts mehr. Freddie lässt sich aufs Sofa fallen und vergräbt die Hände im Haar. »Sie … kam zu mir«, sagt er kaum hörbar. »Ein Mädchen, das er ermordet hat. Laura.«

»Du hast mit ihr gesprochen?«, hauche ich. »In deinen Träumen?«

Er nickt und sieht mich an. »Sie fand mich. Und zeigte mir den Ort, an dem er sie zurückgelassen hatte.«

Ich sinke auf einen der Stühle am Tisch. Áila hat das Strickzeug in ihren Schoß gelegt und schaut mich ungewohnt ernst an.

»Sie weiß, wie er aussieht«, fährt Freddie leise fort. »Und in ihren eigenen Träumen suchte sie nach ihrem Mörder. Er sah sie nicht. Aber sie nahm wahr, wovon er träumte.«

»Von Lillemor«, sage ich tonlos. »Die du kanntest, weil sie Brinnas enge Freundin war.«

Shona soll noch einmal behaupten, dass unsere Welten nicht verbunden sind, denke ich fassungslos.

Freddie nickt abermals. »Ich musste schnellstmöglich einen Weg finden, zu Lillemor zu kommen, um sie zu warnen. Deshalb hatte ich die Namen vertauscht. Denn … hättest du mir geglaubt und mich hierhergebracht, wenn ich dir erzählt hätte, dass ich auf der Spur eines Mörders bin?«

Ich will schon heftig widersprechen, aber dann mache ich den Mund wieder zu. Freddie hat recht. Wir haben uns anfangs beide nicht über den Weg getraut. Und die einzige Geschichte, für die ich ein Ohr hatte, war die von der großen Liebe und den letzten Worten. *Punkt für dich, Shona*. Gleichzeitig fällt mir ein, was Shay über Serienmörder gesagt hat, die plötzlich aufhören zu morden. Sie hat drei Gründe dafür genannt: Entweder der Kerl ist tot, er sitzt wegen einer anderen Sache im Gefängnis oder … er ist ausgewandert.

Ich habe das Gefühl, kaum noch atmen zu können, so übel ist mir auf einmal. Wie in Zeitlupe drehe ich mich zum Laptop und rufe mit zittrigen Fingern Shays Romeo-Thread auf. Das neue Foto, dass sie gepostet hat, springt mir fast entgegen. Es ist das Phantombild des Mannes, den Augenzeugen an der Fundstelle von Lauras Leiche in Helsinki gesehen haben wollen. Fast hätte ich gelacht, so aberwitzig ist das, was ich sehe. Die Gestalt, die einige Leute an der Fundstelle nachts erkannt haben wollen, zeigt eindeutig Freddies Silhouette. Seinen langen Mantel, seine Haltung, seine hochgewachsene Gestalt.

»Du … warst bei Lauras Grab«, sage ich.

Freddie nickt niedergeschlagen. »Damit man sie endlich findet. Laura hat mich zu der Stelle geführt und ich habe meine ganze Kraft dafür gebraucht, mich zu zeigen. Und manche Menschen … haben mich tatsächlich wahrgenommen.«

Mir wird klar, dass Shona recht hat. Man lernt Menschen erst richtig kennen, wenn es hart auf hart kommt. Und Freddie ist jemand, der hinsieht, wo andere wegschauen. Dem das Leben eines fremden Mädchens wichtiger ist als sein eigenes.

»Und ich dachte, du wärst der eifersüchtige Exfreund.«

Er lächelt schwach. »Es war Lillemors Exfreund, von dem Björn gesprochen hat. War keine schöne Geschichte. Nachdem Schluss war, ist er bei ihr vor der Tür aufgetaucht und hat randaliert. Sie hatte Angst vor ihm. Einmal bin ich auf Brinnas Bitte dort hingefahren, um Lillemor abzuholen.«

Ich weiß nicht, wann ich vor Erschöpfung weggedämmert bin. Mein Kopf schwirrt vor Suchbegriffen und mein Ohr ist ganz heiß vom Telefonieren mit Bedelia. Aber es nützt nicht viel, Lillemors Uni-Account zu hacken, wenn sie darin nichts von einem Urlaub schreibt. Und erst recht nichts von einem Freund. Ich erinnere mich zwar noch, dass ich mich kurz auf dem Sofa zusammengerollt habe, den Kopf auf meine Arme gebettet, aber gleichzeitig muss ich träumen, denn im Zimmer bin ich nicht allein. Eine Gruppe von Schatten beobachtet mich. Und ich bilde mir ein, dass mir jemand sacht einen Kuss auf die Schläfe gibt. Noch während ich lächelnd die Augen öffne, spüre ich die Berührung. Mein Rücken knackt, als ich mich aufrichte und strecke. Es sind nur zehn Minuten vergangen, seit ich eingedöst bin, trotzdem fühle ich mich, als hätte ich die Nacht durchgemacht. Ich sehe mich nach Freddie um, aber er sitzt nicht mehr am Laptop. Dort ist eine Uniseite geöffnet, die das Gesicht eines gut aussehenden Mannes Anfang dreißig zeigt. Helge Bohr, steht als

Name unter dem Bild, zusammen mit seiner Funktion an der Universität. Schlagartig bin ich hellwach.

»Freddie?«, rufe ich. »Glaubst du, das ist er?«

Doch ich bekomme keine Antwort. Freddie ist fort – genau wie der Motorradschlüssel.

Noch nie bin ich so schnell die Treppen hinuntergerannt. Der Garagencode gibt das Tor frei und ich blicke auf den Geländewagen, der Bedelias Schwester gehört. Ich weiß nicht, was Freddie dafür an Kraft aufbieten musste, aber er hat sich tatsächlich die Enduro geschnappt und ist ohne mich losgefahren. *Von hier kann er eigentlich nur in die Einbahnstraße abgebogen sein*, denke ich atemlos. *Vielleicht erwische ich ihn noch.* Der Wagen springt schnurrend an und ich manövriere das Riesengerät mehr schlecht als recht aus der Garage. Gerade als ich Gas geben will, entdecke ich Shona. Sie steht neben ihrem geparkten Auto am Straßenrand und tippt auf ihrem Handy herum, als würde sie auf jemanden warten. Wenn ich einfach weiterfahre, wird sie mich gar nicht bemerken, aber im selben Moment hebt sie den Kopf und schaut mir direkt in die Augen. Und in diesen Sekunden beschließe ich, dass die Jagd hier ein Ende hat. Zumindest, was Shona und mich angeht.

Sie ist sichtlich überrascht, dass ich aus dem Auto springe und auf sie zustürze. »Shona, hör zu«, stoße ich hervor. »Ich werde nicht gegen dich kämpfen. Ich brauche einen Deal.« Perplex lauscht sie meinem Wortschwall. »Hilf mir, Freddie zu finden«, schließe ich völlig außer Atem.

Shona schluckt, aber dann enttäuscht sie mich maßlos, indem sie den Kopf schüttelt. »Es ist nicht unsere Sache, in das Schicksal einzugreifen, Deirdre«, erwidert sie ungerührt.

»Das Schicksal interessiert mich nicht«, fauche ich. »Hättest du nicht gerne gelebt? Weißt du noch, was du über Angus gesagt hast? Dass Menschen so gut darin sind, die eigenen Lügen zu glauben? Auch du warst ein Mensch und weißt, was Unrecht ist. Und vielleicht ist das Schicksal nichts weiter als ein Märchen, an das du nur zu gerne glaubst, um ertragen zu können, dass dich dein Mörder um deine Jahre beraubt hat. Um alles, was du leben und fühlen hättest können?«

Shona presst die Lippen zusammen und schüttelt erneut heftig den Kopf. »Wir dürfen nicht eingreifen!«, beharrt sie.

»*Wir*? Ach, jetzt gehöre ich plötzlich zu euch?«, schnappe ich. »Ich muss zu Freddie! Wo er ist, da sind auch Lillemor und ihr Mörder. Nur du kannst ihn schnell genug aufspüren, Shona. Also vergiss für ein paar Minuten deinen verdammten schottischen Stolz mitsamt der ganzen Bansheeny-Ideologie und nutze deine Fähigkeiten, um etwas zu tun, was damals niemand für dich getan hat. Rette Lillemors Leben!«

Ich hätte erwartet, dass Shonas Zorn nun jäh aufflammt, aber es ist, als hätten meine Worte wie eine scharfe Nadel getroffen, die ihre glatte, undurchdringliche Fassade zum Springen bringt. Sie zögert.

»Sobald Lillemor in Sicherheit ist, kannst du mich zu May bringen«, füge ich hinzu. »Oder vor das Gericht der Ahninnen. Darauf gebe ich dir mein Wort!«

Shonas Augen haben sich fast unmerklich geweitet. Mit ihrem eisklaren, scharfen Blick sieht sie mich lange an und ich zwinge mich mit aller Gewalt, ruhig auszuhalten, dass die Sekunden unwiderruflich davonrinnen wie Sand in einer Sanduhr.

»Du ergibst dich also?«, fragt Shona. »Freiwillig?«

Ich kann nicht behaupten, dass mir nicht die Verzweiflung in der Kehle brennt. Und natürlich nimmt Shona das wahr. Aber über den Punkt, einander etwas vorzumachen, sind wir längst hinaus.

»Es gibt keine andere Wahl«, bringe ich mit erstickter Stimme hervor. »Zumindest nicht für mich.«

Shona zieht die Brauen zusammen. Eine Geste, die mich an Freddie erinnert und meine ganze Angst wieder aufflammen lässt.

»Dann verlierst du deine Liebe«, fährt sie schonungslos fort. »Dabei hast du sogar dein Leben dafür aufs Spiel gesetzt …«

»Bin ich nicht sowieso dazu verdammt, Arvo früher oder später loslassen zu müssen?«, erwidere ich bitter. »Was wäre denn die Alternative? Ihn zu küssen und zu wissen, dass der Preis dafür Lillemors Leben war? Was für ein Mensch wäre ich wohl dann, Shona?«

Ich betone das Wort Mensch mit Nachdruck und halte Shonas Blick stand. Denn das bin ich, ein Mensch. Shona blinzelt als Erste und senkt den Blick. Eine unerträglich lange Weile ringt sie mit sich. Aber schließlich sagt sie: »Finde ihn selbst.«

»Sehr witzig, wie denn?«

»Den Geisterdetektor trägst du doch bei dir. Oder was glaubst du, wie ich immer die Spur von dir und deiner Geistergesellschaft finden konnte?« Sie deutet mit einem Kinnrucken zu meiner rechten Hand, die ich in der Tasche zur Faust balle. Ich versuche zu begreifen, was sie meint, als ich den kleinen Augenkristall ertaste, den ich nach der Sitzung in Mays Büro eingesteckt hatte und seitdem wie einen Talisman bei mir trage, ohne je an ihn zu denken. Ich muss ziemlich verdattert aussehen, denn Shona hebt spöttisch die Brauen.

»Du hast doch noch einen Geist bei dir. Frage ihn, ob er dich führt.« Sie lächelt schmal. »Eine halbe Stunde, nicht länger«, fügt sie hinzu. »Und es ist nur ein Vorsprung, kein Deal.«

In meinen kühnsten Träumen hätte ich mir niemals ausgemalt, dass ich eines Tages in einem Geländewagen und mit Áila auf dem Beifahrersitz zu den Radioklängen von *Savage Daughter* über eine schwedische Straße rasen würde. Áilas Gesichtsausdruck ist so konzentriert, dass sie viel grimmiger wirkt, als sie ist. Wir lassen auch noch die letzten Außenbezirke hinter uns und ich gebe Vollgas, während wir einen Fjord des Mälarsees umfahren und eine Ortschaft namens Kungsängen passieren. Angespannt folge ich Áilas stummen Hinweisen. Der letzte Ort liegt schon weit hinter uns, als sie nach links deutet. Ich muss den Motor ordentlich drosseln, denn die Abfahrt führt in einer scharfen Kurve auf eine Schotterstraße. Ein paar holprige Kilometer später fahren wir durch einsames Land mit alten, knorrigen Bäumen und verwilderten Hecken. Doch bald tauchen Gartenzäune auf und mitten im Niemandsland weit verstreut einzelne kleine dunkelrote Bilderbuch-Sommerhäuser aus Holz. Teure Landrover parken hier in den Einfahrten, dann verschwinden auch die Autos und wir holpern nur noch über einen Trampelpfad querfeldein über eine Wiese, auf der wie ein Schleier Nebeldampf aufsteigt. »Bist du sicher?«, frage ich. Aber Áilas Sitz ist plötzlich leer. Eine Wand aus kleinen Bäumen kommt in Sicht. Ich halte an und steige aus. Dort, gut verborgen hinter jungen Birken und Gestrüpp, glänzt etwas Metallisches auf. Es ist die Enduro.

»Freddie?«, flüstere ich. »Bist du hier?«

Doch die einzige Antwort, die ich bekomme, sind die Rufe einiger Enten. Als ich den Blick hebe, erstreckt sich vor mir der Mälarsee, endlos wie ein Meer. Hinter einem Steilhang aus hellem Fels glänzt sein Wasser wie ein grauer Spiegel, auf dem das Abendrot tanzt. Ein Stück vom Ufer entfernt erhebt sich eine struppige Insel aus dem See. Sie wirkt, als hätte man ein kleines Stück Wald aus dem Festland gestanzt und einfach in den See verpflanzt. Und als ein Geräusch zu mir dringt – Holz, das auf Kies schabt –, ducke ich mich und pirsche vorsichtig zum Abhang. Es ist ein Klippenrand, der sich unten zum Rund eines kleinen Felsgartens öffnet. Auf einem Kiesstück wartet zwischen den Nadelfelsen ein Ruderboot, das vom Wasser bewegt wird und am seichten Grund schabt. Im Boot erkenne ich eine neue, blanke Schaufel und verschnürtes Gepäck. *Lillemor?*, durchfährt es mich eiskalt. Aber dann schreit eine sehr lebendige, junge Frauenstimme links von mir: »Nein!« Ihr Hilferuf hallt gellend über den See. Ich springe auf und hetze los. Und als ich die nächste Hecke durchbreche, sehe ich Freddie mit einem Messer in der Hand. In einem bizarren Tanz ringt er mit einem Mann um die Waffe, die er ihm entreißen will. Und da ist Lillemor, im Abendrot glühend wie eine Flamme in einem hellen Sommerkleid, mit aufgelöstem Haar und Augen, in denen ich nur Angst und Schock erkenne. Sie taumelt zurück, verliert das Gleichgewicht, fällt rücklings ins Gras und versucht wegzukriechen, die Augen starr auf das Messer gerichtet. Ich stürze zu ihr. Als ich sie am Arm packe, schreit sie ein weiteres Mal auf und beginnt blindlings um sich zu schlagen. Ein Fausthieb verfehlt mich knapp, dann habe ich sie vom Boden hochgezerrt und ziehe sie im Rennen hinter mir her. Sie schluchzt und stolpert und als ich anhalte, fällt sie mir in die Arme, weil ihre Knie nachgeben.

»Bist du verletzt?«, flüstere ich.

»Dante!«, stammelt sie. Er hat ein Messer! Er will mich umbringen!«

»Ich weiß.« Ich stelle sie auf die Füße. »Lauf! Zur Straße!«

Lillemor humpelt davon, ich dagegen kehre um und hebe im Laufen einen Stein auf. Freddie ist auf die Knie gefallen, die Nähe zu seinem Gegner hat ihn seine allerletzte Kraft gekostet, beginnt ihn aufzulösen, bis das Messer, das Romeo ihm entreißt, nur noch durch eine schattige Hand fährt. Als wären sie zwei Pole, die sich abstoßen, taumelt Freddie zurück. Ich hole aus, ohne zu zielen. Der Stein trifft Helge-Romeo an der Schulter und lässt ihn mit einem Aufschrei zu mir herumfahren. Auf dem Uni-Foto war er ein eleganter Mann mit feinen Zügen und intensiven Augen. Jetzt sehe ich nur eine knallharte Fratze, die keinen Zweifel mehr daran lässt, wer dieser freundliche Universitätsdozent in Wirklichkeit ist. In Freddies Augen flackert dagegen lediglich Angst um mich. »Nein!«, schreit er. Er versucht Romeo aufzuhalten, aber das ist so, als würde Wasser versuchen, einen Stein zu stoppen. Im nächsten Moment ist Romeo bei mir und packt mich so fest an der Jacke, dass ich mit ihm zu Boden gehe. Dieser miese Kerl ist ganz klar stärker als ich. Doch er weiß eine entscheidende Sache nicht. Ich bin keine vor Furcht gelähmte Studentin, die zum ersten Mal in der Wildnis ist. Wer schon mit sechs Jahren lernen musste, sich vor Bären und schlecht gelaunten Elchkühen in Sicherheit zu bringen, der hat gute Reflexe. Ich treffe Romeo mit voller Wucht an der Schläfe. Der Schlag erwischt ihn kalt und sein Messer zuckt an meiner Kehle vorbei wie ein roter Fisch. Aber es ist nicht mein Blut, nur die rote Sonne, die sich in der Klinge fängt. Dennoch sirrt ein papierdünner Schmerz über meine Haut und als ich stürze, färben Blutstropfen das Gras. Es bleibt keine Zeit nachzudenken. Romeo hat sich wieder aufgerappelt. Keuchend komme auch ich hoch und stoße mich so fest ab, wie ich kann. Ich fälle ihn mitten im Sprung nach dem Messer. Er brüllt auf und ehe ich es mich versehe, krallt er sich an mich und reißt mich im Schwung mit sich fort. Wir rollen zum Felsrand über den Abgrund. Aus dem Augenwinkel nehme ich wahr, wie Freddie damit ringt, bei mir zu bleiben. Er kniet auf dem Boden und stemmt sich verzweifelt gegen das Verlöschen.

»Deirdre!«, höre ich plötzlich Shonas scharfen Jägerruf. »Rette dich!«

Ich sehe sie nicht, dazu bin ich zu sehr damit beschäftigt, mich nicht über die Kante stoßen zu lassen, aber ich weiß ganz genau, was sie meint. Es wäre echte Notwehr – und mit Shona als Zeugin fast eine Garantie, dass das Gericht zu meinen Gunsten entscheidet. Dennoch presse ich meine Zähne zusammen und schreie nicht. Stattdessen reiße ich den Augenkristall aus der Jackentasche und schleudere ihn in Freddies Richtung. Diese Sekunde kostet mich fast das Leben. Romeo bekommt mich zu packen und zerrt mich zum Abgrund. Für einen schwindelnden Moment sehe ich mich schon auf die Nadelfelsen fallen. *Und wenn ich das überleben sollte, schleppt er mich ins Boot und versenkt mich im See*, schreit es in meinem Kopf. Ich bäume mich auf und wehre mich mit allem, was ich habe.

»Freddie«, presse ich hervor. »Öffne die Wand!«

Ein wüster Schlag explodiert an meiner Schläfe, gefolgt von einem Schmerz, der mich für Sekunden fast blind macht. Fels schrappt über meine Rippen, dann baumeln meine Beine ins Leere, während ich mich in den Felsen kralle wie eine Katze.

»Laura!«, bringe ich mit erstickter Stimme hervor. Romeos Griff lockert sich kurz, als wäre er verblüfft über den Namen, den niemand wissen kann. In seinem verzerrten Gesicht kann ich seine Gedanken fast so deutlich wie eine Schrift lesen. *Woher kennt sie Laura? Ist sie deshalb hier?* Diese zwei Sekunden genügen, um mein Bein wieder auf den Felsrand zu bringen. Im Augenwinkel registriere ich, dass Freddie verstanden hat. Lichtflecken beginnen zu schwirren, während der Augenkristall die Sonne fängt und ich die Namen flüstere. »Laura!Alice!Emma!Sara!« Vier Mädchen, die Romeo ermordet hat.

Inzwischen hat er mich losgelassen. Das Blut ist aus seinem

Gesicht gewichen. Ich folge seinem Blick auf den See hinaus. Dort sind zwei Mädchen. Sie stehen auf der Insel. Und sogar von hier sieht man, was ihnen zugestoßen ist. Sie tragen Romeos Taten auf ihren Körpern. Schmutz von nasser Erde an ihrer Kleidung. *Das sind nicht die vier, die er in Finnland getötet hat*, denke ich voller Grauen. Diese Mädchen muss er in den vergangenen zwei Jahren hier in Schweden in die Falle gelockt haben. Sie liegen begraben auf der Insel, die auch Lillemors Grab geworden wäre.

Das größere Mädchen setzt den ersten Schritt vom Land und läuft ins Wasser. Sie sinkt nicht, die Wellen tragen sie, als würde sie bis zur Hüfte durch das Nass gehen. Und als die zweite ihr folgt und ihr Fuß das Wasser des Mälar berührt, scheint die Zeit mit einem Mal schneller und langsamer zugleich zu laufen. Die Welten überschneiden sich, als würden Meer und Flusswasser ineinanderfließen. Und in diesem Delta zwischen den Welten sehe ich uns wie Spielfiguren in der Zeit treiben. In einer gefühlten Sekunde sind die Mädchen bereits am Strand, sie tauchen unter das Wasser und erheben sich, reingewaschen von der Erde, stark und jung, wie sie im Leben waren. Rachsüchtige Undinen mit blitzenden Augen, die auf den Mann warten, dem sie in Liebe vertraut hatten.

Romeo steht schwankend auf. Sein Gesicht ist verzerrt vor Furcht und Schrecken. Er bemerkt nicht die vier anderen Mädchen, die inzwischen hinter ihm aufgetaucht sind. Erst als ihre Geisterkälte ihn frösteln lässt, fährt er herum – und prallt mit einem Schrei zurück, als Laura auf ihn zuspringt. Sie müssen nichts tun, außer zu warten. Denn Romeo stolpert rückwärts, verliert das Gleichgewicht – und stürzt. Ich presse die Augen zusammen, höre, wie er aufschlägt. Dann ist Stille. Lediglich die

Enten quaken aufgeregt und mein Herzschlag dröhnt in meinen Ohren. Als ich die Augen wieder öffne, sehe ich nur noch Shona, die über den Rand der Klippe schaut. Dann beugt sie sich zu mir, ergreift mein Handgelenk und zieht mich in die Sicherheit zurück.

»Danke«, bringe ich zittrig heraus.

Shona betrachtet mich skeptisch. »Du hättest ihn ohne Strafe töten können.«

»Ich sagte doch schon, ich bin keine Mörderin«, flüstere ich.

Ich bin viel zu schwach, um aufzustehen, aber ich schaue mich um. Freddie ist fort. Und auch Áila ist verschwunden. Nur Lillemor ist noch hier. *Verrückte Welten*, denke ich. Trotz allem spüre ich grenzenlose Erleichterung und einen Triumph, den ich am liebsten hinausschreien würde. *Wir haben es geschafft, Freddie. Du und ich. Und die Mädchen.*

»Wie geht es jetzt weiter?«, wende ich mich an Shona. »Darf ich noch nach Hause oder kerkert ihr mich gleich ein?«

Die Mundwinkel der Banshee zucken ein wenig. Wüsste ich es nicht besser, könnte man meinen, dass sie sich amüsiert.

»Selbst wenn du jemanden getötet hättest, was ja offensichtlich nicht der Fall war, fällst du nicht mehr in mein Ressort. Meine Aufgabe war die Beseitigung eines Rachegeistes, und dieser Part hat sich ja nun von selbst erledigt.«

Nachdenklich blickt sie an mir vorbei auf den See. Der letzte Glanz des Sonnenuntergangs entflammt den Rotton in ihrem Haar und vergoldet das Perlmutt ihrer Augen. Ich weiß nicht, woran sie denkt, aber irgendetwas ist anders an ihr. Ich brauche eine Weile, bis es mir auffällt: Das Tartan-Tuch liegt nur noch locker um ihren Hals. So locker, dass man die Haut darunter erkennen kann. Und wenn ich mich nicht täusche, wirken die Spuren der tödlichen Verletzung an ihrem Hals blasser als noch vorhin. *Vielleicht bin ich nicht die Einzige, die ihre Geister ziehen lässt*, denke ich. Und obwohl alle Wetten dagegenstanden, muss ich zugeben, dass ich Shona irgendwie mag. In all ihrer Härte und Klarheit – und auch in ihrem Sinn für Fairness. Nach einer Weile blinzelt sie und kehrt zurück von dem Ort, an dem sie in Gedanken war.

»Tja dann«, sagt sie. »Zurück zur Pflicht. Kommst du?«

»Gleich. Ich … möchte mich noch verabschieden.«

Sie lächelt müde. »Von wem? Deine Geister sind fort, Deirdre. Halte dich lieber an die Lebenden.« Mit zwei Fingern greift sie in die Innentasche ihres Blazers, zieht etwas hervor und wirft es mir zu. Reflexartig fange ich das Ding auf. Es ist mein Handy, das ich nach Abu Dhabi geschickt hatte. »Manchmal gibt es keinen Abschied«, sagt Shona. »Blick nach vorn. Und wasch dir das Blut aus dem Gesicht, Mädchen. Du siehst aus, als wärst du einem der verrückten McFlynns vor die Fäuste gelaufen.«

Ich schaue ihr nach, wie sie sehr aufrecht zu ihrem Wagen geht, eine Gestalt an der Schwelle zwischen damals und heute. Im Nebel wird sie unscharf, die Schleier zerreißen und wehen in blassen Fetzen um sie herum und ich bilde mir ein, dass ich die andere Shona sehe – nicht die Agentin in dem streng geschnittenen Blazer, sondern die junge Schottin mit dem brennenden Herzen, die mit langem Kleid und offenem Haar über das weite Land geht.

DIE STUNDE DER UNDINEN

Vertraute Kühle schnappt im Vorbeijagen nach meiner Hand. Und als ein übermütiges Jaulen erklingt, weiß ich, dass alles gut wird.

»Ich habe jede Nacht im Traum nach dir gerufen«, schelte ich meinen Wolf. »Ich dachte, ich sehe dich nie wieder – aber du hast wohl nur gewartet, bis die Gefahr vorbei war, um wieder aufzutauchen.«

Lumi schüttelt sich und zeigt mir sein hechelndes Wolfslächeln. Dann läuft er voraus, sucht sich einen Steilweg mitten durch die Klippen nach unten zum Wasser. Mir wird flau im Magen, als ich die kleine Bucht betrete. Aber ich muss wissen, dass es wirklich vorbei ist. Und es ist vorbei. Romeo liegt am Rand des Bootes, den Hals in einem scharfen Winkel abgeknickt, genau dort, wo der Fall auf den Bootsrand ihm das Genick gebrochen hat. Seine Augen sind geöffnet. Es sieht aus, als würde er in maßlosem Erstaunen in den Himmel schauen. *Gibt es einen Himmel für dich?*, frage ich mich. *Oder war Shona schneller und hat dir einen Platz in der Hölle der Mörder verschafft?* Mit einem Mal ist in mir nichts als Leere. Ich lasse das Boot hinter mir und folge meinem Wolf.

Die Dämmerung setzt ein, die Stunde, in der das Wasser transparent wird, die Stunde der Undinen. Der schwarze Kies knirscht unter meinen Knien, als ich mich am Ufer niederlasse. Das Wasser ist frisch und kalt und holt mich zurück aus meiner Taubheit. Hellrotes Blut färbt meine Hände, als ich erst meine Augen und meine Stirn benetze und vorsichtig die Platzwunde an meiner Schläfe abtaste. Im Spiegel des Wassers erahne ich mein Gesicht. Die Wimperntusche ist unter den Augen zu dunklen Schatten geronnen. Ich stelle mir vor, wie Freddie mich jetzt Panda nennen würde. Höre seine lockere Ironie und sein Lachen, sehe das Blitzen in seinen Fuchsaugen. Ich würde alles dafür geben, mich verabschieden zu können. Hier, in der Einsamkeit, wo der Wind auf den See hinausweht und ich niemandem schaden kann, löst sich der Knoten in meiner Kehle. Und aus ihm steigt so jäh der Schmerz auf, dass ich mich krümme. In einem lautlosen Schluchzen atme ich aus, presse krampfhaft jegliche Luft aus meiner Lunge. Und ebenso krampfhaft zieht mein Körper die Seeluft ein. Ein Laut kommt über meine Lippen, rau wie ein Wolfsklagen. Und dann weine ich, wie ich noch nie geweint habe. Um die Mädchen, um Áila, vor allem aber um Freddie. Lumi legt den Kopf in den Nacken und heult mit Leib und Seele mit. Die Tränen tropfen von meinem Kinn auf meine Hände, die sich in den nassen Kiessand graben, und vermischen sich mit den Wellen des Mälar.

»Hey«, sagt jemand hinter mir. »So nah, wie du am Wasser gebaut bist, kannst du den klagenden Banshees Konkurrenz machen.«

Blinzelnd schaue ich mich um. Dann bin ich schon aufgesprungen. »Du … du bist ja noch da!«, stammle ich.

»Sieht ganz so aus«, gibt Freddie atemlos zurück. »Shona hat dich also gehen lassen?«

»Ja!« Ich kann nicht anders, als aufzulachen. Viel zu laut für einen lebenden Menschen, aber Freddie ist ja ein Geist. Doch während ich nicht anders kann, als ihn noch einmal zu umarmen, wird mir plötzlich bewusst, dass er zittert, als würde er frieren. Unter meinen Fingern spüre ich nasses Haar und unter dem Mantelkragen die Wärme von Haut und …

Ich zucke zurück und bringe zwei Schritte Abstand zwischen uns. »Du … lebst ja!«, stoße ich hervor. Er zieht völlig verblüfft die Stirn kraus und betrachtet seine Hand, die von Romeos Messerschnitt blutet. Dann verzieht er den Mund zu einer Grimasse, die halb Schmerz und halb ungläubiges Lächeln ist. »Verdammt, das tut richtig weh!«

Er lacht. Und ich breche vor Schock wieder in Tränen aus. Denn mir wird mit siedend heißem Schreck klar, was eben noch geschehen ist. »Meine Stimme …«, flüstere ich. »Warum … konnte sie dir gerade nichts anhaben?«

Freddie stutzt, dann hebt er ratlos die Schultern.

»Du bist zurückgekehrt!«, bricht es aus mir heraus. »Und ich hätte dich fast ein zweites Mal getötet …« Doch bevor ich weiterreden kann, ist er schon bei mir und nimmt mich in die Arme, zieht mich so fest an sich, dass ich seinen Herzschlag über meinem spüre.

»Ich lebe, okay?«, sagt er leise. »Du hast mir nichts angetan. Alles ist gut, Dee.« Ich schließe die Augen und nehme zum ersten Mal den Duft seiner Haut wahr und spüre seinen warmen Atem. Als er die Hände um mein Gesicht legt, durchrieselt mich die Berührung wie ein Schauer. »Nicht weinen, Banshee Blues!«, sagt er sanft und streicht mit den Daumen vorsichtig die Tränen von meiner Wange. Für einige Sekunden schauen wir einander in die

Augen, dann lässt Freddie mich langsam los. »Wir haben es geschafft«, sagt er. »Wir haben beide unser Leben zurückbekommen. Du kannst zu Arvo zurückkehren. Und ich … zu Brinna. Falls ich sie nicht wieder jemandem ausspannen muss.«

»Sie wäre dumm, nicht auf dich zu warten«, erwidere ich.

»Viel Glück«, sagt Freddie leise. Er lächelt mir noch einmal zu und geht. Und obwohl ich weiß, dass es so sein muss, gibt es mir einen Stich ins Herz.

»Warte!«, rufe ich ihm nach. »Sehen wir uns wieder?«

»Ich weiß ja, wo ich dich finde«, antwortet er und zwinkert mir zu. Dann dreht er sich endgültig um und macht sich auf seinen Weg, die Schultern hochgezogen und die Hände tief in den Taschen des Mantels vergraben, der ihm nie gehörte.

Hallo, Dark-Crime-Fans! Hier der neueste Stand zu Romeo. Sie haben herausgefunden, dass er doch ein Serienkiller-Muster hatte. Er hat den Mädchen immer Tagebücher geschenkt, die sie führen sollten, wenn sie an ihn dachten. Er hat ihnen erzählt, dass alles noch geheim bleiben muss, bis seine Scheidung von einer wichtigen Politikerin durch ist (die im Übrigen gar nicht seine Frau war, sondern seine Cousine), und er achtete darauf, dass sie ihn immer nur mit Kosenamen ansprachen und das auch ins Tagebuch schrieben. Und diese Tagebücher - haltet euch fest - waren die Trophäen, die er dann von seinen Opfern aufgehoben hat. Gruselig, was? So viel für heute, bis bald! Eure Profilerin Shay.

TEIL FÜNF

MERLINS SCHÜLER

Eines habe ich in den vergangenen drei Monaten gelernt: Man kann sich nicht ununterbrochen fürchten. Inzwischen zucken wir zumindest nicht jedes Mal alle zusammen, sobald das Telefon klingelt oder eine Kurznachricht von Aidan auf meinem Handy eintrifft. In Morrigans Arbeitszimmer stapeln sich turmhohe Akten voller Protokollabschriften und ihr Laptop ist nie ausgeschaltet. Ich kann nicht mehr zählen, wie oft ich May bei einer Videokonferenz auf dem Bildschirm vor mir hatte. Er hat es tatsächlich geschafft, dass ich nicht persönlich in die Mourne Mountains zum Ältestengericht reisen muss. Jedenfalls noch nicht. Mittlerweile ist es bereits August, doch die Ahninnen haben alle Zeit der Welt, um sich darauf zu einigen, wie sie in Zukunft mit uns Bansheenys verfahren wollen. »Unser Leben auf Messers Schneide«, nennt Morrigan diesen Zustand, in dem wir von Tag zu Tag und von Woche zu Woche leben. Es klingt ziemlich dramatisch, aber anfangs war es tatsächlich so, als würde ich von geliehener Zeit leben, als müsste ich jede Minute im Tonstudio, jede Sekunde mit Arvo auskosten, als wäre sie ein Abschied. Denn auch wenn May mir immer wieder versichert, dass Shonas Wort felsenfest gilt, fühle ich mich nie zu sicher. So sehr ich Shona vertraue – das Misstrauen gegen die Ahninnen steckt mir nach wie vor in den Knochen. Und selbst wenn ein Todesurteil längst nicht mehr im Raum steht, traue ich dem Ältestengericht durchaus zu, dass sie trotz Shonas Versprechen von mir fordern könnten, mein Leben nach ihren Beschlüssen auszurichten und meine Musik und meine Liebe aufzugeben. Und vermutlich ist es das, was Morrigan am meisten fürchtet: dass ich mich dann wieder nicht fügen könnte.

Aber das Seltsame ist, dass man sich auch auf diesem schmalen Grat zwischen Vielleicht und Chaos einrichten kann. Wie sich trotz allem das Leben langsam wieder einschleicht. Mir fällt auf, dass Morrigan längst nicht mehr jede Nacht wach liegt und dass die ewigen Sitzungen und Protokolle, die Wartezeiten und dieser Stillstand zu einer Art Normalität geworden sind, wie ein dunkler Bassbeat, der unterschwellig einen Song begleitet. Die helle Melodie meines Lebens legt sich einfach darüber, passt sich an, findet neue Noten und Variationen, bis überhaupt nicht mehr spürbar ist, dass dieser dunkle Beat vorher gar nicht zu meinem Lied gehörte.

Die Eingangstür öffnet sich und fällt mit lautem Knall zu. Morrigan merkt es nicht, aber ihr Temperament schafft sich in letzter Zeit besonders oft auf diese Weise Raum. Ich höre, wie sie ihre Sommerschuhe ungeduldig in die Garderobe kickt, dann kommt sie ins Wohnzimmer. Sie trägt noch ihre Sonnenbrille und die Tasche mit den drei verschiedenen Büchern, die sie im Moment in jeder freien Minute liest, um ihre Nerven zu beruhigen.

»Hat May sich schon von seinem Anwaltskongress zurückgemeldet?«, fragt sie statt einer Begrüßung.

»Ich sagte doch, ich rufe dich an, sobald ich etwas von ihm höre«, erwidere ich.

Aus Shays Zimmer dringt kreischend lautes Mädchenlachen. Meine Mutter schluckt und sagt dann leise: »Ich wusste gar nicht, dass Pia vor dem Konzert noch zu uns kommt.«

»Die beiden müssen sich doch zusammen stylen«, antworte ich mit einem Lächeln. »Du weißt ja, dass sie sich sogar Partnerlook-Shirts gekauft haben. Und offenbar haben sie gerade Spaß beim Anprobieren.«

Morrigan seufzt nur und geht kopfschüttelnd in ihr Zimmer. Ja, es hat sich viel verändert bei uns. Morrigan ist nach wie vor nicht wohl dabei, aber Shay hat eine beste Freundin gefunden und bringt sie ganz selbstverständlich in unsere Festung des Schweigens mit. Mit ihrer zarten Gestalt und dem langen blonden Haar erinnert Pia viel mehr an eine Bansheeny, als es bei Shay der Fall ist. Und auch sonst sind die Mädchen Gegensätze wie Yin und Yang. Pias Lachen ist herzlich und temperamentvoll und mit ihrer Fröhlichkeit reißt sie alle sofort mit. Die stille Shay kichert viel in ihrer leisen Art, wenn die zwei zusammen sind. Aber ich mache mir keine Sorgen um die Menschen, mit denen Shay lacht. Wenn jemand eine Bansheeny der neuen Art ist, dann meine kleine, kluge Cousine. Sie wird nie daran zweifeln, ein Mensch zu sein – wenn auch mit einer besonderen Gabe.

Lumi hebt den Kopf und blinzelt genervt, als nun auch noch ein Popsong in Shays Zimmer losdröhnt, den natürlich nur Pia lauthals mitsingt. Mein Wolf liegt heute nach Hundeart auf dem Sofa – lang ausgestreckt und halb auf den Rücken gedreht wie ein Welpe, der darauf wartet, am Bauch gekrault zu werden.

»Tja, mit der Ruhe ist es jetzt vorbei«, sage ich zu ihm. Er wälzt sich auf den Bauch, jault ein Gähnen und springt von der Couch. Auf dem Schallschutzboden sind seine Schritte so lautlos, als würde er schweben. Am Durchgang zum Flur schaut er sich nach mir um und ich folge ihm in mein Zimmer. Ja, es ist immer noch meines. Ich bin froh darüber, dass ich nicht sofort zu Arvo gezogen bin. Und auch froh, dass er versteht, dass Meerjungfrauen ihre Zeit brauchen, um das Element zu wechseln. Derzeit wohnt Lisa noch als Zwischenmieterin bei ihm. Es ist eine Durchgangsstation, bis in dem alten Haus, in dem sie wohnt, ein Wasserschaden behoben ist. Sie nennt es die »Déjà-vu-WG«, schließlich haben die beiden schon mehr als einmal in solchen Zwischenetappen des Lebens zusammen gewohnt.

Lumi hat es sich mitten auf meinem Bett gemütlich gemacht. Trotzdem kommt es mir so vor, als würde ich einen viel zu leeren Raum betreten. Die Wanderer vermisse ich nicht. Aber es ist seltsam, sich an ein Leben ohne Áila zu gewöhnen. Instinktiv halte ich nach ihr Ausschau, sobald ich alleine bin. Ihren Lieblingsplatz neben meinem Bett lasse ich immer noch für sie frei. Doch vermutlich würde sie sich in meinem Zuhause gar nicht mehr heimisch fühlen. Die Rentierfelle habe ich Shay geschenkt. Und die Erinnerungen an vergangene Zeiten habe ich in Umzugskisten gepackt, um sie irgendwann wieder hervorzuholen wie alte Kostbarkeiten, die man nur selten betrachtet, damit sie sich nicht abnutzen und fadenscheinig werden wie alter Stoff.

Mein Zimmer gleicht nun eher einem Ort am Meer. Ich habe mir Bettwäsche in allen Farben des Ozeans gekauft und über meinem Bett hängt eine Seekarte mit den Strömungen des Nordatlantiks. Am Rahmen des runden Spiegels, den Morrigan mir geschenkt hat, stecken inzwischen schon drei Postkarten von Freddie. Auf jeder steht nur ein kurzer Gruß und ein Songtitel. Auf der letzten Karte hat er mir den Titel geschickt, den ich ohnehin schon lange liebe: »Savage Daughter«. Irgendwie passt der Song nicht nur haargenau zu mir, sondern auch zu Shona.

Nie schreibt Freddie dazu, wie es ihm und Brinna geht. Und niemals schickt er seine Adresse oder andere Kontaktdaten. Ich könnte natürlich herausfinden, wo er wohnt, aber ich hüte mich davor, Brinnas Social-Media-Seiten zu besuchen oder auf andere Art nach ihm zu forschen. Denn vielleicht ist es wirklich besser, dass unsere Leben sich nicht länger berühren. Schließlich haben wir beide bekommen, was wir wollten. Doch manchmal, wenn ich die Strömungskarte betrachte, stelle ich mir vor, wie Freddie in Alaska bei Wind und Wetter auf einem Krabbenkutter steht oder wie er in Ishøj am Sandstrand entlangläuft und aufs Meer hinausblickt.

Lumi sieht mich vorwurfsvoll an, als mein Handy surrt. »Alles bereit für die Premiere morgen Abend, *merenneito*?«, schreibt Arvo mir.

»Mehr als bereit«, schreibe ich zurück. »Ich freue mich auf den Song!«

Ich lächle, während ich auf Senden drücke, und störe Lumi ein weiteres Mal, indem ich die Schranktüren aufreiße und mein neues Outfit auf dem Bett ausbreite. Manches hat sich nicht verändert, immer noch fühle ich mich in schwarzen Sachen am wohlsten. Für unser Nachholkonzert im *Loose* habe ich mir ein neues Kleid gekauft, es hat ein Muster, das ein wenig an schwarze Schuppen erinnert, und es liegt eng an wie Undinenhaut. Ich finde, wenn Arvo schon einen Song über mich schreibt, dann sollte ich auch als Meerjungfrau auftreten. *Oder zumindest wie die Schwarz-Weiß-Version einer merenneito*, denke ich, als ich das Kleid noch einmal anprobiere.

»Deirdre?«, höre ich das Flüstern meiner Mutter hinter mir. Ich habe gar nicht bemerkt, dass die Tür aufging, zu sehr war ich damit beschäftigt, mich im Spiegel zu betrachten. Morrigan stutzt kurz, als sie mich in meinem Galaoutfit sieht, aber dann deutet sie nervös hinter sich. »May hat mir gerade einen Link geschickt«, haucht sie. Mein Herz macht einen Satz. Ich lasse alles stehen und liegen und eile ihr nach in ihr Zimmer, wo zwischen Aktenstapeln ihr Laptop steht. Wir sind beide zu nervös, um uns Stühle zu holen. Morrigans Hand zittert, als sie den Konferenzlink anklickt, und ich krampfe die Hände ineinander. *Bitte keine schlechte Nachricht*, bete ich im Stillen.

Es dauert ewige Sekunden, bis die Verbindung sich aufbaut, dann erscheint Mays Gesicht. Diesmal nicht in seinem Dubliner Büro, sondern in einem grauen Konferenzraum voller Leute, den er gerade verlässt. Offenbar streamt er heute auf dem Smartphone. Er stellt sich im Vorraum an ein Stehtischchen, auf dem ein einsamer silberner Kuchenteller mit einem letzten Stück Shortbread steht.

Morrigan und ich schauen ihn sicher ebenso irritiert an wie er mich. »Interessantes Kleid, Deirdre«, bemerkt er trocken. »Bist du auf eine Beerdigung eingeladen?«

»Hoffentlich nicht«, erwidere ich atemlos. »Oder gibt es schlechte Neuigkeiten vom Gericht?«

»Hallo!« Aidan taucht im Bild auf, atemlos, als wäre er seinem Meister aus dem Konferenzraum nachgerannt. »Wow, neues Outfit? Feiert ihr etwa schon?«

May runzelt tadelnd die Stirn.

»Es gibt also gute Nachrichten?«, flüstert Morrigan. Aidans Miene sagt mehr als tausend Worte, aber May wäre natürlich nicht May, wenn er jetzt nicht mürrisch dreinblicken würde.

»Kommt darauf an, wie man ›gut‹ definiert«, antwortet er bedächtig. »Im juristischen Sinne ist der Beschluss, der vor einer halben Stunde rechtskräftig wurde, sicher ein Erfolg. Die Ahninnen sind bereit, auf lange Sicht eine Neubewertung ihres Verhältnisses zu den Bansheenys vorzunehmen. Das heißt auch, dass das Strafsystem reformiert wird und die Gesetze aus Marvins Zeiten nicht mehr die Grundlage der Rechtsprechung sein werden …«

»Und was bedeutet das konkret für Deirdre?«, unterbricht ihn Morrigan voller Ungeduld.

»Es bedeutet, dass du frei bist«, antwortet May. »Du kannst das tun, was du für richtig hältst. Aber nur unter der Voraussetzung, dass du mir … als magisches Forschungsprojekt zur Verfügung stehst.«

»Ich bin also von der Kategorie zum Projekt aufgestiegen?«, entgegne ich. »Wenn das mal kein Fortschritt ist!«

Morrigan stupst mich warnend mit dem Ellenbogen in die Seite. Aber May versteht meine Ironie genau und schenkt mir sein schmales Lächeln. »Jedenfalls, Deirdre«, fährt er dann feierlich fort, »ist deine Gerichtsakte heute offiziell geschlossen worden.«

Morrigan legt mir den Arm um die Schultern und drückt mich so fest an sich, dass ich kaum noch Luft bekomme. »Es ist vorbei, es ist endlich vorbei«, flüstert sie. Und auch mir kommen fast die Tränen, so erleichtert bin ich.

»Ich danke dir sehr, Grayson!«, sagt meine Mutter aus vollem Herzen.

»Freut euch nicht zu früh«, gibt May in seiner trockenen Art zu bedenken. »Meine Forschungsarbeit fängt jetzt erst an. Was unter anderem bedeutet, dass du, Deirdre, und auch Shaylee mindestens einmal im Jahr in die Dubliner Zentrale bestellt werdet.« Es klingt streng, doch Aidan hat inzwischen Mühe, sein Lachen zu verbergen.

»Schlimmes Schicksal«, erwidere ich. »Das heißt übersetzt, die Ahninnen wollen uns endlich wirklich kennenlernen. Ich bin gerne dabei, Grayson! Und ich freue mich auf unseren nächsten Besuch bei euch. Shaylee wird aus dem Häuschen sein.«

Morrigan lacht leise auf. »Das glaube ich auch.« Damit drückt sie mich noch einmal und eilt aus dem Zimmer, um Shay die gute Nachricht zu überbringen. Aidan tippt auf sein Handgelenk, als wollte er auf eine imaginäre Uhr deuten. »Die Pause ist vorbei, der nächste Vortrag beginnt. Mister May, kommen Sie?«

May nickt zwar, aber dann gibt er seinem Sekretär einen Wink, vorauszugehen.

»Ich hoffe, du bist jetzt glücklich«, sagt er, als er allein ist.

»Mehr als glücklich, Grayson«, antworte ich. »Danke! Für alles.«

Er nickt nachdenklich und mustert mein Gesicht auf dem Bildschirm. Ich sehe es an der verschobenen Blickrichtung, dass er nicht in die Kamera schaut. Und trotz seiner Aschenbecher-Brille sind seine Augen scharf und hellwach. »Freut mich zu hören«, sagt er dann. »Und ich hoffe, deinem … jungen Mann geht es auch gut?«

»Ja, bestens. Arvos Verletzung ist sehr gut ausgeheilt. Und morgen Abend holen wir den Auftritt im *Loose* nach. Das letzte Album hat ziemlich eingeschlagen, deshalb wird sogar das Fernsehen da sein …«

»Den Musiker meinte ich nicht«, unterbricht mich May. »Ich meine den anderen jungen Mann. Denjenigen, dem ich den Verlust meiner unersetzlichen Bansheeny-Akten und einiger Chroniken zu verdanken habe. Farin Winther, so hieß er doch? Beziehungsweise: Er heißt ja immer noch so. Zumindest arbeitet er unter diesem Namen in einer Werkstatt für Bootsmotoren.«

Mir klappt die Kinnlade nach unten. »Du … weißt es?«, bringe ich atemlos hervor.

May lächelt wie eine Sphinx. Oder wie ein zufriedener Kater, der einen Sperling im Maul hat und ihn dort vor den anderen Raubtieren versteckt.

»Wissen auch die Ladys, dass er lebt?«, flüstere ich. »Bedeutet das, Farin ist in Gefahr, dass die Ahninnen ihn …?«

»Deirdre«, unterbricht mich May mit einem gekränkten Stirnrunzeln. »Du müsstest mich inzwischen gut genug kennen, um zu wissen, dass ich viel von Rousseaus weisen Worten halte: ›Alles, was du sagst, sollte wahr sein. Aber nicht alles, was wahr ist, solltest du auch sagen.‹ Um der Pflicht Genüge zu tun, reicht es vollauf, dass nur eine einzige Ahnin über seinen … Zustand informiert ist. Und wenn Shona Farin schaden wollte, hätte sie es längst getan.«

Mir fällt ein Stein vom Herzen. Für einige Sekunden hatte ich tatsächlich Angst um Freddie gehabt. »Shona weiß also auch Bescheid. Wann hast du herausgefunden, dass er sein Leben zurückbekommen hat?«

Wieder erscheint Mays sichelfeines Lächeln. »Du glaubst, es war seines?«, antwortet er geheimnisvoll. Ich kenne das verräterische Funkeln in seinen Augen viel zu gut, um darauf reinzufallen.

»Du weißt doch genau, was passiert ist«, sage ich ihm auf den Kopf zu. »Wie war es möglich, dass er zurückkehren konnte?«

May deutet ein Schulterzucken an. Wie schon so oft nimmt er seine Brille ab, haucht gegen das Glas und fängt an, es in aller Seelenruhe zu putzen. Und wieder erahne ich den May aus jüngeren Tagen, den wahren Trickster und Magier. Merlins Lehrling und auch den Jungen, der Máirín Faye liebte und ihr Leben nicht retten konnte.

»Im Grunde wissen wir ja noch sehr wenig über die vielen Spielarten der Magie«, beginnt er endlich. »Und noch weniger über die Gesetze, denen das Leben folgt. Vielleicht … war es einfach Zufall. Magische Turbulenzen, wenn du so willst.«

»Grayson!«, sage ich mit Nachdruck.

Er steckt die Brille weg und pickt sich einen unsichtbaren Fussel vom Revers. Ich habe den Verdacht, dass er das nur macht, um ein listiges Lächeln zu verbergen. »Es gibt natürlich Theorien«, fährt er fort. »Eine recht neue, die noch wissenschaftlich erforscht werden muss, besagt, dass am Anfang des Lebens allen Menschen Zeit geschenkt wird – eine Spanne vom ersten Atemzug bis zum letzten, von der Wiege bis zum Greisenalter. Sterben wir vor unserer Zeit, fließen die ungelebten Jahre zurück in den Strom der Ewigkeit wie Regentropfen in den Ozean. Sogar … die Jahre eines Mörders.«

»Soll das heißen … Farin lebt jetzt die Jahre, die Romeo noch vor sich gehabt hätte?«

»Leben wir nicht alle von geliehener Zeit?«, gibt May zurück. »Unser Dasein auf der Welt gleicht dem Flackern einer Flamme und kann so schnell vorbei sein.«

Jetzt muss ich lachen. »Das war doch dein Werk!«, wispere ich ihm zu. »Oder nicht?«

May antwortet nicht, er betrachtet das letzte Stück Shortbread, das auf dem leer geputzten Silberteller liegt. Tadelnd schnalzt er mit der Zunge und nimmt das Gebäck mit spitzen Fingern von der Platte. »Sieh dir das an!«, sagt er mit einem Stirnrunzeln. »Diese Köstlichkeit ist übrig geblieben und wird einfach weggeworfen, wenn niemand sie isst. Es sei denn, man lässt das nicht zu und nimmt sie heimlich mit.« Damit lässt er das goldgelbe Gebäck mit der eleganten Handbewegung eines Bühnenzauberers unter seinen Fingern verschwinden und zeigt mir die leere Handfläche. »Ich kann dir gar nicht sagen«, fügt er mit einem verschwörerischen Zwinkern hinzu, »wie sehr ich Verschwendung hasse.«

MERMAID'S VOICE

Der August ist in Helsinki nicht die Zeit der großen Indoor-Musikevents. Viele Finnen kehren erst jetzt aus dem Sommerurlaub zurück, den sie in ihren Ferienhütten auf dem Land oder mit der Angel in der Hand an einsamen Seen verbracht haben. Aber das *Loose* ist trotzdem viel voller als bei unserem verunglückten Konzert im Mai. Zum ersten Mal tritt *Northern Tides* seitdem wieder live auf. Und der Unterschied zwischen damals und heute könnte für unsere Band nicht größer sein. Gizmo hat die Zeit, in der Arvo wegen seiner Verletzung ausgefallen ist, dazu genutzt, die bereits aufgenommenen Songs über alle Kanäle zu promoten. Maddies Interpretation von *Willow* ist über Social Media zum Überraschungshit avanciert und durchbrach dann quasi über Nacht die Schallgrenze zwischen Underground und Newcomer-Hit. Immer noch hält sich der Song auf Platz drei der offiziellen Radiocharts.

Heute Abend reißen sich deshalb Music-Youtuber und andere Influencer um die besten Plätze. Einige Auserwählte tragen ihre

Backstage-Pässe mit coolem Stolz gut sichtbar um den Hals. Kameraleute von *NTV3* sind damit beschäftigt, ihre Technik aufzubauen. Ein Fernsehmoderator von *Nelonen TV*, den ein Typ mit einer Steadycam begleitet, hat schon vor dem Einlass ein Interview mit Maddie gemacht und fängt nun O-Töne im Publikum ein. Gizmo reibt sich die Hände und erzählt mir zum gefühlt hundertsten Mal an diesem Abend, dass es in spätestens zwei Jahren eine Doku über den kometenhaften Aufstieg von *Northern Tides* geben wird. Ich für meinen Teil bin froh, wenn erst einmal dieses Konzert gut über die Bühne geht. Lisa nennt den heutigen Abend schon das »Invalidenfestival«.

Joey, der im Frühjahr wegen eines gebrochenen Arms ausgefallen war, wird ab heute wieder seinen Platz an der E-Geige einnehmen. Sein Ersatzmann Rick ist zu einem Jazzfestival weitergezogen. Ich bin froh darüber, denn auch wenn er ein hervorragender Musiker ist, auf menschlicher Ebene hat er es sich mit seiner Art bei mir gründlich verscherzt. Arvo trägt unter seinem Hosenbein versteckt eine schwarze Sportbandage, die seinen Knöchel stützt. Doch er bewegt sich, als wäre er nie verletzt gewesen, und sprüht vor Enthusiasmus, endlich wieder auf der Bühne zu stehen.

»Dee?« Lisa winkt mich zu sich und befreit mich so von Gizmos endlosem Monolog. Am Tonpult gibt es für mich heute sowieso nichts zu tun. Heute bin ich nämlich nur Publikum, Gizmo wird den Technikpart allein übernehmen. Ich habe den heimlichen Verdacht, dass er exklusiv für die Kameras posen möchte, aber das ist mir egal. Ich freue mich darauf, an diesem besonderen Abend für mich und Arvo einfach nur zuhören zu dürfen. »Warum stehst du noch da oben rum?«, raunt mir Lisa zu. »Dein Loverboy scharrt schon mit den Hufen, weil er dich vermisst.«

Der Kameramann hält drauf, als wir uns durch die Menge zur Hintertür vorarbeiten. Heute steche ich mit meinem Mermaid-Kleid, dem hochgesteckten weißblonden Haar und dem Make-up, das ich vor allem Shay zuliebe trage, aus der Menge heraus. Allerdings wird der Steadycam-Typ sich später ärgern, wenn er meine unscharfe Bansheeny-Gestalt auf dem Monitor betrachtet. Vermutlich wird er umsonst nach einem Fleck auf der Linse suchen.

Zigarettenrauch umweht mich, als wir durch den Hinterausgang ins Freie treten. Matti raucht hier neben den Mülltonnen noch eine letzte Zigarette.

In Arvos Gesicht geht die Sonne auf, als er mich entdeckt. Auch heute ist er ganz und gar Energie, und noch nie kam er mir so makellos und schön vor. Im Zwielicht des Abends leuchten seine Augen noch intensiver als sonst. Goldsprenkel in einem unwirklichen Blau. »Du hast mir noch kein Glück gewünscht«, sagt er und zieht mich in seine Arme.

»Viel Glück«, flüstere ich. »Wir rocken das *Loose*.« Und als Arvo lacht und mich mit all seiner Leidenschaft küsst, schließe ich die Augen und versinke in seiner Umarmung. Es ist verrückt, aber seit May mich vom Urteil der Ahninnen freigesprochen hat, fühlt es sich fast unwirklich an, dass wir zusammen sind. Als dürfte ich immer noch nicht glauben, dass ich mein altes Leben wiederhabe. Und gleichzeitig zittert etwas in mir, was sich fast wie Traurigkeit anfühlt.

»Könnt ihr nicht zu Hause rumknutschen?« Maddie ist in den Hinterhof getreten und schnaubt genervt. Seit es in der Band offiziell ist, dass Arvo und ich ein Paar sind, ist ihre Begeisterung für mich noch um ein paar weitere Grade abgekühlt. »Wollt ihr, dass morgen auf Youtube zu sehen ist, wie der Star die Tontechnikerin küsst?«, fügt sie hinzu. »Schon vergessen, was Gizmo uns über die ›Fangirl-Strategie‹ eingebläut hat?«

»Der hübsche Leadsänger ist immer Single«, imitiert Matti Gizmos Tonfall und nimmt einen letzten Zug, bevor er die Zigarette austritt. »Unser Leadsingle«, spöttelt Lisa und grinst. Joey rollt nur mit den Augen. Aber wir wissen alle, dass Gizmo recht hat. »Fans wollen erobert werden – aber auch selbst erobern«, waren seine Worte bei unserem Marketing-Strategiegespräch. Jede Band braucht ihren Mythos, jeder Star verkauft eine Illusion, die Fans einen Platz freihält, den sie in ihren Träumen einnehmen können. Besonders für die weiblichen Fans ist dieser Traum der Platz in Arvos Herz. Offiziell hat er also keine Freundin, weil er »die Richtige noch nicht gefunden hat«, obwohl er sich nach einer Beziehung sehnt. Schon jetzt laufen die Kommentarspalten unter den Youtube-Videos heiß.

»Entspann dich«, sagt Arvo zu Maddie. »Die Youtuber und die Fotografen haben ohnehin nur Augen für dich.«

»Schon klar«, gibt Maddie zurück und winkt unwillig ab. Aber sein Charme verfehlt seine Wirkung nicht. In ihren Mundwinkeln zuckt ein kurzes Lächeln auf. Arvo zwinkert mir zu und küsst mich noch einmal, bevor er mir zärtlich ins Ohr flüstert: »Dein Lied, *merenneito*! Heute singe ich nur für dich allein.«

Morrigan wäre *not amused*, dass ich Shay und Pia nicht in die hinteren Ränge nahe der Tür verbannt habe. Sie sitzen direkt neben den Medien-VIPs an der Theke. Von dort aus hat man schließlich die beste Sicht auf die Bühne. Shay winkt mir begeistert zu und Pia hebt beide Daumen und johlt lauthals mit den Groupies mit, als das Licht wechselt und die Band auf der Bühne erscheint. Ich muss lächeln, als ich Shay betrachte. Meine Cousine ist so aufgeregt, dass ihre Wangen glühen. Sie hat den Lipgloss aufgetragen, den ich ihr zum Geburtstag geschenkt habe, und sie und

Pia tragen ihre Partnerlook-Glitzershirts. Dazu den passenden silbernen Lidschatten. *Shay hat sich wirklich verändert*, denke ich bei mir. Sie ist mehr ein Stadtmädchen geworden, als ich es je sein werde.

Der erste Sturm bricht los, als Maddie auf die Bühne kommt. Auch sie hat sich verändert. Als Sängerin ist sie noch selbstbewusster geworden, noch schillernder. Jede ihrer Gesten hat an Größe und Charisma gewonnen. Wie ein Schmetterling ist sie endgültig aus ihrem Kokon geschlüpft. Gizmo hatte auch hier recht: Sie hat das Zeug zum großen Star. Und als sie *Willow* anstimmt, hat sie das Publikum bereits in der Tasche. Ich nenne *Willow* schon lange nicht mehr meinen Song, denn die Leute sind verrückt nach Maddies Art, ihn zu singen. Auch Shay geht völlig begeistert mit. Sogar von meinem Platz in der Nähe der Bühne kann ich erkennen, wie ihre Augen mit den Scheinwerfern um die Wette strahlen. *Wie glücklich meine Kleine ist*, denke ich. Doch in mir flattert wieder diese Ahnung von Traurigkeit, die nicht sein darf. Als Maddies letzte Strophe verhallt, blicke ich in verklärte Gesichter um mich herum. Ich höre den Applaus und spüre die Welle der Begeisterung, die mich umbrandet und dennoch kaum berührt. Ich sollte so glücklich sein, und trotzdem …

Erst als Arvo nach vorne tritt, schlägt mein Herz erwartungsvoll schneller. »Nach dem Lied über ein gebrochenes Herz nun ein Lied über die Liebe«, raunt er mit Samtstimme ins Mikro. »Die einzig wahre Liebe. *Mermaid's Voice!*« Von der Bühne aus sucht er kurz meinen Blick und ich erwidere sein Lächeln. Und als er zu singen beginnt, anfangs nur begleitet von dem Meeresflüstern der Drums und den schmelzenden Klängen der E-Geige, da liebe ich ihn wie noch nie zuvor.

Für sein Strahlen, sein Dichterherz, für die Wahrhaftigkeit, mit der er liebt und singt und lebt. Und auch für diesen Song, den er nur für mich geschrieben hat. Die Melodie ist völlig anders als die unserer gemeinsamen Songs. Eingängiger, aber auch sanfter, ungewöhnlich leise für *Northern Tides*. Der Text ist pure Poesie. Das Publikum schweigt wie in Trance, ganz versunken in den Bildern, die Arvo heraufbeschwört. Doch bei mir geschieht etwas Seltsames. Ich hänge so konzentriert an Arvos Lippen, dass sich meine Nägel in meine Handflächen drücken. Ich höre jedes einzelne Wort, aber keines klingt in mir wider.

Denn Arvo singt von einer Meerjungfrau, die ihn betört hat, ein geheimnisvolles Mädchen, das tausend Lieder im Herzen hat und sie nicht in die Welt tragen kann. Inmitten ihrer Schwestern mit den schönsten Stimmen ist sie stumm. Doch ein Prinz verliebt sich in sie. Nur er allein kann ihre Lieder hören und er singt sie für die Welt. Es ist ein Liebeslied an ein zartes, schönes Mädchen, das am liebsten schweigt. *So sieht er mich?*, denke ich. Als Mädchen, das zu sensibel ist für diese laute Welt und das deshalb die Hände zu Fäusten ballt, um den Lärm der Menschen überhaupt ertragen zu können. Eine Frau, so zerbrechlich wie Poesie, die einen Prinzen braucht, der sie vor der Welt beschützt und ihr eine Stimme gibt, die sie ohne ihn nicht hätte. *Das bin ich doch gar nicht!*, flüstert es in mir. Und ich verstehe in diesem Moment, was der eigentliche Preis ist, den wir Bansheenys für die Liebe bezahlen. In Andersens Märchen musste die kleine Meerjungfrau etwas werden, was sie nicht ist, um bei ihrem Prinzen sein zu können. Jemand anderes, um geliebt zu werden.

Aber ich bin eine Nixe mit Zähnen und Klauen und einem wütenden Schrei in der Kehle, der Menschen in den Tod reißen kann. Und der Mann, der mich liebt, wird es niemals wissen dürfen.

Arvo lächelt, als ich mir eine Träne von der Wange wische. Auch einige Mädchen neben mir weinen, wenn auch aus anderen

Gründen. Sie sind berührt, sie himmeln ihn an, genau wie Madlen, die völlig verzaubert ist. Auch ich kann die Augen nicht von ihm lassen, so schön und vollkommen ist Arvo. Er leuchtet wie ein Stern. Er ist perfekt. Er ist alles, was ich je wollte. Aber schon wieder denke ich an den Jungen mit der Zornesfalte und dem Fuchsherzen. Den Trickster, der sogar den Tod betrügen konnte. Freddie würde schallend lachen bei der Vorstellung, dass Arvo mich in diesem Lied beschreibt.

Und während Arvo eine weitere Strophe anstimmt, höre ich seine Worte kaum noch. Stattdessen klingen die Zeilen in mir wider, die Freddie mir auf der Postkarte geschickt hat, die heute Morgen im Briefkasten lag.

»Hey, Banshee Blues! Heute kein Song für dich. Ich geb's auf. Keine Ahnung, welche Musik du bist. Und ehrlich gesagt, ist es ein ziemlich bescheuertes Konzept, dass es für dich nur eine Art Musik geben soll. Mach's gut und lass die Drachen steigen – so wie ich. Freddie. PS: Mögen auch deine Songs immer gesungen werden!«

Es ist eine Anspielung auf Bob Dylans »Forever Young«. Musik ist Magie. Sie kann ein Zauberspruch sein – oder ein Segen wie Dylans Text. »Forever Young« ist ein Lied voller Wärme und guter Wünsche. Ich höre es im Geist in der wunderbaren Coverversion von Chris Monaghan. Es ist ein Lied, in dem ich mich weitaus mehr gesehen fühle als in Arvos Ballade. Und gleichzeitig gibt es mir wieder einen Stich, mir vorzustellen, dass Freddie mit Brinna am Strand sein wird, um die Papierdrachen in die Luft zu schicken.

Arvos Aufmerksamkeit löst sich von mir und schweift zu seinen Fans. Er glüht jetzt nur noch in der Begeisterung ihrer Blicke. Mein Prinz singt nun für das Publikum, für jedes Mädchen und jeden Jungen, die alles dafür geben würden, von Arvo gemeint zu sein. Ich sollte enttäuscht sein, bin aber vielmehr verwundert, dass ich es überhaupt nicht bin. Es fühlt sich richtig an. *Das ist dein Element, Arvo*, denke ich.

Und endlich, nach so vielen Tagen und Wochen, höre ich damit auf, mir selbst Märchen zu erzählen. Die Traurigkeit überschwemmt mich wie eine schäumende Welle und diesmal lasse ich sie einfach zu.

MY JOLLY SAILOR BOLD

Vielleicht muss es ja so sein, dass alles in ständiger Veränderung ist, genau wie die Magie, auch wenn die Ahninnen das nicht gerne hören. Aber wir bleiben niemals dieselben, das ist mir gestern einmal mehr klar geworden, als ich im *Loose* endlich den Mut fand, mir den Grund für meine Traurigkeit einzugestehen.

Seit ich heute Morgen aufgewacht bin, geht mir der Filmsong nicht mehr aus dem Kopf, der Freddie so gut gefallen hatte. Der Nixengesang aus »Fluch der Karibik«, das Lied des Mädchens, die sich nach ihrem Liebsten sehnt, nach dem Seemann mit dunklen Augen und lockigem Haar, der irgendwo weit weg auf dem Ozean unterwegs ist.

Keine Ahnung, wohin die Gezeiten mich in Zukunft tragen werden. Alles, was ich im Moment weiß, ist, dass ich mein Leben, wie es bisher war, hinter mir lasse. Fürs Erste mache ich mich auf den Weg zu Bébhinn nach Island. Ich werde dort überwintern. Meine Tante freut sich, dass ich ihr bis zum Frühjahr in der Einsamkeit Gesellschaft leiste. Vielleicht werde ich Songs schreiben – meine eigenen Songs mit eigenen Worten. Bébhinn sagt, ich kann mir gerne ein Tonstudio einrichten, verlassene, leer stehende Häuser gibt es auf ihrem Land genug. Doch erst einmal wartet ein letzter Abschied auf mich.

Der Bahnhof in Kopenhagen empfängt mich mit seinem nun schon vertrauten Backsteinrot und dem hohen Gewölbe, das an eine Kathedrale erinnert. Mein Anschlussflug weiter nach Keflavík in Island geht erst am Abend. Ich habe mir eingeredet, dass ich lange Flüge hasse und nur deshalb einen Zwischenstopp in Andersens Stadt einlege. Aber langsam sollte ich wirklich damit aufhören, mir selbst etwas vorzumachen.

Meinen Rucksack deponiere ich am Bahnhof. Wenn das Herz zu schwer ist, braucht man leichtes Gepäck, und ich spüre schon jetzt, wie der Gedanke, Freddie wiederzusehen, mit jedem Schritt schwerer auf meiner Seele lastet.

In der Stadtbahn, die mich nach Ishøj bringt, starrt mir ein Kind fasziniert ins Gesicht und betrachtet mein Haar und meine weißen Wimpern, bis seine Mutter es zurechtweist und mir entschuldigend zulächelt. Obwohl sie ihrem Kind nur leise zuflüstert, höre ich, wie sie ihm erklärt, dass Menschen wie ich »an Albinismus leiden«. Noch vor einigen Wochen hätte ich jetzt hektisch nach meiner Wimperntusche gesucht, aber inzwischen sehe ich keinen Grund mehr, die Zeichen meiner Herkunft hinter solchen Masken zu verstecken. Ich bin, wer ich bin. Und nie wieder werde ich vorgeben, jemand anderes zu sein.

Eine Stunde später trete ich aus dem Bus, in den ich umgestiegen bin. Möwenrufe begrüßen mich und frischer Wind trägt den Geruch von Meer und Tang mit sich. Es ist ein strahlender Septembertag, auch wenn die gleißende nordische Sonne kaum noch wärmt. Das Handy-Navi führt mich auf einem Feldweg an Wiesen vorbei Richtung Arkan-Museum. Schon bevor die ersten Dünen in Sicht kommen, sehe ich Möwen über den Himmel gleiten und höre das Knistern des Sandes, den der Wind aufwirbelt. Das Geräusch vermischt sich mit Kinderlachen und den Rufen Erwachsener. Eine der Möwen setzt zu einem Sturzflug aufs Wasser an, gerade als ich die erste Düne erklommen habe. Und dann, als der helle Sandstrand endlich vor mir liegt, zögere ich plötzlich weiterzugehen.

»Du weißt schon, wie man das im Kriminaljargon nennt, wenn man zu jemandem hinfährt, ohne dass man eingeladen ist?« Shays ironische Frage zu meinem Abstecher nach Kopenhagen kann ich natürlich beantworten. Und natürlich hat sie recht. Doch ich habe gar nicht vor, Freddie zu stalken oder mich überhaupt bemerkbar zu machen. Ich will ihn lediglich noch einmal aus der Ferne sehen, um mich von ihm zu verabschieden.

Die letzten Nächte habe ich kaum geschlafen und mir vorgestellt, wie es sein würde, ihn mit Brinna am Strand zu sehen. Ich glaubte, ich könnte es gut ertragen. Vielleicht ist es der Weg, mir etwas aus dem Herzen zu reißen, was einfach nicht für mich bestimmt ist. Aber jetzt, als ich in der Ferne ein paar Mädchen lachen höre, würde ich am liebsten umkehren und weglaufen.

»Ich weiß überhaupt nicht, was ich mir dabei gedacht habe«, sage ich zu Lumi.

Mein Wolf ist keine große Hilfe, er huscht an mir vorbei und trabt voraus zum Strand. Also kratze ich meinen Mut zusammen, nehme mein schweres Herz und gehe weiter. Nach ein paar Metern habe ich Lumi schon aus den Augen verloren. Ich vermute, er ist dort, wo ein paar Möwen schimpfend zwischen den Dünen aufsteigen. Dafür entdecke ich vor dem Arkan-Museum, das wie ein graues Schiff aus dem Sandmeer ragt, eine Gruppe junger Leute. Sie haben sich im Windschutz der Museumsmauer niedergelassen und ihre Picknickdecke mit Rucksäcken und Schuhen beschwert. Barfuß sitzen sie zusammen, trinken Sekt aus mitgebrachten Gläsern und pusten Sand von belegten Broten. Als wollten die Mädchen den Spätsommer noch ein wenig festhalten, tragen sie Sonnenbrillen und trotz Gänsehaut nur dünne Pullover. Ihre Jacken liegen im Sand. Ich bin überrascht, als ich in der Gruppe Lillemor entdecke. Auf den ersten flüchtigen Blick hätte ich sie fast nicht erkannt. Ihr Haar ist nun kurz geschnitten, sie wirkt nicht mehr so mädchenhaft und zerbrechlich, wie ich sie in Erinnerung habe. Neben ihr sitzt ein junger Mann, den ich sofort wiedererkenne. Es ist Björn, Brinnas Bruder. Gerade zieht er seine Jacke aus und legt sie Lillemor um. Und als er sie mit ein paar Worten zum Lachen bringt, spüre ich mit einem Mal das Zittern von Glück in meinem Zwerchfell. *Sie lebt und atmet*, denke ich. *Romeo konnte ihr das Lächeln nicht stehlen*. In diesem Augenblick bin ich einfach nur glücklich. Allein dafür hat sich alles, alles gelohnt!

Brinna beugt sich gerade über eine große Tasche. Die anderen johlen und applaudieren, als sie einen kleinen Drachen mit langen bunten Papierbändern hervorholt. Björn springt auf und auch zwei Mädchen stellen ihre Sektgläser weg und wischen sich den Sand von den Hosenbeinen. Sie stehen auf und wenden sich in meine Richtung. Ich weiche hastig zurück. Und als Brinna sich suchend umblickt, als würde sie nach jemandem Ausschau halten, der noch fehlt, gehe ich tatsächlich auf der Düne in Deckung und ducke mich wie ein Feigling hinter den Strandhafer.

»Suchst du jemanden?«, fragt eine atemlose Stimme.

Ich wäre fast gestolpert, als ich herumfahre. Es ist Freddie. Er steht am Fuß der Düne und schaut zu mir hoch, die Hände in den Taschen einer grauen Arbeitsjacke, auf dem Kopf eine helle Mütze, unter der sein wirres, honigblondes Haar hervorlugt.

Fragend zieht er die Stirn kraus. Sogar diese feine Falte zwischen seinen Augen habe ich vermisst. *My Jolly Sailor Bold.*

»Ich weiß, wie das aussehen muss, aber ich spioniere nicht, falls du das denkst«, bringe ich hastig hervor. »Ich bin nur auf der Durchreise und wollte sehen, wie es … Lillemor geht.«

Seine Zweifelsfalte vertieft sich. »Oh«, sagt er. »Schade. Ich hatte schon gehofft, du bist wegen mir hier.«

Er schafft es immer noch, mich völlig aus der Fassung zu bringen. Ich habe nämlich keine Ahnung, ob er das ironisch meint. Er wirkt angespannt und nervös auf eine Art, wie ich es von ihm nicht kenne. Langsam kommt er zu mir auf die Düne. Und so vorsichtig, als wäre er nicht sicher, wie ich darauf reagiere, sagt er: »Schön, dich zu sehen, Dee.«

»Schön, dich zu sehen«, erwidere ich.

Es war doch ein Fehler, herzukommen. Denn als wir einander in die Augen schauen, ist es, als wäre kaum eine Minute vergangen, seit wir uns am Mälarsee verabschiedet haben. Und als Freddie mir jetzt auch noch ein Lächeln schenkt, das mich mitten ins Herz trifft, überspült mich ohne Vorwarnung das ganze Elend der letzten Wochen.

»Hey, ich bin doch kein Geist mehr«, sagt er dann und grinst. »Komm schon her!«

Ich war auf alles gefasst, aber nicht darauf, dass er mich einfach an sich zieht und umarmt. Ich wusste nicht, dass man glücklich und verzweifelt zugleich sein kann. Ich schlinge die Arme um ihn und vergrabe die Nase an seiner Brust. Seine Jacke riecht nach Seewind und Eisenspänen und rußigem Öl, vor allem aber nach seiner Haut. Ich sauge seinen Duft tief in mich ein und spüre seine Arme um mich, während mein Herz rast und alles in mir ihn einfach nur küssen will. *Aber er liebt Brinna*, ermahne ich mich. Und ich sollte mich freuen, dass er sein Glück gefunden hat. Trotzdem tut es so weh, als hätte ich etwas verloren, ohne es jemals besessen zu haben. Widerstrebend mache ich mich von ihm los und wende mich dem Meer zu, verberge dabei, dass ich mir verstohlen mit dem Ärmel über die Wangen wische. Ja, langsam könnte ich wirklich in den Mourne Mountains als heulende Banshee anheuern.

»Schön, dass es Lillemor so gut geht«, sage ich mit belegter Stimme. »Und … Brinna und dir offenbar auch.«

Freddie tritt heran und lässt sich neben mir auf dem Sandboden nieder. In seiner typischen Haltung stützt er die Arme auf den Knien auf und schaut mit mir aufs Meer hinaus. Und nach einer Weile setze ich mich zu ihm in den kühlen Sand.

»Was macht die Band?«, fragt er, ohne mich anzusehen.

»Ich … arbeite nicht mehr bei Gizmo. Und ich werde Helsinki verlassen. Heute Abend fliege ich für ein paar Monate nach Island.«

Er hebt den Blick und schaut mich wachsam von der Seite an. »Mit Arvo?«

»Wir … sind nicht mehr zusammen«, flüstere ich.

Freddies Brauen zucken hoch. »Okay?«, fragt er gedehnt. »Was ist passiert?«

Ich umschließe meine Beine mit den Armen und suche nach den richtigen Worten. »Schwer zu erklären. Ich … war so damit beschäftigt, die perfekte große Liebe zu leben, dass ich gar nicht gemerkt habe, dass wir im Grunde wohl eher nur als Musiker perfekt zusammenpassen.«

Freddie ist immer noch ein Meister der Pausen. Er fragt nicht nach, sondern wartet, bis ich weiterspreche: »Du hattest recht, als du sagtest, man kann nur lieben, was man wirklich kennt. Und … ich wollte für Arvo nicht länger die kleine Meerjungfrau ohne Stimme sein.«

»Warum hast du ihm dann nicht einfach gesagt, wer du bist? An die Regeln der Ahninnen hältst du dich doch ohnehin nicht mehr, Fluchbrecherin.«

Trotz allem bringt er mich damit zum Lächeln. Und gleichzeitig erwischt er genau den wunden Punkt. *Du wolltest ab jetzt ehrlich sein, Deirdre*, denke ich. »Vielleicht … hat meine Liebe dafür nicht ausgereicht«, antworte ich leise. Und weiß, dass ich mich viel früher hätte fragen müssen, warum ich zu Arvo so etwas Einfaches wie »Ich liebe dich« nicht sagen konnte.

»Ich dachte, mein Leben in Helsinki ist genau das, was ich immer wollte«, fahre ich fort. »Aber vielleicht wollte ich es auch nur, weil ich es nicht haben durfte. Und bis ich herausfinde, was ich wirklich will, werde ich eine Weile … einfach nur schauen, wohin die Gezeiten mich tragen.«

Sogar aus dem Augenwinkel erkenne ich, wie Freddie tief Atem holt. »Tut mir echt leid mit der Trennung«, sagt er dann. »Hattest sicher eine harte Zeit, hm?«

Die fängt erst an, wenn ich mich von dir verabschiede, Freddie, denke ich niedergeschlagen. Ich könnte ihm natürlich erzählen, wie schuldig ich mich wegen der Trennung fühlte, die für Arvo aus dem Nichts zu kommen schien. Wie viele Vorwürfe ich mir machte, weil ich dachte, ich hätte Arvos Herz gebrochen. Ich könnte Freddie berichten, wie überrascht ich war, als ich merkte, dass Arvos Herz wohl leichter heilt, als ich dachte. Vor einigen Tagen tauchte auf Youtube ein verwackeltes Handyvideo auf, das zeigt, wie er und Maddie sich an einem kühlen Regentag im Hinterhof des Studios küssen. Er sieht sie mit seinen strahlenden Augen zärtlich an, dann legt er seine Jacke um sie und wärmt sie. Und obwohl ich weiß, dass ich kein Recht habe, gekränkt zu sein, dass ausgerechnet Maddie an seiner Seite ist ist ein Teil von mir es doch.

»Wie geht es dir?«, frage ich statt einer Antwort.

Freddie zuckt mit den Schultern. »Ganz gut. Ich hause immer noch auf Driss' Boot. Eine Wohnung zu suchen hat sich nicht gelohnt, weil ich ab Oktober wahrscheinlich in Alaska bin.«

»Und Brinna ist diesmal einverstanden?«

»Keine Ahnung. Ich sollte sie wohl fragen.«

»Du hast noch gar nicht mit ihr darüber gesprochen?«, entfährt es mir. »Wir haben bald Ende September!«

Unten am Strand ruft Björn etwas, was ich im stärker werdenden Wind nicht verstehen kann. Im Sitzen kann ich die Gruppe nicht sehen, aber über der Düne steigt Brinnas Drachen in den Himmel und erinnert mich daran, dass sie Freddies Mädchen ist und nicht ich.

»Du solltest wohl langsam zu ihr gehen«, murmle ich.

Aber Freddie grinst nur, lehnt sich entspannt in den Sichtschutz des Strandhafers zurück und stützt sich auf den Ellenbogen ab. Wie damals, als wir zusammen auf seiner »Jacht« saßen und Lumi dabei zusahen, wie er den Mond anheulte.

»Ich hätte nie gedacht, dass ich so was wirklich mal gut finden würde«, sagt er. »Aber schau dir mal diesen coolen Drachen an!«

Ich bin völlig irritiert. Und auf eine Art auch verärgert.

»Hey, Erde an Seemann! Sitz hier nicht herum. Brinna wartet auf dich!«

»Tut sie das?« Er schenkt mir sein Fuchslächeln. Und als er mit einem auffordernden Kinnrucken zum Strand deutet, richte ich mich halb auf und spähe durch das Grün zu der Gruppe am Meer.

Björn lässt den Drachen langsam immer höher steigen. Er muss mit der Schnur ganz schön dagegenhalten. Das Papiertrapez mit den bunten Bändern trudelt im Wind wie ein störrisches

Pferd, das am Seil ruckt, weil es sich losreißen will. Und als ich Brinna sehe, traue ich meinen Augen kaum.

Während ich mit Freddie im Gespräch war, ist jemand Neues zur Gruppe gestoßen. Ein Typ Marke Aidan, nur in Strohblond. Sein halblanges Haar flattert im Wind. Er hat von hinten die Arme um Brinnas Taille gelegt. Sie lacht und schaut ihn über die Schulter verliebt an. Und dann … dreht sie sich in seiner Umarmung zu ihm um und sie versinken in einem Kuss.

»Das ist Alex«, höre ich Freddie sagen. »Ich hatte dir mal von ihm erzählt, weißt du noch? Der Kerl, der mir in der Schule das Leben schwer gemacht hatte. Brinnas Ex, aber … nachdem sie mit mir Schluss gemacht hatte, kamen die beiden wieder zusammen.«

Ich muss ihn anschauen, als hätte er verkündet, der Himmel sei grün. »Sie hat mit dir Schluss gemacht? Aber … wie … wann ist das passiert?«

Freddie setzt sich langsam auf. »Eine Woche, bevor … du und ich uns in Island über den Weg gelaufen sind«, sagt er zögernd. »Sie ist allein zu dem Solstice-Festival gereist, zu dem sie mich eigentlich überredet hatte. Und ich dachte mir: Wenn ich schon die Karte habe, dann … gehe ich eben auch hin und habe vielleicht irgendeine Chance, sie zurückzugewinnen. Du weißt, wie im Film – dramatische Rückholaktion des RomCom-Helden. Ich bin ihr Hals über Kopf hinterhergereist, habe nicht mal eine dicke Jacke mitgenommen. Mein Airbnb-Host war so nett, mir einen alten Mantel zu leihen.« Er verzieht den Mund zu einem ironischen Lächeln. »Und als ich wie ein Idiot allein und gestrandet am Meer saß und eine zerknitterte Zigarette rauchte, die ich in der Tasche des Mantels gefunden hatte, da … wurde mir klar, was für eine bescheuerte Idee es gewesen war, ihr nachzureisen. Es war einfach vorbei. Brinna wollte nicht mehr mit mir zusammen sein. Es passte nicht für sie, auch wenn es mir das Herz brach. Und dann kamst du … und hast dieses Herz einfach ausgeknipst.« Es soll lässig klingen, aber Freddie weicht meinem Blick aus. »Ich hatte vor, die Zigarette aufzurauchen und dann nach Kopenhagen zurückzukehren. Und Brinna ihr Leben leben zu lassen.«

»Und die rührselige Bansheeny fällt am ehesten auf die Liebesgeschichte herein, schon klar«, falle ich ihm hitzig ins Wort. »Verdammt noch mal, Freddie: Ich verstehe, dass du mir am Anfang diese Story aufgetischt hast, aber wie oft hattest du auf unserer Tour die Gelegenheit, mir die ganze Wahrheit zu sagen? Stattdessen erzählst du mir noch am Mälarsee, dass du zu Brinna zurückgehst? Du schreibst mir Postkarten und hältst es nicht für nötig, in einem Nebensatz zu erwähnen, dass mit euch schon Schluss war, bevor du mich überhaupt getroffen hast?«

Ich habe mich so in Rage geredet, dass meine Wangen glühen und das scharfe Flüstern in meiner Kehle pocht. Und als Freddies Mundwinkel zucken, als würde er sich ein Lächeln verkneifen, habe ich gute Lust, ihn zu schlagen.

»Was ist so witzig?«, herrsche ich ihn an.

»Das habe ich am meisten vermisst«, antwortet er. »Deinen Blick, wenn du richtig wütend auf mich bist. Und deine Art, sofort hochzugehen, wenn dir Unrecht geschieht. Du bist wirklich keine harmlose kleine Meerjungfrau.«

»Und du hast mich am Mälarsee belogen! Warum?«

Schlagartig wird er wieder ernst. »Weil … ich kein Beziehungscrasher bin.« Ich hatte schon Luft geholt, um zu kontern, worauf auch immer. Aber jetzt verschlägt es mir jedes weitere Wort. »Du hattest dich für Arvo entschieden«, fährt er fort. »Und *Forever Young* war ernst gemeint. Ich wollte, dass du glücklich bist und alles bekommst, was du dir wünschst. Aber wenn ich am

See nicht behauptet hätte, dass ich zu Brinna zurückkehre, dann … hätte ich dir sagen müssen, dass ich längst eine andere liebe. Und ich hätte … das hier getan.«

Mein Herz setzt einen Schlag aus, als er sanft die Hände um mein Gesicht legt. Und als er sich zu mir herunterbeugt und mich vorsichtig, fast fragend küsst, vergesse ich die Wochen, in denen ich so viel geweint habe, und sinke nur in das Meer, in das Freddies Kuss mich zieht.

»Ich hatte so sehr gehofft, dass du heute hierherkommst«, sagt er sanft.

»Trickster«, wispere ich. Der Wind wird zum Sturm und peitscht den Strandhafer in alle Richtungen. Vom Ufer her tönen Rufe, sich zu beeilen, bevor der Regen kommt. Aber ich schlinge die Arme um Freddies Hals, ziehe ihn zu mir und küsse ihn, wie ich ihn schon seit Wochen jede Nacht in meinen Träumen küsse. Er ist viel zu überrumpelt, um zurückzuweichen. Unter meinen Lippen spüre ich sein überraschtes Lächeln, dann gibt er nach und erwidert meinen Kuss mit aller Leidenschaft.

Als wir uns wieder voneinander lösen, höre ich nur noch die Möwen und keine Menschenstimmen mehr. Wir liegen eng umschlungen im Sand und über uns hängen tief die Sturmwolken. Die ersten Regentropfen fühlen sich auf meiner glühenden Haut kalt wie Eisküsse an. Aber in mir ist nur Licht und Hitze. Freddie streicht sacht über mein Gesicht und ich schmiege meine Wange in seine Hand.

»Deine Hände sind kalt«, flüstere ich.

»Das wundert dich?«, antwortet er. »Ich bin schon seit heute Morgen hier draußen und halte nach dir Ausschau.« Er zieht mich an sich und küsst mich zärtlich auf die Schläfe, wie damals, als er mich im Schlaf verließ. »Ich habe übrigens einen neuen

Song für dich. Von Ali Gatie. Er ist allerdings ein bisschen cheesy. Aber darauf steht ihr Bansheenys ja.«

Ich lächle. »Welcher Song ist es?«

Er stützt sich auf seinen Ellenbogen auf und betrachtet mein Gesicht. Die Mütze ist ihm vom Haar gerutscht und der Wind spielt mit seinen wirren Locken. Und in diesem Moment weiß ich nicht mehr, wie ich ihn jemals unscheinbar oder nicht schön finden konnte.

»*It's You*«, sagt er ernst.

Der Song ist kein bisschen cheesy. Vielmehr eine Liebeserklärung, deren Musik und Worte sofort in mir widerhallen.

»Bist du sicher, dass du dieses Jahr nach Alaska willst?«, frage ich.

Es ist schön zu sehen, wie er schmale Augen bekommt und die Stirn runzelt. »Kommt auf die Alternative an.«

»Wie wäre es mit einem Winter in Island? Eisiges Meer gibt es dort auch und meine Tante Bébhinn wäre begeistert, wenn zur Abwechslung mal jemand zu Besuch kommt, der nicht tot umfällt, wenn sie ein lautes Wort sagt.«

Ich liebe ihn für seine Art, mich nur anzusehen. »Ich dachte schon, du fragst nie«, sagt er dann mit einem Augenzwinkern und steht auf. Ich ergreife seine ausgestreckte Hand und lasse mich hochziehen. Eine Sturmbö weht mich fast um, aber Freddie legt seinen Arm um meine Taille und hält mich fest. *So, wie er mich immer gehalten hat*, denke ich. Wir sollten zum Bus gehen, aber ganz von selbst schlagen wir den Weg zum Wasser ein, wo Lumi schon wartet.

Inzwischen sind wir ganz allein, der Strand ist menschenleer und der Wind, der meerwärts weht, so stark, dass er die Wasserlinie sträubt und zurückdrängt. Ich halte mein Haar mit der Faust zu einem Knoten gefasst im Nacken und schaue zum leeren Horizont. Und während Freddie und ich weitergehen, singe ich leise das Lied von Whispering Willow. Ich werde es fortschreiben, neue Zeilen und neue Worte hinzufügen. Denn genau das ist es, was Sängerinnen tun: Sie geben dem Leben neue Strophen. Wir sind nicht dazu verdammt, die alten Lieder bis in alle Ewigkeit zu wiederholen. Und deshalb singe ich Willows Lied ohne Wut und Wolfsstimme. Sondern so leise und sanft, dass nur Freddie allein es hören kann und Wind und Meer die Zeilen sofort wieder verlöschen lassen.

Ich singe es als Liebeslied.

PLAYLIST

Einige Songs, die Deirdres »Musik« einfangen und als Inspiration für die im Roman erwähnten Musikstücke dienten (in der Reihenfolge ihres Erscheinens):

»O Willow Waly« aus dem Film *The Innocents* von 1961 war das Vorbild für den Song von Whispering Willow. Bitte unbedingt das Original aus diesem Schwarz-Weiß-Klassiker anhören, mit Echo-Hall gesungen von der sehr jungen Isla Cameron.

»Where the Wild Roses Grow« von Nick Cave and the Bad Seeds (Album: Murder Ballads)

»Tough Enough« von Vanilla Ninja (Album: Traces of Sadness)

»Toss a Coin to Your Witcher« (Album: The Witcher – Music from the Netflix Original Series), Metal-Cover von Dan Vasc

»Vertigo« von Alice Merton (Album: S.I.D.E.S.)

»Kiss and Tell« von G Love and Special Sauce (Album: Coast to Coast Motel)

»You'll Never Walk Alone« Coverversion von Gerry and the Pacemakers (Album: How Do You Like It?)

»Cover Me in Sunshine« von Pink und Willow Sage Hart (Album: All I Know So Far)

»Running with the Wolves« von Aurora (Album: Running with the Wolves)

»Memories« von Maroon 5 (Album: The Dome), Coverversion von Nicole Cross

»You Don't Own Me« von Lesley Gore, Coverversion von Saygrace, ft. G-Eazy (Single)

»My Jolly Sailor Bold« (Soundtrack: Pirates of the Caribbean – On Stranger Tides)

»Forever Young« von Bob Dylan (Album: Planet Waves), Coverversion von Chris Monaghan

»It's You« von Ali Gatie (Single)

© Holger Strehlow

Autorin

Nina Blazon, geboren in Koper bei Triest, las schon als Jugendliche mit Begeisterung Fantasy-Literatur. Selbst zu schreiben begann sie während ihres Germanistik-Studiums. Ihr erster Fantasy-Jugendroman wurde mit dem Wolfgang-Hohlbein-Preis und dem Deutschen Phantastik Preis ausgezeichnet. Seither haben Nina Blazons Bücher zahlreiche Preise erhalten, darunter 2016 den Seraph für »Der Winter der schwarzen Rosen«. Die erfolgreiche Kinder- und Jugendbuchautorin lebt in Stuttgart.

Von Nina Blazon sind bei cbj erschienen:
Rabenherz und Eismund (31 449)
Der Winter der schwarzen Rosen (31 177)
Ascheherz (30 823)
Faunblut (30 847)
Der dunkle Kuss der Sterne (09 162)
Zweilicht (05 658)